古典文獻研究輯刊

三十編

第 9 冊

《荀子》文學研究

郭 強 著

國家圖書館出版品預行編目資料

《荀子》文學研究／郭強 著 -- 初版 -- 新北市：花木蘭文化
事業有限公司，2024〔民 113〕
目 2+260 面；19×26 公分
（古典文學研究輯刊 三十編；第 9 冊）
ISBN 978-626-344-908-4（精裝）
1.CST：荀子 2.CST：研究考訂
820.8   113009664

ISBN-978-626-344-908-4

古典文學研究輯刊
三十編 第 九 冊
ISBN：978-626-344-908-4

《荀子》文學研究

作　者　郭 強
總 編 輯　杜潔祥
副總編輯　楊嘉樂
編輯主任　許郁翎
編　輯　潘玟靜、蔡正宣　美術編輯　陳逸婷
出　版　花木蘭文化事業有限公司
發 行 人　高小娟
聯絡地址　235 新北市中和區中安街七二號十三樓
　　　　　電話：02-2923-1455／傳真：02-2923-1452
網　址　http://www.huamulan.tw 信箱 service@huamulans.com
印　刷　普羅文化出版廣告事業
初　版　2024 年 9 月
定　價　三十編 20 冊（精裝）新台幣 50,000 元

《荀子》文學研究

郭強 著

作者簡介

郭強，山東淄博人，文學博士，山東理工大學齊文化研究院講師，主要從事先秦諸子文學與文化研究。參與國家社科重大項目 2 項，國家社科一般項目 1 項，教育部項目 1 項，古籍整理重點研究項目 1 項，發表論文 10 餘篇。

提　　要

　　《荀子》是先秦說理散文的集大成者。相對於哲學思想的研究，《荀子》整體性的文學研究較為薄弱。基於此，本文從「文學是一種刻意書寫以及對這種書寫的『回顧』」的視角，嘗試對《荀子》的文學特色進行探討。

　　第一章考察《荀子》文本的生成問題，此為《荀子》文學的存在基礎，是考察《荀子》文學特徵的起點。從主體層面和文本構建層面對《荀子》文本的生成作了考察。

　　第二章從論辯體、雜言詩以及隱體三個方面對《荀子》的文體形態作了論述。議、論、非、解是《荀子》論辯體的四種重要文體。《成相》作為詩歌，體現了先秦詩、樂、舞不分的特點。通過隱的本義及界定，考察《賦篇》五隱的特徵，可知隱體對漢賦的形成以及詩歌的隱晦用典、意境的塑造有一定的影響，具有重要的文體學意義。

　　第三章是對《荀子》文本結構的分析。語言層、形象層和審美意蘊層，共同構成了文學文本的結構層次。《荀子》的篇章結構主要分為單一和多重結構模式。《荀子》全書結構為修身、明分、王霸、人論、明分、人論六部分，總體呈現為一種遞進且呼應的結構模式。

　　第四章考察《荀子》中的文學形象。《荀子》中的人物形象，探討了聖王、霸主、大臣、技藝者、隱士與普通民眾形象。動物形象可分為蟲、魚、鳥、獸。「走不若馬」體現了荀子的積「學」思想，「樸馬」「良馬」「逃逸的馬」蘊含著「禮」的內涵。植物形象可分為草類植物和木類植物。「葦苕」「射干」「蓬」「蘭槐」體現了君子的「假物」；《論語》中「松柏」語境的「缺失」到《荀子》語境的「在場」，賦予了「松柏」君子之志的內涵。

　　第五章從選本接受和創作接受探討了《荀子》的文學影響。《荀子》選本大體呈現三種類型：散文選本、詩選本、賦選本。《荀子》評點本的文學接受體現在文法、說理、情感、風格、語言、敘述、文體等方面。創作接受主要以唐宋以來的文章為對象，重點考察了文本接續、文體接受、文法接受三種不同形式的創作接受。

　　《荀子》作為先秦說理散文的典範不遑多讓。學界頗多論述的《成相》與《賦》，在各自的文體中扮演著舉足輕重的角色。《荀子》呈現了多種文學樣式的燦爛綻放。後世讀者突破「歷史距離」，不斷地對《荀子》的文學作出理解與創作。

目
次

導言 「文學」的界定與本文的 研究思路

一、「文學」概念的界定

　　近年來，學界對「文學」概念的討論愈演愈烈。總體而言，呈現「文學」可以定義和「文學」不可定義兩種觀點，持此兩種觀點的學者各抒己見，捍衛自己的立場。兩者間的相互博弈，遂逐步加劇「文學」這一概念的模糊與不確定。那麼，到底「文學」能不能定義呢？

　　持「文學」是不可定義的主要有幾個原因。一是自古以來關於「文學」的定義很難涵蓋全面，如「詩言志」「文以載道」「文學是想像的」「文學是模仿」等等。那麼，如何看待這些觀念與「文學」的關係是一個值得注意的問題。當我們在推敲這些「文學」觀念的提出緣由時，可能會得出不一樣的論斷。以中國古代文學為例，古人所提的「文學」觀念受當時社會思潮的影響，屬於「文學」某一面的一種「凸顯」。如「詩言志」，張少康先生指出「先秦時期人們對『志』的理解是比較狹隘的，所謂『志』，主要是政治上的理想抱負」[註1]，「然而，到戰國中期以後，由於對詩歌的抒情特點的重視，以及百家爭鳴的展開，『志』的含義已逐漸擴大了，像《莊子》中所謂的『詩以道志』就不是孔子時代『志』的內容所能包括得了的了。『志』作為人的思想、意願、感情的一般意義開始受到了重視」[註2]。由此可見，從戰國中期之前強調詩歌的政

〔註 1〕張少康：《中國文學理論批評史》，北京：北京大學出版社，2005 年版，第 20 頁。
〔註 2〕張少康：《中國文學理論批評史》，北京：北京大學出版社，2005 年版，第 20
　　　～21 頁。

治抱負，到戰國中後期抒情的表達，這即是對「詩」某一方面的「凸顯」。值得注意的是，這種「凸顯」，很大程度上與文學史編者以及文學批評研究者的書寫有關。研究者往往「凸顯」某一概念在不同時期的所出現的「新」的含義。這種書寫，呈現出對概念的「片面」強調。然而這種「片面」性的論述，並非是「以偏概全」，只是強調、凸顯這一概念的某一特質。再回到「詩」而言，《論語‧陽貨》中孔子便提出詩「可以興，可以觀，可以群，可以怨」〔註3〕，四個「可以」表明詩包含多種功能。那麼，就其一點而言之，只是對「詩」某一方面的「凸顯」。

又如南北朝文學思想的差異，《隋書‧文學傳序》言：「江左宮商發越，貴於清綺；河朔詞義貞剛，重乎氣質。」〔註4〕這種情形的差異，「從文化思想方面說，南朝以老莊玄學思想為主導，佔有統治地位；而北方則主要依賴兩漢時期文化的老底子，所以儒家思想仍占主導地位，經世致用的文學觀影響很深。由於這種分野，故南方文學思想重在『緣情』，而北方文學思想則重在宗經。南方詞采華豔的抒情詩較多，而北方則文辭質樸的說理文較多」〔註5〕。也就是說，南北地區受不同思想的影響，作品所呈現出的特色是不同的。南方的「貴於清綺」，北方的「重乎氣質」，並非言南方只貴「清綺」，北方只重「氣質」，一「貴」一「重」，即表現了他們對作品表達的側重點不同，亦是文學觀念的某一方面的「凸顯」。

再如隋唐對齊梁文學的扭偏。面對齊梁文學作品追求形式、聲律的特點，隋代文人李諤、王通等人倡導儒家的政教觀，反對齊梁的浮靡華麗之風。儘管二人有些論調過於絕對，但這種「此起彼伏」式的扭偏也體現了文學特質的「凸顯」。唐人陳子昂《與東方左史虬修竹篇序》所提出的「興寄論」與「風骨論」，也是針對齊梁不重內容，過於強調形式而作。陳子昂注重作品的內容，要有所寄託。「在風骨與辭采的關係上，必須以風骨為主，以辭采為輔」〔註6〕，這種「主」與「輔」的體認則更加明確了對「文學」觀念的某一特質的「凸顯」。

〔註3〕程樹德撰，程俊英、蔣見元點校：《論語集釋》，北京：中華書局，1990 年版，第 1212 頁。

〔註4〕〔唐〕魏徵、令狐德棻撰：《隋書》，北京：中華書局，1973 年版，第 1730 頁。

〔註5〕張少康：《中國文學理論批評史》，北京：北京大學出版社，2005 年版，第 244 頁。

〔註6〕張少康：《中國文學理論批評史》，北京：北京大學出版社，2005 年版，第 273 頁。

由此可知，中國古代文人提出的「文學」觀念，是在不斷發展變化的。這些「文學」觀念的提出在很多情形下或是對前朝的扭偏，或是對某一點的闡發，並不能將此一點概全貌。「儘管古今中外學人對文學特性做了各種揭示，但都就文學活動某個側面、某個環節而言」〔註7〕，如若深入探索，理應從古代眾多對「文學」觀念的論述中加以吸收、分析、歸納與綜合，這樣可能會得到一個相對客觀的結論。

其二，「文學」的不可定義並未影響研究者的解讀與學術的發展。喬納森·卡勒指出：

> 既然理論本身把哲學、語言學、歷史學、政治理論、心理分析等各方面的思想融合在一起，那兒理論家們為什麼還要勞神看他們解讀的文本究竟是不是文學的呢？如今對於搞文學研究的學生和教師來說有那麼多的批評項目和課題可讀可寫。比如「20世紀早期的婦女形象」，在這個題目之下，你既可以研讀文學作品，又可以接觸非文學作品。你可以研究弗吉尼亞·伍爾夫的小說，又可以鑽研弗洛伊德的病案史，或者二者都讀，從方法論的角度看，也沒有什麼至關重要的不同。這倒不是說各種文本都差不多。可以說，由於不同原因，有些文本內涵更豐富、更有影響力、更具有典範作用、更具有可爭辯性，或者更具有支配性。但文學作品和非文學作品還是可以同時研讀的，並且研讀方法也是相似的。〔註8〕

喬納森·卡勒在此提出了「文學」定義與否無關緊要的觀點。「文學」定義的不重要，實質是對「文學」不可定義的一種「顧左右而言他」式的狡黠論斷。雖然研讀方法類似，但是「文學」與「哲學」「史學」等所研究的側重點是不同的。卡勒認為研究者既可以鑽研「文學作品」，又可以接觸「非文學作品」，這其實已經暗含了一種文學觀念。這如同一些古代文學的研究者，經常會提出「先秦有文學麼？」「先秦諸子的作品算文學麼？」諸如此類的論調，亦是有研究者自己所認為的「文學」觀念蘊於其中。此外，研究者對課題的書寫，即便是「文學」定義的缺乏，也是基於研究者內心底處肯定會有一個對「文學」的認知，不管這種認知為文學是虛構的，還是文學是審美的，抑或是語言藝術的。

〔註7〕吳相洲：《古代文學研究的理論困難與解脫之法》，《清華大學學報》（哲學社會科學版），2019年第6期。

〔註8〕〔美〕喬納森·卡勒著，李平譯：《文學理論入門》，南京：譯林出版社，2013年版，第19頁。

　　既然「文學」不可定義，那麼持此觀點的人如何界定「文學」與「非文學」作品的呢？如何圈定「文學」作品呢？喬納森・卡勒提出了兩種方法。首先，卡勒提出：「文學就是一個特定的社會認為是文學的任何作品，也就是由文化權威們認定可以算作文學作品的任何文本。」〔註9〕即「文學」是由文化權威者而定的。以文學史的編寫為例，難道未被精英者納入文學史的作品就不是「文學」了麼？進而言之，難道這些文化權威者天生具有對「文學」文本的鑒別能力麼？若非天生，其鑒別能力從何而來？喬納森・卡勒亦認為此結論不盡人意，於是又提出第二種方法，即「文學」與「他者」的比較，也就是卡勒提出的「文學像雜草」的論斷，其文認為「假如你對雜草感到好奇，力圖找到『雜草狀態』的本質，於是就去探討它們的植物本質，去尋找形式上或實際上明顯的、使植物成為雜草的特點，那你可就白費力氣了。其實，你應該做的是歷史的、社會的，或許還有心理方面的研究，看一看不同的地方、不同的人會把什麼樣的植物判定為不受歡迎的植物。」〔註10〕也就是說討論「雜草」本身徒勞無功，不如探尋「他者」眼中「雜草」的屬性。應用到學科層面，即是文學與哲學、史學、地理學等的比較，確定其差異的方面。既然對「文學」疑而未定，那麼，如何確定「他者」是「他者」呢？這是一個複雜且棘手的問題。

　　綜上簡要羅列了「文學」不可定義的觀點及其解決的方法。儘管定義「文學」是一件頗為困難的事情，但也並非不可描述。筆者不揣譾陋，略陳芻蕘之言。本文對「文學」的描述是：文學是一種「刻意書寫」以及對這種書寫的「回顧」。可從兩個方面論述。

　　從作者層面言，文學是一種「刻意書寫」。「刻意書寫」，是一種慮而為之的活動。這包含幾個方面：首先，行動理由。唐納德・戴維森在《真理、意義與方法》中指出：

　　　　一旦一個人由於一個理由而做某事時，就能對他作出如下的描述：（a）對於某種行動有某種支持性態度（proattitude）；（b）相信（或知道、覺得、注意到記得）他的行動屬於那一類別。在（a）之下，應包括有願望、需要、衝動、激勵和形形色色的道德觀、審美原則、經濟上的成見、社會習俗以及公眾和私人的目的和價值，因為所有

<hr>

〔註9〕〔美〕喬納森・卡勒著，李平譯：《文學理論入門》，南京：譯林出版社，2013年版，第23頁。

〔註10〕〔美〕喬納森・卡勒著，李平譯：《文學理論入門》，南京：譯林出版社，2013年版，第23頁。

　　這些都能被解釋為行動者導向某種類型的行動態度。〔註11〕
對於作者寫作亦然。作者意欲寫作，首先會有一種願望、需求或觀念，且存在
這種願望、需求或觀念的支持，亦即作者需要構建一種理由使之行動。之所以
行動，是因為作者期待有值得表達的東西出現。其次，生成過程。文本生成的
過程，是行動理由付諸實踐的過程，亦即如何書寫的問題。如運用何種文體形
態書寫，如何運用語言結撰篇章，如何運用語言構建人物形象等等，這些都離
不開作者主體的意識，是一種有意識的、有技巧的書寫。最後，文本完成。通
過生成過程中主體的一系列的刻意書寫，文本才最終趨於定型。

　　當然，文本只有讀者閱讀，才能展現其文學價值。書寫的「回顧」，這是
對於讀者而言的。讀者通過閱讀試圖解釋文本，並作出自己對於文本的理解與
評判。當然，讀者有不同的類型，有純閱讀型的，有創作型的，有批評型的，
由此所呈現的「回顧」形式也是不盡相同的。如純閱讀型的讀者可能僅停留在
鑒賞層面，是一種精神性的活動；創作型的讀者即是通過文本中的某一點，有
感而發，進而有新的創作；批評型的讀者多為文論性質的話語呈現。正是讀者
的「回顧」，「文學」的意義才會不斷增殖。

　　總之，「文學」包含兩個層面，一為作者的刻意書寫；一為讀者的回顧。
在從作者慮而為之的刻意書寫到讀者對這種書寫的不斷「回顧」中，「文學」
得以成立。而《荀子》一書體現了「文學」的這兩個層面。

二、《荀子》文學研究綜述

　　《荀子》是先秦時期的重要典籍，其中關於《荀子》思想的論文達二千多
篇，可謂夥矣，而《荀子》文學研究論文僅二百餘篇，可見文學研究是其薄弱
環節。重哲學思想研究，輕文學層面的闡釋，此為荀學研究中的明顯不平衡性。
概言之，學界對《荀子》文學的研究集中體現在《荀子》文體研究、《荀子》
的風格研究、《荀子》文學思想研究、《荀子》比較研究以及《荀子》對後世文
學的影響等幾個方面。

（一）《荀子》文體研究

　　荀子作為先秦儒家的集大成者，其傳世說理散文《荀子》是戰國晚期的代
表作。《荀子》的編纂方式集合多種文體形態，學界對此研究的重點主要表現

〔註11〕〔美〕唐納德·戴維森著，牟博選編：《真理、意義與方法：戴維森哲學文選》，
　　　　北京：商務印書館，2012 年版，第 387 頁。

在《荀子》與散文、《荀子》與詩賦兩個方面。

1.《荀子》與散文

學界對於《荀子》散文的研究主要涉及如下幾個問題。（1）散文的體制。如章滄授《荀子散文的文學成就——先秦諸子散文漫談之》認為《荀子》以意名篇，據題抒論；標明「論」體，書具體系〔註12〕。譚家健《先秦散文藝術新探》指出荀文「體制宏博」〔註13〕。（2）散文的人物形象。郭迎春《淺析〈荀子〉中的人物形象》對《荀子》中出現的孔子、自我、周公、齊桓公、管仲、堯、舜等部分形象作了分析〔註14〕。袁靜通過《非十二子》的論述考察荀子塑造的聖王形象〔註15〕。壽喆旖則對《荀子》中的文王形象作了敘述〔註16〕。楊兆貴、楊宗耀《諸子思辨視野下的孔子形象》論述荀子及後學對孔子形象的重塑〔註17〕。王施懿《〈荀子〉中的孔子形象研究》重點考察了《荀子》中孔子形象的特點及其形象流變中的地位進行了描述〔註18〕。孫翠翠《〈荀子〉中的惠子形象》探討了惠子形象〔註19〕。陳雪琦《〈荀子〉中的大禹形象探索》對大禹的形象作了探索〔註20〕。伍振勳《秦漢時期的荀子形象：「大儒」論述的三種類型及其思想史意義》則通過秦漢時期的三篇文章探討了荀子的大儒形象〔註21〕。（3）散文的語言風格。陳騤《文則》和朱荃宰《文通》對《荀子》中的對喻、博喻、詳喻作了梳理〔註22〕。譚潛《言文》

〔註12〕章滄授：《荀子散文的文學成就——先秦諸子散文漫談之》，《安慶師範學院學報》，1986 年第 4 期。

〔註13〕譚家健：《先秦散文藝術新探》，北京：首都師範大學出版社，1995 年版，第113 頁。

〔註14〕郭迎春：《淺析〈荀子〉中的人物形象》，山東師範大學碩士論文，2008 年。

〔註15〕袁靜：《由「非十二子」到「塑聖王」——試析〈非十二子〉中荀子塑造的聖王形象》，《中山大學研究生學刊》，2005 年第 4 期。

〔註16〕壽喆旖：《周文王形象演變的個案探討》，陝西師範大學碩士論文，2019 年。

〔註17〕楊兆貴、楊宗耀：《諸子思辨視野下的孔子形象——荀子及其後學對孔子的論述》，《中原文化研究》，2004 年第 1 期。

〔註18〕王施懿：《〈荀子〉中的孔子形象研究》，西南大學碩士論文，2015 年。

〔註19〕孫翠翠：《〈荀子〉中的惠子形象》，《河北工業大學學報》，2017 年第 3 期。

〔註20〕陳雪琦：《〈荀子〉中的大禹形象探索》，《玉林師範學院學報》，2020 年第 4 期。

〔註21〕伍振勳：《秦漢時期的荀子形象：「大儒」論述的三種類型及其思想史意義》，《邯鄲學院學報》，2012 年第 4 期。

〔註22〕陳騤：《文則》，王水照主編《歷代文話》第一冊，上海：復旦大學出版社，2007年版，第 147 頁；朱荃宰：《文通》，《歷代文話》第三冊，上海：復旦大學出版社，2007 年版，第 2993～2994 頁。

提及設喻〔註23〕。徐昂《文談》對《荀子》中的比喻法作了梳理〔註24〕。葉適《習學記言序目·荀子》言「荀卿累千數百餘言，比物引類」〔註25〕。歸有光《震川集·荀子序錄》言「當於文辭，引物連類」〔註26〕。宋昌悅《暢谷文存·讀荀子》言「《荀子》之文，文勝於辭，辭勝於意」〔註27〕。譚家健《先秦散文藝術新探》認為荀文「博喻廣證，排比駢偶，注意修辭」〔註28〕。袁行霈《中國文學史》指出「《荀子》大量運用許多日常生活中常見的事物為譬喻，深入淺出，生動巧妙地把抽象的道理具體化、形象化，使深奧的理論淺顯易懂。」〔註29〕另如章滄授認為荀文「渾厚遒勁、精深周密、整齊簡練的藝術風格」〔註30〕。張海冰《論先秦儒家散文文學表現的歷時性發展——以〈論語〉〈孟子〉〈荀子〉為例》認為荀子之文，「據題抒論，辭義宣暢，諸子之文，至荀子可謂一大變。語言風格的形成離不開修辭手法的運用」〔註31〕。楊機紅《荀子淺繹》分別從鋪陳、修辭、語法的靈活運用三個方面概括了《荀子》的語言藝術〔註32〕。何忠東《粲於金石珠玉、美於黼黻文章——論荀子對排比、頂針、反義詞的運用》對《荀子》中所反覆出現的排比、頂針、反義詞等修辭手段進行分析〔註33〕。丁秀菊《先秦儒家修辭研究——以孔子、孟子、荀子為例》以修辭為視角，探討了孔、孟、荀的修辭〔註34〕。門修鵬

〔註23〕譚濬：《言文》，《歷代文話》第三冊，上海：復旦大學出版社，2007年版，第2335頁。

〔註24〕徐昂：《文談》，《歷代文話》第九冊，上海：復旦大學出版社，2007年版，第9041～9042頁。

〔註25〕葉適：《習學記言序目》卷四十四，北京：中華書局，1977年版，第645頁。

〔註26〕歸有光著，周本淳點校：《震川先生集》，上海：上海古籍出版社，1981年版，第20頁。

〔註27〕宋昌悅：《暢谷文存》卷二，民國鉛印本。

〔註28〕譚家健：《先秦散文藝術新探》，北京：首都師範大學出版社，1995年版，第116頁。

〔註29〕袁行霈：《中國文學史》，北京：高等教育出版社，1999年版，第100頁。

〔註30〕章滄授：《荀子散文的文學成就——先秦諸子散文漫談之》，《安慶師範學院學報》，1986年第4期。

〔註31〕張海冰：《論先秦儒家散文文學表現的歷時性發展——以〈論語〉〈孟子〉〈荀子〉為例》，延邊大學碩士論文，2008年。

〔註32〕楊機紅：《荀子淺繹》，北京：中國文聯出版社，2017年版，第168～171頁。

〔註33〕何忠東：《粲於金石珠玉、美於黼黻文章——論荀子對排比、頂針、反義詞的運用》，《古漢語研究》，1994年第2期。

〔註34〕丁秀菊：《先秦儒家修辭研究——以孔子、孟子、荀子為例》，山東大學博士論文，2007年。

《〈荀子〉文章文學性及其成因研究》認為《荀子》多種修辭手法與韻律使用並重〔註35〕。魏裕銘《論〈荀子〉的幽默藝術特色》對《荀子》中荒謬意味比喻、錯倒描寫、對因果不協調的現象原因的欲擒故縱的揭示、「猜謎語」諧隱遊戲形式等幽默手法進行了論述〔註36〕。章莉《〈荀子〉博喻研究綜述》對《荀子》的博喻的研究現狀作了梳理〔註37〕。柯馬丁《〈荀子〉的詩性風格》提出「《勸學》代表了一種複合體，由彼此獨立的隱喻、譬喻和流傳下來的權威性格言所構成」〔註38〕。（4）散文的說理。陸九淵《象山集》言「荀子於理有蔽，所以文不雅馴」〔註39〕。朱荃宰《文通·敘學》言「荀子議論，好高過奇」〔註40〕。方濬頤《二知軒文存·讀荀子》言「三十二篇中，以《勸學》《不苟》《非相》《正名》《堯問》五篇最為精理」〔註41〕。吳德旋《初月樓古文緒論》言「《荀子》說理較醇」〔註42〕。劉大杰《中國文學發展史》認為荀子散文「謹嚴綿密，剖析事理，非常透闢」〔註43〕。章滄授對《荀》文說理技巧也作了細緻論述。過常寶《先秦散文研究——早期文體及話語方式的生成》〔註44〕認為荀文的成熟主要是論證方法的成熟。呂朝彬《〈荀子〉說理方式研究》從宏觀上把握《荀子》說理邏輯和文章結構，對《荀子》的引用、後八篇的說理方式作了論述〔註45〕。徐崇茗對《荀子》的論辨特徵及其形成原因作了考察〔註46〕。

綜上對《荀子》的散文研究，無論是文學史專著還是單篇論文，學界基本認可《荀子》為先秦說理散文的集大成。然對於《荀子》篇章結構的分析、人

〔註35〕門修鵬：《〈荀子〉文章文學性及其成因研究》，青海師範大學碩士論文，2014 年。
〔註36〕魏裕銘：《論〈荀子〉的幽默藝術特色》，《管子學刊》，2010 年第 2 期。
〔註37〕章莉：《〈荀子〉博喻研究綜述》，《內蒙古民族大學學報》，2012 年第 3 期。
〔註38〕柯馬丁：《〈荀子〉的詩性風格》，《邯鄲學院學報》，2012 年第 4 期。
〔註39〕陸九淵：《象山集·象山先生語錄》卷三五，四部叢刊景明嘉靖本。
〔註40〕朱荃宰：《文通》，《歷代文話》第三冊，上海：復旦大學出版社，2007 年版，第 2667 頁。
〔註41〕方濬頤：《二知軒文存》卷十三，光緒四年刻本。
〔註42〕吳德旋撰，呂璜輯：《初月樓古文緒論》，中國科學院圖書館藏清宣統武進盛氏刻常州先哲遺書後編本，《續修四庫全書》1714 冊，上海：上海古籍出版社，2002 年版，第 470 頁。
〔註43〕劉大杰：《中國文學發展史》，上海：復旦大學出版社，2006 年版，第 57 頁。
〔註44〕過常寶：《先秦散文研究——早期文體及話語方式的生成》，北京：人民出版社，2009 年版，第 360 頁。
〔註45〕呂朝彬：《〈荀子〉說理方式研究》，復旦大學碩士論文，2011 年。
〔註46〕徐崇茗：《〈荀子〉論辯特徵管窺》，信陽師範學院碩士論文，2019 年。

物形象的論述以及散文文體研究相對薄弱。此外，對於《荀子》的散文特色，大都冠以說理透徹、邏輯嚴密等相關詞彙，缺乏新的闡釋視角。對於先秦典籍來講，文本的創作活動及生成是一個複雜的過程，一方面需要窺探文本內部結構顯現出的重複、矛盾、競爭等問題，另一方面應注意文本生成所處大環境所賦予文本的一些變化。比如經學、史學、子學以及民間文學對《荀子》文本的影響，這將對全面、系統、有效、深入的梳理、分析文本提供了一條路徑。

2.《荀子》與詩賦

作為《荀子》文學成就較高的詩賦，學界對此多有探討。主要體現在對《成相》篇與《賦》篇的研究。

學界對《成相》篇的研究主要在《成相》篇的篇題、文體、體制、雅與俗的問題等方面進行了探討。（1）《成相》篇的篇題。關於《成相》篇的篇題之義，較有代表性的觀點有楊倞所言「成功在相」。而盧文弨予以反駁「成相之義，非謂『成功在相』也，篇內但以國君之愚暗為戒耳」。王引之認為楊、盧之說皆非，認為「竊謂相者，治也。成相者，成此治也。成相者，請言成治之方也。」〔註47〕梁啟雄《荀子簡釋》以《周禮》「相瞽」之注和疏為其義，「相，謂扶工」「相者，以瞽人無目，須人扶持故也」〔註48〕。王天海《荀子校釋》亦引申為「以喻人主無賢良扶助」〔註49〕。李炳海先生《〈荀子·成相〉的篇題、結構及其理念考辨》亦認為「相字指的是扶持，引導盲人樂師者，荀子藉此稱謂，希望自己成為君主的扶持者、引路人」〔註50〕。（2）《成相》的文體。《成相》篇到底屬於什麼文體，學界對此頗有爭議。主要有如下四種觀點：第一種觀點認為是成相雜辭。楊倞、朱熹皆認為《成相》是《漢書·藝文志》中的《成相雜辭》。第二種觀點，盧文弨認為《成相》為彈詞之祖。第三種觀點認為是詩歌，如支菊生、李炳海先生皆認為《成相》應為雜言體詩〔註51〕。張思齊《從〈荀子·成相篇〉看質樸和俚俗諸審美範疇在中國詩學中的嬗變》認

〔註47〕王先謙撰，沈嘯寰、王星賢點校：《荀子集解》，北京：中華書局，2016年版，第538～539頁。
〔註48〕梁啟雄：《荀子簡釋》，北京：中華書局，1983年版，第342頁。
〔註49〕王天海：《荀子校釋》，上海：上海古籍出版社，2016年版，第979頁。
〔註50〕李炳海：《〈荀子·成相〉的篇題、結構及其理念考辨》，《江漢論壇》，2010年第9期。
〔註51〕支菊生：《荀子〈成相〉與詩歌的「三三七言」》，《河北大學學報》，1983年第3期；李炳海：《〈荀子·成相〉的篇題、結構及其理念考辨》，《江漢論壇》，2010年第9期。

為《成相》應為政治史詩〔註52〕。第四種觀點認為是通俗唱辭，鮑震培《瞽矇
與「成相」》認為荀子在《成相篇》中完整地運用了「成相」這種說唱文體，
是我們現今所見最早的通俗唱辭〔註53〕。郗文倩《成相：文體界定、文本輯錄
與文學分析》認為《成相》篇是一種說唱性質的雜體謠歌〔註54〕。（3）《成相》
篇的體制。如支菊生從節奏、韻律對「三三七言」作了分析。李炳海先生認為
「《成相》的結構呈現出奇偶相生的格局，從句組排列上，既有縱向的排比對
應，又有橫向的頂針相續，並且變化多端，呈現出的是立體形態，多種組合方
式」〔註55〕。郗文倩分別從行制、節奏、唱誦方式進行了論述。（4）雅與俗
的問題。如姚小鷗先生認為「『成相辭』源於瞽史傳統，是一種肇始於西周宮
庭，流行於秦漢時期的文藝樣式」〔註56〕。黎國韜《神瞽新說——兼論成相
之起源》認可姚的觀點，更直言《成相》篇與禮樂文化有關，而非所謂通俗文
學〔註57〕。認為《成相》篇為通俗文學的有，黎傳緒《中國說唱文學之祖新探
——荀子〈成相篇〉在中國說唱文學史的價值和地位》指出《成相》篇採用當
時民間歌謠形式，乃中國說唱文學之祖〔註58〕。龍軼波《荀子〈成相〉篇名考》
認為《成相》乃用楚民歌曲調〔註59〕。第三種觀點是雅與俗的結合。支菊生認
為《成相篇》除了俗還有點古色古香。郗文倩認為雅俗共賞。陳良武《出土文
獻與〈荀子·成相篇〉》在姚小鷗的基礎上指出，「民間歌謠與瞽史說唱的相互
作用與融合促進了『成相辭』的最終定型」〔註60〕。可見，關於《成相》篇的
雅俗異論，很大程度上是對《成相》篇起源認識的不同所造成。

　　學界對於《賦》篇的研究主要體現在《賦》的淵源、篇數、《賦》的特色
及影響等方面。

〔註52〕張思齊：《從〈荀子·成相篇〉看質樸和俚俗諸審美範疇在中國詩學中的嬗變》，
　　　　《中州學刊》，1993 年第 5 期。
〔註53〕鮑震培：《瞽矇與「成相」》，《文學與文化》，2012 年第 4 期。
〔註54〕郗文倩：《成相：文體界定、文本輯錄與文學分析》，《文學遺產》，2015 年第
　　　　4 期。
〔註55〕李炳海：《〈荀子·成相〉的篇題、結構及其理念考辨》，《江漢論壇》，2010 年
　　　　第 9 期。
〔註56〕姚小鷗：《「成相」雜辭考》，《文藝研究》，2000 年第 1 期。
〔註57〕黎國韜：《神瞽新說——兼論成相之起源》，《中山大學學報》，2003 年第 5 期。
〔註58〕黎傳緒：《中國說唱文學之祖新探——荀子〈成相篇〉在中國說唱文學史的價
　　　　值和地位》，《江西社會科學》，2004 年第 3 期。
〔註59〕龍軼波：《荀子〈成相〉篇名考》，《太原師範學院學報》，2008 第 2 期。
〔註60〕陳良武：《出土文獻與〈荀子·成相篇〉》，《長安大學學報》，2008 年第 3 期。

（1）關於《賦》的淵源，一種觀點認為《賦》源於《詩經》。劉向言「不歌而頌」，《漢書・藝文志》言孫卿「作賦以風，咸有惻隱古詩之義」〔註61〕。另在班固《兩都賦序》言「賦者，古詩之流」〔註62〕，皇甫謐《三都賦序》亦基本延續《兩都賦序》的觀點。一種觀點認為《賦》篇與楚國祭祀有關，侯文華認為《賦》篇是祭祀文〔註63〕。第三種觀點認為《賦》與諧隱、隱書有關。朱荃宰《文通》言「荀卿《蠶賦》，已兆其體」〔註64〕。呂思勉《經子解題》言「此篇之體，頗似《漢・志》所謂隱書」〔註65〕。過常寶《先秦散文研究——早期文體及話語方式的生成》直接指出隱語就是最初的賦〔註66〕。第四種觀點則認為賦源於《詩》和《楚辭》。劉勰《文心雕龍・詮賦》言「受命於詩人」，又言「拓宇於楚辭」〔註67〕，顯然是認為《荀子》之《賦》源於《詩》和《楚辭》。第五種觀點則認為賦是多種力量的產物。章學誠《校讎通義・漢志詩賦》言「古之賦家者流，原本詩、騷，出入戰國諸子」〔註68〕，章氏在前人的基礎上又拓展出賦與戰國諸子聯繫緊密。

（2）《賦》的篇數。主要涉及三種觀點：五篇說、六篇說和七篇說。如畢庶春認為「五賦既相互獨立，又渾融為一，成一組賦」〔註69〕。過常寶《先秦散文研究——早期文體及話語方式的生成》認為前面的《禮》《知》《雲》《蠶》《箴》五篇是賦。馬世年《〈荀子・賦篇〉體制新探——兼及其賦學史意義》認為「《賦篇》的體制，實際上是就五首『隱』而言」〔註70〕。鄭良樹《論荀賦》則認為是六篇，「以《小歌》是《佹詩》的延續，或說是《佹詩》的總結，

〔註61〕陳國慶編：《漢書藝文志注釋彙編》，北京：中華書局，1983年版，第184頁。

〔註62〕蕭統編，李善注：《文選》，上海：上海古籍出版社，1986年版，第1頁。

〔註63〕侯文華：《先秦諸子散文文體及其文化淵源》，北京：中華書局，2017年版，第166頁。

〔註64〕朱荃宰：《文通》，《歷代文話》第三冊，上海：復旦大學出版社，2007年版，第2883頁。

〔註65〕呂思勉：《經子解題》，上海：華東師範大學出版社，1995年版，第134頁。

〔註66〕過常寶：《先秦散文研究——早期文體及話語方式的生成》，北京：人民出版社，2009年版，第365頁。

〔註67〕劉勰著，周振甫注：《文心雕龍注釋》，北京：人民文學出版社，1981年版，第80頁。

〔註68〕章學誠著，王重民通解：《校讎通義通解》，上海：上海古籍出版社，1987年版，第117頁。

〔註69〕畢庶春：《荀況〈賦篇〉芻論》，《文學遺產》，1999年第3期。

〔註70〕馬世年：《〈荀子・賦篇〉體制新探——兼及其賦學史意義》，《文學遺產》，2009年第4期。

《賦》實為六篇」〔註71〕。劉延福也認為《賦》篇「包括五篇詠物賦和一首《佹詩》，共有六篇賦」〔註72〕。包遵信則認為《賦》篇包括七篇〔註73〕。劉瀏也認為「荀子所稱『賦』乃『口述文章』之義，而禮、智、雲、蠶、箴等五首與《佹詩》及小歌等均為『口述文章』，實為七賦」〔註74〕。此外，除以上三種觀點外，還有趙逵夫《〈荀子·賦篇〉包括荀卿不同時期兩篇作品考》認為「今本《荀子》的《賦》篇本係兩篇合成：一篇為《隱》（《禮》、《智》、《雲》、《蠶》、《箴》），一篇為《賦》（《佹詩》與《小歌》）」〔註75〕。

（3）《賦》篇特色及影響。關於《賦》篇的特色，黃之雋《唐堂集·題荀子》言「《賦篇》滑稽游衍」〔註76〕。唐文治《國文大義·論文之色》言《賦篇》具「怪麗之色」〔註77〕。劉師培《論文雜記》言「樸質以謝華，輇斷以為紀」〔註78〕。過常寶《先秦散文研究——早期文體及話語方式的生成》總結《賦》的三個特點：「是一種智力遊戲；是一種審美活動；是一種參與性的活動。」〔註79〕《賦》篇的影響方面，包遵信認為荀賦體物寫志的方法和問答體的形式，給漢賦不小的影響〔註80〕。馬世年得出「荀賦開詠物說理賦之先河，對漢賦問答體寫作與『鋪采摛文』的創作風格影響深遠」〔註81〕。

綜上學界對《成相》《賦》篇的研究成果頗豐。關於《成相》《賦》的諸如淵源、篇題、文體等問題，亦是眾說紛紜，莫衷一是，實為學界一大難題。如

〔註71〕鄭良樹：《論荀賦》，《文獻》，2005 年第 3 期。

〔註72〕劉延福：《「別詩之原始，命賦之厥初」——荀賦析論》，《山東師範大學學報》，2010 年第 2 期。

〔註73〕包遵信：《淺談〈荀子·賦篇〉》，《文史哲》，1978 年第 5 期。

〔註74〕劉瀏：《荀子〈賦篇·詭詩〉辯體述論——兼論「賦」之文體學意涵在先秦的萌芽》，《中國韻文學刊》，2013 年第 4 期。

〔註75〕趙逵夫：《〈荀子·賦篇〉包括荀卿不同時期兩篇作品考》，《貴州社會科學》，1988 年第 4 期。

〔註76〕黃之雋：《唐堂集》卷二三，清乾隆刻本。

〔註77〕唐文治：《國文大義》，《歷代文話》第九冊，上海：復旦大學出版社，2007 年版，第 8221 頁。

〔註78〕劉師培：《論文雜記》，《歷代文話》第十冊，上海：復旦大學出版社，2007 年版，第 9514 頁。

〔註79〕過常寶：《先秦散文研究——早期文體及話語方式的生成》，北京：人民出版社，2009 年版，第 366 頁。

〔註80〕包遵信：《淺談〈荀子·賦篇〉》，《文史哲》，1978 年第 5 期。

〔註81〕馬世年：《〈荀子·賦篇〉體制新探——兼及其賦學史意義》，《文學遺產》，2009 年第 4 期。

關於荀子《賦》篇為賦的源頭，鄭良樹則持相反態度，認為以「賦」命名，恐非荀子所題，可能是劉向在編纂荀子書時所題。對於《賦》篇篇名的不同傾向，很大程度上因早期文本文獻傳承的複雜性所致。的確，對此問題的求證分析，不能囿於前人之言語，需要多元性的考索、論證。對此，李炳海先生《先秦賦類作品探源理路的歷史回顧和現實應對》作了詳細的梳理，並提出了發展路徑，即「應從研究對象的特殊性切入操作」〔註82〕，具有方法論的意義。此種方法不僅適用《賦》篇之研究，對於《成相》篇以及其他難解之問題亦同樣適用。

此外，亦有從論體、非體、語體、序體（序跋體）等方面進行了表述與研究。如論體，陳騤《文則》言「自有《樂論》《禮論》之類，文遂有論」〔註83〕。吳子良《荊溪林下偶談》亦持此論〔註84〕。王兆芳《文章釋》則認為「論者，……源出《論語》，流有《荀子‧禮論》《樂論》諸篇」〔註85〕。張曼莉《先秦『論』體文》也對荀子的論體文作了簡要論述〔註86〕。如非體，王兆芳《文章釋》言「非者，違也，……源出《墨子‧非攻》《非樂》，流有《荀子‧非相》《非十二子》」〔註87〕。如語體，過常寶《先秦散文研究──早期文體及話語方式的生成》對語錄體作了簡要敘述，並指出「荀子時期的語錄體，是對先前文體的一種慕懷」〔註88〕。張亮《先秦儒家三部經典「語」類作品研究》從語體角度認為《荀子》的六篇語類文章作了論述〔註89〕。再如序體（序跋體）。姚鼐《古文辭類纂序》言「《荀子》末篇是也」〔註90〕。

〔註82〕李炳海：《先秦賦類作品探源理路的歷史回顧和現實應對》，《甘肅社會科學》，2015年第5期。

〔註83〕陳騤：《文則》，《歷代文話》第一冊，上海：復旦大學出版社，2007年版，第141頁。

〔註84〕吳子良：《荊溪林下偶談》，《歷代文話》，上海：復旦大學出版社，2007年版，第549頁。

〔註85〕王兆芳：《文章釋》，《歷代文話》第七冊，上海：復旦大學出版社，2007年版，第6264頁。

〔註86〕張曼莉：《先秦『論』體文》，海南師範大學碩士論文，2018年。

〔註87〕王兆芳：《文章釋》，《歷代文話》第七冊，上海：復旦大學出版社，2007年版，第6275頁。

〔註88〕過常寶：《先秦散文研究──早期文體及話語方式的生成》，北京：人民出版社，2009年版，第357頁。

〔註89〕張亮：《先秦儒家三部經典「語」類作品研究》，曲阜師範大學碩士論文，2008年。

〔註90〕徐樹錚輯：《諸家評點古文辭類纂》，北京：國家圖書館出版社，2012年版，第26頁。

　　散文文體的研究，首先，《荀子》一書不僅體現了對古時文體的繼承，亦顯現出戰國時期受社會形態影響所生成的一些「當時體」，如議體、論體等，這些是值得細細考究的。其次，目前學界對於《荀子》中出現的文體研究缺乏追根溯源式的考索，亦未動態性的考察文體的演變過程。這值得進一步研究。

（二）《荀子》風格研究

　　歷代對《荀子》風格的研究一般分為整體評述與局部評述。

　　1.整體評述。劉勰《文心雕龍・諸子》言《荀子》「理懿而辭雅」〔註91〕。獨孤及《毗陵集》附錄言荀「樸而少文」〔註92〕。陳繹曾《文說》言「荀卿博雅」〔註93〕。方孝孺《張彥輝文集序》言「其文敦厚而嚴正」〔註94〕。李贄《藏書》言「其文更雄傑」〔註95〕。董斯張《吹景集・荀子中字義略記》言「《荀卿子》宏肆蜿蜒，極文章之變」〔註96〕。盧錫晉《尚志館文述・荀子不畏天變論》言「其文章之峭刻」〔註97〕。汪由敦《松泉集文集・讀荀子書後》言「行文委曲紆徐，以暢其旨」「理近正而辭大醇」〔註98〕。戴殿泗《風喜堂文集・荀揚王韓論》言荀文有「廣博深崇之氣象」〔註99〕。郝懿行《荀子補注・與王引之伯申侍郎論孫卿書》言「其文如孟子，明白宣暢，微為絺富」〔註100〕。嚴可均《鐵橋漫稿・荀子當從祀議》言「荀子之學之醇正，文之博達」〔註101〕。包世臣《小倦遊閣集・與沈小宛書》言「《荀子》之文，平實而奇宕，為後世文章之鼻祖」〔註102〕。司馬光《注揚子法言序》言「《荀子》之文富而麗」〔註103〕。顧雲

〔註91〕劉勰著，周振甫注：《文心雕龍注釋》，北京：人民文學出版社，1981年版，第189頁。

〔註92〕獨孤及：《毗陵集》卷二十，四部叢刊景清趙氏亦有生齋本。

〔註93〕陳繹曾：《文說》，《歷代文話》第二冊，上海：復旦大學出版社，2007年版，第1351頁。

〔註94〕方孝孺：《遜志齋集》卷十二，上海：商務印書館，1935年版，第369頁。

〔註95〕李贄：《藏書》卷二十四，明萬曆二十七年焦竑刻本。

〔註96〕董斯張：《吹景集》卷十一，明崇禎二年韓昌箕刻本。

〔註97〕盧錫晉：《尚志館文述》續卷二，清康熙刻雍正增修本。

〔註98〕汪由敦：《松泉集》文集卷十五，清文淵閣四庫全書本。

〔註99〕戴殿泗：《風喜堂文集》卷三，清道光八年九靈山房刻本。

〔註100〕郝懿行：《荀子補注》卷下，清嘉慶光緒間刻郝氏遺書本。

〔註101〕嚴可均：《鐵橋漫稿》卷三文類一，清道光十八年四錄堂刻本。

〔註102〕包世臣：《包世臣全集》，合肥：黃山書社，1991年版，第33頁。

〔註103〕揚雄撰，李軌、柳宗元注，宋咸、吳秘、司馬光重添注：《揚子法言》，清乾隆文淵閣四庫全書鈔通行本。

《盦山談藝錄》曰「《荀子》如層岩疊巘，又如罫如畦，而有雄直氣」〔註104〕。胡樸安《論漢文記》言「《荀子》平正，辭理通達」〔註105〕。劉師培《論文雜記》言荀文「平易」〔註106〕。郭沫若《十批判書·荀子的批判》言荀文「宏富」「渾厚」〔註107〕。

2.局部評述。局部評述大多是對《賦》篇、《成相》篇、《王霸》篇的評述。如對《賦》的評價，皇甫謐《三都賦序》言《賦》篇：「遺文炳然，辭義可觀。」〔註108〕劉勰《文心雕龍·詮賦》言「荀況《禮》、《智》，宋玉《風》、《釣》，爰錫名號，與詩畫境，六義附庸，蔚成大國。遂客主以首引，極聲貌以窮文。斯蓋別詩之原始，命賦之厥初也」〔註109〕。如對《成相》的評價，唐文治言「平淡之色，以荀子《成相篇》為最」〔註110〕。劉師培《文說》言「荀卿《成相》，實為對偶之文。莫不振藻簡冊，耀采詞林」〔註111〕。南生傑《論荀子〈成相篇〉的文學價值與抒情特色》認為《成相》篇「莊肅而多感，通俗而精深，質樸而富麗，醇厚而雄奇，兼具『陽剛之美』和『陰柔之美』」〔註112〕。另如對《王霸》篇的評價，郝懿行《荀子補注·與王引之伯申侍郎論孫卿書》言「《王霸》一篇，剴切錞于，沁人肌骨」〔註113〕。

綜上，對《荀子》的風格研究，一般頗為簡潔、宏觀地概述其總體風格。但值得注意的是，對於風格研究，尚有很大研究的空間，比如不同文體所呈現的文本形態具有不同的風格，如《荀子》的散文與詩歌、賦之間風格的差異。

〔註104〕 顧雲：《盦山談藝錄》，《歷代文話》第六冊，上海：復旦大學出版社，2007 年版，第 5852 頁。

〔註105〕 胡樸安：《論漢文記》，《歷代文話》第九冊，上海：復旦大學出版社，2007 年版，第 9073 頁。

〔註106〕 劉師培：《論文雜記》，《歷代文話》第十冊，上海：復旦大學出版社，2007 年版，第 9484 頁。

〔註107〕 郭沫若：《十批判書》，北京：東方出版社，1996 年版，第 219 頁。

〔註108〕 蕭統編，李善注：《文選》，上海：上海古籍出版社，1986 年版，第 2038 頁。

〔註109〕 劉勰著，周振甫注：《文心雕龍注釋》，北京：人民文學出版社，1981 年版，第 80 頁。

〔註110〕 唐文治：《國文大義》，《歷代文話》第九冊，上海：復旦大學出版社，2007 年版，第 8221 頁。

〔註111〕 劉師培：《文說》，《歷代文話》第十冊，上海：復旦大學出版社，2007 年版，第 9542 頁。

〔註112〕 南生傑：《論荀子〈成相篇〉的文學價值與抒情特色》，《漢中師範學院學報》，1995 年第 2 期。

〔註113〕 郝懿行：《荀子補注》卷下，清嘉慶光緒間刻郝氏遺書本。

其次，還需要關注時代所賦予作品的風格，如周振甫《文學風格例話》將時代的風格分為「由治亂所形成的時代風格」「由思想所影響所形成的時代風格」「由文學演變所形成的時代風格」〔註114〕等，這些都有助於更好地把握、分析《荀子》風格的生成與定型。最後，還需要關注不同的地域對作品風格的影響，如荀子歷遊多國，《荀子》一書亦非一時一地而作，這便涉及到作品與不同地域風格間的關係。

（三）《荀子》文學思想研究

　　作為文學研究的重鎮之一，文學思想研究向來著墨頗多，《荀子》也不例外。以專書探討《荀子》文學思想的有楊鴻銘《荀子文論研究》、陳迎年《能定能應，夫是之謂成人：荀子的美學精神》、劉延福《荀子文藝思想研究》、陳昭瑛《荀子的美學》等。楊鴻銘從荀子文學宗經思想、荀子文學實用理論、荀子文學體裁析辨、孔孟荀文論之比較、荀子引詩考釋五個部分作了論述〔註115〕。陳迎年「以義利兩有、定應兩全為骨架，以美學精神為視域，以中西貫通為背景，以成人為鵠的，從荀子思想的現代追尋、荀子所揭示的多元矛盾、感而自然、感而不能然、感應之變等方面進行了闡述」〔註116〕。劉延福在前賢研究成果的基礎上，結合出土文獻，以「天生人成」為線索，對荀子的文藝思想與文藝實踐活動進行了系統的研究。全書從荀子文藝思想的理論淵源、荀子文藝思想的哲學基礎、荀子的文藝發生與創作論、荀子的文藝審美理想論、荀子的文藝功用說、《成相》與《賦》、《荀子》引《詩》與經典詮釋等方面對《荀子》的文藝思想進行細緻、系統地闡釋〔註117〕。陳昭瑛《荀子的美學》以「類」的概念出發，從「類的自覺」「類的本質」「類的生活」三方面架構全書，並從比較美學、比較詩學的視野出發，挖掘荀子思想中具有儒家特色與一般美學意義的精彩內涵〔註118〕。文學思想研究的博士論文有四篇，有袁世傑《禮學重構中的荀子性惡論文藝觀》、付曉青《荀子「樂論」美學思想研究》、劉延福《荀子詩樂理論與實踐研究》、楊艾璐《荀子功利文藝思想研

〔註114〕周振甫：《文學風格例話》，上海：復旦大學出版社，2005年版，第205～231頁。
〔註115〕楊鴻銘：《荀子文論研究》，臺北：文史哲出版社，1981年版。
〔註116〕陳迎年：《能定能應，夫是之謂成人：荀子的美學精神》，上海：上海三聯書店，2013年版。
〔註117〕劉延福：《荀子文藝思想研究》，濟南：山東大學出版社，2015年版。
〔註118〕陳昭瑛：《荀子的美學》，臺北：國立臺灣大學出版中心，2016年版。

究》。袁世傑將荀子的文藝思想定名為性惡論文藝觀，全文從荀子「天人之分」的性惡論思想體系、荀子禮法觀對禮學的重構、基於禮法範疇的文藝觀、文藝觀的禮學重構意義、性惡論文藝觀的歷史重估與現代關照等方面進行了論述〔註119〕。付曉青運用文化人類學、社會學的方法，以理論淵源、理論基礎、思想體系、歷史影響和當代價值四部分探討了荀子「樂論」的美學思想〔註120〕。楊艾璐則探討了《荀子》中的功利文藝思想〔註121〕。《荀子》文學思想研究的碩士論文達21篇，其具體內容，下面分而述之。

1.《荀子》文學思想的哲學基礎。（1）人性論是《荀子》文學思想的基礎。持「性惡論」的有：王偉《荀子性惡論人學與美學》〔註122〕、袁世傑《禮學重構中的荀子性惡論文藝觀》〔註123〕、朱建鋒《禮之「文」化──論荀子「文」的美學思想》〔註124〕、雒海寧《荀子的美學思想》〔註125〕、王勇《荀子功利美學思想的邏輯內涵》〔註126〕。但以周熾成、吳愛邦為代表的則認為荀子倡導的應為性樸論〔註127〕。（2）禮學思想是《荀子》文學思想的基礎。持此論者有郭樹清《荀子文藝思想及其創作中的禮樂本位立場》〔註128〕、車豔《從禮學視域研究荀子文藝思想》〔註129〕、雷瓊芳《論荀子禮學思想的美學訴求》〔註130〕。（3）「物慾論」是《荀子》文學思想的基礎。如諸葛志《荀子「物慾論」的美學詮釋》、馬征《荀子美學思想研究》持此論〔註131〕。（4）

〔註119〕 袁世傑：《禮學重構中的荀子性惡論文藝觀》，蘭州大學博士論文，2003年。
〔註120〕 付曉青：《荀子「樂論」美學思想研究》，山東大學博士論文，2008年。
〔註121〕 楊艾璐：《荀子功利文藝思想研究》，遼寧大學博士論文，2010年。
〔註122〕 王偉：《荀子性惡論人學與美學》，鄭州大學碩士論文，2000年。
〔註123〕 袁世傑：《禮學重構中的荀子性惡論文藝觀》，蘭州大學博士論文，2003年。
〔註124〕 朱建鋒：《禮之「文」化──論荀子「文」的美學思想》，鄭州大學碩士論文，2005年。
〔註125〕 雒海寧：《荀子的美學思想》，《青海師範大學民族學院學報》，2010年第1期。
〔註126〕 王勇：《荀子功利美學思想的邏輯內涵》，《漳州師範學院學報》，2012年第2期。
〔註127〕 周熾成：《荀子乃性樸論者，非性惡論者》，《邯鄲學院學報》，2012年第4期；吳愛邦：《性樸論視野下荀子美學思想新探》，《文化學刊》，2016年第7期。
〔註128〕 郭樹清：《荀子文藝思想及其創作中的禮樂本位立場》，重慶師範大學碩士論文，2008年。
〔註129〕 車豔：《從禮學視域研究荀子文藝思想》，福建師範大學碩士論文，2011年。
〔註130〕 雷瓊芳：《論荀子禮學思想的美學訴求》，新疆大學碩士論文，2007年。
〔註131〕 諸葛志：《荀子「物慾論」的美學詮釋》，《浙江師大學報》，1998年第1期；馬征：《荀子美學思想研究》，《孔子研究》，2001年第6期。

「成人之教」是《荀子》文學思想的基礎。如陳迎年《荀子美學思想研究》持此論〔註132〕。（5）《荀子》文學思想是多種思想的結合，如羅培村《荀子文藝觀的哲學、美學和政治基礎》〔註133〕、張節末《從道統轉向政統的意識形態理論——荀子美學再檢討》〔註134〕、曠麗貞《化性起偽：荀子美學思想的核心內容》〔註135〕、王小平《荀子文學思想及影響研究》〔註136〕等。

2.文質觀。學界關於文與質的探討主要涉及如下幾個方面：（1）文質兼備。如卓支中《荀子文藝美學思想管窺》認為荀子繼承了孔子文質兼備的觀點，主張「文以致實」〔註137〕。（2）「貴文」。如陳泳超《荀子「貴文」思想及其美學意義》認為《荀子》具有鮮明的「貴文」思想〔註138〕。武岩《荀子「文」概念的美學意義》也認為「荀子文質觀的特色是『文』勝於『情』，體現了對『文』的推崇」〔註139〕。（3）情感論轉向。劉延福《論荀子與儒家文質觀的情感轉向》則認為至荀子儒家文質觀發生變化，由倫理轉向情感〔註140〕。

3.詩學觀。這主要體現在《荀子》引《詩》以及所體現的詩學觀。（1）引詩。如胡義成《荀況對〈詩經〉的批判繼承》、張鶯《先秦儒家〈詩〉學述論》、陳英立《〈荀子〉用〈詩〉考論》、李一嵐《荀子〈詩〉學》、劉延福《荀子文藝思想研究》、趙有岩《〈荀子〉引〈詩〉研究》等對《荀子》引詩次數、篇目以及引詩特點作了細緻論述〔註141〕。（2）詩學觀。陳英立指出「荀子論《詩》

〔註132〕陳迎年：《荀子美學思想研究》，《華東理工大學學報》，2009 年第 1 期。

〔註133〕羅培村：《荀子文藝觀的哲學、美學和政治基礎》，《民族藝術研究》，1989 年第 1 期。

〔註134〕張節末：《從道統轉向政統的意識形態理論——荀子美學再檢討》，《文史哲》，1998 年第 4 期。

〔註135〕曠麗貞：《化性起偽：荀子美學思想的核心內容》，《上海海運學院學報》，1999 年第 4 期。

〔註136〕王小平：《荀子文學思想及影響研究》，華中科技大學碩士論文，2005 年。

〔註137〕卓支中：《荀子文藝美學思想管窺》，《暨南學報》，1990 年第 2 期。

〔註138〕陳泳超：《荀子「貴文」思想及其美學意義》，《江海學刊》，1997 年第 6 期。

〔註139〕武岩：《荀子「文」概念的美學意義》，南開大學碩士論文，2010 年。

〔註140〕劉延福：《論荀子與儒家文質觀的情感轉向》，《江西社會科學》，2013 年第 10 期。

〔註141〕胡義成：《荀況對〈詩經〉的批判繼承》，《南京師大學報》，1983 年第 4 期；張鶯：《先秦儒家〈詩〉學述論》，華中師範大學碩士論文，2005 年；陳英立：《〈荀子〉用〈詩〉考論》，黑龍江大學碩士論文，2008 年；李一嵐：《荀子〈詩〉學》，首都師範大學碩士論文，2009 年；劉延福：《荀子文藝思想研究》，濟南：山東大學出版社，2015 年版；趙有岩：《〈荀子〉引〈詩〉研究》，吉林大學碩士論文，2018 年。

體現出荀子的『宗經』、『明道』、道德言『詩』的理論特點以及『樂教』的思想主張」〔註142〕。李一嵐認為「荀子用《詩》方式為儒者，特別是漢儒的『徵聖』、『宗經』提供了模範」〔註143〕。劉毓慶《荀子〈詩〉學與先秦「詩傳」》認為「荀子通經致用的基本精神，為漢代今文學派開啟了先河」〔註144〕。趙東栓《從荀子論〈詩〉看荀子的〈詩〉學觀念》對荀子論《詩》所體現的諸如「文以載道」等四種詩學觀作了論述〔註145〕。

　　4.音樂觀。《荀子》的音樂觀主要涉及如下幾個方面：（1）音樂的功用。如谷雲義《荀子的文學主張及其特徵》認為荀子的音樂觀「兼具教育與現實治亂的功用」〔註146〕。郭志坤《荀子的文藝思想》、王長華《荀子美學思想述評》、卓支中《荀子文藝美學思想管窺》、雒海寧《荀子的美學思想》均認為荀子認為音樂文藝有教育、娛樂、治國等多重功用〔註147〕。（2）美善相樂。郝強《荀子「美善相樂」的「樂教」理論》認為「荀子的『樂教』理論，不僅構建了一個『美善相樂』的道德理想境界，而且提出了一個『由美入善』的道德修養方法」〔註148〕。諸葛志《荀子「物慾論」的美學詮釋》認為荀子的美學觀的核心是「美善相樂」〔註149〕。朱志榮《論荀子的美學思想》認為荀子的美善相樂觀「注重文藝的情感作用」〔註150〕。（3）中和之美。張少康《中國文學理論批評史》認為「荀子把『中和』之美作為衡量文藝作品的美學原則。從孔子到荀子則把美學和文藝上的『中和』觀念與政治道德更加密切地聯繫了起來。『中和』遂成為儒家傳統美學思想的核心」〔註151〕。張越《荀子音樂美學思想探析》認為「荀子『中和』之美是立足於『雅樂觀』，著眼於『以道制欲』，

〔註142〕陳英立：《〈荀子〉用〈詩〉考論》，黑龍江大學碩士論文，2008 年。

〔註143〕李一嵐：《荀子〈詩〉學》，首都師範大學碩士論文，2009 年。

〔註144〕劉毓慶：《荀子〈詩〉學與先秦「詩傳」》，《晉陽學刊》，2007 年第 6 期。

〔註145〕趙東栓：《從荀子論〈詩〉看荀子的〈詩〉學觀念》，《東嶽論叢》，2012 年第 2 期。

〔註146〕谷雲義：《荀子的文學主張及其特徵》，《東北師大學報》，1986 年第 4 期。

〔註147〕郭志坤：《荀子的文藝思想》，《湖南師大社會科學學報》，1987 年第 3 期；王長華：《荀子美學思想述評》，《河北學刊》，1989 年第 6 期；卓支中：《荀子文藝美學思想管窺》，《暨南學報》，1990 年第 2 期；雒海寧：《荀子的美學思想》，《青海師範大學民族師範學院學報》，2010 年第 1 期。

〔註148〕郝強：《荀子「美善相樂」的「樂教」理論》，《道德與文明》，1993 年第 3 期。

〔註149〕諸葛志：《荀子「物慾論」的美學詮釋》，《浙江師大學報》，1998 年第 1 期。

〔註150〕朱志榮：《論荀子的美學思想》，《社會科學家》，2009 年第 4 期。

〔註151〕張少康：《中國文學理論批評史》北京：北京大學出版社，2005 年版，第 48 頁。

強調音樂教化功能的實用主義而非享樂主義審美思想」〔註152〕。

　　學界關於《荀子》的文學思想研究頗豐。研究者從不同角度對《荀子》文學思想予以闡述。但有幾點值得注意：首先，如對《荀子》文學思想的哲學基礎的研究，學界多聚訟紛紜，各執己見。需要指出的是過於立奇、立新，會將所研究之物的特殊性變成一種普遍性。其次，學界關於《荀子》引《詩》、論《詩》的類型、方式與特點方面論述頗多，但需要注意的是作者書寫文本、構建文本的生成過程。鑒於《詩經》在先秦時期的權威地位，作者很大程度上因文化價值的認同而不得不引《詩》，這必然摻雜了對《詩》的強制引用、強制闡釋的過程。此外，由於頻繁的引《詩》，也在一定程度上出現瞭解《詩》、以《詩》構建文本的特點，這是需要注意的。

（四）《荀子》文學的比較研究及其對後世文學的影響

　　1.比較研究。比較研究作為文學研究較為突出的一種研究模式，《荀子》的比較研究涉及五方面內容：（1）荀子與孔孟。如張文勳《孟子和荀子美學思想之比較》從人格的修養、社會屬性、主客觀標準三方面比較了孟子和荀子的美學思想的異同，認為他們之間「既有分歧，又可互補」〔註153〕。鄒然《孟荀〈詩〉說平議》比較了孟子、荀子詩學貢獻〔註154〕。謝遐齡《〈孟子〉〈荀子〉感學初步比較——儒學之美學的可能性探討》對《孟子》《荀子》中的美、善思想進行了系統地比較，並探討了儒學美學的可能性〔註155〕。劉宗棠《探求孔子、孟子和荀子三家說〈詩〉的特點及原因》比較了孔、孟、荀三家說《詩》特點，認為「三家說《詩》的內容和目的不盡相同，孔子說《詩》著重於道德教育，孟子說《詩》重點在於辯難，而荀子說《詩》卻重點放在文學價值上」〔註156〕。（2）荀子與老莊。毛殊凡《從〈樂論〉看荀子美學及其與老莊美學之比較》以《樂論》所體現的荀子美學思想與老莊美學思想進行了比較〔註157〕。

〔註152〕張越：《荀子音樂美學思想探析》，《東嶽論叢》，2015 年第 5 期。

〔註153〕張文勳：《孟子和荀子美學思想之比較》，《社會科學戰線》，1995 年第 5 期。

〔註154〕鄒然：《孟荀〈詩〉說平議》，《江西師範大學學報》，1998 年第 2 期。

〔註155〕謝遐齡：《〈孟子〉〈荀子〉感學初步比較——儒學之美學的可能性探討》，《雲南大學學報》，2012 年第 1 期。

〔註156〕劉宗棠：《探求孔子、孟子和荀子三家說〈詩〉的特點及原因》，《船山學刊》，2009 年第 2 期。

〔註157〕毛殊凡：《從〈樂論〉看荀子美學及其與老莊美學之比較》，《學術論壇》，1989 年第 2 期。

（3）《荀子》與《韓非子》。黃婷《〈荀子〉與〈韓非子〉文章理念和創作特色的異同》對《荀子》與《韓非子》的文章理念和創作特色作了比較〔註158〕。魏劉美慧在《戰國諸子散文問對研究》中簡要對《荀子》與《韓非子》的問對作了比較〔註159〕。（4）荀子與屈宋。荀子與屈原的比較有，陳良運《論荀子和屈原的詩學觀》比較了荀子和屈原的詩學觀〔註160〕。路成文《〈橘頌〉、〈賦篇〉結構模式探源》通過對《橘頌》和《賦篇》結構模式作了比較〔註161〕。荀子與屈原、宋玉的比較有，康永秀《屈宋荀辭賦文體研究》對三人的辭賦作品進行分析和對比〔註162〕。（5）荀子與亞里士多德。如李衍柱《世界軸心時代的詩學雙峰——與亞里士多德〈詩學〉並峙的荀子〈樂論〉》比較了《樂論》與《詩學》的異同〔註163〕。

當前《荀子》的比較研究主要從美學思想和詩學觀等方面進行研究，體現了研究視野的局限性，還有還多可待拓展的空間。如《荀子》與唐宋散文的比較研究等。

2.《荀子》文學對後世文學的影響。宇文所安主編的《劍橋中國文學史》認為：「《荀子》說理尖銳、謹嚴，是迄今為止對儒家禮、樂、社會秩序這些核心主題最為系統化的討論，深刻影響了漢代的思想與寫作。」〔註164〕按宇文所安所言，不僅是思想，從《荀子》的文學層面講，亦對漢代文學創作影響深遠。吳方《荀子文學研究》認為「荀子散文詩先秦時期散文的集大成者，其對後世諸如韓愈、柳宗元提倡的古文運動發揮了重大作用」〔註165〕。具體而言，鄭振鐸《插圖本中國文學史》認為：「漢魏六朝以至唐，最流行之文體之一，即為賦，而其名實自荀卿始創之。」〔註166〕陸侃如、馮沅君《中國詩史》認

〔註158〕黃婷：《〈荀子〉與〈韓非子〉文章理念和創作特色的異同》，湖南師範大學碩士論文，2014年。

〔註159〕魏劉美慧：《戰國諸子散文問對研究——以〈孟子〉〈莊子〉〈荀子〉為例》，山東大學碩士論文，2020年。

〔註160〕陳良運：《論荀子和屈原的詩學觀》，《暨南學報》，1993年第4期。

〔註161〕路成文：《〈橘頌〉、〈賦篇〉結構模式探源》，《聊城大學學報》，2009第3期。

〔註162〕康永秀：《屈宋荀辭賦文體研究》，遼寧大學碩士論文，2011年。

〔註163〕李衍柱：《世界軸心時代的詩學雙峰——與亞里士多德〈詩學〉並峙的荀子〈樂論〉》，《山東師範大學學報》，2006年第6期。

〔註164〕〔美〕孫康宜、宇文所安編：《劍橋中國文學史》，北京：生活‧讀書‧新知三聯書店，2013年版，第101頁。

〔註165〕吳方：《荀子文學研究》，濟南大學碩士論文，2012年。

〔註166〕鄭振鐸：《插圖本中國文學史》，北京：人民文學出版社，1957年版，第74頁。

為「荀子的作品在文學史上，位置卻相當的重要。在與《楚辭》的關係方面，《成相》篇幅之長，顯然受《離騷》等篇的啟示；與賦的關係方面，荀況是第一個確定『賦』的名稱的；與樂府的關係方面，《成相篇》開啟後人擬樂府之風；與七言詩的關係方面，《成相》二百八十句中有一百十二句是七言，這真是後代七言詩不祧之祖」〔註167〕。

至於《荀子》對後世文學的影響，文學史著作書寫的一個常見模式是過於強調前人對後世作家、作品的緊密影響，而缺乏嚴密的考證與分析。如陸侃如、馮沅君《中國詩史》認為《荀子》「開啟後人擬樂府之風」「後代七言詩不祧之祖」等，顯然缺乏證據支撐。一種文體或文風的形成、發展，很大程度上是多種力量的影響生成。此外，研究者對所研究領域的作家與作品存在過度拔高的心態，這將不利於作家作品的研究，更不符合學術研究所具備的客觀性與公正態度。

（五）問題與反思

《荀子》的文學研究，在《成相》篇、《賦》篇、詩學觀、文學思想等方面都取得了不錯的研究成果。但目前大陸沒有一部全面、系統地研究《荀子》文學的專著及博士論文。其中顯現的問題也同樣值得反思，主要體現在如下幾個方面：

一是相對於汗牛充棟的哲學、思想研究成果來說，《荀子》文學研究卻比較薄弱，還有許多可待深入研究的空間。如《荀子》與其他諸子書目的行文方式的異同，以及在此異同之下所透露出的由政治、經濟、社會的變遷所引發對文學認識的變化。如對後世文學的影響，很多情況下，文學史的撰寫將前後作品的文體、文風聯繫的過於密切和通暢。其實對於一種文體或文風的演變過程，有時並不顯得那麼有銜接性，往往具有緩慢、衍生、變異等特點，這是需要值得注意的。

二是當前的《荀子》文學研究大多著墨於《成相》《賦》《樂論》等篇及其美學思想，呈現出《荀子》文學研究的不平衡性。對於影響後世深刻的《荀子》一書，單論其文學成就來講，似乎不單單表現在《成相》《賦》和《樂論》等篇章上，對《荀子》其他篇章的文學研究不夠突出。

〔註167〕陸侃如、馮沅君：《中國詩史》，天津：百花文藝出版社，1999年版，第130～131頁。

　　三是在研究觀念上，如上述《荀子》文學研究的成果，有些研究擺脫不了前人的視閾。如何在前人的研究成果基礎上推陳出新、不落俗套，如何在前人未開闢的領域另結新果，這需要研究觀念的轉變。劉躍進先生在《早期文本的生成與傳播》中說：「先唐文學研究的最大問題，不是材料，而是研究觀念。觀念一變，材料翻新；觀念不變，材料永遠都是舊材料。」〔註168〕這將有助於重構由觀念轉變所引起的術語、概念、範疇的建立基礎之上的整體、系統的文學研究。

　　四是當前的文學研究模式，思想研究不斷壓榨著文學的闡釋空間。姚新勇在《由「文學史」到「思想史」》一文中概括到：「寬泛而言，以往的文學研究，都可以算是思想性質的研究。」〔註169〕對於此種文學研究的現狀，吳興宇在《思想史不能取代文學史》一文中呼籲：「文學研究何時才能回歸本身，恢復輕盈、婀娜的體態？希望有一天，掀起文學史的蓋頭來，我們看到的是真正的文學研究，而不是思想史、社會史、哲學或其他。」〔註170〕的確，一味厚言思想，那麼文本的文學空間何在？即便談思想，也理應如趙憲章《也談思想史與文學史》中提及的「通過形式闡發意義，即通過文學文本的審美分析闡發文學的思想」〔註171〕。我們應時刻以「文學」作為中心點，「思想」不能革「文學」的命，我們需要給「文學」留一個喘息、可自由奔跑的空間。

三、本文的研究思路

　　「文學」這一概念在不同的時期往往代表著不同的含義。而「文學」研究亦伴隨觀念、潮流的影響產生不同程度的變化。當前中國古代文學面臨一個轉型期，並非是之前的文學研究模式失去了意義，而是伴隨研究人員的不斷聚集，以先前的研究範式為標的，很難闡釋出新的創新點與開拓出新的格局。近年來，諸如社科院等研究機構以及一些高等院校已經就「文學」研究開始了一些新的摸索與嘗試，研究成果亦漸成飽滿之狀。而本人對《荀子》的文學研究即在這一大背景下展開的。本文主要以「文學是一種刻意書寫以及對這種書寫

〔註168〕劉躍進、程蘇東：《早期文本的生成與傳播》，北京：中華書局，2017年版，第5頁。

〔註169〕姚新勇：《由「文學史」到「思想史」：原因、張力與困惑——關於由文學史轉向思想史研究現象之思考》，《天津社會科學》，2006年第1期。

〔註170〕姚新勇：《由「文學史」到「思想史」》，《文藝報》，2007年6月21日第2版。

〔註171〕趙憲章：《也談思想史與文學史》，《當代作家評論》，2002年第1期。

的『回顧』」這一界定嘗試探討《荀子》的文學研究。

刻意書寫，主要從兩個方面進行考察。一是探索《荀子》這部典籍是如何生成的？具體言之，是什麼樣的契機使得荀子有創作的理由與動機？構成《荀子》典籍的主體角色有哪些？這些主體角色在創作時採取了什麼技巧？等等。二是探究《荀子》文本生成後的文學特色。本文主要從文體形態、文本結構以及文學形象三個方面作了考察。如《荀子》的文體形態，除了學界多有探討的《成相》與《賦》篇，《荀子》中還有哪些文體樣式能比較明確地代表其說理特質？《荀子》的文本結構呈現一個什麼狀態，具體的篇章撰法是什麼？《荀子》全書結構有沒有一個貫穿的特質存在？至於《荀子》的文學形象，大體以人物形象、動物形象以及植物形象分別論述。在人物形象的論述中，首先探討了人之分途的原因，考察《荀子》中的聖王、霸主、大臣形象，此外還有技藝者、隱士與民眾等，進而考察《荀子》人物書寫的特點。此外，本文著重擇取《荀子》中極具代表性的動植物形象進行考察。

對這種書寫的「回顧」，即是從文學接受層面而言的。此部分主要以具有中國古代特色的選本（評點本）作為考察對象，探索時人在不同時期對《荀子》的文學接受；二是後世的創作接受也在一定程度上體現了對《荀子》的文學性「回顧」，著重以唐宋時期的古文大家的作品為例，考察其對《荀子》的文學性「回顧」呈現哪些方式？

第一章 《荀子》文本生成論

對於先秦典籍而言，文本的生成是一個複雜的過程。從起初的口頭傳述、專人記錄，至書於竹簡，傳播形態的差別，造就了文本的複雜性。至於文本的主體，先秦典籍的成書很難以「獨立作者」的身份完成，它往往伴隨著群體或集團智慧的結晶，這其中包含著初始文本的作者、對文本的增刪和修改以及再創造的輯錄者、經過修飾至於定本的定本者等多種角色的努力，具有歷時性的特點。以《荀子》作者書寫意圖的考量為起點，針對文本與先前文本互文的考察，以及對口頭傳播的文獻書面化的記載與運用，並進一步考索《荀子》文本的生成過程。

第一節　作者與文本：《荀子》生成的多種主體

20 世紀以來，西方文學理論學派關於作者的地位問題進行了激烈的爭論，出現了較有影響的兩種觀點：作者意圖論與反意圖論。作者意圖論強調從作者意圖來考察文本，其理論旗幟是「捍衛作者」；反意圖論則認為文本的闡釋與作者無關，從「質疑作者」「驅逐作者」到「作者已死」，作者的地位已悄然退場。此兩種觀點都有其局限性，若「只探尋二者之一的意義，我們永遠也別想得到一個令人滿意的闡釋，再說一遍，必須跳出這種非此即彼的荒唐選擇，即要麼文本，要麼作者。所有的排他性方法都是不充分的」[註1]。誠然，作者與文本並非是一種對立關係，可相互兼顧，不應無限誇大某一方法的合理性。

〔註1〕〔法〕安托萬·孔帕尼翁著，吳泓緲、汪捷宇譯：《理論的幽靈：文學與常識》，南京：南京大學出版社，2017 年版，第88頁。

對作者意圖的考察，可以使作者創作意圖與文本所體現的意圖形成關照。這種關照是否達到一致性或意圖相悖，需仔細考察，此外，這種關照亦可對文本的生成過程提供一些有價值的線索。

中國古代文學的研究中，作者問題始終是一個繞不過去的問題，畢竟「當批評家談論文學的時候，無論他們談論什麼，都是作者問題」〔註2〕。作為先秦重要典籍的《荀子》，其作者亦非是一個簡單的問題。學界從《荀子》的篇名、個別字句、結構、思想、文體、文風等方面進行了事無鉅細的考證，比較有代表性的觀點參見王天海《荀子校釋》〔註3〕。一般認為《荀子》非荀況一人之力著成，除《仲尼》《儒效》《議兵》《強國》《大略》《宥坐》《子道》《法行》《哀公》《堯問》十篇外，其餘篇章皆為荀子所作。如以此為預設起點，可將《荀子》文本生成與傳播過程中作過重要改動的三個角色作一番闡述。

一、初始作者

所謂「初始作者」，是指文本的開創之人。「無論我們思考一個什麼樣的具體文本，也無論我們怎樣閱讀它和理解它，都不可能與我們對作者的認識（或我們自以為對作者的認識）分開，這是確定無疑的」〔註4〕。故無論鑒於個人對現實或非現實所聚焦事物的深入考察，還是對某一時期著書風尚的追隨，皆為作者創作意圖的體現。

對於創作《荀子》的意圖，司馬遷《史記》中有明確記載，《孟子荀卿列傳》言：「荀卿嫉濁世之政，亡國亂君相屬，不遂大道而營於巫祝，信機祥，鄙儒小拘，如莊周等又滑稽亂俗，於是推儒、墨、道德之行事興壞，序列著數萬言而卒。」〔註5〕此段話可從兩方面推測荀子的創作意圖：從國君層面看，荀卿所處戰國末期，君主不賢，信奉巫祝鬼神，不行常道。《荀子·君道》就提及作為人主的大患：「使賢者為之，則與不肖者規之；使知者慮之，則與愚者論之；使修士行之，則與污邪之人疑之。」從諸子層面看，對於「蜂出並作」

〔註2〕〔英〕安德魯·本尼特著，李永新、汪正龍譯：《文學的無知：理論之後的文學理論》，鄭州：河南大學出版社，2014 年版，第 203 頁。

〔註3〕〔戰國〕荀況著，王天海校釋：《荀子校釋》，上海：上海古籍出版社，2016 年版，第 1193～1197 頁。

〔註4〕〔英〕安德魯·本尼特，尼古拉·羅伊爾著，汪正龍，李永新譯：《關鍵詞：文學、批評與理論導論》，桂林：廣西師範大學出版社，2007 年版，第 24 頁。

〔註5〕〔漢〕司馬遷撰，〔宋〕裴駰集解，〔唐〕司馬貞索隱，〔唐〕張守節正義：《史記》，北京：中華書局，2014 年版，第 2852～2853 頁。

的諸子集團，「各引一端，崇其所善，以此馳說，取合諸侯」，難免邪說橫行，如司馬遷指出「鄙儒小拘」「莊周等又滑稽亂俗」，便是這一現象的記錄。又如《漢書・藝文志・諸子略》對於每家的總結便提到了諸如「惑者」「辟者」「放者」「拘者」「刻者」「謷者」「蔽者」「邪人」「蕩者」「鄙者」等實行主張所造成的危害。《荀子・非十二子》也提到「假今之世，飾邪說，交奸言，以梟亂天下，矞宇嵬瑣，使天下混然不知是非治亂之所存者有人矣」〔註6〕，並對諸子學派的六種學說，十二個代表人物進行了評判。劉向《孫卿書錄》更直言：「孫卿以為人性惡，故作《性惡》一篇。」〔註7〕亦體現了荀子基於對現實的不滿而著書。司馬遷從國君不賢與諸子邪說橫行兩方面指出了荀子著書的意圖，這也符合戰國諸子著書立說的共性。關於「序列著」，董治安先生認為「不論是釋以『序列論著』（依次撰作），還是解為『序列所著』（依次就著作進行整理），都強調了荀卿的經意安排和論著本身的一定系統性。以此推測荀卿書的流佈，一開始就具有某種彙編的形式」〔註8〕。誠然，荀子已經具有自覺的編排文本的強烈意識。

綜觀先秦諸子書目，其基本主旨是對針對現實而提出一系列的治理策略。通過自己的思想主張吸引一個廣大的接受群體，由此形成一個群體集團。基於此種群體環境下，思想學說的擴散有利於倫理道德觀念的形成與人格品質的塑造，而著書立說顯然是一條可行的途徑。自孔子言「述而不作」，然「罪我者其惟《春秋》乎」，一個「罪」字，標明了在春秋時期「作」並非是普通士人的權利。故孟子承認孔子「作」《春秋》，以及孟荀推孔子為聖人，顯然是為「作」書尋求一種合法性。當「作」這一說法成立，故荀子作《荀子》，便是名正言順的事情了。所以著書身份便由「述者」轉向「作者」。但觀《荀子》的文本構建，荀子是兼「述者」與「作者」於一身。

二、輯錄者

所謂「輯錄者」，包含兩個層次：「述」和「作」。從「述」的層面講，一方面是指對書面文獻的著之筆端的「述」，即文本對先前文本文獻的再敘述；

〔註6〕〔清〕王先謙撰，沈嘯寰、王星賢點校：《荀子集解》，北京：中華書局，2016年版，第105～107頁。

〔註7〕〔清〕王先謙撰，沈嘯寰、王星賢點校：《荀子集解》，北京：中華書局，2016年版，第657頁。

〔註8〕董治安：《先秦文獻與先秦文學》，濟南：齊魯書社，1994年版，第283頁。

另一方面是指對口頭文獻著之筆端的「述」，即後人對前人以口頭傳播形態出現的文獻彙集整理並予以書面化。至於前者，涉及作者對文本的構建，此處姑且不論。對於「輯錄者」，主要是指後者而言。而「輯錄者」之「作」，是指「輯錄者」在整理前人文獻時，有「作」的成分摻入原始文本，是對原始文本基礎之上的一種再次闡釋與評價。程蘇東先生指出：「任何有述者或鈔者參與的文本傳播過程都有可能加入新的意識形態或文本資料。」〔註9〕需要注意的是，「輯錄者」這一「作」的工序並非一定存在，往往只存在對口頭文獻著之筆端的「述」，需審慎究查。

首先，輯錄者之「述」。從篇章方面看，一般是指文本中除去荀子所作的篇章。如《大略》《宥坐》《子道》《法行》《哀公》《堯問》六篇為荀子弟子及門人輯錄荀子言行，此六篇內容較為駁雜，與荀子所作篇章相校，篇幅、章句頗短。「《宥坐》以下五篇，文義膚淺。《大略》篇雖間有精語，然皆斷片」〔註10〕，梁啟超認為是「或門人所記，或後人附益也」〔註11〕。然有學者認為此六篇出自漢人之手，如張西堂認為此六篇為「漢儒雜錄之辭」〔註12〕，金德建認為《宥坐》《子道》《法行》《哀公》《堯問》五篇「或出漢代荀子之徒所纂集」〔註13〕，廖名春對此作出解釋，認為「這些材料如果沒有經過荀子的整理，或者沒有被荀子反覆利用的話，荀子後學是不會將其與荀子聯繫到一起的」〔註14〕。此外，學界關於《仲尼》篇的作者問題爭論已久。商聚德、廖名春等學者結合其他篇章的主旨相互印證，並證明《仲尼》篇非偽作。那麼，既然《仲尼》篇非偽作的情況下，那它到底屬於荀子自著還是弟子輯錄呢？張岱年《中國哲學史史料學》繼承了郭沫若《十批判書·荀子的批判》中《仲尼》篇與荀子思想不合的觀點，並進一步指出《仲尼》篇不是荀子的著作。廖名春指出：「《仲尼》篇係由荀子兩段主題各異的文章或講話編纂而成，其題目與內

〔註 9〕程蘇東：《寫鈔本時代異質性文本的發現與研究》，北京大學學報（哲學社會科學版），2016 年第 2 期。

〔註10〕梁啟超：《要籍解題及其讀法》，見《飲冰室合集》專集之七十二，上海：中華書局，1936 年版，第 43 頁。

〔註11〕梁啟超：《〈漢書·藝文志·諸子略〉考釋》，見《飲冰室合集》專集之八十四，上海：中華書局，1936 年版，第 10 頁。

〔註12〕張西堂：《荀子勸學篇冤詞》，見《古史辨》第六冊，上海：上海古籍出版社，1982 年版，第 150 頁。

〔註13〕金建德：《古籍叢考》，昆明：中華書局，1941 年版，第 50 頁。

〔註14〕廖名春：《〈荀子〉新探》，北京：中國人民大學出版社，2014 年版，第 52 頁。

容無關,係摘取文章開頭兩字名之,當屬編者為之。」〔註15〕又《仲尼》篇與《大略》篇、《堯問》篇皆以篇首二字為題,而《大略》《堯問》並非荀子親自所作,故《仲尼》篇應為荀子弟子輯錄之。

從詞彙運用方面看,文本中出現了以「孫卿子」作為主人公的對話,如《儒效》篇有「秦昭王問孫卿子曰」「孫卿子曰」「孫卿曰」,《議兵》篇有「臨武君與孫卿子議兵於趙孝成王前」「孫卿子曰」「陳囂問孫卿子曰」「孫卿子曰」「李斯問荀卿子曰」,《強國》篇有「荀卿子說齊相曰」「應候問荀卿子曰」「孫卿子曰」等字句。可見,此三篇顯然是荀子口述,其弟子由荀子的口述內容錄之筆端,僅僅是單純的複製,絕少發揮的餘地。

那麼,《荀子》中由荀子弟子及門人輯錄而「述」之的文章有《仲尼》《儒效》《議兵》《強國》《大略》《宥坐》《子道》《法行》《哀公》《堯問》(除末段)等篇。其次,輯錄者之「作」。《堯問》篇末段出現了對荀子高度評價的段落,明顯具備了「作」的特質,其曰:

> 為說者曰:「孫卿不及孔子。」是不然。孫卿迫於亂世,鰌於嚴刑,上無賢主,下遇暴秦,禮義不行,教化不成,仁者絀約,天下冥冥,行全刺之,諸侯大傾。當是時也,知者不得慮,能者不得治,賢者不得使,故君上蔽而無睹,賢人距而不受。然則孫卿懷將聖之心,蒙佯狂之色,視天下以愚。《詩》曰:「既明且哲,以保其身。」此之謂也。是其所以名聲不白、徒與不眾、光輝不博也。今之學者,得孫卿之遺言餘教,足以為天下法式表儀,所存者神,所過者化。觀其善行,孔子弗過,世不詳察,云非聖人,奈何!天下不治,孫卿不遇時也。德若堯、禹,世少知之。方術不用,為人所疑。其知至明,循道正行,足以為紀綱。嗚呼,賢哉!宜為帝王。天地不知,善桀、紂,殺賢良。比干剖心,孔子拘匡,接輿避世,箕子佯狂;田常為亂,闔閭擅強。為惡得福,善者有殃。今為說者又不察其實,乃信其名。時世不同,譽何由生?不得為政,功安能成?志修德厚,孰謂不賢乎!〔註16〕

至於此段,王天海認為:「此節之文,疑《荀子》全書之後序,理當另列。然

〔註15〕廖名春:《〈荀子〉新探》,北京:中國人民大學出版社,2014年版,第54頁。

〔註16〕〔清〕王先謙撰,沈嘯寰、王星賢點校:《荀子集解》,北京:中華書局,2016年版,第653頁。

不知何人所作，又何時併入此篇。」〔註17〕的確，因「文獻不足徵」，此末段的作者已不可考，學界一般推測此段為荀子後徒所作。傳播形態的多樣化，間有記錄者個人章句的摻入是無意識的，但此處顯然是有意而為之。而這有意之「作」已經不是對荀子言語的複製，而是真正意義上的對文本內容的增加，同時又有所闡釋，並把荀子推向聖人的高度。

綜上可知，對於先秦子書而言，輯錄者的身份是文本生成的次生產者。至戰國末期，著書立說之風盛行，屈原、荀子等可算以獨立作者的身份閃耀於文學史，但是《荀子》部分篇章還是由輯錄者完成，這充分體現了先秦子書的著述傳統。從文本的傳播角度講，荀子作為作者，同時也是述者；作為「受述者」的荀子弟子對荀子以「述者」身份所述的內容整理並集結成書，是最終以「輯錄者」的身份出現的。「輯錄者」在一定程度上講亦是「受述者」，但「受述者」不一定會成為「輯錄者」，因並非所有的「受述者」都參與了文本的整理工作。而對於文本的生成而言，「述者」和「受述者」則化為文本生成過程中的一個瞬間的記憶形態存在。

三、定本者

所謂「定本者」，是指對既有文本進行刪定、修改、整理至最後確定並示之於世的人。《荀子》的「定本者」至少包括兩位：西漢劉向和唐代楊倞。下面分而述之：

西漢末年，劉向、劉歆父子進行校書活動。《孫卿書錄》儘管對於《荀子》的校書活動的描述並未詳細敘述透徹，但為後人提供了重要的學術參考價值與文獻保存價值，有助於考察從戰國末期至西漢時期《荀子》的文本形態。《孫卿書錄》云：

> 《荀卿新書》十二卷三十二篇。《勸學》篇第一、《修身》篇第二、《不苟》篇第三、《榮辱》篇第四、《非相》篇第五、《非十二子》篇第六、《仲尼》篇第七、《成相》篇第八、《儒效》篇第九、《王制》篇第十、《富國》篇第十一、《王霸》篇第十二、《君道》篇第十三、《臣道》篇第十四、《致仕》篇第十五、《議兵》篇第十六、《強國》篇第十七、《天論》篇第十八、《正論》篇第十九、《樂論》篇第二十、

〔註17〕〔戰國〕荀況著，王天海校釋：《荀子校釋》，上海：上海古籍出版社，2016年版，第1179頁。

《解蔽》篇第二十一、《正名》篇第二十二、《禮論》篇第二十三、《宥坐》篇第二十四、《子道》篇第二十五、《性惡》篇第二十六、《法行》篇第二十七、《哀公》篇第二十八、《大略》篇第二十九、《堯問》篇第三十、《君子》篇第三十一、《賦》篇第三十二。護左都水使者、光祿大夫臣向言，所校讎中《孫卿書》凡三百二十二篇，以相校，除重複二百九十篇，定著三十二篇，皆以定殺青簡，書可繕寫。〔註18〕

從《孫卿書錄》中可知劉氏父子作了以下幾方面的工作，由此可以推知戰國至西漢時期《荀子》的文本變遷情況。

一是更換書名。從上可知，從戰國末期至西漢劉向校書之前，荀子的書名應為《孫卿書》。到劉向重新校對時，作了改動，將《孫卿書》更名為《孫卿新書》。

二是分定卷數。至於《孫卿新書》的卷數，《郡齋讀書志》卷十儒家類記載：「漢劉向校定，除其重複，著三十二篇，為十二卷。」〔註19〕王天海以《隋書·經籍志》《舊唐書·經籍志》《新唐書·藝文志》列十二卷為據指出：「此十二卷本當傳至明代，然今不存，未知其詳。」〔註20〕從歷代的目錄著作著錄可知，劉向應該是將《孫卿書》析為十二卷。而盧文弨曰：「案宋本《新書》下有十二卷三字，或疑是二十卷，皆非也，但作三十二篇為是。」〔註21〕盧文弨的解釋頗為勉強，不承認劉向將《孫卿書》析為十二卷，其原因是盧認為《孫卿書錄》所列三十二篇篇名並沒有卷數分類。

三是刪重定篇。從戰國末期至西漢劉向校《孫卿書》時多達三百二十篇，刪重頗多，由此可以推斷，《孫卿書》應有多個版本，且版本之間的差異不大。荀子聚眾講學，弟子們輯錄形態的不同造成多個版本的形成。廖名春指出：「早在劉向之前，現存《荀子》的各篇已經形成了，它們並不是劉向拼合調

〔註18〕〔戰國〕荀況著，王天海校釋：《荀子校釋》，上海：上海古籍出版社，2016年版，第1182～1184頁。

〔註19〕〔宋〕晁公武撰，孫猛校證：《郡齋讀書志校證》，上海：上海古籍出版社，1990年版，第422頁。

〔註20〕〔戰國〕荀況著，王天海校釋：《荀子校釋》，上海：上海古籍出版社，2016年版，第1182頁。

〔註21〕〔戰國〕荀況著，王天海校釋：《荀子校釋》，上海：上海古籍出版社，2016年版，第1182頁。

整而成。」〔註22〕故劉向僅僅是對《孫卿書》重複的地方進行了比較刪除，並無過多改動。最終定為三十二篇，並列出篇目。此三十二篇即今本《荀子》的內容，只不過篇序略有不同。

四是撰寫序錄。劉向所作《書錄》，謂之《序錄》。《孫卿書錄》著錄校讎情況，介紹荀子人生事蹟、思想及著書意圖，並對荀子給予很高的評價。

綜上，至少從西漢劉向校書完畢直至唐朝，劉向所校《孫卿書》是作為一個定本傳播並接受的，而劉向的身份顯然是一個「定本者」。

唐憲宗時期，楊倞因「獨《荀子》未有注解，亦復編簡爛脫，傳寫謬誤，雖好事者時亦覽之，至於文意不通，屢掩卷焉」〔註23〕，遂對《荀子》作注，其在《荀子注序》中對劉向本進行了略微改動：「以文字煩多，故分舊十二卷三十二篇為二十卷，又改《孫卿新書》為《荀子》。其篇第亦頗有移易，使以類相從雲。」〔註24〕可見，楊倞並未作更多改動，只在三個方面進行略微修改：在卷數方面，依劉向十二卷析為二十卷；在書名方面，改《孫卿新書》為《荀子》；篇第方面，較劉向篇第有所改動，楊倞將《成相》《賦》《禮論》《大略》《堯問》等篇第進行了改動，以類相從。如楊倞「於文為比」將《禮論》移至第十九，形成以《天論》《正論》《禮論》《樂論》論議形式；楊倞以《宥坐》《子道》《法行》《哀公》《堯問》列為末卷，認為「皆荀卿及弟子所引記傳雜事，故推之於末」〔註25〕；將《成相》《賦》列為一卷，顯然楊倞因其文體不同而改。經過楊倞對卷數、書名、篇第的改動，《荀子》遂成為定本，並沿用至今。

綜上可知《荀子》從初始文本開始，在傳播過程中經弟子及後學之手對初始文本進行增刪、修改等活動，又經劉向、楊倞對文本的改動，遂成定本，流傳至今，故文本的生成是一個複雜性與歷時性的過程。而初始作者、輯錄者和定本者便是這一歷時性進程中所體現的三種重要角色，此不僅利於文本的傳承，而且對深入探討文本內部的構建有啟發作用。

〔註22〕廖名春：《〈荀子〉新探》，北京：中國人民大學出版社，2014年版，第36頁。

〔註23〕〔戰國〕荀況著，王天海校釋：《荀子校釋》，上海：上海古籍出版社，2016年版，第1頁。

〔註24〕〔戰國〕荀況著，王天海校釋：《荀子校釋》，上海：上海古籍出版社，2016年版，第2頁。

〔註25〕〔戰國〕荀況撰，〔唐〕楊倞注：《宋本荀子》（四），北京：國家圖書館出版社，2017年版，第117頁。

第二節 重複與衍變：文本構建的多種指向

　　因不同時期多種角色共同努力，《荀子》這一複雜的成書工程才算告終。由主體進入文本，進而探尋《荀子》文本的構建。後現代、後結構主義批評者認為任何文本都具互文性，此一方面預示著文本與先前文本間存在著千絲萬縷的聯繫，另一方面亦意味著文本的構建並非是一個封閉性的創造，而具有開放性的特徵。一般而言，文本與前文本間的互文，主要體現在素材的選擇與使用上，此呈現出兩種程序：一為重複，一為衍變。《荀子》文本的生成一般主要有對傳統的重複以及在傳統之流基礎上的衍變，體現了規範性文本與流動性文本的結合。

一、重複

　　「重複」，是指文本在構建過程中汲取了前文本的諸如文體、文風、結構、素材、書寫模式等特質，是基於傳統的重複。重複傳統不但是對先前文化的認同，而且有利於讀者對傳統的接受，繼而推動文本的傳播。《荀子》對傳統的「重複」具體表現在述古鑒今、篇章倣仿、素材互見三個方面，體現了文本的規範性。

　　第一，述古鑒今。揚‧阿斯曼曾言「從對現實的不滿經驗出發，並在回憶中喚起一個過去，而這個過去通常帶有某些英雄時代的特徵。從這些敘事中照射到當下的，是完全不同的一種光芒：被凸顯出來的是那些缺席的、消逝的、丟失的、被排擠到邊緣的東西，讓人意識到『從前』和『現在』之間的斷裂」〔註26〕。揚‧阿斯曼雖然探討的是神話「與現實對立」的作用，但同樣適合先秦子書「述古鑒今」的書寫傳統。以儒家典籍為例，《論》《孟》《荀》無不透露出對當時禮崩樂壞的不滿，繼而將視角指涉過去。先前禮樂的和諧關照當下禮樂的分崩，無論孔子還是荀子都透露出將這一「斷裂」續接的意圖。如荀子專設《禮論》《樂論》，詳細論述了「禮」「樂」的起源、內容及其意義，通過古今對比，讓人們意識到此種「斷裂」，進而通過學習彌補這一「斷裂」。再如《非相》所言「古者」「今世」，《非十二子》言「古之所謂士仕者」「今之所謂士仕者」、「古之所謂處士者」「今之所謂處士者」，《富國》言「今之世則不然」、「故古人為之不然」等皆指出了文化的斷裂、消逝，追憶者「對古代的追憶就

〔註26〕〔德〕揚‧阿斯曼著，金壽福、黃曉晨譯：《文化記憶：早期高級文化中的文字、回憶和政治身份》，北京：北京大學出版社，2015年版，第76頁。

成了他們針砭現實的一面鏡子」〔註27〕，因此引古鑒今，試圖消除這一斷裂。荀子的「述古鑒今」，顯然具有「強迫重複」〔註28〕的特質，其闡釋重點是治「今」，其主要途徑是述「古」這一傳統。劉勰所言「採故實於前代，觀通變於當今」（《文心雕龍・議對》）即是此理。

第二，篇章倣仿。《荀子》中有多篇文章繼承了前人書寫傳統，如《論語》將《學而》列為首篇，《堯曰》為末篇，到《孟子》末章所言「堯」「舜」「湯」至「孔子」的論述，至《荀子》一書，篇目順序雖經劉向、楊倞略微調整，但以今本觀之，《勸學》《修身》《不苟》置於書之前三篇，《堯問》為末篇，由此觀之，這體現了孔、孟、荀思想的一致性，是對傳統的一種繼承。當然，這種編排方式，也體現了儒家「道統」傳承的一種脈絡化梳理。稷下學宮的建立，學術交流空前興盛，這對於瞭解各家思想的長處及不足有了認知基礎。基於此，諸子與諸子間思想的溝通與聯繫甚為緊密，故評介各家主張的學術著作蜂起，思想的融合愈發空前。前有《莊子・天下》《尸子・廣澤》《荀子・非十二子》，後有《韓非子・顯學》《呂氏春秋・不二》《淮南子・要略》《論六家要旨》至《漢書・諸子略》等皆是對各家學術的總結性論著。《非十二子》作為先秦兩漢學術著作中的重要一環，從《天論》末段言諸子「一物一偏」、《解蔽》亦言諸子「蔽於一曲而暗於大理」兩篇學術篇章可知諸子「邪說」橫行，又因「假今之世，飾邪說，文奸言，以梟亂天下，矞宇嵬瑣，使天下混然不知是非治亂之所存者有人矣」〔註29〕的時代背景，進一步揭櫫《非十二子》的「撥亂反正」之意。故《非十二子》是對戰國形勢的自覺認識，是戰國學術的總結，亦是對傳統書寫的一種延續。

〔註27〕 葛兆光：《中國思想史》（第一卷），上海：復旦大學出版社，2013 年版，第 7 頁。

〔註28〕 「強迫重複」是弗洛伊德（Sigmund Freud）在《超越唯樂原則》一文中提出來的。見〔奧〕西格蒙德・弗洛伊德著，林塵、張喚民、陳偉奇譯：《弗洛伊德後期著作選》，上海：上海譯文出版社，2005 年版，第 20 頁。殷企平將其解釋為：「意指人的本能要求重複以前的狀態，要求回復到過去。」見趙一凡、張中載、李德恩主編：《西方文論關鍵詞》，北京：外語教學與研究出版社，2006 年版，第 13 頁。其實，在「強迫重複」的初始階段，並非是人的本能驅使，而是主體有意識的活動構建而成。在文本領域，「強迫重複」這一原則有助於理解作者創作意圖與構建文本的過程，對我們重新審視文本的生成有重要幫助。

〔註29〕 〔清〕王先謙撰，沈嘯寰、王星賢點校：《荀子集解》，北京：中華書局，2016 年版，第 105～106 頁。

第三，素材互見。先秦典籍中有大量的素材存在互見狀態，由此形成了一個巨大的「公共素材庫」。對素材互見的分析，是考察文本生成的重要方面。學界對先秦時期的公共素材庫提出了自己的認識。如徐建委先生將戰國秦漢間的「公共素材」分為三類，即故事、說理和短語，並指出它們是諸子取材的重要資源之一。〔註30〕此種按照素材形態的分法值得商榷。「故事類」公共素材中也有「說理類」的獨立段落和格言、諺語等說理短句，如先秦時期的寓言，一般以故事起首，並附加一兩句說理短句結尾。故此三分法頗有「分而未分」之感。從文本的生成講，此種分法，一方面只考慮素材的形態特徵，卻忽略了這些公共素材來源文本的地位問題。眾所周知，經書與子書地位是不同的，那麼作者使用這些素材的態度跟立場應該也不同於其他文獻；另一方面只考慮素材與素材之間的「互見」，卻忽視了作者創作文本的構建過程。因文本體例以及文本間地位的不同，其徵引公共素材的態度與方式是不盡相同的。〔註31〕故將先秦時期的公共素材的「互見」分為經書類、史書類、子書類、其他文獻〔註32〕四種形態，以便更清晰地考察文本與所徵引文本間的關係。

經書類互見。《荀子》引經頗多，其中引《詩經》多達83處（逸詩7處）、《尚書》23處、《易》5處（包括評《易》1處），達到諸子引經之最。限於篇幅，僅論述《詩經》與《荀子》素材互見，以便考察《荀子》文本構建的過程。

《詩經》在先秦時期的權威性與重要性毋庸置疑，從多達83處的引《詩》可知荀子對《詩經》的重視態度。荀子在創作文本的過程中，並非僅如學界所言引《詩》以證文本之理，較多情況下荀子是以《詩》來構建文本。荀子引《詩》

〔註30〕孫少華、徐建委著：《從文獻到文本：先唐經典文本的抄撰與流變》，上海：上海古籍出版社，2016年版，第116～117頁。徐建委先生對三類的解釋為：故事類「公共素材」主要指存在於《左傳》《國語》《戰國策》《管子》《晏子春秋》《荀子》《韓非子》《呂氏春秋》《韓詩外傳》《淮南子》《史記》《說苑》《孔子家語》等文獻中的歷史和人物故事（見第117頁）；說理類「公共素材」是指存在於經傳、諸子說理文中，被不同文獻徵引的獨立段落（見第118頁）；短語類「公共素材」指散見於戰國秦漢古籍的格言、諺語等說理短句（見第119頁）。

〔註31〕孫少華先生亦指出文本性質不同會導致對文獻材料「去取」方式的不同。孫先生以《淮南子》為例，認為「作為一部子書（甚至作為道家著作）來說，與同時代史書、經書以及先秦子書相比，在漢代成書過程中，它在文獻的使用、剪裁上產生了很大區別」。參見孫少華、徐建委著：《從文獻到文本：先唐經典文本的抄撰與流變》，上海：上海古籍出版社，2016年版，第17頁。

〔註32〕其他文獻，指的是除經書、史書、子書以外的文獻，這其中包括沒有書之竹簡、口頭流傳的文獻。

的篇章可稱之為《詩》之《傳》，即荀子在構建文本的過程中，所書寫某一主題時，《詩經》以一種無意識的狀態映入腦中，便對《詩》中章句與《荀子》所將書寫的主題產生了對接，繼而對《詩》之未闡盡之意進行再闡釋、再細談，在一定程度上屬於二度創作。徐建委先生在論及《說苑·立節》篇「子路曰不能甘勤苦」章引《詩·唐風·椒聊》曰「彼其之子，碩大且篤」時亦指出：「《說苑》此章講『能甘勤苦』、『能恬貧窮』、『能輕死亡』的品質，正是『篤厚』的品質，因此《說苑》的引用，是在《詩》句原義基礎上的類比引用。」〔註33〕可見徐建委意識到了文本構建與所徵引文本之間的內在理路。《荀子》中也存在不少此類情況，試舉一例：

表一：《荀子》與《詩經》互見表

《詩經·小雅·楚茨》	《荀子·修身》	《荀子·禮論》
禮儀卒度，笑語卒獲。〔註34〕	扁善之度，以治氣養生則後彭祖，以修身自名則配堯、禹。宜於時通，利以處窮，禮信是也。凡用血氣、志意、知慮，由禮則治通，不由禮則勃亂提僈；食飲、衣服、居處、動靜，由禮則和節，不由禮則觸陷生疾；容貌、態度、進退、趨行，由禮則雅，不由禮則夷固僻違，庸眾而野。故人無禮則不生，事無禮則不成，國家無禮則不寧。《詩》曰：「禮儀卒度，笑語卒獲。」此之謂也。	禮者，以財物為用，以貴賤為文，以多少為異，以隆殺為要。文理繁，情用省，是禮之隆也。文理省，情用繁，是禮之殺也。文理情用相為內外表裏，並行而雜，是禮之中流也。故君子上致其隆，下盡其殺，而中處其中。步驟馳騁厲騖不外是矣，是君子之壇宇宮廷也。人有是，士君子也；外是，民也；於是其中焉，方皇周挾，曲得其次序，是聖人也。故厚者，禮之積也；大者，禮之廣也；高者，禮之隆也；明者，禮之盡也；《詩》曰：「禮儀卒度，笑語卒獲。」此之謂也。

由表一可知《荀子》徵引《詩經·小雅·楚茨》「禮儀卒度，笑語卒獲」章句有兩處，分別見於《修身》與《禮論》。從《詩》旨與《荀子》所述內容看，

〔註33〕徐建委著：《〈說苑〉研究——以戰國秦漢之間的文獻累積與學術史為中心》，北京：北京大學出版社，2011年版，第212頁。
〔註34〕〔漢〕毛亨傳，鄭玄箋，〔唐〕孔穎達等正義：《毛詩正義》，臺北：藝文印書館，2001年版，第456頁上欄。

《毛詩》小序曰：「《楚茨》，刺幽王也。政煩賦重，田萊多荒，飢饉降喪，民卒流亡，祭祀不饗，故君子思古焉。」〔註35〕此序解說牽強附會，《詩集傳》《毛詩傳箋通釋》等多本著作都不拘泥小序，認為此詩描寫了祭祀的過程，是一首宗廟祭祀之歌。那麼，此詩與《修身》《禮論》旨意貼合。從《荀子》引《詩》段落看，《修身》與《禮論》此兩段完全是對荀子所引《詩》句的再闡釋。如《詩》的「禮儀卒度，笑語卒獲」，至《修身》則細解為「治氣養生」「修身自明」「宜於時通，利以處窮」「血氣、志意、知慮」「食飲、衣服、居處、動靜」「容貌、態度、進退、趨行」等禮的各個方面；《禮論》此段從「禮論」至「以隆殺為要」先提出「度」的討論，此後分別列舉「禮之隆」「禮之殺」「禮之中流」三種禮的程度，又列舉「士君子」「民」「聖人」對禮的認識，是否在禮的範圍之內。顯然是在《詩》之內容之上的再次創作。

　　故經書類文獻與《荀子》素材的互見，達到了以經書之特點為「我」所取的引用模式。其一，荀子明確指出了經書類文獻的不同功效，如《儒效》所言：「《詩》言是，其志也；《書》言是，其事也；《禮》言是，其行也；《樂》言是，其和也；《春秋》言是，其微也。」〔註36〕而且荀子引經書所體現的認可程度是不同的。〔註37〕其二，即便在《詩經》內部，《荀子》的引用也大有不同，以《雅》《頌》居多，間有《風》詩，故荀子稱引體現了一定的態度，《儒效》言：「《風》之所以為不逐者，取是以節之也；《小雅》之所以為小雅者，取是而文之也；《大雅》之所以為大雅者，取是而光之也；《頌》之所以為至者，取是而通之也：天下之道畢是矣。」〔註38〕其三，因《詩》在先秦時期的權威性以及在諸侯、士階層間的普及程度，諸子以《詩》為標杆的推崇，自然就「有意識」或「無意識」地滲入主體的創作，影響著文本的走向。

〔註35〕〔漢〕毛亨傳，鄭玄箋，〔唐〕孔穎達等正義：《毛詩正義》，臺北：藝文印書館，2001年版，第453頁下欄。

〔註36〕〔清〕王先謙撰，沈嘯寰、王星賢點校：《荀子集解》，北京：中華書局，2016年版，第158頁。

〔註37〕荀子所持對徵引經書的不同態度，郝明朝指出「綜觀荀文，應該說其最看重的還是《禮》，或曰《禮》《樂》，其主張『隆禮』，還作有《禮論》《樂論》。其次是《詩》《書》……再次便是《春秋》……最後一等——如果算作一等的話，才是《易》，因為其只和《詩》《禮》並提過一次，還是出自《大略》篇。」參見郝明朝：《論荀子與〈周易〉的關係兼及「六經並稱」的時代問題》，《周易研究》，2009年第5期，第54頁。

〔註38〕〔清〕王先謙撰，沈嘯寰、王星賢點校：《荀子集解》，北京：中華書局，2016年版，第158頁。

　　史書類互見。《荀子》引史書文獻較少，見於《國語》《晏子春秋》〔註39〕。舉《荀子》與《國語》互見一例略作分析：

表二：《荀子》與《國語》互見表

《國語‧周語上》	《荀子‧正論》
夫先王之制：邦內甸服，邦外侯服。侯、衛賓服，蠻夷要服，戎狄荒服。甸服者祭，侯服者祀，賓服者享，要服者貢，荒服者王。日祭、月祀、時享、歲貢、終王，先王之訓也。	封內甸服，封外侯服，侯衛賓服，蠻夷要服，戎狄荒服。甸服者祭，侯服者祀，賓服者享，要服者貢，荒服者終王。日祭、月祀、時享、歲貢，夫是之謂視形埶而制械用，稱遠近而等貢獻，是王者之至也。

從表二的對比來看，二書的相似程度頗高。《國語》以「王者之制」起首，《荀子》則置於其後；《周語》言「邦」，《荀子》言「封」，因古代「封」「邦」通用〔註40〕；《國語》言「荒服者王」，《荀子》言「荒服者終王」，至於「終」字，顧千里、久保愛等認為是衍字〔註41〕；《國語》「歲貢」後有「終王」，《荀子》則無，楊倞以為「此下當有『終王』二字，誤脫耳」〔註42〕故荀文與《國語》基本重複，無甚變化。又因《國語》成書早於《荀子》，所以是《荀子》引自《國語》。「五服」作為殷周時期人們對于天下秩序的設想，在《尚書‧禹貢》中就有提及。司馬遷《史記‧周本紀》對於此段亦引自《國語》，緣何未引《荀子》？這是由史學傳統造成的，畢竟史書關於一些史料的記載較其他文獻真實可靠。那麼，《荀子》引《國語》，也透露出荀子對於史料素材的徵引態度，即保持史料素材的真實性基礎上的再闡釋。

　　子書類互見。《荀子》與子書素材互見，一個明顯的特徵是多取子書的哲理意蘊來構建文本。如《勸學》言「故未可與言而言謂之傲，可與言而不言謂之隱，不觀氣色而言謂之瞽」，《論語‧季氏》謂之「侍於君子有三愆：言未及之而言謂之躁，言及之而不言謂之隱，未見顏色而言謂之瞽」〔註43〕，可知荀

〔註39〕《晏子春秋》與《荀子》互見的2條比較特殊，特放在其他文獻類論述。

〔註40〕〔戰國〕荀況著，王天海校釋：《荀子校釋》，上海：上海古籍出版社，2016年版，第720頁。

〔註41〕〔戰國〕荀況著，王天海校釋：《荀子校釋》，上海：上海古籍出版社，2016年版，第720頁。

〔註42〕〔戰國〕荀況著，〔唐〕楊倞注：《宋本荀子》（第三冊），北京：國家圖書館出版社，2017年版，第70頁。

〔註43〕程樹德撰，程俊英，蔣見元點校：《論語集釋》，北京：中華書局，2014年版，第1484頁。

子採自孔子的「君子」觀。《儒效》所言「行一不義，殺一無罪，而得天下，不為也」，與《孟子·公孫丑上》同，是對孟子「義」概念的繼承。因先秦諸子以其深厚的哲理思想和文化意蘊而著稱，《荀子》亦不例外，故引諸子之哲理意蘊是對傳統的繼承，亦是對文本構建的鉤沉稽古，發微抉隱。

其他文獻互見。文本的構建，並非僅僅依靠傳承下來的書之簡帛的經典文本，民間流行的一些通俗文學體裁亦可以為文本構建貢獻力量。以《荀子》而言，文本包含《成相》《賦》兩篇對後世文學具開世之功的文學形式，學界對此論述較多，且眾說紛紜，莫衷一是。以《成相》為例，學界對《成相》篇的文體、體制、雅與俗的問題進行了深入的探討，筆者認為無論《成相》是否起源宮廷雅樂，至荀子時期，這一文學樣式已經具有民間性，可算作是通俗文學。這種「三三七四七」的句式、結構具備「古」的傳統，荀子依此「舊瓶裝新酒」，加入了其政治思想。此外，古語、古諺語的擇取，亦為《荀子》文本的構建提供了素材。明代黃佐輯《六藝流別》卷二詩藝二中列《荀子》古語〔註44〕，明臧懋循編《詩所》卷十三有古語古諺語，選《荀子》七章〔註45〕，其前皆以「古之人有言曰」「民語曰」「語曰」「臣聞之」發端。這些古語、古諺語即在一定階層口耳相傳的語言，《荀子》將之納入書面，並作為文本構建的一部分。

綜上所述，荀子將視角指涉過去，重複傳統，一方面基於對過去書寫傳統以及文化的認同，另一方面由經書類、史書類、子書類和其他文獻公共素材的互見，也展現了《荀子》文本構建的取材方向以及使用態度，體現了文本的規範性。然而，經典文本的構建並非僅僅基於對傳統的重複，必然存在一些適應

〔註44〕如《勸學》的「學不可以已。青取之於藍而青於藍；冰水為之而寒於水」「無冥冥之志者，無昭昭之明；無惛惛之事者，無赫赫之功。行衢道者不至，事兩君者不容。目不能兩視而明，耳不能兩聽而聰。螣蛇無足而飛，梧鼠五技而窮」。《修身》篇的「人無禮則不生，事無禮則不成，國家無禮則不寧」、《天論》的「天行有常，不為堯存，不為桀亡」，《榮辱》的「與人善言，暖於布帛；傷人之言，深於矛戟」。（〔明〕黃佐輯：《六藝流別》，中山大學圖書館藏明嘉靖四十一年歐大任刻本，《四庫全書存目叢書》集部300冊，第101頁。）

〔註45〕臧懋循編《詩所》選《荀子》七章分別為：1.衣與！繆與！不女聊。（其後又小字曰古語）（《子道》）；2.欲富乎？忍恥矣！傾絕矣！絕故舊矣！與義分背矣。（《大略》）；3.淺不足與測深，愚不足與謀智，坎井之蛙，不可與語東海之樂。（《正論》）；4.流丸止於甌臾，流言止於知者。（《大略》）；5.桓公用其賊，文公用其盜。（《哀公》）；6.鳥窮則啄，獸窮則攫，人窮則詐。（《哀公》）；7.盜名不如盜貨。（《不苟》）。（〔明〕臧懋循編：《詩所》五十六卷歷代名氏爵里一卷，甘肅圖書館藏明萬曆雕蟲館刻本，《四庫全書存目叢書》集部325冊，第449頁。）

了新形勢下產生的新事物、新形式。而這些新事物、新形式往往建構在傳統之上的衍變。

二、衍變

衍變，是指作者在構建文本過程中對前文本某些特質的衍生、變化，是基於作者在新形勢下對前文本的一種改造，亦是在傳統基礎上的衍變。《荀子》文本的衍變可從情境的轉變、簡潔的寓言、對話人的消解等幾個方面進行闡述。

情境的轉變。春秋之際，「賦詩言志」是當時交際一種特殊的表達方式，伴隨交流語境的多元化與複雜化，逐漸生成了「賦詩斷章，余取所求」（《左傳·襄公二十八年》）的言說方式。先秦子書亦汲取這一程序來構建文本，一般呈現如學界所言的完美銜接與斷章取義。所引《詩》句「被遷移到一個新的語境之中，這個語境便是《荀子》的意義體系。引《詩》的內涵在原詩語境和《荀子》意義體系的雙重擠壓之下，必然發生變化⋯⋯當兩個語境之間和諧一致時，引《詩》自然屬於『準確引用』；當兩個語境不是完全一致，甚至相互牴牾時，引《詩》便是『不準確引用』」〔註46〕，而「斷章取義」便是「不準確引用」的表現形式。學界關於「斷章取義」大多只停留在《詩》之內涵與文本意義之間的是否接合，往往忽略了作者創作文本的過程。如《君子》所言：「天子無妻，告人無匹也。四海之內無客禮，告無適也。足能行，待相者然後進；口能言，待官人然後詔。不視而見，不聽而聰，不言而信，不慮而知，不動而功，告至備也。天子也者，埶至重，形至佚，心至愈，志無所詘，形無所勞，尊無上矣。《詩》曰：『普天之下；莫非王土；率土之濱，莫非王臣。』此之謂也。」〔註47〕《毛詩序》對此詩解釋道：「《北山》，大夫刺幽王也。役使不均，己勞於從事而不得養其父母焉。」〔註48〕關於此詩旨，學界皆贊同毛詩小序所言。不過，值得注意的是，荀子所引此詩，並非屬於《北山》作者所作〔註49〕，

〔註46〕劉耘華：《詮釋學與先秦儒家之意義生成──〈論語〉、〈孟子〉、〈荀子〉對古代傳統的解釋》，上海：上海譯文出版社，2002年版，第160頁。

〔註47〕〔清〕王先謙撰，沈嘯寰、王星賢點校：《荀子集解》，北京：中華書局，2016年版，第531~532頁。

〔註48〕〔漢〕毛亨傳，鄭玄箋，〔唐〕孔穎達等正義：《毛詩正義》，臺北：藝文印書館，2001年版，第444頁上欄。

〔註49〕張啟成結合先秦典籍《孟子》《韓非子》《呂氏春秋》對於此詩的互證以及周初的青銅器曾單獨引用過此四句詩，認為非《北山》作者之作，確為舜詩。參見

應是先秦時期的公共素材。從《孟子·萬章上》咸丘蒙以「舜既為天子，而瞽瞍之非臣」證此詩之非的情景，孟子以《北山》之旨意「勞於王事而不得養其父母」（《萬章上》）的情境糾正咸丘蒙。至《荀子》引此詩主要是論天子至尊無上的地位，取其字面之義，《北山》之「役使不均，己勞於從事而不得養其父母」怨刺情境至《荀子》已然變成高歌天子地位的情景。情境的轉變，是荀子在創作過程中不得不引《詩》、必須引《詩》造成。上文已談及《詩》的權威地位，故引《詩》已然成為子書著述的一道不可缺少的工序。當所引之《詩》進入新的情境，與文本接合性出現斷裂，顯然此種情況包含著作者強制引詩、強為嵌入文本、強制闡釋的過程。

寓言的簡潔化。寓言作為言說道理的重要方式，在先秦子書中屢見不鮮。而文本間的互見，已然使得寓言成為一種獨立的文學體裁。因文本性質的差異，寓言在不同的文本中亦以不同的形式存在。《荀子》中寓言不多，大約十例，與《莊子》《韓非子》《列子》《呂氏春秋》不能相提並論，但表現出了與其他文本不同的書寫體例。略舉「楚王好細腰」這一寓言，試作分析：

> 《墨子·兼愛中》：昔者楚靈王好士細要，故靈王之臣皆以一飯為節，脅息然後帶，扶牆然後起，比期年，朝有黧黑之色。

> 《晏子春秋·景公臺成盆成適願合葬其母晏子諫而許》：楚靈王好細腰，其朝多餓死人。

> 《管子·七臣七主》：夫楚王好小腰而美人省食。

> 《尸子·處道》：楚靈王好細腰而民多餓。

> 《荀子·君道》：楚莊王好細腰，故朝有餓人。

通過上述關於「楚王好細腰」的記載可知，其一，《墨子》對「楚王好細腰」這一寓言的記載是較為詳細的，不論是繫腰帶之「脅息」、「後起」要「扶牆」，還是對細腰之後的膚色變化，是其他文本所未言及的。其二，主人公不同。《墨子》寫楚靈王，其細腰對象為士；《晏子春秋》寫楚靈王，細腰對象為朝中之人；《管子》寫楚王，未細言哪位君主，其細腰對象為美人；《尸子》寫楚靈王，細腰對象為民；《荀子》寫楚莊王，細腰對象為朝中之人。故好細腰的王的記錄有三種說法：楚靈王、楚王、楚莊王。而細腰之對象則有士、美女、

張啟成：《〈詩經〉中的舜詩——〈小雅·北山〉「溥天之下」四句解讀》，《文史雜誌》，2010 年第 1 期。其實這種詩句不出於作者之手的情況應普遍存在的，鑒於《詩經》的來源，多數詩歌應在民間普遍流傳，以口傳狀態傳播，故《詩》之作者引民間公共素材以作《詩》的情況是存在的。

民、朝中之人四說。由上分析，寓言這一體裁是不斷發展的。可得出幾點：第一，文本間寓言主人公的不同，很大程度上是寓言在傳播過程中存在著以訛傳訛的情況，但是對於主題的把握一般還是比較準確的。第二，從起初《墨子》之記載詳繁，至《尸子》《荀子》的簡略呈現，這說明人們對於寓言有較為廣泛的認知程度，已沒必要再將具體情節展現出來。第三，戰國以降，伴隨邏輯認識能力的提高，說理文本的出現逐漸消解了諸多敘事的情節，而敘事情節的消解是說理文生成的必備條件。

對話人的消解。從《荀子》的行文看，已經較先前的子書在書寫方式上體現出了差異。先秦子書從語錄體、對話體的衍變，至《荀子》已有意識地消解了對話人「一問一答」這一敘述模式，逐漸形成了無主體言理的文學樣式。「稷下體」便是這一模式的重要表徵。稷下學宮（前374～前221）作為戰國百家爭鳴的聚散場，學術自由，士人眾多，不治而議。裴駰《集解》引劉向《別錄》云：「齊有稷門，城門也，談說之士期會於稷下。」〔註50〕故定期的演講、學術討論、辯論成為稷下學的常態。「稷下體」即在此常態下發展壯大。所謂「稷下體」〔註51〕，是指在稷下學宮活動的士人應諸侯、學生之問所答，期會之討論逐漸生成的一種文體。其特徵是以段落為標的，段落前往往以簡短的詞語總括段意，隨後展開對段意之詞的澄明式闡釋，具有講解性質的特點。「澄明式闡釋」，是指將公眾所困惑之語加以解釋、說明，是「意在澄明的闡釋，是置入公共意義領域，為公眾所理解的闡釋」〔註52〕，其主要特徵對話人的消解。其中涉及「稷下體」的有《皇帝四經》9 例、《孟子》9 例、《列子》1 例、《管子》36 例、《司馬法》4 例、而《荀子》則多達 47 例。從對話主體方面言，主要有三種表現形式：一人言說型、一問一答型和無主體型三種。一人言說型的

〔註50〕〔漢〕司馬遷撰，〔宋〕裴駰集解，〔唐〕司馬貞索隱，〔唐〕張守節正義：《史記》，北京：中華書局，2014 年版，第 2297 頁。

〔註51〕「稷下體」這一文體淵源有自，《尚書・洪範》關於「九疇」的行文書寫便是「稷下體」。然學界對於《洪範》篇的成書年代爭議頗多。有戰國早期、中期、末期之說。劉起釪先生則認為《洪範》原本出於商末，從西周到春秋戰國，經過不斷加工、潤色，並認為可能經過齊方士的整理或加工。參見劉起釪：《〈洪範〉成書年代考》，《中國社會科學》，1980 年第 3 期。筆者贊同劉先生的觀點，文本的書寫至最後定本，其間經過多道工序，尤其對於先秦典籍而言。如《論語》記載外交命辭的言論，就經過了「草創之」「討論之」「修飾之」「潤色之」四道工序。故《洪範》關於「九疇」的行文書寫可能經過戰國士人的潤色。

〔註52〕張江：《公共闡釋論綱》，《學術研究》，2017 年第 6 期。

如《論語‧季氏》言：「孔子曰：『益者三友，損者三友。友直，友諒，友多聞，益矣。友便辟，友善柔，友便佞，損矣。』」〔註53〕孔子獨自言說，無發問者，「友直」「友諒」「友多聞」「友善柔」「友便佞」分別是益友、損友的組成部分。再如《孟子‧盡心上》：「孟子曰：『君子之所以教者五：有如時雨化之者，有成德者，有達財者，有答問者，有私淑艾者。此五者，君子之所以教也。』」〔註54〕與《論語》條同。一問一答型的有《孟子‧告子下》言：「陳子曰：『古之君子何如則仕？』孟子曰：『所就三，所去三。迎之致敬以有禮，言將行其言也，則就之；禮貌未衰，言弗行也，則去之。其次，雖未行其言也，迎之致敬以有禮，則就之；禮貌衰，則去之。其下，朝不食，夕不食，飢餓不能出門戶。君聞之曰：『吾大者不能行其道，又不能從其言也，使飢餓於我土地，吾恥之。』周之，亦可受也，免死而已矣。』」〔註55〕陳子發問，孟子做答，首以「所就三，所去三」總括段意，其下有層次地予以分別論述。無主體型在《荀子》中達到高潮，如《強國》言：「威有三：有道德之威者，有暴察之威者，有狂妄之威者。此三威者，不可不察也。……夫是之謂道德之威。……夫是之謂暴察之威。……夫是之謂狂妄之威。此三威者，不可不孰察也。道德之威成乎安強，暴察之威成乎危弱，狂妄之威成乎滅亡也。」〔註56〕從《強國》看，已經沒有一人言說和一問一答的言說方式，作者在一定程度上消解了對話人，直陳觀點，繼而分別進行闡述，作出澄明式解釋。從文本發展角度看，文獻由起初的口頭傳播流傳至《論語》《孟子》間以口頭文獻書面化的過渡文本，發展至《荀子》，以對話人的消解，逐漸向書面文本靠攏，這是對傳統之流的衍變，具有流動性文本的性質。以文本生成層面而言，不能以說理散文作為先決條件，繼而考察說理散文的特質。理應先梳理是什麼導致了說理散文的生成，而對話人的消解顯然是其中一個重要特質。

任何經典文本的生成並非承傳統之法而故步自封，必定有其在傳統基礎上的凸顯出的「新」法。無論是文體、題材抑或是言說方式、言說風格，都在

〔註53〕程樹德撰，程俊英，蔣見元點校：《論語集釋》，北京：中華書局，2014年版，第1480頁。

〔註54〕焦循撰，沈文倬點校：《孟子正義》，北京：中華書局，1987年版，第942～943頁。

〔註55〕焦循撰，沈文倬點校：《孟子正義》，北京：中華書局，1987年版，第863～864頁。

〔註56〕〔清〕王先謙撰，沈嘯寰、王星賢點校：《荀子集解》，北京：中華書局，2016年版，第345～347頁。

一定程度上揭示了對傳統的衍變，而這種衍變即是在先前文本上的再吸收、再創造。

　　以上從《荀子》文本的主體與構建指向對《荀子》文本的生成作了考察。從主體層面講，《荀子》經過了初始作者、輯錄者、定本者三種角色的創造使得文本趨於定型，亦顯現了先秦子書從創做到定本的複雜性與歷時性。從文本構建層面講，一般是對傳統的重複以及在傳統基礎上的衍變。傳統的重複主要體現在文本書寫的述古鑒今、前人篇章的傚仿以及公共材料的重複運用；傳統基礎上的衍變具有情境的轉變、簡潔的寓言和對話人的消解等特點。重複與衍變揭櫫了文本的規範性與流動性。

第二章 《荀子》文體形態論

　　《荀子》一書包含多種文學樣式。本章通過文字辨析，展開對《荀子》文體形態的論述。首先，以《荀子》散文中帶有「議」「論」「非」「解」的頗具論辯色彩的篇章進行探討，考索其淵源與特徵，探討其文體學意義。其次，《成相》歷來爭議頗多，主要從《成相》的篇題與特徵作一番闡釋。最後，對《賦篇》的「佹詩」一文作真偽考辨，確定《賦篇》的篇數問題，進而通過對「隱」的考察，分析隱語與隱體的差異，探討隱體的特徵以及文體學意義。

第一節　議、論、非、解：荀子論辯體淵源、特徵及文體學意義

　　春秋戰國時期，百家爭鳴，論辯之風盛行，諸多文體得到孕育並發展，以致清章學誠提出「文體備於戰國」之說。此一方面顯現時人的理性意識不斷提高，另一方面透露文體觀念已經有了明確的體認。議、論、非、解作為論辯體的四種重要文體，雖有相似之處，但不能等同視之。前人已對四種文體作出論述，卻存在一些問題。其一，多將目光轉向秦漢以後，忽略先秦四種文體篇章的闡釋，欠缺對原始形態及淵源的梳理；其二，多以篇中某個段落進行剖析，難免出現片面、支離之感，未能全面瞭解四種文體的整體特徵。茲通過文字考察，以先秦典籍議、論、非、解命名的篇章為例，深入考索四種文體的淵源及特徵，並探討其文體學意義。

一、議體

　　「議」，《說文解字》釋為「語也。一曰謀也（《韻會》引語也下有『一曰

謀也』）。從言，義聲」〔註1〕，將「議」定義為一種言語活動。劉勰《文心雕龍》云「昔管仲稱軒轅有明臺之議，則其來遠矣。洪水之難，堯諮四嶽。百揆之舉，舜疇五臣。三代所興，詢及芻蕘」〔註2〕，對議體的早期形態作了概述。此外，還有一些議體散見於其他典籍。因時事的需求，周代已經出現了以「議」為職責的官職，《周禮·秋官司寇》敘述小司寇的職責是「掌外朝之政，以致萬民而詢焉」〔註3〕，其中有對「八議」的記載：「一曰議親之辟，二曰議故之辟，三曰議賢之辟，四曰議能之辟，五曰議功之辟，六曰議貴之辟，七曰議勤之辟，八曰議賓之辟。」〔註4〕清孫詒讓云「《廣雅·釋詁》曰：『議，謀也。』即謀議其罪」〔註5〕，「八議」即是八種議罪辦法，以謀議的方式實施。又小司寇對「庶民獄訟」予以「三刺」，即「一曰訊群臣，二曰訊群吏，三曰訊萬民」，多方諮詢商議，「聽民之所刺宥，以施上服下服之刑」〔註6〕。此外，在國家出現諸如「國危」「國遷」「立君」等一些重大事件時，小司寇也扮演諮詢、謀議之責。從上述文獻記載可知，「議」即是對國家出現的一些困難之事進行諮詢、商議的言語活動，這與「謀」的意思相同。《說文解字》釋為「慮難曰謀，從言，某聲」〔註7〕，《左傳·襄公四年》言「諮難為謀」亦透露出「謀」對困難之事的諮詢，許慎《說文解字》釋義未盡，馬敘倫指出「按『謀也』是本義……『語也』是校者加之。」〔註8〕那麼，「議」的原始之義即是「謀」。而段玉裁注曰：「議者，誼也。誼者，人所宜也。言得其宜之謂議。至於《詩》言『出入風議』，《孟子》言『處士橫議』，而天下

〔註1〕〔漢〕許慎撰，〔清〕段玉裁注：《說文解字注》，南京：鳳凰出版社，2015年版，第164頁。

〔註2〕〔南朝梁〕劉勰著，范文瀾注：《文心雕龍注》，北京：人民文學出版社，1958年版，第437頁。

〔註3〕〔漢〕鄭玄注，〔唐〕賈公彥疏：《周禮注疏》，臺北：藝文印書館，2001年版，第523頁上欄。

〔註4〕〔漢〕鄭玄注，〔唐〕賈公彥疏：《周禮注疏》，臺北：藝文印書館，2001年版，第524頁下欄。

〔註5〕〔清〕孫詒讓撰，王文錦，陳玉霞點校：《周禮正義》，北京：中華書局，1987年版，第2772頁。

〔註6〕〔漢〕鄭玄注，〔唐〕賈公彥疏：《周禮注疏》，臺北：藝文印書館，2001年版，第525頁上欄。

〔註7〕〔漢〕許慎撰，〔清〕段玉裁注：《說文解字注》，南京：鳳凰出版社，2015年版，第163頁。

〔註8〕馬敘倫：《說文解字六書疏證》卷五，上海：上海書店，1985年版，第46頁。

亂矣。」〔註9〕其實，段所言「議者，誼也」乃是「議」的過程中所體現的一種謀議態度、規則和最終意圖，也就是《尚書‧周官》所言「議事以制，政乃不迷」之「制」，孔傳云「凡制事必以古義」〔註10〕，即以古訓、古義有節制、適宜地言說，並非是「以利口亂厥官」，以致「蓄疑敗謀，怠忽荒政」（《周官》）。《周易‧節卦》言「君子以制數度，議德行」，孔穎達正義曰：「君子象節，以制其禮數等差，皆使有度，議人之德行，任用皆使得宜」〔註11〕，即是有節制、有法度的「議」。此外，劉勰亦言「議貴節制」〔註12〕，道出了「議」的言說態度。因此，「誼」之說，當為「議」的引申義。

綜上，「議」的原始之義即是「謀」，「是則國之大事，合眾議而定之」〔註13〕，「議」的態度則是「誼」。「議」的最終目的是「決斷」，對所「議」之事作出決定。所議之事，體現了對先前局面的一種「動」，是一種變化，必須進行「議」，才能極盡變化之道。如《周易‧繫辭上》所言「擬之而後言，議之而後動，擬議以成其變化」〔註14〕即是此理。

先秦時期，以「議」名篇的文章僅有荀子《議兵》篇，其篇雖為荀子弟子輯錄而成，然亦顯現了議體的特徵，具有代表性。茲以《議兵》為例，探討議體之特徵。具體表現在四個方面：

其一，二人以上可稱議。從言說人數而言，一人言說無法稱議，議者為二人及以上。《議兵》篇記載臨武君與孫卿子趙孝成王三人之間的對話，所議之事為「請問兵要」「請問王者之兵設何道、何行」「請問為將」「請問王者之軍制」。此外，亦有陳囂、李斯分別與孫卿子的「議」。可知議者應是二人及以上。

其二，就事言事。從言說內容而言，「議」是就某事言某事。如孝成王與臨武君諮詢「請問為將」的問題，孫卿子對將軍所具備的「六術」「五權」「三

〔註9〕〔漢〕許慎撰，〔清〕段玉裁注：《說文解字注》，南京：鳳凰出版社，2015年版，第164頁。

〔註10〕〔漢〕孔安國傳，〔唐〕孔穎達等正義：《尚書正義》，臺北：藝文印書館，2001年版，第272頁上欄。

〔註11〕〔魏〕王弼、〔東晉〕韓康伯注，〔唐〕孔穎達等正義：《周易正義》，臺北：藝文印書館，2001年版，第132頁下欄。

〔註12〕〔南朝梁〕劉勰著，范文瀾注：《文心雕龍注》，北京：人民文學出版社，1958年版，第437頁。

〔註13〕〔明〕吳訥著，凌郁之疏證：《文章辨體序題疏證》，北京：人民文學出版社，2016年版，第151頁。

〔註14〕〔魏〕王弼、〔東晉〕韓康伯注，〔唐〕孔穎達等正義：《周易正義》，臺北：藝文印書館，2001年版，第151頁上欄。

至」「五無壙」等特質作了概括，絕無涉及問題之外的言論。由此可見，「議」是回答者就發問者的提問予以回答，其回答內容始終圍繞發問者的問題，不能答非所問。

其三，樞紐經典。從言說依據而言，「議」必「樞紐經典」。所「議」之事，一般呈現異於古的特點。那麼，就需要在古今之間作出溝通，以應對當下之事，而以經典為資，古訓為宗，顯然是應對當下事情的依據與標杆。如趙孝成王提出「兵要」問題，孫卿子言：「臣所聞古之道，凡用兵攻戰之本在乎壹民。弓矢不調，則羿不能以中微；六馬不和，則造父不能以致遠；士民不親附，則湯、武不能以必勝也。故善附民者，是乃善用兵者也。故兵要在乎附民而已。」〔註15〕荀卿子以古道、古人所透露出的價值觀作為「兵要在乎附民」的理論依據，為其論證錦上添花。

其四，義顯辭正，辨潔明晰。從言說風格而言，義顯辭正，辨潔明晰。「義顯」，是指標舉顯要之義，這首先需要議者精於所議之事，即如劉勰言「又郊祀必洞於禮，戎事必練於兵，田谷先曉於農，斷訟務精於律」〔註16〕。「義顯」，可從兩個層面闡釋：一是觀點的「標以顯義」；一是言語的「標以顯義」。觀點的「標以顯義」，即是將所議之事最重要的內容闡發出來，其他與之相關但不如「顯義」的方面則概不涉及，如孫卿子對於「兵要」的回答，只談「壹民」「善附民」，並未涉及權變計謀等方面對於兵戰的影響，故荀卿子認為「壹民」是「用兵攻戰之本」；言語的「標以顯義」，是指是指通過言語手段突顯要義。因議具有場景性、轉身即逝的特點，如何在議的過程中突顯要義，這就需要言語的重複。而這言語重複，與其說減少了遺忘所帶來的困擾，毋寧是加深了聽者的記憶，強化了顯要之義。如荀卿談及「兼人有三術」時，首先指出三種類型：「以德兼人者」；「以力兼人者」；「以富兼人者」。隨及展開對三者的論述，最後在言說結尾處以「以德兼人者王，以力兼人者弱，以富兼人者貧」對前面予以總結，突出了顯要之義。「辭正」，即是追求言辭的雅正。儒家追求雅正的文學觀，劉勰認為「典雅者，熔氏經誥，方軌儒門者也」〔註17〕。荀子認為「由

〔註15〕〔清〕王先謙撰，沈嘯寰、王星賢點校：《荀子集解》，北京：中華書局，2016年版，第314頁。

〔註16〕〔南朝梁〕劉勰著，范文瀾注：《文心雕龍注》，北京：人民文學出版社，1958年版，《文心雕龍注》，第438頁。

〔註17〕〔南朝梁〕劉勰著，范文瀾注：《文心雕龍注》，北京：人民文學出版社，1958年版，《文心雕龍注》，第505頁。

禮則雅」(《修身》),在《議兵》篇中多次出現「禮」治則國治的觀點,如「隆禮貴義者其國治」「隆禮效功,上也」「禮者,治辨之極也,強國之本也,威行之道也,功名之總也」「凝士以禮,凝民以政,禮修而士服,政平而民安」等。此外,荀子每每引詩以言說,亦體現了荀子對於雅正的追求。「辨潔明晰」,是指在「議」的過程中追求簡潔明晰,不求「繁縟」「深隱」(《文心雕龍‧議對》)。《議兵》篇則主要體現在簡潔的論點,附加論據予以明晰。在論述仁義之兵時,荀子使用「堯伐歡兜,舜伐有苗,禹伐共工,湯伐有夏,文王伐崇,武王伐紂,此四帝兩王,皆以仁義之兵行於天下也」〔註18〕以連類論據,使論點明晰。

綜上可知,先秦「議」體主要是用於政事之謀,即「左右而獻諫則謂之言議」(《墨子‧公孟》),是宮廷文學中的一種實用文體,基於話題的提出,作聚焦性呈現,「貴據理析事,審時度勢,以確切明覆為工」〔註19〕。從《議兵》看,文章記載多個場景對於同一事情的謀議,是一種彙集性質的輯錄,並以對話體的形式呈現。漢代以後,議體文章增多,其分類愈加具體,而《議兵》篇顯然是議體發展的重要源頭。

二、論體

「論」,《說文解字》曰「論,議也。從言,侖聲」,段玉裁認為許慎的解釋並未盡意,認為:「論以侖會意。亼部曰:『侖,思也。』龠部曰:『侖,理也。』此非兩義。思如玉部『䚡理自外,可以知中』之䚡。《靈臺》:『於論鼓鍾。』毛曰:『論,思也。』此正許所本。《詩》『於論』正侖之假借。凡言語循其理得其宜謂之論,故孔門師弟子之言謂之《論語》。皇侃依俗分去聲、平聲異其解,不知古無異義,亦無平去之別也。《王制》『凡制五刑,必即天論』,《周易》「君子以經論」,《中庸》『經論天下之大經』,皆謂言之有倫有脊者。」〔註20〕段言「論以侖會意」可謂指出了二者之間的聯繫,其實「論」由「侖」字孳乳派生而出。從出土先秦文獻來看,「論」的出現最早是在戰國晚期至秦始皇時期,如睡虎地秦墓竹簡《效律》寫作「論」〔註21〕。而在戰國晚期以

〔註18〕〔清〕王先謙撰,沈嘯寰、王星賢點校:《荀子集解》,北京:中華書局,2016年版,第330～331頁。

〔註19〕來裕恂:《漢文典》,王水照《歷代文話》第九冊,上海:復旦大學出版社,2007年版,第8634頁。

〔註20〕〔漢〕許慎撰,〔清〕段玉裁注:《說文解字注》,南京:鳳凰出版社,2015年版,第164頁。

〔註21〕張守中撰集:《睡虎地秦簡文字編》,北京:文物出版社,1994年版,第31頁。

前,「論」多以「侖」(　)的形式出現,是不從言部的,如中山王厝器言「侖其德,耆其行」,張守中指出「侖」同「論」〔註22〕,章太炎曰:「編竹以為簡,有行列觚理,故曰侖。」〔註23〕周予同亦認為「論,古僅作『侖』,比次竹簡,使有次第,就稱為論」〔註24〕。故「侖」為編次之義,即是《論語》之「論」。而《說文》入部與侖部將「侖」釋為「思也」「理也」,即經過思考使事物有條理的意思。至於論體的淵源,宋高承《事物紀原》作過論述:「莊周之書,有『嘗試論之』,荀卿有《正論》,賈誼有《過秦論》。論以荀、賈為始。」〔註25〕高承謂論體文淵源實出於先秦諸子,這是恰當的。不過,論體實與議體關係密切。一方面戰國諸子的論體文已相當成熟,另一方面議體則起源較早,論體繼承了議體的某些功能,但有所變化,故論體是在早期政事之議的基礎上逐漸發展起來的。《漢文典·文章典》亦謂「政論似乎議」〔註26〕,這也表明議體與論體有相似之處。

春秋戰國時期,諸子對於理的邏輯性表達,漸漸形成了以「論」命篇的文章,這標誌了論體的真正確立。先秦時期以「論」命名的篇章有莊子的《齊物論》、公孫龍子的《白馬論》《指物論》《通辯論》《堅白論》《名實論》、荀子的《天論》《正論》《禮論》《樂論》、吳子的《論將》等。從此類文章可知,論體的內涵是論者將某一道理有條理地言說。以荀子四篇文章為例,考察論體的文體特徵。論體的特徵具體表現在三個方面:

首先,精研道理。論體是對道理的精微闡發,曹丕《典論·論文》言「書論宜理」。《禮論》《樂論》是荀子對禮、樂的論述。《正論》是一篇具有彙集性質的論體文章,楊倞謂「此一篇皆論世俗之乖謬,荀卿以正論辨之」〔註27〕,全篇圍繞「主道利周」「湯武篡奪」「治古無肉刑而有象刑」「湯武不能禁令」

〔註22〕張守中撰集:《中山厝器文字編》,北京:中華書局出版社,1981年版,第34頁。

〔註23〕章太炎撰,龐俊,郭誠永疏證:《國故論衡疏證》,北京:中華書局,2018年版,第436頁。

〔註24〕朱維錚編:《周予同經學史論著選集》,上海:上海人民出版社,1983年版,第207頁。

〔註25〕〔宋〕高承撰,〔明〕李果訂,金圓、許沛藻點校:《事物紀原》,北京:中華書局,1989年版,第192頁。

〔註26〕來裕恂:《漢文典》,王水照編《歷代文話》第九冊,上海:復旦大學出版社,2007年版,第8631頁。

〔註27〕〔清〕王先謙撰,沈嘯寰、王星賢點校:《荀子集解》,北京:中華書局,2016年版,第379頁。

「堯舜禪讓」「堯舜不能教化人」「亂今厚葬飾棺,故抇」「見侮不辱」「人情慾寡」等問題,分別對世俗者的觀點予以駁論。

其次,辯證是非。論體一個重要的特徵即是辨別道理的是非,主要呈現為兩種形態。先非後是,即先言理之非,而後提出理之是。後者是對前者的否定。如《天論》談及治亂之因,連續以「天邪」「時邪」「地邪」三次發問,隨及以排比「是禹、桀之所同也,禹以治,桀以亂」對「天」「時」「地」分別予以否定,指出治與亂的根源在於人。先是後非,即先提出自己的觀點,後言及所批判的觀點。此類形態,《樂論》出現六次,其中有三次是「是先王立樂之方也,而墨子非之,奈何」,另外三次分別為「先王之道,禮樂正其盛者也,而墨子非之」「故樂者,治人之盛者也,而墨子非之」「窮本極變,樂之情也;著誠去偽,禮之經也。墨子非之,機遇刑也」。荀子以先王立樂之法,論墨子之非。

再次,直觀申說。《文心雕龍·論說》言「窮於有數,追於無形」,劉勰認為論體是追求具體與抽象的統一。抽象之理往往建構在直觀性的具體事物上,而描述具體之物亦是對抽象之理的一種解釋、注腳。換言之,論體所談道理是抽象的,如何使複雜的道理言說清晰,作者不得不使用直觀性申說,這主要體現在兩方面:一是具體化的切入視角;一是具體化的事例。具體化的切入視角,是指作者在創作過程中,基於具體感受,以此作為文章的切入點進行書寫。如《禮論》《樂論》篇主要是針對儒墨之間的分歧而發,《禮論》多言喪禮,實以此視角切入。《樂論》即是以墨子的音樂觀作為切入點,進行批判論述。具體化的事例,即通過對具體事物的言說,一方面使抽象事物具體化,另一方面達成某種確定性,並與所闡釋之理作一銜接。如《荀子·正論》在論述王者之制的不同,舉「魯人以榶,衛人用柯,齊人用一革」直觀又確定的事例為其觀點提供依據。

總之,「論」作為「侖」的派生義,最初是指有條理的編次。經過春秋戰國諸子思想的相互碰撞,論成為專門言說道理的文體,其特徵主要是精研道理、辯證是非和直觀申說。漢代以降,論體文章蜂起,如賈誼《過秦論》、王充《論衡·論死》、桓寬《鹽鐵論》之《論儒》《論誹》《論勇》《論功》《論鄒》《論菑》《雜論》、《孔叢子·論書》《孔子家語·論禮》《抱朴子·論仙》等,而且「條流多品」(《文心雕龍·論說》),明徐師曾《文體明辨》將論體文章總為八品:「一曰理論,二曰政論,三曰經論,四曰史論,五曰文論,六曰諷論,

七曰寓論，八曰設論。」〔註28〕由此可知，論體文分類變得更為精細。

三、非體

「非」，西周晚期毛公鼎寫作「兆」，春秋晚期疾馬盟書作「非」，戰國中山王鼎作「非」〔註29〕，可見，與「論」不同，「非」字從西周至戰國並太大變化。《說文解字》釋「非」為：「韋也，從飛，下翅，取其相背也。」段玉裁注曰：「韋，各本作『違』，今正。違者，離也。韋者，相背也。自違行韋廢，此其一也。非以相背為義，不以離為義。」〔註30〕段玉裁認可許慎說法，即認為「非」為違、相背的意思。楊樹達認為：「《說文》五篇下『韋部』云『韋，相背也，從舛，口聲。』考龜甲文作韋，又或作韋，又或作韋，字亦從口，從二止，與正字作足，從口從二止者組織相同。其與彼異者，韋字二止分列，其方向或左右分向，或皆前向，要之皆表從國邑他去之形。《說文》二篇下『辵部』云『違，離也，從辵，韋聲。』按形求義，韋即違之初文也。《說文》訓相背，背與離義亦相近，惟許意以字從舛，故說為相背，按之甲文，非從舛耳。足趾向國邑，其義為行，去國邑，其義為離，二字對勘而義益顯矣。」〔註31〕楊樹達先生通過甲文的寫法得出「韋」即是「違」早期的寫法，指出「韋」是「違離」之義。正如楊樹達先生所言「背與離義亦相近」，「背」更多地是一種結果呈現，而「離」應是造成這種結果呈現形式。通過先秦時期的一些典籍也可以看出二者之義頗為相近。如《詩經・小雅・斯干》「無非無儀」、《論語・顏淵》「非禮勿視，非禮勿聽，非禮勿言，非禮勿動」、《韓非子・功名》「非天時，雖十堯不能冬生一穗」等，「非」解釋為違背、違離皆可通。

清王兆芳《文章釋》對非體作了論述：

> 非者，違也，譏也。亦謂之刺，違而譏刺也。主於違舊譏彈，
> 不以為爾。源出《墨子・非攻》《非樂》諸篇，流有《荀子・非相》
> 《非十二子》，漢王沖《論衡・刺孟》，宋劉章《刺〈刺孟〉》，及漢趙

〔註28〕〔明〕吳訥、徐師曾：《文章辨體序說 文體明辨序說》，北京：人民文學出版社，1998 年版，第 131 頁。
〔註29〕徐中舒主編，漢語古文字字形表編寫組編：《漢語古文字字形表》，成都：四川人民出版社，1981 年版，第 446 頁。
〔註30〕〔漢〕許慎撰，〔清〕段玉裁注：《說文解字注》，南京：鳳凰出版社，2015 年版，第 1013 頁。
〔註31〕楊樹達：《積微居小學述林全編》，上海：上海古籍出版社，2007 年版，第 77 ～78 頁。

壹《非草書》，隋何妥《非七調議》，唐柳宗元《非國語》，宋劉章、

江端禮、曾於乾、元虞槃《非〈非國語〉》。〔註32〕

王兆芳從兩方面介紹了非體，其一，非體的定義，即是違、譏、刺；其二，非
體的源流，即源於《墨子》，流出《荀子》。先秦以「非」命名的篇章有《墨子》
的《非攻》《非樂》《非命》《非儒》，《荀子》的《非相》《非十二子》。從這些
文章可知，春秋戰國時期，非體已具文體功能及其所承載的意義。非體的主要
特徵體現在兩個方面：

第一，言必立儀。諸子爭鳴，各持己說，對同一命題有迥然不同的看法，
如何明辯論題是非，這是擺在諸子面前的首要問題。《墨子・非命上》首先就
此作了論述：「然則明辨此之說將奈何哉？子墨子言曰：『必立儀。言而毋儀，
譬猶運鈞之上而立朝夕者也，是非利害之辨，不可得而明知也。故言必有三表。
何謂三表？子墨子言曰：有本之者，有原之者，有用之者。於何本之？上本之
於古者聖王之事。於何原之？下原察百姓耳目之實。於何用之？廢以為刑政，
觀其中國家百姓人民之利。此所謂言有三表也。』」〔註33〕墨子認為明辨是非
首要在於「必立儀」，即確立自己的觀點、態度。並以「三表法」作為明辨言
論的標準。從墨子和荀子以「非」命名的篇章亦可明顯看出作者的態度與立場，
即是對「攻」「樂」「命」「儒」「相」「十二子」等對象的批駁與非難，其態度
堅決，立場鮮明。

第二，違舊譏彈。確立了「立儀」的態勢後，進入非體的正式環節，即違
背舊有觀點，指正缺點與錯誤。《非相》篇，荀子以「今之世，梁有唐舉，相
人之形狀顏色而知其吉凶妖祥，世俗稱之」為出發點，非難相術，提出「相形
不如論心，論心不如擇術」由表及裏的道理。全文圍繞兩條路徑進行非難：其
一，君子。荀子指出堯、舜、文王、周公、孔子等人雖有形體缺陷，但皆是「仁
義功名善於後世」，這也就是荀子所指出的「形相雖惡而心術善，無害為君子
也」；其二，小人。荀子列舉古之桀、紂，今之「世俗之亂君，鄉曲之儇子」
的例子，雖然「長巨姣美」「美麗姚冶」，但他們一則「為天下大戮」，一則為
「呼天啼哭，苦傷其今而後悔其始」，並指出受「聞見之不眾，論議之卑爾」
的原因造成，進而指出「形相雖善而心術惡，無害為小人也」的論點。荀子通

〔註32〕〔清〕王兆芳：《文章釋》，王水照編《歷代文話》第七冊，上海：復旦大學出
　　　　版社，2007 年版，第 6275 頁。

〔註33〕〔清〕孫詒讓撰，孫啟治點校：《墨子閒詁》，北京：中華書局，2001 年版，
　　　　第 265～266 頁。

過正反論證，詳述論點之因，對相術進行非難。值得注意的是，「違舊」之「舊」，是一個相對性概念，它既可以指陳古人古事，也可以述論今人今事。不過，一旦作者立論非難，今人今事，已然成古。《非十二子》首先指出非難的原因，即「假今之世，飾邪說，文奸言，以梟亂天下，矞宇嵬瑣，使天下混然不知是非治亂之所存者有人矣」〔註34〕。其下分別對它囂、陳仲、墨翟、慎到、惠施、子思等十二個人物進行了非難、譏彈。最後指出荀子所法儀的對象為仲尼、子弓，為其非難確立態度。

綜上所述，作為對舊有觀點的違背，譏刺，非體以消解差異為目的，具有言必立儀、違舊譏彈的特點。非體的形成一方面顯現諸子博論群言、競相立說的特質，另一方面亦體現軸心時期諸子思想激蕩的真實記錄。

四、解體

「解」，《說文解字》釋曰：「判也。從刀判牛角。」〔註35〕本義即是以刀分解牛之意。「解」作為文體，最早見於劉勰《文心雕龍‧書記》，其曰：「百官詢事，則有關刺解牒。」〔註36〕劉勰對「解」這一文體概念解釋為「解者，釋也。解釋結滯，徵事以對也」〔註37〕。首先，劉勰將「解」列入事務文體可知，「解」與「議」類似，其最初應是朝廷百官議論諮詢事務所作出的解釋。其次，劉勰認為解體的功能是解釋凝滯困惑之事。不過，自宋以來，文體書目對解體的辨析不盡明朗。較有代表性的如近人張相《古今文綜‧論著》言：

> 解之為訓，猶言分疏。經解之名，見於《戴記》，何休《公羊》，題曰《解詁》。博士孔晁注《逸周書》，亦復以解名篇。漢晉之時，其體如此。後世施之雜文，跡近論說。〔註38〕

一方面張相認為解是訓解，是一種經解體，另一方面又言自晉以後解體文有論說類傾向（實則先秦時期已存在以議論為主的解體文）。值得注意的是，《逸周

〔註34〕〔清〕王先謙撰，沈嘯寰、王星賢點校：《荀子集解》，北京：中華書局，2016年版，第105～107頁。

〔註35〕〔漢〕許慎撰，〔清〕段玉裁注：《說文解字注》，南京：鳳凰出版社，2015年版，第330頁。

〔註36〕〔南朝梁〕劉勰著，范文瀾注：《文心雕龍注》，北京：人民文學出版社，1958年版，第457頁。

〔註37〕〔南朝梁〕劉勰著，范文瀾注：《文心雕龍注》，北京：人民文學出版社，1958年版，第459頁。

〔註38〕張相輯錄，姚漢章校閱：《古今文綜》第三冊，上海：中華書局，1916年版，第44頁。

書》中篇題多以解命名,「是其文本固有,非後人徒增」〔註39〕,畢庶春也持此類觀點。但是《逸周書》篇題稱解之文,並非經解體,畢庶春稱為「述解體」〔註40〕。此外,還有一種解體,即主於說明,「借『解』之名,行『議論』之實」〔註41〕的說解體〔註42〕,如荀子《解蔽》篇。近人吳曾祺《文體芻議》釋「解」曰:「《戴記》有《經解》一篇。後人詁經之詞,多謂之解。然其實不專為解經設也。觀子家之文或以解名篇可見。楊子雲有《解嘲》一篇,與此體異,今入之設論中。」〔註43〕吳曾祺指出了相異於經解體的另一種類別,即吳氏將假設問答以闡明主旨的《解嘲》放入設論,在論辯類目下論述,可見《解嘲》與《解蔽》形式雖有不同,但主於說議、解釋疑惑的內涵是相同的。質言之,解體應包含三種形態:經解體;述解體;說解體。因述解體與經解體不具有論辯體的特質,此文姑且不論。

作為說解體,明吳訥《文章辯體》言:「若夫解者,亦以講釋解剝為義,其與說亦無大相遠焉。」〔註44〕明徐師曾《文體明辨·解》謂:「按字書云:『解者,釋也,因人有疑而解釋之也。』揚雄始作《解嘲》,世遂仿之。其文以辯識疑惑、解剖紛難為主,與論、說、議、辯蓋相通焉。」〔註45〕清姚永樸《起鳳書院答問》釋為:「說與解,皆就人之所惑者表而明之,主開示於人。」〔註46〕上述所言「解」與論、說、議、辨等有相通之處,這也透露「解」有說明、議論特質。上古三代政教合一,然至春秋時期,「周衰文弊,六藝道息」,

---

〔註39〕趙奉蓉:《〈逸周書〉篇名「解」字與先秦古書題名舊例考論》,《中國文化研究》,2013 年第 2 期。

〔註40〕畢庶春認為《逸周書》之「解」獨具新異之處,考察《逸周書》與《孔子家語》之「解」,認為「『蓋仍古書之舊目』的《逸周書》與《孔子家語》,其篇題之『解』表明,純粹記述自身就是詮解,以記述作詮解,是不同於訓釋字詞、疏解章句的另一種詮解。此種詮解,稱之為『以述為解』。」(見畢庶春:《〈逸周書〉篇題之『解』考論》,《遼東學院學報》,2017 年第 6 期)

〔註41〕吳承學、劉湘蘭:《論說類文體》,《古典文學知識》,2008 年第 6 期。

〔註42〕筆者提出說解體,以區別述解體。述解體主於記述,而說解體則專於說明、解釋。

〔註43〕吳曾祺:《文體芻議》,《涵芬樓文談》,上海:商務印書館,1933 年版,第 6 頁。

〔註44〕〔明〕吳訥、徐師曾:《文章辨體序說 文體明辨序說》,北京:人民文學出版社,1998 年版,第 43 頁。

〔註45〕〔明〕吳訥、徐師曾:《文章辨體序說 文體明辨序說》,北京:人民文學出版社,1998 年版,第 134 頁。

〔註46〕〔清〕姚永樸,〔清〕方苞著,郭康松等校注:《起鳳書院答問:外一種〈左傳義法〉》,北京:華夏出版社,2013 年版,第 94～95 頁。

官師既分，「教法不合於一，學者各以己之所能私相授受」〔註47〕，而諸子以「所見」「所聞」「所傳聞者」競相馳說，難免異辭橫行，各行一端。諸子維護自家學說，對出現的異辭、異理予以解釋、說明。先秦時期以「解」命名的說解體文章有荀子《解蔽》篇。以此篇為例，探討說解體的文體特徵。

解惑釋疑。首先，提出疑惑。荀子作《解蔽》，其目的甚為明確，即時人「蔽於一曲而暗於大理」，楊倞釋《解蔽》之「蔽」言：「蔽者，言不能自明，滯於一隅，如有物壅蔽之也」，又在文章首句注「是時各蔽於異端曲說，故作此篇以解之」〔註48〕。其次，分析疑惑。荀子從人君、人臣、遊士三個方面予以分析各自蔽塞的原因。如「人君之蔽」，荀子指出桀、紂蔽於邪佞之臣，被「惑其心而亂其行」。最後，解決疑惑。荀子提出解決蔽塞之禍的關鍵是識道。而識道需用心，使心達到虛壹而靜的大清明狀態，並且專於壹道，以「聖王之制為法」才能免於蔽塞之禍。

主於說明。荀子在說明的過程中主要運用了並列式、對照式、遞進式。並列式見於荀子對人君之蔽、人臣之蔽、遊士之蔽的述說，然此並列項中各自寓有對照式說明。如對人臣的論述，先以唐鞅、奚齊為例，提出「蔽塞之禍」，後舉鮑叔、召公等「仁知且不蔽」，說明「不蔽之福」。蔽與不蔽，一禍一福，形成鮮明對照，突出論點。遞進式，《解蔽》言「向是而務，士也；類是而幾，君子也；知之，聖人也」，這是一種對學習境界的遞進式言說。不同類型的說明方式，根本目的是為解惑釋疑鋪路。

「解」最初作為分解之義，至《荀子‧解蔽》的出現，標誌著說解體的成立。說解體具有解惑釋疑和主於說明的特徵，後世解體文章的淵源之一。

五、議、論、非、解的文體學意義

議、論、非、解作為論辯體的四種文體，與先秦歷史語境緊密貼合，一方面繼承了春秋以前的文化形態，另一方面亦展現了戰國時期文章變化的新特徵，具有一定的文體學意義。

首先，不同文體的出現表明先秦時期已有明確的文體自覺意識。學界一致認為先秦是中國文體學的萌芽期，因「先秦」時間跨度之大，以此概括頗為籠

〔註47〕〔清〕章學誠著，葉瑛校注：《文史通義校注》，北京：中華書局，1985 年版，第 165 頁。

〔註48〕〔清〕王先謙撰，沈嘯寰、王星賢點校：《荀子集解》，北京：中華書局，2016 年版，第 456 頁。

統，不足以體現上古三代、春秋、戰國等不同時期文體的發展變化。先秦時期已存在大祝「六辭」、《尚書》「六體」等文體功能的區分，賀汪澤對《荀子‧非相》篇所言「起於上所以道於下，政令是也；起於下所以忠於上，謀救是也」指出荀子：「是明顯地將公文分為兩大類型：一類是『上導於下』的下行文，政令；一類是『下忠於上』的上行文，向君主提供決策參考。……荀子有劃分標準的自覺意識。」〔註49〕這些都表明先秦雖無文體學理論專著，但對文體的功能及文體的分類已有明確意識。姚愛斌先生談及文體論與文體思想、文體意識的差異，指出「從存在形式上看，中國古代文體思想或文體意識不僅存在於各種抽象的文論話語中，更廣泛存在於歷代作者具體的寫作、閱讀活動以及作為文本形式存在的無數古代文章中」〔註50〕。換言之，後世如劉勰《文心雕龍》等理論著作可謂「他者」意識的重構，以「他者」意識的自覺，來否定主體意識的不自覺，是經不起推敲的。對於戰國文體而言，實質上是一種文體需求。所謂文體需求論，是指時人基於不同的需求而作的文體，「需求」，有自需和他需之分。文體需求論是戰國時期文體生成的直接動力。如議體，《議兵》篇即是應臨武君、趙孝成王、陳囂、李斯等他人之需而議；再如非體，《非相》《非十二子》即是對時局作出的評判，繼而對其非難。此外，不同的需求，也體現出了文體的不同特徵。論辯體分類呈現多樣化趨勢，議、論、非、解、說、難等文體，雖共屬一體，然各有側重。議體側重商議，論體注重條理言說，非體主於譏刺、非難，說解體強調解惑釋疑。由此可知，論辯體包含豐富的種類，基於不同的需求，呈現出特徵的差異，「如果說文章的特徵性和差異性是已然存在的客觀事實，那麼各種辯體論則標誌著古人對文章的特徵性和差異性的高度自覺」〔註51〕。總之，需求是意識驅動的，先秦時期不同文體的出現，以及類分文體的多樣化與細緻化，可知時人理性意識不斷增強。那麼，這在一定程度上表明先秦時期已有明確的文體自覺意識。

其次，戰國文章的興盛，促進了文體的發展。第一，戰國時期，一個顯著特徵是個人著述的興起，這其間出現的諸子散文、歷史散文與辭賦之作是其重要表徵。章學誠《文史通義‧詩教上》認為「至戰國而文章之變盡，至戰國而

〔註49〕賀汪澤：《先秦文章史稿》，開封：河南大學出版社，1995 年版，第 4 頁。
〔註50〕姚愛斌：《中國古代文體論思辨》，北京：北京大學出版社，2012 年版，第 5 頁。
〔註51〕姚愛斌：《中國古代文體論思辨》，北京：北京大學出版社，2012 年版，第 52 頁。

著述之事專，至戰國而後世之文體備」〔註 52〕，以動態的視角考察戰國之前與戰國時期文章的衍變。其言「後世之文體備」，實則是「至戰國文章之變盡」和「至戰國而著述之事專」特徵的體現。章所言「文體」除了指文體，亦指文章，確切地說，即具有個體情感摻入而創作的文章，這也是戰國與戰國之前文章的不同之處。第二，文章與文體，並非是非此即彼，而是你中有我，我中有你的關係。一方面「『文體』範疇在『文』範疇之後出現，其重要意義之一即在於將文章的整體性特徵突出出來，此前潛在的文章整體觀因此得到彰顯」〔註 53〕；另一方面以整篇文章考察文體，可以對文體的整體形態有全面、系統的瞭解，亦可以「折射出作家、批評家獨特的精神結構、體驗方式、思維方式和其他社會歷史、文化精神」〔註 54〕。可以說，戰國文章的興盛，促進了文體的發展，而文體的多樣化亦顯現戰國文章的特色。

總之，自二十世紀以來，中國古代文體研究經歷了由西轉中的過程，從一味以西方概念關照中國文體到以「文章整體觀」的文章學角度闡釋文體，返歸本原，重新梳理文體等基本概念在本土的含義，並以歷史語境來思考中國獨特的思維觀念、文章書寫模式及文體類型。這對中國文體的發展有重要意義，也是筆者以先秦時期議、論、非、解等篇名命名的著述文章作為考察對象的初衷。質言之，先秦文體的研究本身就是先秦文章學研究的組成部分，具有重要的文體論意義。

第二節　雜言詩：《成相》的篇題、界定與特徵

作為《荀子》中較為獨特的一篇文章，《成相》篇歷來被學界所重視。學界關於《成相》的淵源、篇題旨義、體制、文體、雅與俗等問題的討論，亦是眾說紛紜，莫衷一是，實為學界一大難題。伴隨秦簡《為吏之道》的出土，使研究者有理由相信先秦時期以《成相》為代表的文學樣式是有其獨特的生存空間及發展軌跡，以全面梳理前人成果為基礎，茲從《成相》篇題、文體界定以及《成相》的特徵作一番論述。

〔註 52〕〔清〕章學誠著，葉瑛校注：《文史通義校注》，北京：中華書局，1985 年版，第 60 頁。

〔註 53〕姚愛斌：《論中國古代文體論研究範式的轉換》，《文學評論》，2006 年第 6 期。

〔註 54〕童慶炳：《文體與文體的創造》，昆明：雲南人民出版社，1994 年版，第 1 頁。

一、《成相》篇題考

關於《成相》篇題何謂，早在北宋蘇軾《仇池筆記》中已經透露出不確定的態度，其「成相」條言：

> 孫卿子書有韻者，其言鄙近，多云「成相」，莫曉其義。《前漢·藝文志》詩賦類中有《成相雜辭》十一篇，則成相者，古謳謠之名也。疑所謂『鄰有喪，春不相』者，又《樂記》云『治亂以相』，亦恐由此得名。〔註55〕

蘇軾雖指出「相」乃「春不相」之「相」，「成相」為古代的謳謠，但是此短文出現「莫曉其義」「疑所謂」「恐」等頗具疑惑、難以確定的詞彙，由此表明，有宋一代已經難以確定「成相」的具體含義。自宋迄今，文人學者各抒己意，「成相」之義亦是聚訟紛紜，莫衷一是。學者對「成相」的多種義涵的考察，一方面可多角度地重新估量《成相》一文，另一方面亦透露各種觀點亦未達到統一。這使得我們需要重新估量原始文獻以及所得出的觀點，故仍有探討的餘地。本文基於文本細讀，詳辨前人觀點以及推出觀點的文獻進行重新考察，對「成相」作出釋義。

（一）《成相》篇題辨正

關於《成相》篇題的解釋，綜合而言，一般是從「相」之義闡發的。較有影響的主要有兩種觀點〔註56〕：一是「相」作為官職及其延展；一是「相」作

〔註55〕蘇軾：《仇池筆記》，《全宋筆記》第一編第九冊，鄭州：大象出版社，2003 年版，第 200 頁。

〔註56〕此外，自蘇軾提出謳謠說，後世亦有步趨者。如朱熹《楚辭後語》指出：「相者，助也，舉重勸力之歌，史所謂『五羖大夫死，而春者不相杵』是也。」（朱熹撰，蔣立甫校點：《楚辭集注》，上海：上海古籍出版社，2001 年版，第 209 頁。）俞樾曰：「此『相』字，即『春不相』之相。《禮記·曲禮》篇『鄰有喪，春不相』，鄭注曰：『相，謂送杵聲。』蓋古人於勞役之事，必為歌謳以相勸勉，亦舉大木者呼邪許之比，其樂曲即謂之相。請成相者，請成此曲也。」（王先謙：《荀子集解》，第 539 頁。）楊鴻銘《荀子文論研究》也言《成相》「以當時流行民間之歌謠」（楊鴻銘：《荀子文論研究》，臺北：文史哲出版社，1981 年版，第 40 頁。）章培恒、駱玉明主編的《中國文學史新著》亦是將《成相》認定是一種歌謠體的作品。（章培恒、駱玉明主編：《中國文學史新著》，上海：復旦大學出版社，2007 年版，第 99 頁。）王天海《荀子校釋》亦認為是謳歌之謂。論文方面，陳良武、郗文倩等人亦認為是歌謠，不再一一贅述。（陳良武：《出土文獻與〈荀子·成相篇〉》，《長安大學學報》，2008 年第 3 期；郗文倩：《成相：文體界定、文本輯錄與文學分析》，《文學遺產》，2015 年第 4 期。）其實，關於謳謠之說，實質上是探討《成相》的雅與俗的問題。作為儒家的重

為樂器所演奏的樂曲。

　　唐人楊倞始為《荀子》作注，其保留了時人認為的一種觀點，即「或曰：成功在相」〔註57〕。後世學者多以此認為是楊倞發微，這是不恰當的。雖然楊倞從內容言《成相篇》「雜論君臣治亂之事」，不過其並未對「成相」作明確的說明。那麼，時人的觀點「成功在相」之「相」，顯然是以官職而言的。日本江戶時代的學者冢田虎亦認為「觀於篇中文辭，唯是成立輔相之謂也」〔註58〕。清人王引之認為「『成功在相』，稍為近之，然亦非荀子所謂《成相》也」〔註59〕，於是進而將作為名詞的職官之「相」闡發為動詞的「治」，其以《左傳・昭公九年》「楚所相也」以及昭公二十五年「相其室」為例，並引杜預「相，治也」的注來解釋「成相」，其云：「成相者，成此治也。成相者，請言成治之方也。自『世之殃』以下，乃先言今之不治，然後言成治之方也。下文云『凡成相，辨法方』，又云『請成相，道聖王』，又云『請成相，言治方』，是『成相』即『成治』也。後言『託於成相以喻意』者，成相為此篇之總名，謂託此一篇之詞以喻意。」〔註60〕楊柳橋也贊同王引之的說法。還有一種是將「相」與「瞽師」結合，李炳海先生主要是以《成相篇》內「如瞽無相何倀倀」一句作為闡發點，認為瞽師需要相（扶工）的扶持，進而上升至作為君主的扶持者。〔註61〕綜上，由官職所延伸出的「治」與「扶持」，學者從不同角度作了頗有見地的解說。不過這也存在一些問題，首先是「相」的解釋與篇題以及篇內所帶有的「成相」是否融洽。王先謙認為「王以成相為成治，於《漢書》之《成相雜辭》及本篇云『託於成相以喻意』，義未恰」〔註62〕。鄒朝斌亦指

要典籍，《荀子》一書秉持著雅正的文學觀，無論是言王政興廢，還是對禮樂的重視，這都體現了荀子的崇雅傾向。具體言之，《荀子》中引詩83處，其中以《雅》《頌》居多，《風》詩較少，從這一方面亦可看出荀子對於雅正（政）的推崇。故以《成相》作為民間曲調的歌謠之說是難以成立的。

〔註57〕〔清〕王先謙撰，沈嘯寰、王星賢點校：《荀子集解》，北京：中華書局，2016年版，第538頁。

〔註58〕〔戰國〕荀況著，王天海校釋：《荀子校釋》，上海：上海古籍出版社，2016年版，第977頁。

〔註59〕〔清〕王先謙撰，沈嘯寰、王星賢點校：《荀子集解》，北京：中華書局，2016年版，第538頁。

〔註60〕〔清〕王先謙撰，沈嘯寰、王星賢點校：《荀子集解》，北京：中華書局，2016年版，第539頁。

〔註61〕李炳海：《〈荀子・成相〉的篇題、結構及其理念考辨》，《江漢論壇》，2010年第9期。

〔註62〕〔戰國〕荀況著，王天海校釋：《荀子校釋》，上海：上海古籍出版社，2016年

出:「將「『成相』與治國或引導扶持君王聯繫起來,釋為『成功在相』『成治』『成為相者』是失之偏頗的,因為如此解釋,《成相》中『成相竭,辭不蹶』和『託於成相以喻意』等句意就不通。」〔註63〕其次是「相」的解釋是否與學界所認可的同類型的作品是否融洽。如 1975 年出土、1978 年整理的秦簡《為吏之道‧治事》與《成相》篇頗為類似,論者基本認為兩篇屬於同一類型的作品。李零指出:「成相體,是一種三言、四言和七言搭配的賦體,句式是3+3+7+4+7,每一句都押韻。《荀子‧成相》用這種體,睡虎地秦簡《為吏之道》的《治事》章也用這種體。」〔註64〕當然也有論者將《為吏之道》命名為秦簡《成相》,足以看出兩篇的密切關聯。如若將「相」釋為輔相的官職及其「治」等義,那麼是否適合《為吏之道》呢?姜書閣先生認為:「今觀睡虎地秦墓所出竹簡,其內容雖亦言政治,但只是講官民關係,說的是長吏如何治事,如何率民,絕無『成功在相』之意。這就否定了『成相』之『相』為相國的解釋,也否定了『成就相治國家事業』的迂曲之說。」〔註65〕當然,需要說明的是秦簡《為吏之道》是否以《成相》題名已不可知。若以《成相》題名,顯然「相」為輔相、治等義是不合適的。若不以《成相》題名,那麼同一類型的文學作品亦可以表達不同的思想內容。由此,考察一種文學樣式首先還是從一致性來判斷的。那麼,僅以內容來解釋「相」還是值得商榷的。

第二種是「相」作為樂器所演奏的樂曲。作為樂器的「相」有三種不同的說法。《成相》之「相」乃舂牘一說較早始於盧文弨,其言:「《禮記》『治亂以相』,相乃樂器,所謂舂牘。又古者瞽必有相。審此篇音節,即後世彈詞之祖。篇首即稱『如瞽無相何悵悵』,義已明矣。首句『請成相』,言請奏此曲也。」〔註66〕另外一種言論是「相」為拊。劉師培《荀子斠補》言「請成相者,請奏拊也」〔註67〕。張覺先生釋為「相則是古代一種打擊樂器,又名『拊』、『拊搏』。『成相』,即演奏拊搏,引申而指一邊念誦一邊拍打拊搏作節拍的一

版,第 978 頁。

〔註63〕鄒朝斌:《〈荀子‧成相〉篇名新探》,《文藝理論研究》,2020 年第 3 期。

〔註64〕李零:《蘭臺萬卷:讀〈漢書‧藝文志〉》,北京:生活‧讀書‧新知三聯書店,2011 年版,第 137 頁。

〔註65〕姜書閣:《睡虎地秦墓竹簡中的一篇成相雜辭》,《中國韻文學刊》,1990 年第 5 期。

〔註66〕〔清〕王先謙撰,沈嘯寰、王星賢點校:《荀子集解》,北京:中華書局,2016 年版,第 538 頁。

〔註67〕劉師培:《劉申叔遺書》,南京:江蘇古籍出版社,1997 年版,第 978、930 頁。

種文學樣式」〔註68〕。宋健先生主要依據的是鄭玄注《禮記・樂記》「治亂以相」的「相」為「拊」。〔註69〕姚小鷗先生則認為「相」既包括「舂牘」，又包括「拊」。〔註70〕綜上，學者亦是各抒己意，不失真知灼見。不過也有未盡圓滿之處。首先，論點所引的多次文獻有衝突。關於盧文弨所徵文獻以圓其說，清人俞越便作了指正：「惟引『治亂以相』及『瞽必有相』以釋『相』字，則皆失之。樂器多矣，何獨舉舂牘為言？既以為樂器，又以為瞽必有相，義又兩歧矣。」〔註71〕的確，「治亂以相」與「瞽必有相」之「相」顯然代表不同的含義。其次，先秦時期並未有文獻記載「相」這一樂器，而將「相」釋為樂器始自鄭玄注「治亂以相」。換言之，以漢人之認識附和先秦典籍是否恰當？

上述兩種觀點的提出，其文獻來源大部分指向了《禮記・樂記》的「治亂以相」。一言而生兩種觀點，由此可斷定「治亂以相」在歷史上是有歧義的。筆者認為疏通此言是解決荀子《成相》篇題的關鍵。

（二）「治亂以相」疏解

《禮記・樂記》記載魏文侯諮詢子夏關於音樂的問題，其中子夏描述「古樂」云：

> 今夫古樂，進旅退旅，和正以廣。弦匏笙簧，會守拊鼓。始奏以文，復亂以武，治亂以相，訊疾以雅。君子於是語，於是道古，修身及家，平均天下。此古樂之發也。〔註72〕

此段話有幾個地方頗有爭議。首先，「進旅退旅，和正以廣」一句，鄭玄注曰：「旅，猶俱也。俱進俱退，言其齊一也。和正以廣，無奸聲也。」〔註73〕孔穎達正義曰：「『進旅退旅』者，旅，謂俱齊。言古樂進則俱齊，退亦俱齊，進退如一，不參差也。『合正以廣』者，樂音相和，正以寬廣，無奸聲也。」〔註74〕

〔註68〕張覺：《荀子譯注》，上海：上海古籍出版社，2012 年版，第 356 頁。

〔註69〕宋健：《〈荀子・成相〉文化淵源考》，《孔子研究》，2017 年第 4 期。

〔註70〕姚小鷗：《「成相」雜辭考》，《文藝研究》，2000 年第 1 期。

〔註71〕〔清〕王先謙撰，沈嘯寰、王星賢點校：《荀子集解》，北京：中華書局，2016 年版，第 539 頁。

〔註72〕〔漢〕鄭玄注，〔唐〕孔穎達等正義：《禮記注疏》，臺北：藝文印書館，2001 年版，第 686 頁上欄。

〔註73〕〔漢〕鄭玄注，〔唐〕孔穎達等正義：《禮記注疏》，臺北：藝文印書館，2001 年版，第 686 頁上欄。

〔註74〕〔漢〕鄭玄注，〔唐〕孔穎達等正義：《禮記注疏》，臺北：藝文印書館，2001 年版，第 686 頁上、下欄。

鄭玄注及孔穎達正義認為「和正以廣」是從聲音方面論述的。不過，二人均含糊其辭，未言及「進旅退旅」的具體所指。明人戈九疇明確作了說明：「進旅退旅以舞言，和正以廣以聲言。」〔註75〕清孫希旦亦言：「愚謂旅進旅退者，舞也。和正以廣者，聲也。」〔註76〕那麼，「進旅退旅」是言舞者的進場與退場整齊一致，無混亂的情形，這是以舞的方面而言；「和正以廣」，即指古樂和正而無姦淫之聲，這是從樂之聲而發。此句是總論古樂的特徵。

「弦匏笙簧，會守拊鼓」，鄭玄注曰：「會，猶合也，皆也。言眾皆待擊鼓乃作。《周禮・大師職》曰：『大祭祀，帥瞽登歌，合奏擊拊，下管播樂器，合奏鼓棘。』」〔註77〕孔穎達正義曰：「『弦匏笙簧，會守拊鼓者』，言弦也，匏也，笙也，簧也，其器雖多，必會合保守，待擊拊鼓，然後作也，故曰『會守拊鼓』。」〔註78〕戈九疇言「弦匏笙簧二句亦以聲言」〔註79〕，實際而言，從「守」字以及注疏中的「待」字表明，這僅僅是指樂器的陳列，還未到奏聲的階段。

「君子於是語，於是道古，修身及家，平均天下」，孔穎達正義曰：「『君子於是語』者，謂君子於此之時，語說樂之義理也。『於是道古』者，言君子作樂之時，亦謂說古樂之道理也。『修身及家，平均天下』者，言君子既聞古樂，近修其身，次及其家，然後平均天下也。」〔註80〕孫希旦認為：「語，謂樂終合語也。道古者，合語之時，論說父子、君臣、長幼之道，並道古昔之事也。《文王世子》曰：『既歌而語，以成之也。』蓋合語之事，與樂相成，故並言之。」〔註81〕「語」「道古」即是以言辭說之，亦即《周禮・春官宗伯・大司樂》所言「以樂語教國子，興、道、諷、誦、言、語」，鄭玄注曰：「興者，以善物喻善事。道讀曰導。導者，言古以剴今也；倍文曰諷；以聲節之曰誦；發端曰言；答述曰語。」賈公彥疏曰：「謂以言語應答，比於詩樂，所以通意

〔註75〕〔明〕戈九疇撰：《禮記要旨》卷六，明萬曆四年杭州書林後墅吳山刻本。

〔註76〕〔清〕孫希旦：《禮記集解》，北京：中華書局，1989年版，第1013頁。

〔註77〕〔漢〕鄭玄注，〔唐〕孔穎達等正義：《禮記注疏》，臺北：藝文印書館，2001年版，第686頁上欄。

〔註78〕〔漢〕鄭玄注，〔唐〕孔穎達等正義：《禮記注疏》，臺北：藝文印書館，2001年版，第686頁下欄。

〔註79〕〔明〕戈九疇撰：《禮記要旨》卷六，明萬曆四年杭州書林後墅吳山刻本。

〔註80〕〔漢〕鄭玄注，〔唐〕孔穎達等正義：《禮記注疏》，臺北：藝文印書館，2001年版，第686頁下欄。

〔註81〕〔清〕孫希旦：《禮記集解》，北京：中華書局，1989年版，第1014頁。

恈、遠鄙倍也。」〔註82〕語、道作為樂語的具體方式，以言辭附樂，道古者聖王之事，彰明其功。

「始奏以文，復亂以武，治亂以相，訊疾以雅」，此句歷來爭議頗多。鄭玄注曰：「文，謂鼓也。武，謂金也。相，即拊也，亦以節樂。拊者，以韋為表，裝之以穅。穅，一名『相』，因以名焉，今齊人或謂『穅』為『相』。雅亦樂器名，狀如漆筒，中有椎。」〔註83〕鄭玄注僅解釋了「文」「武」「相」「雅」，認為四者皆是樂器。由此注可知，釋「相」為「拊」是有矛盾的。鄭玄已明確指出「穅」即「相」，只是「拊」這一樂器裏面裝的東西。宋人陳祥道從上下文的關係認為「既曰『會守拊鼓』，又曰『治亂以相』，則相非拊也。鄭氏以『相』為『拊』誤矣」〔註84〕。陳祥道的觀點不無道理。再加上未注四者前面的言辭，故鄭玄已不瞭解周代的音樂，僅是靠在所知道的幾種樂器隨意闡發，而這也造成後世論者多以鄭玄注「相」為樂器而奉為圭臬。

當然，僅僅是鄭玄的注可能並未形成如此廣泛的影響，後世頗多論者承襲鄭玄之說。如唐人孔穎達的正義步趨鄭玄，並對鄭玄未作注的地方進行了疏解，其云：「『始奏以文』者，文，謂鼓也。言始奏樂之時，先擊鼓。前文云『先鼓以警戒』是也。『復亂以武』者，武，謂金鐃也。言舞畢，反覆亂理欲退之時，擊金鐃而退，故云『復亂以武』也。『治亂以相』者，相，即拊也，所以輔相於樂，故謂『拊』為『相』也。亂，理也。言治理奏樂之時，先擊打相，故云『治亂以相』。『訊疾以雅』者，謂樂器名。舞者迅疾，奏此雅器以節之，故云『訊疾以雅』。」〔註85〕孔穎達認可鄭玄注「文」「武」「相」「雅」為樂器的觀點。「始奏」釋為開始奏樂，「復亂」則描述為舞者退場的情景，「治亂」又回到奏樂，「迅疾」指舞者的步伐。宋人黃震基本附和孔穎達，其云：「乃作奏以文謂鼓，亂以武謂金。相，樂器名。以韋為表，裝之以穅，相亦名拊，以節樂者。訊疾以雅，言舞者訊疾以雅器節之，凡古樂也。」〔註86〕元代陳澔亦

〔註82〕〔漢〕鄭玄注，〔唐〕賈公彥疏：《周禮注疏》，臺北：藝文印書館，2001年版，第337頁下欄。

〔註83〕〔漢〕鄭玄注，〔唐〕孔穎達等正義：《禮記注疏》，臺北：藝文印書館，2001年版，第686頁上欄。

〔註84〕〔宋〕陳祥道：《禮書》卷一百二十三，清乾隆文淵閣四庫全書鈔內府藏本。

〔註85〕〔漢〕鄭玄注，〔唐〕孔穎達等正義：《禮記注疏》，臺北：藝文印書館，2001年版，第686頁下欄。

〔註86〕〔宋〕黃震：《黃氏日抄》卷二十一，清乾隆文淵閣四庫全書鈔安徽巡撫採進本。

言：「文，謂鼓也。武，謂金鐃也。樂之始奏先擊鼓，故云始奏以文。亂者，卒章之節。欲退之時，擊金鐃而終，故云復亂以武。相，即拊也，所以輔相於樂。治亂而使之理，故云治亂以相也。訊，亦治也。雅，亦樂器也。過而失節謂之疾，奏此雅器以治舞者之疾，故云訊疾以雅也。」〔註87〕除了將「亂」釋為「卒章之節」外，陳澔基本與孔穎達觀點一致。

　　實際而言，若將「文」「武」「相」「雅」皆釋為樂器，也不會存在眾多觀點。也就是說，除了樂器說之外，還有幾種主要的說法，一種是「文」「武」關聯「仁」「義」，衛湜《禮記集說》：「延平周氏曰：『始奏以文者，本乎仁。復亂以武者，制以義。相、雅皆樂器名也。以其節樂而能治其亂，則有相之道，是以謂之相。以其趨樂之節奏而不失於雅，是以謂之雅。』」〔註88〕將「相」釋為節樂的樂器。明代郝敬言：「始奏以文，本乎仁也；復亂以武，止乎義也；治亂以相，瞽師察之不協者，贊相也。訊亦治也，即前章奮疾不拔之疾，謂音節之繁促者，訊之以雅正也。」〔註89〕此處則將「相」解釋為贊相，即典禮舉行時司儀的贊唱引導。這種關聯「仁」「義」的言論比較牽強，有強制闡釋之感。一種是將「相」解釋為輔相。明人陳龍正言：「世無理亂，君無明暗，莫不以相為重。《樂記》曰『治亂以相』，魏文侯曰：『家貧思賢妻，國亂思良相』，是救貧救亂者，捨相無繇也。」〔註90〕陳龍正引《史記‧魏世家》中魏文侯的言論把「相」釋為輔相之義。徐必達《正蒙釋》發明曰：「『相』言周召，以其同心輔相王室也。」〔註91〕將「相」以「周召」具體言之。這種把「相」釋為輔相的觀點亦輻射至「成相」的解讀中。當然此解釋並不符合「治亂以相」以及「成相」的解讀。

　　值得注意的是，還有一種觀點是「文」「武」是舞，「相」「雅」為樂器。宋代陳暘《樂書》首先提出舞蹈之說，其云：

　　　　古之樂舞，始奏以文，復亂以武。《維清》奏《象舞》，其文也。武奏《大武》，其武也。文先之，武次之，有安不忘危之意，而揖讓征誅之義盡矣。豈非莊周所謂「文武經綸」邪？「治亂以相」之「亂」與「武亂」之「亂」同；「訊疾以雅」之「訊」與「三刺之訊」同。

〔註87〕〔元〕陳澔：《禮記集說》，南京：鳳凰出版社，2010年版，第307頁。
〔註88〕〔宋〕衛湜：《禮記集說》卷九十八，清通志堂經解本。
〔註89〕〔明〕郝敬：《禮記通解》卷十三，明九部經解本。
〔註90〕〔明〕陳龍正：《幾亭全書》卷十一，清康熙刻本。
〔註91〕〔明〕高攀龍集注，〔明〕徐必達發明：《正蒙釋》卷四，明萬曆刻本。

然干羽之舞，雜然並奏，容有失行列而不治，並疾速而不刺者矣。是故「治亂以相」，有文明以節之，使之和而不流也。「訊疾以雅」，有法度以正之，使之奮而不拔也。然相之為器，所以節文舞也，蓋生於「舂不相」之「相」，《笙師》「掌教舂」是已。昔梁王築城，以小鼓為節，而役者以杵和之，蓋其遺制也。鄭氏謂「相以節樂」則是，謂之為拊則非，豈惑於《方言》「以穗為相」之說歟？雅之為器，所以正武舞也。《笙師》「掌教雅，以教《祴》樂」是已。賓出以雅，欲其醉不失正也；工舞以雅，欲其訊疾不失正也。賓出以雅，有《祴》夏之樂，則工舞以雅，其樂可知矣。〔註92〕

陳暘雖依然將「相」「雅」為樂器，「相」節文舞，「雅」正武舞，並反駁了「以穗為相」的說法，但獨出機杼地提出「文」「武」為舞蹈，且明確指出「文」為「象舞」，「武」為「大武」。清人陸奎勳贊同陳暘「文」「武」為舞的觀點：「陳氏說甚確，可正鄭注『以文為鼓，以武為金』之失。」並進而指出：「余謂治亂以相，即所云關雎之亂，為周召二公言也。訊疾以雅，即南陔六笙詩，工歌文王三詩之類。直以大小雅言之，博辨如陳氏惜乎見不及此。」〔註93〕陸氏所言「相」為樂歌，「南陔六笙詩」屬於有目無辭，僅以譜奏，而「文王三詩」則是有曲有辭。但結合子夏所言，此觀點所側重的地方有失妥當。總之，陳暘和陸奎勳從舞蹈的角度分析「文」與「武」是合理的，不過，二者對「文」的解釋是不恰當的。

筆者提出文中的「文」「武」「相」「雅」皆為舞。《禮記‧樂記》言：

詩言其志也。歌詠其聲也，舞動其容也。三者本於心，然後樂器從之。〔註94〕

鄭玄注曰：「三者本志也、聲也、容也。言無此本於內，則不能為樂也。」〔註95〕孔穎達正義曰：「『詩言其志也』者，欲見樂之為體，有此三事。詩，謂言詞也。志在內，以言詞言說其志也。『歌詠其聲也』者，歌謂音曲，所以歌詠其言詞之聲也。『舞動其容也』者，哀樂在內，必形見於外，故以其舞振動

〔註92〕〔宋〕陳暘：《樂書》卷二十三，清乾隆文淵閣四庫全書鈔福建巡撫採進本。
〔註93〕〔清〕杭世駿：《續禮記集說》卷七，清光緒三十年浙江書局刻本。
〔註94〕〔漢〕鄭玄注，〔唐〕孔穎達等正義：《禮記注疏》，臺北：藝文印書館，2001年版，第682頁下欄。
〔註95〕〔漢〕鄭玄注，〔唐〕孔穎達等正義：《禮記注疏》，臺北：藝文印書館，2001年版，第682頁下欄。

其容也。……『三者本於心，然後樂器從之』，三者，謂志也、聲也、容也。容從聲生，聲從志起，志從心發，三者相因，原本從心而來，故云『本於心』。先心而後志，先志而後聲，先聲而後舞。聲須合於宮商，舞須應於節奏，乃成於樂，是故『然後樂氣從之』也。」〔註96〕孔穎達敘述的較為清晰，「志」是本乎心的，用言詞表達即是「詩」，加之樂器奏曲則成為歌，在音樂中常常成為「歌詩」。再加上舞蹈，而後樂器從之，便成樂。也就是說，詩、歌、舞、樂器共同構成了音樂。返歸子夏之言，「弦匏笙簧，會守拊鼓」以樂器言，「君子於是語，於是道古」以歌詩言，那麼「始奏以文，復亂以武，治亂以相，訊疾以雅」，因甲骨文獻出現「告舞」「告奏」等詞彙，宋鎮豪先生明確指出「舞指舞蹈，奏指奏樂」〔註97〕。那麼，「始奏」表明樂器已經開始演奏了，即音曲已奏，配以文舞，其後「武」「相」「雅」則俱為舞。而「復亂」「治亂」「迅疾」實際上具有雙關的意思，一方面可以指樂曲的變化，另一方面《禮記·樂記》言「觀其舞，知其德」，舞以明功頌德，那麼，「復亂」「治亂」「迅疾」又蘊含具體的事蹟呈現。

進而，既然「文」「武」「相」「雅」為舞，具體指的是什麼舞呢？筆者贊同陳暘把「武」指為《大武》的觀點，並認為「文」為《韶》，「相」為《象》，「雅」為《大夏》。先來考察「文」「武」，儒家典籍中多《韶》《武》並言，如孔子評價《韶》《武》，指出《韶》「盡美矣，又盡善也」，《武》「盡美矣，未盡善也」（《論語·八佾》）「《韶》，舜樂名。謂以聖德受禪，故盡善。《武》，武王樂也。以征伐取天下，故未盡善」〔註98〕，由此可見，孔子是推崇《韶》《武》的，《衛靈公》也記載「樂則《韶舞》」，清人俞樾指出「舞」為「武」，並且認為《韶》的地位是高於《武》的。而且孔子亦付諸實踐，將《詩經》篇章「皆絃歌之，以求合《韶》《武》《雅》《頌》之音」〔註99〕。關於成數問題，在先秦典籍中一般稱「韶」為「九韶」「蕭韶」，《尚書·益稷》言「簫韶九成」，亦即韶舞有九成。關於《武》之成數，《禮記·樂記》言：「且夫《武》，始而北

〔註96〕〔漢〕鄭玄注，〔唐〕孔穎達等正義：《禮記注疏》，臺北：藝文印書館，2001年版，第683頁上欄。

〔註97〕宋鎮豪：《甲骨文中的樂舞補說》，《海南大學學報》（人文社會科學版），2020年第4期。

〔註98〕〔清〕劉寶楠：《論語正義》，北京：中華書局，1990年版，第135頁。

〔註99〕〔漢〕司馬遷撰，〔宋〕裴駰集解，〔唐〕司馬貞索隱，〔唐〕張守節正義：《史記》，北京：中華書局，2014年版，第2345頁。

出，再成而滅商。三成而南，四成而南國是疆；五成而分，周公左，召公右；
六成復綴，以崇天子。」〔註100〕

　　《韶》九成，《大武》六成，由此推斷，「相」即三成，由先秦典籍來看，
「相」指的是《象》舞，亦即《三象》。儘管學界對於《象》舞的作時以及命
名等諸多問題頗有爭議，筆者贊同呂華亮先生「《象舞》作於成王時，《呂氏春
秋》所言《象舞》是可信」〔註101〕的觀點。《呂氏春秋·仲夏季·古樂》言：

　　　　成王立，殷民反，王命周公踐伐之。商人服象，為虐於東夷。

　　　　周公遂以師逐之，至於江南。乃為《三象》，以嘉其德。〔註102〕

由文可知，《三象》是明周公之功德。關於其成數問題，不如《大武》記載詳
細，但學界依據文獻一般贊成《象》舞有三成。此外，考察「相」為《象》舞
的另一條證據是典籍多以「武」「象」並舉，且「象」在「武」後，如荀子《禮
論》和《大略》篇皆言「步中《武》《象》」、《淮南子·齊俗訓》曰「其樂大武、
三象」等，而且從時間順序上也符合「相」為《象》舞。值得注意的是，緣何
《荀子》所言「步中《武》《象》」寫作「象」，而非「相」呢？其實，「象」與
「相」相通。朱駿聲《說文通訓定聲》「假借」條曰：「又為象。《詩·棫樸》
『金玉其相』、《桑柔》『考慎其相』，《傳》，質也。」〔註103〕「相」可假借為
「象」。段玉裁《說文解字》注「象」曰：「古書多假象為『象』。」〔註104〕而
「象」與「像」通用，如《周易·繫辭下》言「象也者，像此者也」「象也者，
像也」〔註105〕。在魏晉時期，「相」與「象」通用的情況比較頻繁，如陸機《文
賦》「期窮形而盡相」，呂向注曰：「相，象也。」〔註106〕由此可見，「相」「象」
「像」可通用。夏含夷釋《詩經·清廟》之「相」指出：「『相』通常都被詮釋
為『助手』，指那些輔助祭祀的人。筆者懷疑它原意是指祖廟中的先祖之『形

〔註100〕　〔漢〕鄭玄注，〔唐〕孔穎達等正義：《禮記注疏》，臺北：藝文印書館，2001
　　　　　年版，第 695 頁下欄。

〔註101〕　呂華亮：《周代〈象舞〉考辨》，《舞蹈史研究》，2018 年第 3 期。

〔註102〕　陳奇猷：《呂氏春秋新校釋》，上海：上海古籍出版社，2002 年版，第 290 頁。

〔註103〕　朱駿聲：《說文通訓定聲》，武漢：武漢市古籍書店，1983 年版，第 893 頁。

〔註104〕　〔漢〕許慎撰，〔清〕段玉裁注：《說文解字注》，南京：鳳凰出版社，2015 年
　　　　　版，第 801 頁。

〔註105〕　〔魏〕王弼、〔東晉〕韓康伯注，〔唐〕孔穎達正義：《周易正義》，臺北：藝
　　　　　文印書館，2001 年版，第 166 上欄、168 下欄。

〔註106〕　〔梁〕蕭統編，〔唐〕李善、呂延濟、劉良、張銑、呂向、李周翰注：《六臣
　　　　　注文選》，北京：中華書局，1987 年版，第 311 頁。

象』(『相』肯定與『想』同源,意指『想像』,『相』無疑也與『象』同源,意指『形象』或『造形』)。如《雝》的『相』指『辟公』:『相維辟公』。儘管舊注多認為『辟公』是指前來輔助祭祀的各邦國諸侯,但是較之《周頌‧烈文》中的『烈文辟公,錫茲祉福』以及《周頌‧載見》中的『烈文辟公,綏以多福』,很明顯『辟公』是指能夠降福的先祖。」〔註107〕夏含夷力闢舊注,認為「相」與「想」「象」同源,「相」乃「形象」。既然「相」「象」可通,《荀子‧樂論》言「逆氣成象而亂生焉」,物茂卿曰:「成象,謂形於歌舞。」〔註108〕從另一方面可窺探荀子《成相》與歌舞有關。

「雅」,指的是《大夏》,亦稱《夏籥》。在先秦時期的典籍中,「雅」與「夏」是經常通用的。姑不再舉例論證。胡寧羅列《詩經》中關於禹的詩歌,認為:「除了《魯頌》和《商頌》各有一篇外,言及『禹』的詩篇皆在《大雅》中,而眾所周知,《魯頌》《商頌》雖以『頌』名,其實更接近《大雅》之詩。『禹』之名在這些詩篇中的出現,也可視為《大雅》與夏民族樂舞用詩之間有著淵源關係的一種體現。」〔註109〕由此亦可知夏禹與「雅」之間存在著聯繫。《大夏》是歌頌禹德的,典籍多有記載,如「禹有《大夏》」(《莊子‧天下》)、「禹《大夏》」(《淮南子‧氾論訓》)、「禹曰大夏」(《劉子‧辯樂》)、「禹樂曰《大夏》」「禹曰《大夏》者,言禹能順二聖之道而行之,故曰《大夏》也」(《白虎通義‧社稷》)等等。關於《大夏》的記載,《呂氏春秋‧古樂》有明確地說明:

> 禹立,勤勞天下,日夜不懈。通大川,決壅塞,鑿龍門,降通
> 漻水以導河,疏三江五湖,注之東海,以利黔首。於是命皋陶作為
> 《夏籥》九成,以昭其功。〔註110〕

關於文中所言「《夏籥》九成」,論者觀點不一,有的認為是《九夏》,有的認為是《大夏》。筆者贊同王國維的觀點:「《夏籥》,即《大夏》也。《呂氏春秋‧古樂》篇『禹命皋陶作為《夏籥》九成,以昭其功』,是《夏籥》,即《大夏》。夏者,夏翟羽,《詩‧邶風》『左手執籥,右手秉翟』謂此舞也。」〔註111〕由此可知《呂氏春秋》所言《大夏》即是歌頌大禹治水之功。從「通大川」「決

〔註107〕 〔美〕夏含夷著,黃聖松等譯:《孔子之前:中國經典誕生的研究》,上海:中西書局,2019 年版,第 148 頁。

〔註108〕 梁啟雄:《荀子簡釋》,北京:中華書局,1983 年版,第 281 頁。

〔註109〕 胡寧:《〈大夏〉舞詩考》,《北大史學》,2014 年。

〔註110〕 陳奇猷:《呂氏春秋新校釋》,上海:上海古籍出版社,2002 年版,第 289 頁。

〔註111〕 王國維:《觀堂林集》,北京:中華書局,1959 年版,第 100 頁。

壅塞」「鑿龍門」等步驟共同構成了「九成」,而子夏所言「訊疾以雅」,蓋是描寫大禹治水的水之迅疾的狀態,可能是「九成」之首成。

綜上所述,「文」為《韶》舞,「武」指《大武》舞,「相」為《象》舞,「雅」指《大夏》舞,從成數言,分別為九成、六成、三成、一成。自《樂經》亡佚,除了以荀子《樂論》等為代表的記載音樂的篇章外,先秦時期的樂舞知識及文獻大多亡佚。那麼,以漢代鄭玄注以及孔穎達疏很大程度上對於音樂的認識多附會穿鑿,難免有不恰當之處。當然,筆者不以歷代舊注為準,提出「相」為《象》舞,雖非不刊之論,鑒於文獻難徵,茲當略備一說。由此探討荀子《成相》的問題。

(三)《成相》篇題釋義

荀子以《成相》名篇,「相」為《象》舞,而「成」字理應與音樂相關。《禮記・樂記》言「再成而滅商」,鄭玄注曰:「成,猶奏也。每奏《武曲》一終為一成。」孔穎達正義曰:「成,謂曲之終成。每一曲終成而更奏,故云『成,猶奏也。』」〔註112〕鄭玄與孔穎達對「成」的解釋實際上是動詞與名詞合說。質言之,作為名詞的「成」,指的是「樂之一終」〔註113〕。如上文所言「簫韶九成」、《夏籥》九成以及《禮記・樂記》記載《大武》的「再成」「三成」「四成」「五成」「六成」等可以看出;作為動詞的「成」即是奏樂。《成相》之「成」即是作為動詞而言的。《成相》即是奏《象》舞之樂,荀子所寫內容為《象》舞之辭。由此,結合《成相》文本看是否契合。

首先,綜觀《成相》一文,「成相」出現六次,分別是「請成相」(3次)、「凡成相」(1次)、「成相竭」(1次)、「託於成相以喻意」(1次)。「請成相」,即是請奏《象》舞之樂,「請」具有下對上的一種諮詢。「凡成相」,是針對《象》舞的特點而言,可理解為凡是奏《象》舞之樂。「成相竭」,意思是《象》舞之樂演奏完畢。「託於成相以喻意」,即是借助《象》舞這種形式來寄託自己的心志。由此可知,將「成相」釋為「奏《象》舞之樂」是完全適合的。值得注意的是,學界在解釋「相」「成相」時,多以「如瞽無相何倀倀」為據。其實,

---

〔註112〕〔漢〕鄭玄注,〔唐〕孔穎達等正義:《禮記注疏》,臺北:藝文印書館,2001年版,第695頁下欄。

〔註113〕《論語・八佾》子語魯大師樂,曰:「樂其可知也:始作,翕如也;從之,純如也,皦如也,繹如也,以成。朱熹《論語集注》曰:成,樂之一終也。」參見程樹德:《論語集釋》,北京:中華書局,1990年版,第218頁。

此「相」與「成相」之「相」意義不同。「如」字表明此句僅是比喻，「如瞽無相」對應「人主無賢」。從「瞽」與「相」的關係來看，「相」指的是視瞭（扶工）。此外，還需進一步說明的是對於文中所出現的「請布基」「請牧基」「基必施」等套語，姚小鷗先生作了深刻論述，其認為「《成相篇》中的『基』字是一個往往用於人君的、含有『始』『儉』等合乎『禮』的要求的特定道德規范用語，在這裡可以訓為『德』字」〔註114〕。其實這些套語應該是舞蹈之辭。《禮記‧樂記》提出「觀舞知德」的言論，在音樂中必須將此體現出來。從舞蹈形式來看，「故其治民勞者，其舞行綴遠；其治民逸者，其舞行綴短」，鄭玄注曰：「民勞則德薄，鄭相去遠，舞人少也。民逸則盛德，鄭相去近舞人多也。」〔註115〕通過舞蹈的表演可知德之厚薄。從舞之辭而言，「請布基」「請牧基」「基必施」等可理解為德之書寫的引子，「基畢輸」則是德之結果的一種呈現。總之，無論是「成相」的解釋，還是篇中舞之觀德，都在奏《象》舞之樂中得到體現。

其次，《成相》全篇有56章句，屬於鴻篇巨製。至於其結構的劃分，歷來有多種分法，概言之，一般有三分法（楊倞）、四分法（王先謙）、五分法（王天海）、六分法（李炳海）等四種說法〔註116〕，後世論者多有承襲。四分法、五分法、六分法的提出是在楊倞三分法的基礎上進行的二次劃分。不過，這三種分法有值得商榷的地方。首先，從句式而言，這三種分法造成章句不等，有雜亂之感。其次，從篇章旨意來看，但凡對於具有起承轉合的章句就貿然劃分，使得文章的層次感削弱。故楊倞的三分法是比較恰當的。從「請成相，世之殃」至「成相竭，辭不蹶，君子道之順以達。宗其賢良，辨其殃孽」為文章第一部分。第二部分從「請成相，道聖王」至「觀往事，以自戒，治亂是非亦可識。託於成相以喻意」。從「請成相，言治方」至末為第三部分。第一個「請成相」可以理解為《象》舞首成，第二個「請成相」則為再成，第三個「請成相」則是三成。三部分以三個「請成相」作為劃分《成相》篇的依據，這符合《象》

〔註114〕姚小鷗：《「成相」雜辭考》，《文藝研究》，2000 年第 1 期。

〔註115〕〔漢〕鄭玄注，〔唐〕孔穎達等正義：《禮記注疏》，臺北：藝文印書館，2001 年版，第 677 頁上欄。

〔註116〕楊倞三分法：1-22、23-44、45-56；王先謙四分法：1-22、23-33、34-44、45-56；王天海：1-13、14-22、23-33、34-44、45-56；李炳海先生（《〈荀子‧成相〉的篇題、結構及其理念考辨》，《江漢論壇》，2010 年第 9 期）提出六分法：1-11、12-22、23-33、34-44、45-50、51-56。

舞有三成的特點。

再次，上文談「治亂以相」的「治亂」可以體現在樂曲以及舞蹈上，除此之外，也體現在《象》舞之辭。再加上《呂氏春秋・古樂》記載周公以師逐商平亂的事蹟，據此可以推測《象》舞包含了「亂」與「治」。如《成相》首成，以「世之殃」為論述的起點，其後解釋出現此種情況的原因。同時結合歷史人物解釋「世之災」「世之衰」「世之禍」「世之愚」。前 11 句話總陳世之「亂」。而從第 12 句「請牧基」始，話鋒一轉，開始將視角轉向「治」，先後出現諸如「由之者治」「治復一」「治之經」「治之志」「治之道」等字眼。《成相》二成則從人物方面而言治與亂的。從「請成相，道聖王」至「道古賢聖基必張」，列舉堯舜、禹、湯等古代聖王「治」的情形。從「願陳辭」至「託於成相以喻意」，則描繪世之「亂」的景象。《成相》第三成始言「言治方」，此部分主要論及「君論有五約以明」。至於荀子所言的「五」，楊倞以為是「為君之道有五，甚簡約明白。謂『臣下職』，一也；『君法明』，二也；『刑稱陳』，三也；『言有節』，四也；『上通利』至『莫敢恣』，五也」〔註117〕。此說甚為迂曲，荀子所言有五，實乃後文之「五聽」。顧千里曰：「五聽，疑即上文『君論有五約以明』也。弟一章『臣下職』云云，弟二章『守其職』云云，弟三章『君法明』云云，弟四章『君法儀』云云，弟五章『刑稱陳』云云，下文接以『五聽修領』，謂五章為五聽明甚。下文又接以『聽之經』，謂聽為五經明甚。」〔註118〕以「五聽」為學習條規，則「以治天下，後世法之成律貫」，全文亦以此作為結束語，表達對於一種美好政治的憧憬之情。

綜上所述，通過學界關於《成相》篇題觀點提出的文獻來源重新做了考察，得出「治亂以相」之「相」乃《象》舞。「成」為奏樂，「成相」即是奏《象》舞之樂，而《成相》內容是《象》舞之辭。這與文中「成相」詞意、結構劃分以及「治」與「亂」的特徵等方面都得到了契合。《成相》體現了先秦時期詩、樂、舞不分的特點，是周代音樂文化的一部分。

二、《成相》的文體界定

因《成相》篇獨特的文學樣式，迥異於《荀子》其他篇章，在先秦文學史

〔註117〕〔清〕王先謙撰，沈嘯寰、王星賢點校：《荀子集解》，北京：中華書局，2016年版，第 554 頁。

〔註118〕〔清〕王先謙撰，沈嘯寰、王星賢點校：《荀子集解》，北京：中華書局，2016年版，第 556 頁。

上亦是獨樹一幟。梁啟超《要籍解題及其讀法》所言「略瀏覽知文體之一種可耳」〔註119〕。梁氏之言辭甚為模糊，未對《成相》文體作出界定。至《秦簡‧為吏之道》的面世，研究者逐漸意識到這一體裁的特殊性及其價值，然對於《成相》篇的文體界定仍莫衷一是。墨子言「夫辭以類行者也，立辭而不明於其類，則必困矣」（《墨子‧大取》），故有必要對《成相》的文體界定作進一步說明。學界對《成相》篇的體裁分類一般分為兩種觀點，茲梳理如下。

《成相》為詩歌。盧文弨言：「漢《藝文志》『《成相雜辭》十一篇』，惜不傳，大約託於瞽矇諷誦之詞，亦古詩之流也。」〔註120〕鈴木虎雄認為「荀子本人作過《成相》、《佹詩》以詠世道之治亂，其意大概在於顯示應當如此為詩」〔註121〕。譚家健認為「《荀子‧成相》篇是一首著名的長篇政治抒情詩」〔註122〕。南生傑指出「《成相》三篇五十六章，……屬於雜言詩體」〔註123〕。李炳海先生認為「荀子的《成相》是一篇體制獨特的詩歌」〔註124〕。而蘇軾《仇池筆記》提出《成相》為古代謳謠，後世承襲者也大多以詩歌論之，茲不贅述。

《成相》為賦。楊倞言：「《漢書‧藝文志》謂之《成相雜辭》，蓋亦賦之流也。」（《荀子集解》）宋代張鎡《仕學規範‧作文》言：「莊、荀皆文士而有學者，其《說劍》、《成相》、《賦篇》與屈《騷》何異？」〔註125〕梁啟超謂：「今案《成相篇》純屬韻文文學，其格調絕類今之鼓兒詞，亦賦之流。」〔註126〕劉師培《論文雜記》謂：「觀荀卿作《成相篇》，已近於賦體，而其考列往跡，闡明事理，已開後世之聯珠。」〔註127〕劉師培將《成相》列入闡理之賦。姜

〔註119〕梁啟超：《要籍解題及其讀法》，《飲冰室合集》之專集第七十二，北京：中華書局，1989年版，第46頁。
〔註120〕〔清〕王先謙撰，沈嘯寰、王星賢點校：《荀子集解》，北京：中華書局，2016年版，第538頁。
〔註121〕〔日〕鈴木虎雄著，許總譯：《中國詩論史》，南寧：廣西人民出版社，1989年版，第29頁。
〔註122〕譚家健：《雲夢秦簡〈為吏之道〉漫論》，《文學評論》，1990年第5期。
〔註123〕南生傑：《論荀子〈成相篇〉的文學價值與抒情特色》，《漢中師範學院學報》，1995年第2期。
〔註124〕李炳海：《〈荀子‧成相〉的篇題、結構及其理念考辨》，《江漢論壇》，2010年第9期。
〔註125〕〔宋〕張鎡：《仕學規範》卷二，王水照編：《歷代文話》第一冊，上海：復旦大學出版社，2007年版，第313頁。
〔註126〕梁啟超：《要籍解題及其讀法》，《飲冰室合集》之專集第七十二，北京：中華書局，1989年版，第42頁。
〔註127〕劉師培：《劉申叔遺書》，南京：江蘇古籍出版社，1997年版，第714頁。

書閣《先秦辭賦原論》認為《成相》篇「即早期賦之一體」〔註 128〕。日本學者前野直彬《中國文學史》指出《成相》篇「與屈原的楚辭,共同構成漢賦的先源,而且特別被指為漢代辭賦之祖」〔註 129〕。

《成相》篇屬於詩或賦的問題,牽連學術難題頗多。如先秦兩漢時期詩與賦的關係及區別?賦的定義?戰國末期古詩發展與漢賦之間的聯繫?詩與賦之關係,有兩種較有影響的觀點,一是班固所言「賦者,古詩之流也」,一是劉向直謂「不歌而頌謂之賦」。前者從淵源論之,後者以表現形式所分,後人所談詩賦之關係仍不出其左右。不過這兩種觀點皆有局限〔註 130〕。先秦時期詩歌的呈現形態是既可歌又可誦的,從早期文獻記載中可略窺其貌。《國語・周語上》言:「故天子聽政,使公卿至於列士獻詩,瞽獻曲,史獻書,師箴,瞍賦,矇誦,百工諫,庶人傳語,近臣盡規,親戚補察,瞽、史教誨,耆、艾修之,而後王斟酌焉。」〔註 131〕從周代的獻詩制度可知,一首詩歌的表演需要多個步驟,即「首先,卿大夫士作詩,並獻給王朝的樂官;其次,由樂工為其配樂;最後,在燕飲儀式的某個階段由樂官唱誦,完成獻詩諷諫」〔註 132〕。學界之所以對《成相》的文體有爭議,是因為在春秋以後,出現了「誦詩」的形式,班固《漢書・藝文志・詩賦略》對此作過解釋:「春秋以後,周道浸壞,聘問歌詠不行於列國,學詩之士,逸在布衣,而賢人失志之賦作矣。」〔註 133〕冷衛國先生指出:「春秋時代的『賦詩言志』,無論是創作新篇還是誦讀舊辭,都是出之以口誦。按《詩賦略序》所言的行人賦詩——賢人失志之賦(荀子、屈原)——宋玉、唐勒、枚乘、司馬相如、揚雄之賦,從《詩經》到楚辭到漢賦,經歷的恰好是一個由詩隱於樂到賦從音樂中獨立出來並以口誦為其表現形態的過程。」〔註 134〕的確,在春秋戰國以至漢代,詩的呈現形式是有發展

〔註 128〕 姜書閣:《先秦辭賦原論》,濟南:齊魯書社,1983 年版,第 164 頁。

〔註 129〕 〔日〕前野直彬主編,駱玉明、賀聖遂等譯:《中國文學史》,上海:復旦大學出版社,2012 年版,第 22 頁。

〔註 130〕 冷衛國先生指出:「前者著眼于源流,有宗經的局限;後者著眼於傳播,其歌、誦二項對立的分類方法甚至未免失之於簡單。」參見冷衛國:《劉向、劉歆賦學批評發微》,《文學遺產》,2010 年第 2 期。

〔註 131〕 徐元誥撰,王樹民、沈長雲點校:《國語集解》,北京:中華書局,2002 年版,第 11~12 頁。

〔註 132〕 過常寶:《制禮作樂與西周文獻的生成》,北京:中國社會科學出版社,2015 年版,第 256 頁。

〔註 133〕 陳國慶:《漢書藝文志注釋彙編》,北京:中華書局,1983 年版,第 183 頁。

〔註 134〕 冷衛國:《劉向、劉歆賦學批評發微》,《文學遺產》,2010 年第 2 期。

變化的。不過，通過上文考察可知，《象》舞是周代重要的音樂形式之一，「成相」是奏《象》舞之樂，那麼還是保持了詩歌「可歌可誦」的特質。由此而言，與其說作為賦的先源，不如說將《成相》納入詩歌，看作是詩歌發展過程中的一部分，更為客觀。

三、《成相》的文體特徵

《成相》作為《象》舞之辭，大體有如下幾個特徵。

「疊句」是《詩經》重要的表現方式，《成相》有所繼承。如第七、九、十、十一章句，分別以「世之災」「世之衰」「世之禍」「世之愚」起首，又在第八、九、十章句中使用「武王善之」「武王誅之」「穆公任之」，再如第十八、十九以及二十一章句中以「治之經」「治之志」「治之道」起始，在這三處中荀子僅變換個別字詞，形成「疊句」。這種「疊句」的特質，使得《象》舞之辭本身便具有一定的節奏。朱光潛先生在《詩論》中指出：「詩是一種音樂，也是一種語言。音樂只有純形式的節奏，沒有語言的節奏，詩是兼而有之，這個分別最重要。」〔註135〕當然朱先生所言的音樂僅僅是樂器演奏之聲。先秦時期「詩」「樂」「舞」不分，是相互結合的。「疊句」技巧的運用，一方面使詩的節奏加強，另一方面在樂與舞蹈方面亦有類似的節奏體現。

在句式的運用方面，《成相》比較明顯的特徵是「句式參差」。之所以「參差」，是因為《成相》在一章裏句式不等。關於《成相》的句式問題，一般學界有兩種觀點，一是以「三三七」的句式；一是「三三七四七」的句式。筆者認為「三三七四七」的句式更能符合《成相》一詩。李炳海先生就每章之中存在的句式變化作了說明：「五句中有兩句是七言，第一個七言句前面是兩個三言句，第二個七言句前面是一個四言句，兩個七言句分別與三言、四言相結合，是一種富有變化的組合方式。」〔註136〕也就是說，這種句式上的「參差」，造成了一種變化。而這種變化，也在一定程度上形成了一種獨特的節奏。

當然，《成相》也是押韻的，姜書閣先生結合《詩經》中的《叔于田》《鴟鴞》，指出二首詩「押韻方法是第一、二、三、五句，惟第四句不韻，與《成相》每章五句四韻，惟第四句不韻，完全相同」〔註137〕。南生傑指出：「第一、

〔註135〕朱光潛：《詩論》，北京：中華書局，2012年版，124頁。
〔註136〕李炳海：《〈荀子・成相〉的篇題、結構及其理念考辨》，《江漢論壇》，2010年第9期。
〔註137〕姜書閣：《先秦辭賦原論》，濟南：齊魯書社，1983年版，第176頁。

二、三、五句的末一字押韻，可按一定節奏朗讀。句有長短，聲有高下，在一定的格律形式之中，能極盡錯綜複雜變化之妙。每到篇中或篇末，辭意有轉換，或將作停頓結束，語氣要特別加重，歌唱或朗讀的聲調則隨之婉轉舒緩。」〔註138〕故《成相》的押韻與《詩經》也有著淵源關係。

《成相》還有一個比較重要的特徵是託「相」言志。《成相》詩中第四十四章明確提出「觀往事，以自戒，治亂是非亦可識。託於成相以喻意」，即借助《象》舞這一形式，通過古今往事的陳列，來考察並明確治亂是非。李炳海先生頗為明確地提出《成相》有兩條線，「《成相》是表達荀子美政理想的詩歌，這是作品的主線。同時，抒發悲士不遇的感慨作為一條輔線，貫穿於作品之中」〔註139〕。此言確矣。從詩中「亂」的描述以及提出言「治」之方，透露出荀子的確是希望通過措施的執行達到作者所追求的「烏托邦」式的世界。同時，世亂則無聖王賢臣，只能發出「徒有能而不陳」的嗟歎。

綜上所述，「成」為奏樂，「成相」即是奏《象》舞之樂，而《成相》內容是《象》舞之辭。這在篇中「成相」詞意、結構劃分以及「治」與「亂」的特徵等方面都得到了印證。《成相》體現了先秦時期詩、樂、舞不分的特點，是周代音樂文化的一部分。《成相》作為詩歌，在「疊句」韻律等方面也體現了與《詩經》的聯繫。參差的句式顯現了與《詩》的差異，也昭示了其雜言的特點。從思想方面，荀子借助《成相》之辭以寄託自己的志向。

第三節　隱體的界定、特徵及其文體學意義

隱作為先秦時期的重要文體，有著特殊的生存環境。一些隱語文獻散見於史傳、諸子書目，但真正以隱結構成篇當以《荀子·賦篇》為首。目前論者對於《賦篇》的研究存在兩個問題，其一，對於《賦篇》作品的稱謂，存在兩種說法：稱隱為賦；既稱隱又稱賦。究其原因，主要有二：一是今本《荀子·賦篇》以賦名篇，不過，荀子自作篇題的可能性不大〔註140〕。二是後人多將視角聚焦在《賦篇》的發展流變，卻忽略了其本來所呈現的原始形態。換言之，

〔註138〕南生傑：《論荀子〈成相〉的文學價值與抒情特色》，《漢中師範學院學報》，1995 年第 2 期。

〔註139〕李炳海：《〈荀子·成相〉的篇題、結構及其理念考辨》，《江漢論壇》，2010 年第 9 期。

〔註140〕鄧隱：《〈賦篇〉篇名非荀況自題考》，《四川師範大學學報》，2015 年第 4 期。

我們命名 A 文體，不能以 A 文體在後來發展成了 B 文體，就以 B 文體之名來命名 A 文體，這顯然是不恰當且缺乏嚴謹性的。李炳海先生立足於文本的「特殊性」，在探討賦類作品的起源時指出：「根據賦類作品時段分別追尋源頭，首先是把先秦賦類作品與漢賦加以區分，不能把對二者的探源混淆在一起。」〔註141〕李先生從方法論的層面提出二者分別對待的解決方案，可謂真知灼見，給學人提供一條可探尋的路徑。沿著李先生的路徑，以作品為中心，只有明確作品的文體屬性，才能更好地考察該作品在文體學史上的地位與意義。那麼，從文本屬性而言，《賦篇》五首所具有的隱語特質，這在學界也是普遍認同的。此外，北京大學藏秦簡「木簡卷乙有《隱書》，共九枚，其中一枚背面題『此隱書也』4 字」〔註142〕，《隱書》的三條隱語，與《荀子·賦篇》頗為相似，據朱鳳瀚等先生判斷，這批簡牘的抄寫年代在秦始皇時期。由此可斷定，在戰國時期《賦篇》還是以隱的形式存在的。雖隱作為漢賦生成的淵源之一，但不能以漢人之觀點簡單的稱隱為賦。故而我們考察一個文本的形態屬性既不能以後來之演化完成的文體給與命名，也不能忽視其本來所呈現的面貌。章必功先生直接指出：「隱語，正是荀賦的文體本源。」〔註143〕近年來，王長華、郗文倩等先生將《賦篇》納入「隱」這一文體下分析論述〔註144〕，可謂真實還原了《賦篇》的本來面貌。其二，目前對於《賦篇》的篇數問題仍然眾說紛紜，莫衷一是，主要有五首、六首、七首之說。觀點的不一致主要是因「佹詩」部分造成，而此部分亦是解決荀子隱的篇數問題的關鍵點。筆者不揣檮昧，茲通過對「佹詩」的真偽考察，圈定《賦篇》的篇數，進而探尋隱的本義，對文體作出界定，並探討其文體特徵以及文體學意義。

一、「佹詩」非荀作

《賦篇》包含「禮」「知」「雲」「蠶」「箴」及「佹詩」，因前後文風相異，真偽問題的考索則主要聚焦於佹詩一段：

> 天下不治，請陳佹詩：天地易位，四時易鄉。列星殞墜，旦暮晦盲。幽晦登昭，日月下藏。公正無私，反見從橫，志愛公利，重

〔註141〕 李炳海：《先秦賦類作品探源理路的歷史回顧和現實應對》，《甘肅社會科學》，2015 年第 5 期。

〔註142〕 朱鳳瀚，韓巍，陸侃理：《北京大學藏秦簡牘概述》，《文物》，2012 年第 6 期。

〔註143〕 章必功：《論賦體起源》，《深圳大學學報》（社會科學版），1985 年第 1、2 期。

〔註144〕 王長華、郗文倩：《說「隱」》，《文藝理論研究》，2003 年第 4 期。

樓疏堂，無私罪人，憼革貳兵。道德純備，讒口將將。仁人絀約，敖暴擅強，天下幽險，恐失世英。螭龍為蝘蜓，鴟梟為鳳皇。比干見剖，孔子拘匡。昭昭乎其知之明也，郁郁乎其遇時之不祥也。拂乎其欲禮義之大行也，闇乎天下之晦盲也。皓天不復，憂無疆也。千歲必反，古之常也。弟子勉學，天不忘也。聖人共手，時幾將矣。與愚以疑，願聞反辭。其《小歌》曰：念彼遠方，何其塞矣！仁人絀約，暴人衍矣。忠臣危殆，讒人服矣。琁、玉、瑤、珠，不知佩也。雜布與錦，不知異也。閭娵、子奢，莫之媒也。嫫母、力父，是之喜也。以盲為明，以聾為聰，以危為安，以吉為凶。嗚呼上天，曷維其同！〔註145〕

此章從「琁、玉、瑤、珠」至「曷維其同」重見於《戰國策》與《韓詩外傳》《風俗通義》。盧文弨曰：「此書但載其賦，而不載其書」〔註146〕，而《戰國策》與《韓詩外傳》記載書、賦皆較為完整，但未錄「其《小歌》曰」到「讒人服矣」等句。且《韓非子》有「屬厲王」一段又見於《國策》與《外傳》。這有必要對文本的衍變作一關注。汪中《荀卿子通論》首引《韓詩外傳》，並予以質疑：

> 按春申君請孫子（荀子），孫子答書，或去或就，曾不一言，而泛引前世劫殺死亡之事，未知其意何屬。且靈王雖無道，固楚之先君也，豈宜向其臣子斥言其罪？不知何人鑿空為此，韓嬰誤以說詩。劉向不察，採入《國策》，其敍《荀子新書》又載之，斯失之矣。此書自「屬厲王」以下，乃韓非子《姦劫弒臣篇》文，其言刻復舞知以御人，固非之本志。其賦詞乃荀子《佹詩》之《小歌》，見於《賦篇》。由二書雜採成篇，故文義前後不屬，幸本書具在，其妄不難破爾。孫卿自為蘭陵令，逮春申之死，凡十八年，其間實未嘗適趙，亦無以荀卿為上卿之事。本傳稱齊人或讒荀卿，荀卿乃適楚。《詩外傳》、《國策》所載或說春申君之詞，即因此以為緣飾。周、秦間記載，若是者多矣。至引事說詩，韓嬰書之成例，《國策》載其文而不

〔註145〕〔清〕王先謙撰，沈嘯寰、王星賢點校：《荀子集解》，北京：中華書局，2016年版，第567～572頁。

〔註146〕〔戰國〕荀況著，王天海校釋：《荀子校釋》，上海：上海古籍出版社，2016年版，第1032頁。

去其詩，此故奏之蒭蕘也。〔註147〕

汪中對《韓詩外傳》的記載頗為懷疑，主要有二：其一，詳細述說「劫殺死亡」之事；其二，荀子向楚臣斥責楚之先君。基於此，汪中提出四個結論：第一，《韓詩外傳》是由《韓非子》的「厲憐王」一段與《荀子》之《佹詩》末段合併而成；第二，劉向徑直將此採入《戰國策》，又在《荀子新書》予以提及；第三，荀子在蘭陵令至春申君之死期間未曾適趙；第四，《韓詩外傳》與《戰國策》中「與春申君之詞」是因「齊人或讒荀卿，荀卿乃適楚」〔註148〕的緣飾之作。由此，汪中認為《韓詩外傳》《戰國策》「遺春申君書」的記載有時人添加的成分在裏面。佐藤將之針對《客說春申君》一文指出：「這故事看起來不像是歷史事實而更像是軼事：此內容展現出像聖人般超凡的人格也不會受到主人欣賞。……然而，由於《戰國策》和《韓詩外傳》都含有此故事，傳誦可溯到西漢初期，所以不可忽略此兩部文獻載錄此故事本身的意義。」〔註149〕誠然，儘管《韓詩外傳》與《戰國策》的文本屬性難免讓人生疑，但多種文本都涉及此事，定有其存在的理由。筆者認為《荀子》「佹詩」一段係漢人追記之文，非荀子所作。

首先，從文本層面言，其一，《賦篇》五隱與「佹詩」的關係，「禮」「知」「雲」「蠶」「箴」五隱分別描述各自的功用，多表達一種美好的願景，而「佹詩」一文則描述天下昏亂，不治之景，有較為強烈的情感抒發，更多地是對整個春秋戰國時局的概括。可知前五隱與「佹詩」並無聯繫，亦非是有機統一的組賦形式。張小平先生認為：「《賦篇》文字的此番雜湊，證明它不是一篇完整的作品。既然是一篇雜湊而成的作品，我們就有理由懷疑它的作者，可能出自眾人之手，而不一定就是荀子。」〔註150〕。其二，「佹詩」之「《小歌》曰」前有「其」字，以第三人稱的口吻敘述，並非荀子本人予以言說。其三，「與

〔註147〕〔清〕王先謙撰，沈嘯寰、王星賢點校：《荀子集解》，北京：中華書局，2016年版，第30頁。

〔註148〕〔漢〕司馬遷撰，〔宋〕裴駰集解，〔唐〕司馬貞索隱，〔唐〕張守節正義：《史記》，北京：中華書局，2014年版，第2852頁。

〔註149〕佐藤將之：《荀子生平事蹟考》，《臨沂大學學報》，2015年第3期。

〔註150〕張小平先生亦認為荀子「五隱」的「原始作者也當是民間無名氏」，從班固《漢書·藝文志》記載「荀卿賦十篇」，漢人的觀點是隱即是賦，荀子是有賦作的。故張說五隱非荀作缺乏證據。不過，張先生認為「佹詩」一章非荀作是合理的。參見張小平：《荀子〈賦篇〉的真偽問題及研究》，《江淮論壇》，1996年第6期。

愚以疑，願聞反辭」概為後人模仿《賦篇》五隱中的「臣愚不識，敢請之王」「臣愚不識，願聞其名」「弟子不敏，此之願陳，君子射辭，請測意之」「臣愚而不識，請占之五泰」「臣愚不識，敢請之王」〔註151〕。且此五條在五隱中關聯前後內容是屬於遞進關係，而《佹詩》之「與愚以疑，願聞反辭」則體現的是一種並列關係。

其次，從目錄學層面言，劉向《荀卿新書》將《賦篇》列為末篇，至唐楊倞更改篇第，將《堯問》置於末。余嘉錫《古書通例》稱《堯問》末段為「題跋之體」，指出：「考劉向目錄《堯問篇》第三十，（楊倞注本第三十二）。其後尚有《君子篇》、《賦篇》，是題跋雜入書中矣。」〔註152〕顯然余嘉錫沒有意識到「佹詩」一文。作為《賦篇》之「佹詩」與《堯問》末段皆是描述天下不治，聖賢不遇的情景。其中一些詞句的運用頗為相似，如「佹詩」之「天下不治」「旦暮晦盲」「仁人絀約」「比干見刳，孔子拘匡」「其遇時之不詳」分別對應《堯問》之「天下不治」「天下冥冥」「仁者絀約」「比干剖心，孔子拘匡」「孫卿不遇時也」。可見劉向和楊倞在篇第排列上各置其末，應該意識到了《堯問》末段和「佹詩」與《荀子》其他篇章的相異之處。又《堯問》末段一般認為是荀子後徒所作，那麼《賦篇》之「佹詩」概非荀子所作。

再次，從文本接受層面言，先秦子書鮮有自己記敘自己事蹟的傳統，一般為後徒及後人將作者個人的生平事蹟摻入文本。綜觀《荀子》，《議兵》《強國》等篇記載荀子的事蹟，不過這是輯錄者之「述」，並非荀子本人所作。一種觀點認為「佹詩」一文意在譏刺楚國，亦即《戰國策》所記載的「客說春申君之事」，若此種觀點正確，「佹詩」非荀作的可能性極大。余嘉錫認為：「若夫六國、秦、漢間人治諸子之學者，輯錄其遺文，追敘其學說，知後世讀其書，必欲觀其行事，於是考之於國史，記其所傳聞，筆之於書，以為論事知人之助。……為求讀之之便利，故即附入本書。」〔註153〕法國歷史學家保羅‧韋納在《人如何書寫歷史》中說：「一個特定時代的歷史通過編製系列，通過在文獻與回溯之間的來來往往得以重構，而那些表面上最可靠的歷史『事實』，

〔註151〕〔清〕王先謙撰，沈嘯寰、王星賢點校：《荀子集解》，北京：中華書局，2016年版，第558頁、560頁、562頁、564頁、566頁。

〔註152〕余嘉錫：《目錄學發微；外一種：古書通例》，長沙：嶽麓書社，2009年版，第258頁。

〔註153〕余嘉錫：《目錄學發微；外一種：古書通例》，長沙：嶽麓書社，2009年版，第253頁。

實際上是包含相當比例的回溯所得的結論。」〔註154〕換言之，若作者行事在文本中無法得到體現，那麼，後人多據史書等典籍文獻的記載，「徵求異說，採摭群言」〔註155〕，予以添加，置於文本之中。而「佹詩」一文，恰是此類情況的體現。《戰國策》和《韓詩外傳》以及《韓非子》等文本的共同記錄，一定程度上證明荀子「遺春申君書」的可信度，為了豐滿荀子形象，後人將此事蹟加入《荀子》文本。而且這種加入的書寫範式並非是具體性的，多呈現出描述性、概括性的特徵，這也是學界多認為「佹詩」一文具有總論特質的地方。那麼，司馬遷《孟子荀卿列傳》對荀子適楚作了簡略記載，《韓詩外傳》《戰國策》則對此事蹟整理並潤色，呈現出書寫詳繁的特點，由此筆者推斷，「佹詩」一段係為西漢人的追記之文，非荀子所作。基於此，《賦篇》應由「禮」「知」「雲」「蠶」「箴」五首隱組成。

二、「隱」之本義及文體界定

「隱」，《說文解字》釋為「蔽也」，段玉裁注曰：「艸部曰『蔽茀、小皃也。』小則不可見，故隱之訓曰蔽。」〔註156〕然二者所言皆非本義，實為引申義。馬敘倫指出：「蔽也非本義，亦非本訓。隱阞音同影鈕轉注字。隱障隔亦轉注字。隔音見鈕。障因照鈕。古讀入端。皆清破裂音也。又疑隱為陰之音同影鈕轉注字。」〔註157〕馬先生認為「隱」與「阞」「障」「隔」等字「建類一首，同意相受」〔註158〕，可互釋也。徐灝《說文解字注箋》曰：「段以隱訓蔽，遂引『蔽茀、小皃』釋之迂矣。隱之本義蓋謂隔皀不相見，引申為凡隱蔽之稱。」〔註159〕徐灝之說確矣。為更清晰地理解「隱」之本義，從「隱」字的兩個組成部分談起。「隱」，從（皀）皀，《說文解字》釋「皀」曰：「大陸也。山無石者。象形。凡皀之屬皆從皀。」段玉裁注曰：「山下曰：『由石而高。象形。』

〔註154〕〔法〕保羅・韋納著，韓一宇譯：《人如何書寫歷史》，上海：華東師範大學出版社，2018年版，第251頁。
〔註155〕〔唐〕劉知幾撰，〔清〕浦起龍釋：《史通通釋》，上海：上海古籍出版社，1978年版，第115頁。
〔註156〕〔漢〕許慎撰，〔清〕段玉裁注，許惟賢整理：《說文解字注》，南京：鳳凰出版社，2015年版，第1276頁。
〔註157〕馬敘倫著：《說文解字六書疏證》卷二八，上海：上海書店，1985年版，第16頁。
〔註158〕〔漢〕許慎撰，〔清〕段玉裁注，許惟賢整理：《說文解字注》，南京：鳳凰出版社，2015年版，第1309頁。
〔註159〕丁福保編纂：《說文解字詁林》，北京：中華書局，1988年版，第13979頁。

此言無石，以別於有石者也。《詩》曰：『如山如阜。』山與𨸏，同而異也。《釋名》曰：『土山曰阜』。」〔註160〕「㠯」，《說文解字》釋為：「有所依也。」〔註161〕馬敘倫進而認為：「依憑之隱，即借為依。」〔註162〕由「𨸏」「㠯」可知，「隱」的本義不是「蔽也」，而是借阜（土山）為依，依阜（土山）而隔。

　　由借阜為依，依阜而隔的「隱」之本義，進而使隱語形成了獨特的隔阜理論。「隱語」之名出現稍晚，最早見於《韓非子》，《外儲說右上》言：「樗里疾，秦之將也，恐犀首之代之將也，鑿穴於王之所常隱語者。」〔註163〕此「隱語」即是屬於兩個人的私密談話，另「鑿穴」即是與外界隔開。至《漢書・東方朔傳》記載郭舍人與漢武帝的對話，言「臣願復問朔隱語」，此「隱語」是由「隱」的本義派生而出，具備了隔阜特質，它是多人在場的談「隱」形式。先秦隱語文獻多以散見狀態呈現。如《左傳・宣公十二年》記載：「楚子伐蕭，遂傅於蕭。還無社與司馬卯言，號申叔展。叔展曰：『有麥麴乎？』曰：『無』。『有山鞠窮乎？』曰：『無』。『河魚腹疾奈何？』曰：『目於眢井而拯之。』『若為茅絰，哭井則己。』明日蕭潰，申叔視其井，則茅絰存焉，號而出之。」〔註164〕申叔展連用「麥麴」「山鞠窮」暗示還無社將要遇難，直到還無社聽到「河魚腹疾」才明白申叔展的意圖。由「河魚腹疾」等文獻可知，隱語是說隱者基於感知的有意構建，它是表達觀點的一種預設性詮釋。這種預設性詮釋主要體現在兩個層面：一是如何言說的問題，即說隱者如何使明確的觀點不那麼精確，並帶有一絲味外之旨；二是認知場域的問題，即在第一個層面的基礎上，說隱者又在嘗試營造一種公共認知場域，重在尋求與受隱者在認知場域的接合與互動。這兩個層面使隱語成為一種隱喻性的修辭格。質言之，對於說隱者而言，隱語是一種「裝飾」，它需要將所要表達的東西「裝飾」起來，即築阜而隱；那麼，對於受隱者而言，隱語是一種「發現」，它需要揭開「裝飾」的面紗，去「發現」它的深層意蘊，即隔阜而見。

〔註160〕〔漢〕許慎撰，〔清〕段玉裁注，許惟賢整理：《說文解字注》，南京：鳳凰出版社，2015 年版，第 1270 頁。

〔註161〕〔漢〕許慎撰，〔清〕段玉裁注，許惟賢整理：《說文解字注》，南京：鳳凰出版社，2015 年版，第 286 頁。

〔註162〕李圃主編：《古文字詁林》第四冊，上海：上海教育出版社，2001 年版，第 353 頁。

〔註163〕〔清〕王先慎：《韓非子集解》，北京：中華書局，2003 年版，第 320 頁。

〔註164〕楊伯峻：《春秋左傳注》（修訂本），北京：中華書局，2009 年版，第 749～750 頁。

　　探討了隱語的定義，那麼隱語與隱體是什麼關係呢？「隱」被稱為一種文體，見於《文心雕龍・諧讔》篇，其篇先言諧讔產生之因，次論諧體，最後探討隱體。劉勰對於文體部分的著述體例是：「原始以表末，釋名以章義，選文以定篇，敷理以舉統。」〔註165〕「讔者，隱也。遁辭以隱意，譎譬以指事也」是釋名以章義，「彥和論各種文體，詮釋體名，不拘一義，或以內容，或以作用，或以做法為體要，因而定其名稱」〔註166〕，劉勰對「隱」的釋名是以做法而定。從選文定篇而言，劉勰所錄作品基本是散見史傳作品中的隱語片段，是不足以支撐來界定隱體的。綜觀《諧讔》篇對隱體的論述，劉勰之所以設隱體，一方面是出於對魏代以來謎語淺察炫辭、空戲滑稽的扭偏，另一方面是看重隱體在政治道德方面的諷諫功能。劉勰從文體釋名到選文定篇在一定程度上對隱體的界定未為精到。尤其以隱喻性的修辭做法命名文體，一定程度上影響了後人對於隱體的看法，以隱語等同於隱體。童慶炳先生對於文體作的界說是：「文體是指一定的話語秩序所形成的文本體式，它折射出作家、批評家獨特的精神結構、體驗方式和其他社會歷史、文化精神。……從表層看，文體是作品的語言秩序、語言體式，從裏層看，文體負載著社會的文化精神和作家、批評家的個體的人格內涵。」〔註167〕郭英德先生將文體的結構層次由外至內分為四個層次：「體制」「語體」「體式」「體性」〔註168〕。可知文體是由多種因素共同構成。隱語僅是一種修辭格，從這一層面而言，隱語是隱體的重要表徵。由此筆者認為隱體採用問答形式，是一種交流性文體。從表層言，它是以隱語的方式呈現。從深層言，它寓意著勸誡諷諭等主旨。

　　「文體觀念的產生和『文體』範疇的出現標誌著文章整體觀念的自覺與強化」〔註169〕，姚愛斌先生提出文體的「文章整體觀」，由此，筆者認為那些夾雜在史傳、諸子典籍中的片段只是處於一種前文體狀態，文體觀念尚不明朗。當這些片段獨立成篇或結撰成篇構成一個文章整體存在，在一定程度上表明

〔註165〕〔南朝梁〕劉勰著，范文瀾注：《文心雕龍注》，北京：人民文學出版社，1958年版，第 727 頁。

〔註166〕沈謙：《文心雕龍之文學理論與批評》，臺北：華正書局，1981 年版，第 70頁。

〔註167〕童慶炳：《文體與文體的創造》，昆明：雲南人民出版社，1994 年版，第 1 頁。

〔註168〕郭英德：《中國古代文體學論稿》，北京：北京大學出版社，2005 年版，第 4頁。

〔註169〕姚愛斌：《中國古代文體論思辨》，北京：北京大學出版社，2012 年版，第 34頁。

時人已具有明確的文體意識。對於隱體作品而言，先秦時期真正獨立且結撰成篇的傳世文獻只有荀子《賦篇》，由此可認為《賦篇》五首的創作意味著隱體的初步確立。《荀子・賦篇》包含五首隱，因佹詩部分非荀作，亦非隱體，茲探討《賦篇》五隱的特徵。

三、《賦篇》五隱的特徵

荀子「禮」「知」「雲」「蠶」「箴」五隱，雖非巨製，但有著固定的結構，其主要特徵約有三端，從交流形式、呈現方式和內涵主旨等方面分而論之。

首先，從交流形式言，目前論者關於《賦篇》五隱的問對形式仍然聚訟不已，主要有兩種觀點：一是實問實答；一是假設問答。到底是實問實答還是假設問答？從施話者與受話者言，先秦時期的隱語文獻的對話大都有明確的言說對象，如「還社求拯於楚師」（《左傳・宣公十二年》）中的申叔展與還無社，「叔儀乞糧」（《左傳・哀公十三年》）中的申叔儀與公孫有山，以及上述所言「鳥止南方之阜」中的人物等。然在荀子五隱中，其言說對象則變得模糊起來，如「禮」「箴」之臣、王，「雲」之弟子、君子，「蠶」之臣、五泰，「知」的施話者為臣，受話者雖未言，亦應為王。其中較有爭議的是「五泰」之名，楊倞、王應麟等認為是五帝，劉師培指出：「五泰蓋神巫之名，與巫咸、巫陽同。」〔註170〕不過，五帝、神巫之說語猶無據，難以成立。其實，「五泰」實為虛擬之名，梁啟雄指出：「泰，本是易卦名。荀子衝著他能通，給他人格化了，稱他做『五泰』。」〔註171〕張覺延續梁的思路，進而認為：「五泰，字義是『五方通』，猶今謂『萬事通』，此為虛擬人名。」〔註172〕此言確矣。虛擬名字的命名亦非隨意為之，很大程度上是與作者的思想闡發有關，亦即「虛擬名字的命定發展到了與文章所要闡發意旨的直接勾連」〔註173〕。如《賦篇》三次出現臣王之對，體現了荀子的君臣觀，即君王要「以禮分施」「尚賢使能」（《君道》），賢臣要「以禮侍君」（《君道》），這是荀子對理想之賢臣與聖王的形象建

〔註170〕〔戰國〕荀況著，王天海校釋：《荀子校釋》，上海：上海古籍出版社，第1022頁。

〔註171〕〔戰國〕荀況著，王天海校釋：《荀子校釋》，上海：上海古籍出版社，第1022頁。

〔註172〕〔戰國〕荀況著，王天海校釋：《荀子校釋》，上海：上海古籍出版社，第1022頁。

〔註173〕趙奉蓉：《先秦諸子散文中的虛擬名字及文學效應》，《中州學刊》，2012年第3期。

構。然此時期禮崩樂壞、諸侯恣肆，「態臣」「篡臣」（《臣道》）橫行，荀子只能偽立臣、王之名，勾連其思想主張，以期實施的願景。由上施話者與受話者皆為虛擬構造的人名，那麼它的問答形式已非傳統意義上的實問實答，而是假為問答。其實，偽立主客，假為問答以言說在先秦子書中屢見不鮮，如《莊子》之寓言，多偽以虛名，假為問答，《史記・老子韓非列傳》言莊子：「作漁父、盜跖、胠篋，以詆訿孔子之徒，以明老子之術。畏累虛、亢桑子之屬，皆空語無事實。」唐司馬貞《索隱》曰：「其書十餘萬言，率皆立主客，使之相對語……故《別錄》云：『作人姓名，使相與語，是寄辭於其人，故莊子有《寓言篇》』。」〔註174〕余嘉錫《古書通例》認為：「諸子之書，詞人作賦，義有奧衍，辭有往復，則設為故事以證其義，假為問答以盡其辭，不必實有其人，亦不必真有此問也。」〔註175〕，熊公哲釋「禮」隱言：「下文王曰云云，即代先王作解答也。辭賦家作賦，如屈原《卜居》《漁父》，大都託為賓主相問答，究皆子虛烏有之屬，不可求之太拘。」〔註176〕章必功先生認為荀況五篇「假借問答」〔註177〕，胡大雷先生明確指出荀卿五隱是「說理的自問自答」〔註178〕周興泰先生亦認為荀子「假設君臣問答」〔註179〕等，限於篇幅，不一而足。綜上可知，《賦篇》五隱之施話者與受話者及其問對形式則是偽立主客，假為問答。

其次，從呈現方式言，上述偽立主客與假為問答體現了與早期隱語文獻的差異，但《賦篇》五隱仍保留了隱語的關鍵因素，即築阜而隱，隔阜而見。如「箴」隱：

> 有物於此，生於山阜，處於室堂。無知無巧，善治衣裳。不盜不竊，穿竄而行。日夜合離，以成文章。以能合從，又善連衡。下覆百姓，上飾帝王。功業甚博，不見賢良。時用則存，不用則亡。臣愚不識，敢請之王。王曰：此夫始生鉅，其成功小者邪？長其尾而銳其剽者邪？頭銛達而尾趙繚者邪？一往一來，結尾以為事。無

〔註174〕〔漢〕司馬遷撰，〔宋〕裴駰集解，〔唐〕司馬貞索隱，〔唐〕張守節正義：《史記》，北京：中華書局，2014 年版，第 2609 頁。

〔註175〕余嘉錫：《目錄學發微；外一種：古書通例》，長沙：嶽麓書社，2009 年版，第 227 頁。

〔註176〕熊公哲：《荀子今注今譯》，臺北：臺灣商務印書館，1977 年版，第 518 頁。

〔註177〕章必功：《論賦體起源》，《深圳大學學報》（社會科學版），1985 年第 1、2 期。

〔註178〕胡大雷：《屈原賦、荀卿賦、宋玉賦異同論及其影響——南北文學融合的一個例子》，《寧夏師範學院學報》，2010 年第 1 期。

〔註179〕周興泰：《古代辭賦與中國敘事傳統》，《中國比較文學》，2014 年第 4 期。

羽無翼，反覆甚極。尾生而事起，尾邅而事已。簪以為父，管以為
母。既以縫表，又以連裏。夫是之謂箴理。——箴〔註180〕

從「有物於此」到「不用則亡」描繪了箴的生長環境及其功用，是荀子築皋而
隱的階段。築皋而隱主要是對物（理）的細緻摹繪，這其中運用了空間描述、
對比描述：空間描述，如「山阜」「室堂」「從（縱）」「衡（橫）」「下」「上」
等具有空間色彩的詞彙，頗具空間感；對比描述，如「時用則存，不用則亡」，
呈現箴用與不用的兩種形態。正是運用了不同的描述手法，使得此部分對於物
的摹繪形成了學界所言的「巧言狀物」「寫物圖貌」的特質。自「王曰」至末
是隔皋而見的階段。此部分的呈現狀態，是對前部分的「重演其義」〔註181〕，
可從兩個方面進行闡釋：疑問式的重演其義，劉延福先生認為「以疑問的方式
『重演其義』，將所回答的事物的特點或作用重新以疑問的方式描繪一番。」
〔註182〕這包括「此夫始生鉅，其成功小者邪？長其尾而銳其剽者邪？頭銛達
而尾趙繚者邪？」，此連用三個疑問句，描繪了箴的形狀，是對「生於山阜，
處於室堂」的具體表達，亦是對築皋而隱的一種前理解階段。「一往一來」至
末則是確定性的重演其義，如「一往一來，結尾以為事」「尾生而事起，尾邅
而事已」即是對「穿窬而行」的重演，「既以縫表，又以連裏」則重演「以能
合從，又善連衡」。通過對築皋而隱的重演其義，最後以「夫是之謂箴理」作
結，隔皋而見。「禮」「知」「雲」「蠶」四隱亦然。總之，荀子築皋而隱部分採
用的手法是「寫物圖貌」，而在隔皋而見階段則用「重演其義」的方式勾連前
部分並推導出所隱藏的物（理）。

再次，從內涵主旨言，感於時事，重在勸誡。楊倞對《賦篇》篇題有言：
「所賦之事，皆生人所切，而時多不知，故特明之。」〔註183〕意即荀子五隱
基於時事，有感而發。比較明顯的例子如「禮」「知」二隱，荀子倡「禮」，是
因為戰國時期禮崩樂壞，荀子言「知」，是因為當時社會存在一種小人之「知」。
之所以倡言「禮」「知」，是荀子對戰國時局的一種考量，進而提出的治亂策略。

〔註180〕〔清〕王先謙撰，沈嘯寰、王星賢點校：《荀子集解》，北京：中華書局，2016
年版，第566～567頁。

〔註181〕〔清〕王先謙撰，沈嘯寰、王星賢點校：《荀子集解》，北京：中華書局，2016
年版，第558頁。

〔註182〕劉延福：《荀子詩樂理論與實踐研究》，山東師範大學博士論文，2010年，第
189頁。

〔註183〕〔清〕王先謙撰，沈嘯寰、王星賢點校：《荀子集解》，北京：中華書局，2016
年版，第558頁。

此外，「雲」「蠶」「箴」三隱的創作主旨較之「禮」「知」則顯得不那麼明確，但感於時事，重在勸誡的特點亦可略窺一斑。如「蠶」隱，楊倞注曰：「蠶之功至大，時人鮮知其本。《詩》曰：『婦無公事，休其蠶織。』戰國時此俗尤甚，故荀卿感而賦之。」〔註184〕楊倞所言或可備一說。再如「箴」隱的創作背景，楊倞認為：「古者貴賤皆有事，故王後親織玄紞，公侯夫人加之以紘綖，大夫妻成祭服，士妻衣其夫。末世皆不修婦功，故託辭於箴，明其為物微而用至重，以譏當世也。」〔註185〕又有一種說法即是：「戰國中後期，縱橫家在社會舞臺上最為活躍。他們能言善辯，游說諸侯，翻手為雲，覆手為雨。故為講禮義以治世的荀子所嫉惡，此章或為譏其而作。」〔註186〕然無論哪一種說法，都是基於對現實時事的感發。亦有論者將「佹詩」一文屬於《賦篇》，基於全篇考量，認為《賦篇》乃荀子譏刺、譏諷而作。不過，綜觀「箴」隱及其他四隱，譏刺而作的成分頗小，更多的是一種勸誡性質。這主要體現在荀子對事物功用的描述上，如「禮」隱言「非絲非帛，文理成章。非日非月，為天下明。生者以壽，死者以葬。城郭以固，三軍以強。粹而王，駁而伯，無一焉而亡。」且此隱又以臣王對答，意旨勸誡君王禮之功用甚大，執禮可行天下。又如「知」隱功用的描述：「或厚或薄，常不齊均。桀、紂以亂，湯、武以賢。潪潪淑淑，皇皇穆穆。周流四海，曾不崇日。君子以修，跖以穿室。大參乎天，精微而無形。行義以正，事業以成。可以禁暴足窮，百姓待之而後泰寧。」此以對比手法，旨勸時人行君子之知，而遠小人之知。那麼，荀子五隱即是針對時事所出現的利弊，充分描述事物的功用，勸誡時人知曉並得到運用。

綜上所述，筆者主要就目前有爭歧或發而未盡之處對《賦篇》的主要特徵作了論述。此外，李炳海先生揮灑萬言，就《賦篇》五首的句式、韻律等方面追溯源流地作了條分縷析式的考索〔註187〕，對我們進一步認識《賦篇》頗有幫助。通過對《賦篇》特徵的論述，可知「禮」「知」「雲」「蠶」「箴」五隱獨立且結撰成篇，形成了固定的結構模式。五隱保留了隱體築皁而隱、重演其義

〔註184〕 〔清〕王先謙撰，沈嘯寰、王星賢點校：《荀子集解》，北京：中華書局，2016年版，第566頁。

〔註185〕 〔清〕王先謙撰，沈嘯寰、王星賢點校：《荀子集解》，北京：中華書局，2016年版，第567頁。

〔註186〕 董治安，鄭傑文，魏代富整理：《荀子彙校匯注附考說》，南京：鳳凰出版社，2018年版，第1340頁。

〔註187〕 李炳海：《荀子賦文本的多源性考論》，諸子學刊（第十四輯），2017年第1期。

以及感於時事，重在勸誡的特徵，但在對話人及其對話形式方面有了不同，即偽立主客，假為問答。荀子五隱對後世文學產生了重要影響。

四、《賦篇》五隱的文體學意義

《賦篇》五隱是先秦時期重要的隱體作品，其具有的一些特徵對後世文學產生了一定影響，具有重要的文體學意義。

隱體的發展，大體可分為三個階段。先秦時期是隱體的發端形成期，這一時期隱體的特徵主要是勸誡、諷諭，而隱體的作用，「大者興治濟身，其次弼違曉惑」〔註188〕，是莊重之「隱」。《賦篇》五隱倡導禮治，闡發政治理念，是這一時期頗具代表性的作品。此外，這一時期亦實現了從隱語到隱體的轉變。秦漢時期是隱體發展的興盛期。從北大藏秦簡《隱書》三首、《漢書藝文志》載錄《隱書》十八篇可知，此一時期善隱、用隱者甚夥，另一方面則上承荀子，對隱體的明辨觀念更加清晰。魏代以後是隱體的轉型期。「自魏代以來，頗非俳優，而君子嘲隱，化為謎語」〔註189〕，隱體則多以娛樂、測智、字謎的形式出現，是詼諧之「謎」。劉勰認為荀子已開創謎語的體制。《世說新語‧捷悟》記載：「楊德祖為魏武主簿，時作相國門，始構榱桷，魏武自出看，使人題門作『活』字，便去。楊見，即令壞之。既竟，曰：門中『活』，『闊』字。王正嫌門大也。」〔註190〕從此則字謎可知，其一，劉勰言「謎也者，回互其辭，使昏迷也」〔註191〕，魏武帝未直言「闊」，以「活」字題門，含蓄示之，與荀子五隱築皋而隱的特質是相同的；其二，楊脩從門中「活」這一圖像中品出「闊」字，是對謎面的重演，與荀子五隱的重演其義是類似的。由此可見，謎由隱演變而來，亦保留了隱體的一些特徵。總之，《賦篇》五隱未以「隱」命名，但已是較為成熟的隱體作品，而其中的一些基本特徵被後世的隱和謎所借鑒。

《賦篇》五隱對後世文學創作有一定影響，這在漢賦與詩歌中表現得尤為突出。

〔註188〕〔南朝梁〕劉勰著，范文瀾注：《文心雕龍注》，北京：人民文學出版社，1958年版，第271頁。

〔註189〕〔南朝梁〕劉勰著，范文瀾注：《文心雕龍注》，北京：人民文學出版社，1958年版，第271頁。

〔註190〕余嘉錫：《世說新語箋疏》，北京：中華書局，2007年版，第682頁。

〔註191〕〔南朝梁〕劉勰著，范文瀾注：《文心雕龍注》，北京：人民文學出版社，1958年版，第271頁。

　　第一，隱體對漢賦的影響。從交流形式言，如司馬相如《子虛賦》的子虛、烏有先生和亡是公三人，班固《兩都賦》的西都賓、東都主人，張衡《二京賦》的憑虛公子、安處先生等皆是虛擬之名，偽立主客，假為問答，這與《賦篇》五隱是相同的。從空間描述言，上述對箴隱已作了敘述，另其他隱在描繪事物時也出現了一些描寫空間性的詞句，如「知」隱中的「四海」「大參乎天」，「雲」隱中的「圓」「方」「大參天地」「精微乎毫毛，而充盈乎大宇」「大宇」「郤穴」「托地而遊宇」等。《賦篇》五隱的空間書寫多是天與地、大與小、上與下的描繪，至漢賦則形成一種全方位、立體化的空間表達，如《上林賦》對東西南北空間的極盡鋪排，揚雄《甘泉賦》從東西南北與上下方位對甘泉宮作了細緻全面的描繪以及班固《兩都賦》對空間循環往復的來回描述，由此可見漢賦對《賦篇》的繼承與發展。從內涵主旨言，荀子五隱是感於時事，重在勸誡，而漢賦家雖意在諷諫，但著之於文的賦作卻顯示出了濃重地勸誡意味，形成了批評家所謂的「勸百諷一」「曲終奏雅」的結構模式，這一定程度上亦體現了漢賦的勸誡性質對荀子五隱的繼承。如揚雄的《甘泉賦》，重在描寫甘泉宮的奢華，其鋪排以勸的意味較為濃重。班固《漢書·楚元王傳贊》認為荀子與揚雄等「其言有補於世」〔註192〕，這也道出了二者皆是感於時事，重在勸誡的特質。從言說技巧而言，荀子五隱是「寫物圖貌」與「重演其義」並重，而漢賦則是極盡鋪排。重演其義是對義理的重演，即便涉及事物，也是對事物所透露的義理的一種重演。不過，對義理的重演一定程度上也形成了一種視覺上的鋪排，這與漢賦的鋪排有異曲同工之妙。正是由於《賦篇》五隱與漢賦的緊密聯繫，班固《漢書·藝文志》賦類作品專列孫卿賦十篇，學界一般認為這十篇包含《賦篇》五隱。又《漢志》將「《隱書》十八篇」錄之賦末，可見班固之所以稱隱為賦，從某種程度上透露出五隱對漢賦有一定影響。總之，隱體作為賦體產生的淵源之一，是不為過的。

　　第二，隱體對詩歌的影響。隱體築皇而隱的特質對後代詩歌的隱晦用典有一定影響。如杜甫《解悶十二首》其十二言：「側生野岸及江蒲，不熟丹宮滿玉壺。」仇兆鰲注「側生」曰：「《蜀都賦》：旁挺龍目，側生荔枝。楊慎《丹鉛錄》：詩用『側生』字，蓋為庾文隱語，以避時忌。」〔註193〕至於此詩的創

〔註192〕〔漢〕班固：《漢書》卷三十六，北京：中華書局，1962年版，第1972頁。
〔註193〕〔唐〕杜甫著，〔清〕仇兆鰲注：《杜詩詳注》，北京：中華書局，1979年版，第1518頁。

作背景，「此結出當時致亂之由。荔枝生於遠僻，不植宮中，而偏滿玉壺，以其所好在此，不憚多方致之也，豈知抱道布衣，老丘壑而不徵，獨於一荔，乃勞人害馬，以給翠眉之須。噫，遠德而好色，此所以成天寶之亂歟？」〔註194〕由此可知，杜甫有感於朝廷「遠德而好色」，受權力因素制約，但又不得直言之，不得不隱，只好以隱語含蓄示之。這與隱體的產生環境是相同的。若不知「側生」寓指「荔枝」，則會隔阜而不見，難曉作者的旨意。又杜甫《哀王孫》一詩，因安祿山犯長安，感王孫顛沛而作，首句「長安城頭頭白烏」之「頭白烏」，楊慎曰：「《三國典略》：侯景篡位，令飾朱雀門，其日有頭烏萬計，集於門樓。童謠曰：『白頭烏，拂朱雀，還與吳。』此蓋用其事，以侯景比祿山也。」〔註195〕杜甫以隱語表達其情感，劉須溪評此詩曰：「忠誠之聖心，蒼卒之隱語，備盡情態。」〔註196〕進而，詩歌的隱晦用典所形成的朦朧意境也與五隱有聯繫。劉勰《文心雕龍·隱秀》言「隱也者，文外之重旨也」「隱以復意為工」「夫隱之為體，義主文外，秘響旁通，伏采潛發，譬爻象之變互體，川瀆之韞珠玉也。故互體變爻，而化成四象；珠玉潛水，而瀾表方圓……」〔註197〕等，皆強調主旨的不直接顯露，重在通過文學技巧的運用使得詩歌具有一種含蓄蘊藉。近人王國維在討論詩詞的意境時提出了「隔」與「不隔」的主張，其中「隔」是指「霧裏看花，終隔一層」，這與荀子五隱築阜而隱是相通的。王國維更欣賞「話語都在目前」的不隔的作品，但「隔」的作品未必不為佳作，諸如以黃庭堅為代表的江西詩派和李商隱等詩歌通過用典都營造出一種格韻高絕的意境。由此可知，詩人在詩歌創作時的隱晦用典及其所形成的朦朧意境對五隱築阜而隱的特質有一定繼承。

綜上所述，筆者重新梳理了「隱」「隱語」「隱體」等概念，可知隱體是形成於先秦時期的一種特殊文體。「隱」的本義是借阜為依，依阜而隔，而阜是隱之所以成隱的關鍵因素。隱語是說隱者基於感知的有意構建，表達觀點的一種預設性詮釋。這種預設性詮釋主要體現在兩個層面：一是如何言說的問題；

〔註194〕〔唐〕杜甫著，〔清〕仇兆鰲注：《杜詩詳注》，北京：中華書局，1979年版，第1518頁。

〔註195〕〔唐〕杜甫著，〔清〕仇兆鰲注：《杜詩詳注》，北京：中華書局，1979年版，第310～311頁。

〔註196〕〔唐〕杜甫著，〔清〕楊倫箋注：《杜詩鏡銓》，上海：上海古籍出版社，1980年版，第122頁。

〔註197〕〔南朝梁〕劉勰著，范文瀾注：《文心雕龍注》，北京：人民文學出版社，1958年版，第632頁。

二是認知場域的問題。這兩個層面使隱語成為一種隱喻性的修辭格,因此隱語是隱體的重要表徵。而隱體採用問答形式,是一種交流性文體。從表層言,它是以隱語的方式呈現。從深層言,它寓意著勸誠諷諭等主旨。就文體的「文章整體觀」而論,荀子《賦篇》五隱獨立且結撰成篇意味著隱體的初步確立。《賦篇》五隱在交流形式、呈現方式和內涵主旨方面具有偽立主客,假為問答、築皋而隱,隔皋而見和感於時事,重在勸誠的特徵,這對漢賦的形成以及詩歌的隱晦用典、意境的塑造有一定影響,具有重要的文體學意義。

　　思維方式、文體命名、文體文獻是我們考察一種文體特質的重要方面。從思維方式言,任何一種文體,都逃離不了思維方式的運用。思維方式決定了文體的呈現形式,不同的思維方式,往往形成不同的文體,而這也是文體與文體間的相異之處。以文體命名言,中國古代早期文體的命名並非隨意為之,往往具有指涉性的特點,《賦篇》五首以「隱語」呈現,說明這與「隱」關聯密切。只有明確該文體的命名內涵,才能更好地深入研究。從文體文獻言,文體文獻資料是我們考察一種文體的基礎。文體文獻一方面可以界定文體的內涵、特徵,另一方面亦可窺探文體的演進之勢。質言之,文體命名、思維方式、文體文獻三者只有相互結合,才能更好地彰顯文體的特性,是文體研究的重要路徑。

第三章 《荀子》文本結構論

　　前面兩章從《荀子》文本生成及文體形態作了考察，本章對《荀子》的文本結構展開分析。周憲先生認為：「任何文學文本都是一個結構化的系統，既然是結構化的，就像一座建築那樣，文本內一定存在著種種結構規則，而任何文學技巧和手法，語言的文學性表達，都是在這樣一個完整的結構系統中各司其職地發揮作用的。」〔註1〕而結構作為「文本各部分和要素整合在一起的系統組織，它構成文本的意義完整體」〔註2〕，主要從遞進的言、象、意結構、程式化的篇章結構和全書結構三個方面予以論述。

第一節　遞進的言、象、意結構

　　言、象、意作為文本的三個層次，其特徵是由淺及深、相互承遞的。先秦時期對此已有討論。不過，三者有一個發展的過程。首先，在早期中國，語言文字還未發達，時人與自然界的相處過程中，逐漸形成了使用自然界之「象」（形）來達其「意」的記錄方式。他們在器物形狀、圖像刻畫以及早期文字的構形等方面都體現出了模擬自然之象以表達其意的特點。其次，言意之辨是先秦諸子經常探討的話題，他們圍繞言能否盡意提出了一系列的觀點，主要形成了以儒家為代表的言能盡意觀和以道家為代表的言不盡意觀。再次，魏王弼《周易略例·明象》真正明確了言、象、意三者既相互影響又

〔註1〕周憲：《文學理論導引》，北京：高等教育出版社，2014年版，第62頁。
〔註2〕周憲：《文學理論導引》，北京：高等教育出版社，2014年版，第59頁。

層層遞進的關係〔註3〕。要而言之，先秦典籍對言、象、意的思考主要經歷了象與意、言與意的討論，並最終確定了言、象、意三者並行的文本結構模式。

一、語言層

文學是語言的藝術，「文學文本首先是作為語言符號而存在的，語言符號是作家構築形象體系，傳達審美體驗的物質媒介。沒有語言符號，文學不可能形成物質實體，文本自然也就不可能產生」〔註4〕。明譚濬《言文》言：「文之所以為文者，詞也。文而不以詞，何以為文？」〔註5〕語言作為文學文本的基本構成要素，是由字、詞、句組成的。通過字法、詞法、句法的運用來考察《荀子》文本的語言結構。

（一）字、詞法

古人「用字皆有準繩，如絲麻之入扣矣」〔註6〕。文之精妙與否，離不開作者對字詞的推敲、經營。大凡文章不外實字與虛字，尤其虛字的使用，為義理的闡發以及文章的結構增色頗多。虛字一般由起語辭、接語辭、轉語辭、襯語辭、束語辭、歎語辭、歇語辭組成。〔註7〕《荀子》文極重言辭，下面嘗試論之。

「起語辭者，或前此無文，竟以虛字起，或前文已畢，亦以虛字起者，皆起語也」〔註8〕。如「夫」字，《荀子·樂論》篇首句「夫樂者，樂也」，以「夫」

〔註3〕王弼言：「夫象者，出意者也。言者，明象者也。盡意莫若象，盡象莫若言。言生於象，故可尋言以觀象。象生於意，故可尋象以觀意。意以象盡，象以言著。」參見〔魏〕王弼著，樓宇烈校釋：《王弼集校釋》，北京：中華書局，1980年版，第609頁。

〔註4〕李榮啟：《文學文本的結構闡析》，《美與時代》，2010年第9期。

〔註5〕〔明〕譚濬：《言文》，王水照編《歷代文話》第三冊，上海：復旦大學出版社，2007年版，第2329頁。

〔註6〕〔清〕唐彪：《讀書作文譜》，王水照編《歷代文話》第四冊，上海：復旦大學出版社，2007年版，第3500頁。

〔註7〕清人唐彪對於虛詞的分類頗為詳細，本文以此模式對《荀子》虛詞的運用作一分析。參見〔清〕唐彪：《讀書作文譜》，王水照編《歷代文話》第四冊，上海：復旦大學出版社，2007年版，第3494～3500頁。清來裕恂《漢文典·文章典》對語助詞的討論亦以起語、接語、轉語、輔語、束語、歎語、歇語論之。參見來裕恂：《漢文典》，天津：南開大學出版社，1992年版，131頁。

〔註8〕〔清〕唐彪：《讀書作文譜》，王水照編《歷代文話》第四冊，上海：復旦大學出版社，2007年版，第3494頁。

字起語，引出所要討論的話題：樂。又如《富國》篇末段以「夫貴為天子，富有天下，是人情之所同欲也」，承接上段「人之情」的概述，「夫」字亦起語也。如「且」字，《非相》言「且徐偃王之狀，目可瞻馬；仲尼之狀，面如蒙倛……」，以起語「且」字勾連上文對堯、舜、文王、周公、公孫呂、孫叔敖等「長短」「小大」「美惡形相」等「無害為君子」的論點，繼而論述徐偃王、仲尼、周公等人的形貌，有「漸次說來之意」〔註9〕。又如時間副詞「古」與「今」，《非相》言「古者桀、紂長巨姣美，天下之傑也」「今世俗之亂君，鄉曲之儇子」，「古」者遙望遠人遠事，「今」者就近人近事論之，皆為起語。

接語辭，「凡接上文順勢講下，不復作轉者，皆用也」〔註10〕。可分為兩類：順接；逆接。順接辭，即「是跟上文順用」〔註11〕之辭。如「此」字，《修身》言「志意修則驕富貴，道義重則輕王公，內省而外物輕矣。傳曰：『君子役物，小人役於物。』此之謂矣」「故學也者，禮法也。夫師，以身為正儀而貴自安者也。詩云：『不識不知，順帝之則。』此之謂也。」「此」字皆順承上文而接。又如「則」字，《榮辱》言「胠於沙而思水，則無逮矣。掛於患而欲謹，則無益矣」、《王霸》言「故與積禮義之君子為之則王，與端誠信全之士為之則霸，與權謀傾覆之人為之則亡」，「則」字的使用皆是「順上文而分析之辭。凡上文已明，緊接上文闡發者皆用之。以字義甚緊，不容寬衍故也」〔註12〕。再如「由是」，《勸學》言「生乎由是，死乎由是」，「由是」順承上文全粹之為學。《宥坐》言「由是觀之，不遇世者眾矣，何獨丘也哉」，「由是」即是順接孔子南適楚而不遇的事蹟作一引申。逆接辭，即「跟上文而逆用」〔註13〕之辭。如《儒效》言「混然塗之人也，俄而並乎堯、禹，豈不賤而貴矣哉」「效門室之辨，混然曾不能決也，俄而原仁義，分是非，圖回天下於掌上而辯黑白，豈不愚而知矣哉」其後亦有「豈不貧而富矣哉」「豈不大富之器誠在此也」「豈

〔註9〕〔清〕唐彪：《讀書作文譜》，王水照編《歷代文話》第四冊，上海：復旦大學出版社，2007年版，第3494頁。

〔註10〕〔清〕唐彪：《讀書作文譜》，王水照編《歷代文話》第四冊，上海：復旦大學出版社，2007年版，第3494頁。

〔註11〕〔清〕唐彪：《讀書作文譜》，王水照編《歷代文話》第四冊，上海：復旦大學出版社，2007年版，第3495頁。

〔註12〕〔清〕唐彪：《讀書作文譜》，王水照編《歷代文話》第四冊，上海：復旦大學出版社，2007年版，第3494頁。

〔註13〕〔清〕唐彪：《讀書作文譜》，王水照編《歷代文話》第四冊，上海：復旦大學出版社，2007年版，第3496頁。

不貧而富矣哉」「豈不至尊、至富、至重、至嚴之情舉積此哉」等,「豈不」皆為「折辨之辭」(《讀書作文譜》),承上文而逆用。

轉語辭,「文字無直行者,必用轉轉相生。或反轉,或正轉,或深一步轉,皆須一二字領之」〔註14〕。反轉如「然而」,《修身》言「豈若跛鱉之與六驥足哉?然而跛鱉致之,六驥不致,是無他故焉,或為之,或不為爾。」「然而」則是「反上意而圓轉之辭」(《讀書作文譜》)。正轉如「如是」,《非十二子》言「今夫仁人也,將何務哉?上則法舜、禹之制,下則法仲尼、子弓之義,以務息十二子之說。如是則天下之害除,仁人之事畢,聖王之跡著矣」,「如是」承上文而正轉。深一步轉如「況」字,《非十二子》言「在一大夫之位,則一君不能獨畜,一國不能獨容,成名況乎諸侯」,「況」,楊倞注曰「或曰:況,猶益也」,郝懿行曰:「『況』,古作『兄』,其訓滋也、益也、長也。此言聖人之名有所埤益增長於諸侯,故莫不願得以為臣也。」〔註15〕清唐彪亦言:「況者,更進之辭。正意已足而意外尚有可言而用之。」〔註16〕其言確矣。

襯語辭,「每一句中必用虛字以為襯貼,或用於句首,或用於句中,皆曰襯語。先輩所謂助語是也」〔註17〕。來裕恂《漢文典・文章典》稱之為「輔語字」。〔註18〕如「所」字,唐彪認為「有所指,用此字襯托之,而其理與事乃畢見也」〔註19〕。《勸學》言「巢非不完也,所繫者然也」,「所」乃指巢。又如「其」字,與「所」字同,亦是「有所指」。《勸學》言「木直中繩,　以為輪,其曲中規,雖有槁暴,不復挺者,　使之然也」,「其」是指　,即使直木曲也。

此外,還有以文字首尾的束語辭、表感歎的歎語辭以及用以歇足處的歇語辭等,不再一一列舉。通過上述對《荀子》字法、詞法的考察,可知荀子作文極重言辭經營。

〔註14〕〔清〕唐彪:《讀書作文譜》,王水照編《歷代文話》第四冊,上海:復旦大學出版社,2007 年版,第 3496 頁。

〔註15〕〔清〕王先謙撰,沈嘯寰、王星賢點校:《荀子集解》,北京:中華書局,2016年版,第 113 頁。

〔註16〕〔清〕唐彪:《讀書作文譜》,王水照編《歷代文話》第四冊,上海:復旦大學出版社,2007 年版,第 3496 頁。

〔註17〕〔清〕唐彪:《讀書作文譜》,王水照編《歷代文話》第四冊,上海:復旦大學出版社,2007 年版,第 3497 頁。

〔註18〕〔清〕來裕恂:《漢文典》,天津:南開大學出版社,1992 年版,第 137 頁。

〔註19〕〔清〕唐彪:《讀書作文譜》,王水照編《歷代文話》第四冊,上海:復旦大學出版社,2007 年版,第 3497 頁。

（二）句法

明譚濬《言文》言：「字聯而成句。」〔註20〕來裕恂言：「句者，積多數字以神其用者也。」〔註21〕句亦講究法度，「雕刻太苦，則傷氣；草野倨侮，則傷雅；懶散無節，則部隊不整；排偶太多，則神情不流；刪削繁蕪，或窘於邊幅；蔓延枝葉，或離其根本：此數者，皆句法所忌也」〔註22〕。由此可見，古人創作過程中對句法的運用有一定的法則，並非隨意而為之。荀子亦重句子的雕琢。總體而言，荀文極具特色的句型約略如下。

同字句。同字句，即如宋陳騤《文則》所言：「文有數句用一類字」，其能「壯文勢，廣文義也」〔註23〕。如「兮」字句，《儒效》言：「井井兮其有理也，嚴嚴兮其能敬己也，分分兮其有終始也，厭厭兮其能長久也，樂樂兮其執道不殆也，照照兮其用知之明也，修修兮其用統類之行也，綏綏兮其有文章也，熙熙兮其樂人之臧也，隱隱兮其恐人之不當也。」十個「兮」字將大儒之德從各個方面進行了說明，一方面增強了文勢，另一方面亦擴大了文義。又如「然」字句，《非十二子》談及士君子之容言：「其冠進，其衣逢，其容良；儼然，壯然，祺然，蕼然，恢恢然，廣廣然，昭昭然，蕩蕩然，是父兄之容也。其冠進，其衣逢，其容愨；儉然，恀然，輔然，端然，訾然，洞然，綴綴然，瞀瞀然，是子弟之容也。」〔註24〕各以八個「然」字將「父兄之容」與「子弟之容」刻畫的淋漓盡致，具有強烈的節奏感。荀子其後又以「然」字將「學者之寬容」作了形象的描述。再如「謂之」句，《修身》言「以善先人者謂之教，以善和人者謂之順；以不善先人者謂之諂，以不善和人者謂之諛。是是、非非謂之知，非是、是非謂之愚」〔註25〕，六個「謂之」將「教」「順」「諂」「諛」「知」「愚」作了解釋。此外還有「也」字句、「之」字句、「無」字句等，不再贅言。

〔註20〕〔明〕譚濬：《言文》，王水照編《歷代文話》第三冊，上海：復旦大學出版社，2007 年版，第 2332 頁。

〔註21〕〔清〕來裕恂：《漢文典》，天津：南開大學出版社，1992 年版，第 166 頁。

〔註22〕〔明〕莊元臣：《論學須知》，王水照編《歷代文話》第三冊，上海：復旦大學出版社，2007 年版，第 2220 頁。

〔註23〕〔宋〕陳騤：《文則》，王水照編《歷代文話》第一冊，上海：復旦大學出版社，2007 年版，第 169 頁。

〔註24〕〔清〕王先謙撰，沈嘯寰、王星賢點校：《荀子集解》，北京：中華書局，2016 年版，第 120～121 頁。

〔註25〕〔清〕王先謙撰，沈嘯寰、王星賢點校：《荀子集解》，北京：中華書局，2016 年版，第 27～28 頁。

　　長短句。文貴「長短相間」，「何謂長短相間？凡長句之後，則宜間之以短；短句之後，則宜間之以長，則氣不滯不縮」〔註26〕。先短後長，如《勸學》言「青，取之於藍而青於藍；冰，水為之而寒於水」，「青」「冰」為短，其後間以長也。《富國》言「萬物同宇而異體，無宜而有用為人，數也」，此為先長後短。長短相間，使得句子富有變化，文章頗具流動之氣。

　　交錯句。交錯句，即是突出個別字詞，並重複出現，形成一種糾纏之狀，讀之則不得不造成一種邏輯上的迴環思考。宋陳騤《文則》曰：「文有交錯之體，若纏糾然，主在析理，理盡後已。」〔註27〕如《富國》言：「不利而利之，不如利而後利之之利也；不愛而用之，不如愛而後用之之功也。利而後利之，不如利而不利者之利也；愛而後用之，不如愛而不用者之功也。利而不利也，愛而不用也者，取天下矣。利而後利之，愛而後用之者，保社稷也。不利而利之，不愛而用之者，危國家也。」〔註28〕「不利」與「利」、「不愛」與「愛」，二者的重複使用，並以「不如」作為倒句的形式，有邏輯地表達了荀子如何在「保社稷」和「危國家」的利弊抉擇中選擇了前者。

　　重累句。重累句，即在句中代表一種意思的兩個（或以上）的語詞疊加累積運用。如「譬之是猶」，清人于鬯《香草談文》言：「古人語辭有故為重累者。……《荀子‧王霸》篇云：『譬之是由好色而恬無耳目。』謝墉校云：『由與猶同。』是既言『譬之』復言『是』、『猶』，皆故為重累如此。」〔註29〕另在《修身》「譬之是猶以盲辨色，以聾辨聲也」、《非相》「譬之是猶捨己之君而事人之君也」、《正論》「譬之是猶傴巫、跛匡大自以為有知也」等，皆使用「譬之是猶」。一般而言，重累句是不符合語法規範的，不過，此種情況的出現，與其說受制於文本創作時思維的空白補缺，毋寧是有意而為之，造成一種語句上的生動、圓潤。

　　排比句。荀文排比句式使用繁多，要而言之，主要體現為幾種形式：《富國》言「上不隆禮則兵弱，上不愛民則兵弱，已諾不信則兵弱，慶賞不漸則

〔註26〕〔明〕莊元臣：《論學須知》，王水照編《歷代文話》第三冊，上海：復旦大學出版社，2007 年版，第 2220 頁。

〔註27〕〔宋〕陳騤：《文則》，王水照編《歷代文話》第一冊，上海：復旦大學出版社，2007 年版，第 153 頁。

〔註28〕〔清〕王先謙撰，沈嘯寰、王星賢點校：《荀子集解》，北京：中華書局，2016 年版，第 227 頁。

〔註29〕〔清〕于鬯：《香草談文》，王水照編《歷代文話》第六冊，上海：復旦大學出版社，2007 年版，第 6083～6084 頁。

兵弱，將率不能則兵弱」，此為單排；《正論》言「可以有奪人國，不可以有
奪人天下；可以有竊國，不可以有竊天下也」，此為偶排；《禮論》言「厚者，
禮之積也；大者，禮之廣也；高者，禮之隆也；明者，禮之盡也」，此為短排；
《禮論》言「文理繁，情用省，是禮之隆也；文理省，情用繁，是禮之殺也」，
此為整排；多種形式排比的反覆使用，使得荀文結構嚴整，具有雄直、廣博
之氣。

　　比喻句。宋陳騤《文則》言：「文之作也，可無喻乎？」〔註30〕荀子使用
比喻頗多，且其取喻形式不一，主要有：《議兵》言「以桀詐堯，譬之若以卵
投石」，直截明瞭，此為直喻；《大略》言「流丸止於甌、臾，流言止於知者」，
此「先比後證，上下相符」〔註31〕，乃對喻也；《勸學》言「譬之猶以指測河
也，以戈舂黍也，以錐餐壺也」，此「取以為喻，不一而足」〔註32〕，乃博喻
也；《致士》言「夫耀蟬者務在明其火，振其樹而已，火不明，雖振其樹，無
益也。今人主有能明其德者，則天下歸之，若蟬之歸明火也」，此「須假多辭，
然後義顯」〔註33〕，乃詳喻也。總之，直喻、博喻、詳喻等不同的取喻方式，
給荀文一種形象、流動感。

　　綜上所述，字詞的命名與使用明顯具有公共性，而不同的作者受思維及雕
琢方式的不同，則使句子的造作呈現出個體性的特點。荀子字法、句法的多變
運用，形成了有別於他者的語言基調，亦為其所寓之象與意打下了基礎。

二、形象層

　　童慶炳先生指出：「王弼說『盡意莫若象』，這是說它與深層結構的關係，
又說『言生於象』，這是強調它對表層結構的作用。它一方面關係著深層結
構的表達，另一方面又制約著表層結構的處理，因此文學形象層就成了藝術
表現的中心。」〔註34〕作為文本結構的中間層次，形象層扮演著重要的地位

〔註30〕〔宋〕陳騤：《文則》，王水照編《歷代文話》第一冊，上海：復旦大學出版社，
　　　　2007年版，第146頁。
〔註31〕〔宋〕陳騤：《文則》，王水照編《歷代文話》第一冊，上海：復旦大學出版社，
　　　　2007年版，第147頁。
〔註32〕〔宋〕陳騤：《文則》，王水照編《歷代文話》第一冊，上海：復旦大學出版社，
　　　　2007年版，第147頁。
〔註33〕〔宋〕陳騤：《文則》，王水照編《歷代文話》第一冊，上海：復旦大學出版社，
　　　　2007年版，第147頁。
〔註34〕童慶炳主編：《文學理論教程》第5版，北京：高等教育出版社，2015年版，
　　　　第228頁。

和作用。

（一）象的內涵

章學誠《文史通義·易教下》言：「有天地自然之象，有人心營構之象。」〔註35〕象，可分為兩種：一種是原始之象，一種為經營之象。原始之象，即自然界的各種事物，如天地、日月、花草蟲魚等；經營之象，即是在原始之象的基礎上賦予其一定的意義之象。不過，從原始之象到經營之象並非是並列而行的，而是有一個探索思考的過程，總體而言，人類經過了對原始之象的「觀物取象」，到表達思想見解的取象表意的進程。

「觀物取象」，最初是對自然界的一種模擬，其主要特徵是「象其物宜」。如八卦的由來，《周易·繫辭下》作了說明：「古者包犧氏之王天下也，仰則觀象於天，俯則觀法於地，觀鳥獸之文與地之宜，近取諸身，遠取諸物，於是始作八卦。」〔註36〕八卦即是觀察並取法天地之物象，亦即「《易》者，象也；象也者，像也」。（《繫辭下》）是對自然事物的一種模擬。不過，象其物的特點則是「宜」。如《周易·繫辭上》言：「聖人有以見天下之賾，而擬諸其形容，象其物宜，是故謂之象。」孔穎達正義曰：「象其物宜者，聖人又法象其物之所宜。若象陽物，宜於剛也；若象陰物，宜於柔也，是各象其物之所宜。六十四卦皆『擬諸形容，象其物宜』也。若泰卦比擬泰之形容，象其泰之物宜；若否卦則比擬否之形容，象其否之物宜也。舉此而言，諸卦可知也。」〔註37〕意即《周易》卦象是取其物之所適宜的特質。

取象表意。當人類在社會生活中面對事情的遭遇以及對事物的表達，需要賦予一種物質形態以意義。為何取法原始之象以表意？《莊子·天道》言：「君先而臣從，父先而子從，兄先而弟從，長先而少從，男先而女從，夫先而婦從。夫尊卑先後，天地之行也，故聖人取象焉。天尊，地卑，神明之位也；春夏先，秋冬後，四時之序也。萬物化作，萌區有狀；盛衰之殺，變化之流也。夫天地至神，而有尊卑先後之序，而況人道乎！」成玄英疏曰：「天地之行者，謂春夏先，秋冬後，四時行也。夫天地雖大，尚有尊卑，況在人論，而無先後！是

〔註35〕〔清〕章學誠著，葉瑛校注：《文史通義校注》，北京：中華書局，1985年版，第18頁。

〔註36〕〔魏〕王弼等注，〔唐〕孔穎達等正義：《周易正義》，臺北：藝文印書館，2001年版，第166頁下欄。

〔註37〕〔魏〕王弼等注，〔唐〕孔穎達等正義：《周易正義》，臺北：藝文印書館，2001年版，第158頁下欄。

以聖人象二儀之造化，觀四時之自然，故能篤君臣之大義，正父子之要道也。」〔註38〕此文思想雖與內篇不合，但從文本創作而言，作者認為天地自然有其固有的秩序，而這種秩序同樣適用於人類社會，這是取法原始之象的根本原因。由此，表意（道）的經營之象一方面透露出時人思考世界、認識世界的心理意識，另一方面昭示著對自然世界原始之象的獨特表達。

（二）文學形象在結構中的特徵

《荀子》用象頗多，其中對原始之象與經營之象的書寫，呈現出如下幾方面特徵。

首先，「主客觀統一」〔註39〕。在文本中原始之像是對現實的再現，而經營之象則是在原始之象基礎上的再創造，包含著作者強烈的心理意識和獨特的情感體驗。《荀子》中的「象」，既有原始之象，亦有經營之象。如《非相》對堯、舜、禹、文王、周公、仲尼、子弓、桀、紂等正面、反面人物形象的刻畫，既形容他們長短、大小、美惡相形，又描述他們的志意道德，這是人物形象的客觀再現，然而荀子之意並非止步於此。荀子通過這些形象旨在表達「形相雖惡而心術善，無害為君子也；形相雖善而心術惡，無害為小人也」的觀點，而這又突出了荀子具有辯證思維意識的主觀性的表達，體現了主觀與客觀的統一。不同於《莊子》等浪漫主義特質的作品，《荀子》虛擬形象頗少。但值得注意的是，荀子更多將現實中的原始之象予以客觀描述，而這其中又有主觀意識的存在。

其次，「個別與一般的統一」。童慶炳先生說：「文學形象作為藝術概括的方式，則始終不摒棄個別，而且還要強化它、突出它、豐富它，使個別成為獨特的『這一個』；與此同時，這個『個別』又與『一般』相聯繫、相結合，個別與一般同步進行，最終達到個別與一般相結合的境地。」〔註40〕在《非十二子》中，荀子言惠施「不法先王，不是禮義，而好治怪說，玩琦辭，甚察而不惠，辯而無用，多事而寡功，不可以為治綱紀；然而其持之有故，其言之成理，

〔註38〕〔清〕郭慶藩撰，王孝魚點校：《莊子集釋》第 3 版，北京：中華書局，2012 年，第 474 頁。

〔註39〕本部分以童慶炳對文學形象的基本特徵作為理論依據來探討《荀子》象在結構中的特徵。參見童慶炳主編：《文學理論教程》第 5 版，北京：高等教育出版社，2015 年版，第 225～228 頁。

〔註40〕童慶炳主編：《文學理論教程》第 5 版，北京：高等教育出版社，2015 年版，第 225～228 頁。

足以欺惑愚眾」〔註41〕，批判惠施喜言怪說，不切實用。《莊子・天下》亦言：
「惠施之口談，自以為最賢，曰：『天地其壯乎！』施存雄而無術。……惠施
不辭而應，不慮而對，遍為萬物說；說而不休，多而無已，猶以為寡，益之以
怪。以反人為實，而欲以勝人為名，是以與眾不適也。弱於德，強於物，其塗
隩矣。由天地之道觀惠施之能，其猶一蚊一虻之勞者也，其於物也何庸！夫充
一尚可，曰愈貴，道幾矣！惠施不能以此自寧，散於萬物而不厭，卒以善辯為
名。惜乎！惠施之才，駘蕩而不得，逐萬物而不反，是窮響以聲，形與影競走
也。悲夫！」〔註42〕莊子亦對惠施作了批判。荀子站在儒家的立場對惠施作了
批評，是具有獨特性的，而荀子、莊子等人對惠施詭辯形象的認識又呈現普遍
性的特質，是個別與一般的統一。

再次，「確定性與不確定性的統一」。文學形象一個重要的特徵是確定性與
不確定性的統一。如《非相》言：「帝堯長，帝舜短；文王長，周公短；仲尼
長，子弓短。」長、短是這些人物形象確定的特徵，但具體長、短的數據卻未
言說，故荀子的描寫又具有不確定的地方。又如荀子對徐偃王等人的描述，「徐
偃王之狀，目可瞻馬；仲尼之狀，面如蒙倛；周公之狀，身如斷菑；皋陶之狀，
色如削瓜；閎夭之狀，面無見膚；傅說之狀，身如植鰭」〔註43〕，多用比喻來
形容所刻畫的這些人的形貌，這是確定性的地方，但具體的形貌特徵卻並未涉
獵，此又具有不確定的特徵。「文學形象的這種不確定性，不但是它的特點，
也是它的優點。由文學形象不確定性所留給讀者的想像的餘地，更能使讀者在
想像和再創造中獲得愉悅，從而使文學形象更富於魅力」〔註44〕。故而《荀
子》中的文學形象的具體刻畫與朦朧書寫體現了確定性與不確定的統一。

（三）文學形象在結構中的地位和作用

文學形象層處在語言層和意蘊層的中間層次，具有重要的地位，這主要表
現在：

〔註41〕〔清〕王先謙撰，沈嘯寰、王星賢點校：《荀子集解》，北京：中華書局，2016
年版，第 105～107 頁。

〔註42〕〔清〕郭慶藩撰，王孝魚點校：《莊子集釋》，北京：中華書局，1961 年版，
第 1112 頁。

〔註43〕〔清〕王先謙撰，沈嘯寰、王星賢點校：《荀子集解》，北京：中華書局，2016
年版，第 87～88 頁。

〔註44〕童慶炳主編：《文學理論教程》第 5 版，北京：高等教育出版社，2015 年版，
第 227 頁。

第一，文學形象是語言未盡意狀態下的一種轉移書寫。《周易‧繫辭上》言：「子曰：『書不盡言，言不盡意。』然則聖人之意，其不可見乎？子曰：『聖人立象以盡意，設卦以盡情偽，繫辭焉以盡其言。』」尚秉和先生言：「意之不能盡者，卦能盡之；言之不能盡者，象能顯之。」〔註45〕由此可知，其一，當言語不能盡意時，託之於象；其二，當意未盡時，託之於象。可見，「象」是勾連「言」「意」之間的重要橋樑。宋陳騤《文則》曰：「《易》之有象，以盡其意。」〔註46〕《周易》的言象意觀，「創造出以『象』為核心的體系」〔註47〕。魏王弼《周易略例‧明象》云：「言者，明象者也。」又言「盡象莫若言。言生於象，故可尋言以觀象」〔註48〕。可見「象」在文學結構中的地位。文學形象是建立在語言表達基礎上的，「事難顯陳，理難言罄，每託物連類以形之」〔註49〕，當文學創作中出現言辭不能盡意，或者說單純依靠語言的書寫則顯得平淡時，作者會將盡意的手段轉移到文學形象的構建上。儘管先秦諸子並未明確探討象與言意之間的關係，但是在他們的作品中出現了大量的文學形象，也可算是對文學形象創作的早期實踐者。《荀子》出現了大量的動物、植物、人物形象，而這些形象的建立一方面可以補充語言的局限，另一方面亦可窺探作者的思想主張。

第二，文學形象蘊含的作者獨特的心理意識是文學創造的深層動力。童慶炳先生將文學的創造過程分為發生、構思和物化三個階段。〔註50〕在這三個階段中都離不開作者的心理意識，也正因心理意識在文學創造過程中的存在，文學形象才得以生成並表現。從文學創造的發生而言，先秦時人獲取材料的主要方式為聽聞獲取、書本獲取以及授受獲取等。由此進入藝術發現的階段，即「作家被內在積累的材料所引發，並與作家當前由於某種『關注』

〔註45〕尚秉和：《周易尚氏學》，北京：中華書局，1980年版，第304頁。

〔註46〕〔宋〕陳騤：《文則》，王水照編《歷代文話》第一冊，上海：復旦大學出版社，2007年版，第146頁。

〔註47〕張法：《言─象─意：中國文化與美學中的獨特話語》，《文藝理論研究》，2018年第6期。

〔註48〕〔魏〕王弼著，樓宇烈校釋：《王弼集校釋》，北京：中華書局，1980年版，第609頁。

〔註49〕〔清〕沈德潛：《說詩晬語》，〔清〕王夫之等撰，丁福保編《清詩話》，上海：上海古籍出版社，1978年版，第523頁。

〔註50〕童慶炳主編：《文學理論教程》第5版，北京：高等教育出版社，2015年版，第139頁。

而形成的心理趨向、優勢興奮中心相聯繫，突然間向外在事物、事件、現象的投射」〔註51〕。而創作動機很大程度上是受現實的刺激而引起內心情感的泄發。先秦諸子所談哲學命題多是圍繞同一主題而作不同的見解，而這種樣式更能引發作者心理的感受，從而有了創作動機。荀子在刻畫春秋戰國時期諸子形象時，詳知他們的理論主張，這是基於對材料的累積，觀點的不一致更能激發荀子的創作欲望，便能更具體地刻畫諸子形象。基於一定的創作動機，藝術構思「通過回憶、想像、情感等心理活動，以各種創造方式，孕育出完整的、呼之欲出的形象序列和中心意念的藝術思維過程」〔註52〕，進而進入藝術物化的過程。如荀子對堯舜禹、桀紂等人形象的構思與呈現，基於篇章主題的不同而作出不同的側重，有突出，有綜合，全方位、多角度地進行了描繪。

　　文學形象層在結構中的作用首先體現在對文學語言層的作用。文學形象作為語言未盡意的轉移書寫，一定程度上亦是由語言層建構起來的，故而作者對文學形象的塑造驅使著語言的遣詞造句。如荀子對堯舜禹形象的建構，幾個字便能將他們的聖賢形象刻畫出來，如《修身》「以修身自名則配堯、禹」中的「配」字。《強國》「廣大乎舜、禹」中的「廣大」。又如《成相》所言「愚以重愚，暗以重暗成為桀」，「愚」字與「暗」字的使用，淋漓盡致地表現了桀的昏君形象。由此可見，對不同文學形象的塑造，一定程度上驅使著作者應該使用那些詞彙，形成一種褒貶色彩，故語言層是受形象層支配的。

　　文學形象還表現在對審美層面的作用方面。因作者對文學形象的塑造，體現出對現實世界的超越，這在一定程度上使文學形象具備了審美功能。先秦子書是基於現實闡發道理和抒發情感的，那麼，文學形象的塑造一定程度上被賦予了理性與情感的光輝。基於此，文學形象便具備了典型性，而形象所表達的意境蘊含著審美意味。如荀子《勸學》所言「駑馬十駕，功在不捨」「蚓無爪牙之利，筋骨之強，上食埃土，下飲黃泉，用心一也」，其中對「駑馬」「蚓」等形象的構建，都賦予它們一種鍥而不捨、金石可鏤的精神意志，使之具有了強烈地審美意蘊。

〔註51〕童慶炳主編：《文學理論教程》第 5 版，北京：高等教育出版社，2015 年版，第 143 頁。

〔註52〕童慶炳主編：《文學理論教程》第 5 版，北京：高等教育出版社，2015 年版，第 146 頁。

三、審美意蘊層
（一）審美意蘊層的劃分

　　審美意蘊層是指文本所蘊含的審美趣味、思想情感、哲理意味，是建立在文學語言的經營以及文學形象的構建基礎上的，是文學文本的深層結構。有的論者將意蘊層呈現為表層與深層兩種模式：一種是通過表面的語言文字能明確其內涵的；另一種則追求一種含蓄蘊藉，「味外之旨」，通過深刻的手法運用表達對社會、人生的深度思索，具有濃厚的審美意蘊。此種分法易受讀者文本鑒賞能力的高低而使得表層與深層之間的距離產生模糊感。童慶炳先生將文學意蘊層分為三個不同的層面：歷史內容層；哲學意味層；審美意蘊層。並認為：「一般來說，文本首先呈現的是審美意蘊層，其次才是歷史意蘊層或哲學意味層，從而使文本的意蘊顯得層層深入，美不勝收。」〔註53〕童先生從不同角度對文本意蘊層作了分類，不過，此種分法難以形成一種遞進之勢，而且對於審美意蘊層而言，其中包含著歷史內容以及所闡發的哲學意味。姑且將審美意蘊層分為內外之別。外是形式化的，具有審美性的；內則以內容言，趨於歷史性的和哲理意味的。故審美意蘊層即是通過外部形式化的審美感知進入到歷史性與哲理化的內容層。

　　從審美意蘊層的外部言，以讀者對文本的接受來看，形式的審美可算是讀者首先感知的，即便是那些佶屈聱牙的作品，讀者亦能從語調、節奏、韻律等形式的經營窺探出文章的審美特質，因為形式的構建也具有闡發意義或者是感情基調的一種流露，這是之所以將審美意蘊層的外部作為率先討論的原因。如《成相》篇，三三七四七的靈活固定的句式，而且韻在其中，讀之有一種流動的節奏感，具有強烈的音樂特質，與荀子情感的抒發形成了互映。

　　從審美意蘊層的深層次言，作者基於一定的現實出發，語言的組織及其形象的構建都充斥著作者對於現實世界的反思，這一定程度上使得文本具有歷史性的特質。如《非相》篇言「今之世，梁有唐舉，相人之形狀顏色而知其吉凶妖祥，世俗稱之」，荀子指出戰國時期出現的一種風氣——相人之術，並予以了批判。《非十二子》言「假今之世，飾邪說，文奸言，以梟亂天下，矞宇嵬瑣，使天下混然不知是非治亂之所存者有人矣」，即是對諸子學說思想的評判。再如《樂論》言「亂世之徵：其服組，其容婦，其俗淫，其志利，其行雜，

〔註53〕童慶炳主編：《文學理論教程》第 5 版，北京：高等教育出版社，2015 年版，第 229 頁。

其聲樂險，其文章匿而采，其養生無度，其送死瘠墨，賤禮義而貴勇力，貧則為盜，富則為賊」〔註54〕，從服飾、妝容、風俗、行為、音樂等方面描繪了一幅亂世之象。

　　諸子基於對現實世界的深層反思，使文本具有了哲學意味性。童慶炳先生認為：「哲學是人對宇宙人生的普遍規律的最高一級的思考與概括，它屬於形而上的層次，是抽象的；『意味』則是一種不可言傳、只可意會的感知因素，它屬於形而下的層次，是具象的。二者通過形象引發的聯想在深層意蘊中的有機結合，便是人們所說的哲學意味。」〔註55〕《天論》提出「天行有常，不為堯存，不為桀亡」，認為天有自己的常道，跟社會的治與亂是沒有聯繫的，是不以人的意志為轉移的，荀子列舉諸如星墜、木鳴等國人畏懼的現象，並尋求明辨而識之，繼而倡導「制天命而用之」，強調人的主觀能動性，充滿了哲學意味。

（二）審美意蘊層在結構中的地位

　　審美意蘊層是文學文本的最高層次，其在結構中的地位主要體現在審美意蘊層是文學語言層和文學形象的最終超越，並佔據主導地位。言語的組織以及形象的構建，其最終目的是將意蘊表達出來，故而「審美層面是文學文本的超驗層面，也就是超越性層次」〔註56〕。如《議兵》言：「楚人鮫革犀兕以為甲，堅如金石，宛鉅鐵鈍，慘如蜂蠆，輕利僄遫，卒如飄風。」荀子描繪楚人的堅甲利兵，並指出「然而兵殆於垂沙，唐蔑死，莊蹻起，楚分而為三四」，楚國兵敗分裂的原因是不行道──「禮」。其後又描述「汝、潁以為險，江、漢以為池，限之以鄧林，緣之以方城，然而秦師至而鄢、郢舉，若振槁然」「紂刳比干，囚箕子，為炮烙刑，殺戮無時，臣下懍然莫必其命，然而周師至而令不行乎下，不能用其民」，荀子所舉例子，其最終意圖是表達「所以統之者非其道故」，倡導「禮」的重要性。由此可知，意蘊層的呈現建立在文學語言和文學形象基礎上的，並佔有主導地位。審美意蘊層之所以是文學文本的最高層次，一方面凸顯出其所具有的主導、支配的地位，另一方面亦彰顯出文學作品

〔註54〕〔清〕王先謙撰，沈嘯寰、王星賢點校：《荀子集解》，北京：中華書局，2016年版，第 455 頁。

〔註55〕童慶炳主編：《文學理論教程》第 5 版，北京：高等教育出版社，2015 年版，第 228 頁。

〔註56〕楊春時：《文學理論新編》，北京：北京大學出版社，2007 年版，第 42 頁。

之所以稱之為文學的獨特的內涵。語言的字法、句法、語調、節奏、韻律的經營，以及文學形象的有意構建，都是在為審美意蘊層服務。

　　總之，通過對文學語言層、文學形象層和審美意蘊層的分別論述，得出三者是一個層層遞進的關係，而且各個層面之間都有著千絲萬縷的聯繫，它們共同構成了文學文本的結構層次。

第二節　《荀子》的篇章結構

　　對於「篇」「章」所指，從《左傳》賦《詩》、引《詩》言，《文公》十三年言：「子家賦《鴻雁》。……文子賦《四月》。子家賦《載馳》之四章。文子賦《采薇》之四章。」楊伯峻言：「《傳》言賦詩某篇，不言某章，皆指首章。」〔註57〕而詳言某章，乃為篇內之章節也。另《宣公》十二年言：「武王克商。作《頌》曰：『載戢干戈，載櫜弓矢。我求懿德，肆于時夏，允王保之。』又作《武》，其卒章曰『耆定爾功』。」章學誠言：「以上皆一篇中之一章」，並指出：「左氏引《詩》，舉其篇名，而次第引之，則曰某章云云。是篇為大成，而章為分闋之證也。」〔註58〕可知篇包含章，章以成篇。劉勰《文心雕龍》明確指出「積章而成篇」〔註59〕。古代文論典籍涉及篇法、章法，多分而論之，並明確其異同，如明代左培言：「章法非篇法也。篇法，乃一篇之提反虛實挑繳結也。所謂章者，片段之謂。」〔註60〕換言之，篇法為一篇文章之架構，章法乃片段之經營。

　　《荀子》作為說理文的典範，其篇章皆以理為統攝。值得注意的是，鑒於先秦子書文本成書特點以及輯錄者的傳抄使得篇章之中有與篇題不相關的段落摻入，這在《荀子》書中比較常見。日本學者兒島獻吉郎在《中國文學通論》「篇法」中指出：「《荀子》之文，以辭藻豐潤為特色，在字法句法章法上。雖大有可觀，然篇法未必盡然。為什麼？因為首尾底呼應的緣故。然《荀子》底篇名三十二未必可說是三十二篇的文章。一個篇名中，類集同主意之文數篇的

〔註57〕楊伯峻：《春秋左傳注》（修訂本），北京：中華書局，2009 年版，第 598 頁。
〔註58〕〔清〕章學誠著，葉瑛校注：《文史通義校注》，北京：中華書局，1985 年版，第 305 頁。
〔註59〕〔南朝梁〕劉勰著，范文瀾注：《文心雕龍注》，北京：人民文學出版社，1958 年版，第 570 頁。
〔註60〕〔明〕左培：《書文式‧文式》，王水照編《歷代文話》第三冊，上海：復旦大學出版社，2007 年版，第 3178 頁。

多。果然則每篇非無一定的篇法。」〔註61〕由於一些段落與篇題聯繫不緊密或者不相關，一方面使得《荀子》的篇法不甚突出，另一方面在考察篇章結構時也會造成一定困難。若強制勾連一些不相關的段落與闡釋篇題主意的段落的聯繫，這在一定程度上削弱了《荀子》文本的篇法章法。基於此，本文對《荀子》的篇章結構主要討論與篇題相關的部分，而與篇題聯繫不大或不相關的段落則暫不論述。《荀子》的結構模式多樣，茲分單一結構模式與多重結構模式予以論之。

一、單一結構模式

單一結構模式，是指文章整體呈現一種結構。總體而言，《荀子》一書的單一結構模式主要有遞進式、並列式。下面分而論之。

1. 遞進結構

遞進結構，是指文章從起始至結尾呈現一種層層漸進、環環相扣之勢。如《勸學》《修身》《榮辱》《臣道》《樂論》等篇皆屬於遞進結構。

《勸學》篇總體分為四個部分。從「君子曰：學不可以已」至「君子慎其所立乎」為第一部分，此部分主要講學之「立」。欲「立」則需要「善假於物」，從從荀子對「青」「冰」「木」「不登高山」「不臨深淵」「登高而招」「順風而呼」「假輿馬者」「假舟楫者」「蒙鳩」「射干」等的描述都是彰顯學之「立」在於「善假於物」。沈幾軒評曰：「此言學成於所立。」〔註62〕「肉腐」「魚枯」之言，旨在強調「慎立」，亦即「禍福惟人，自取為學，安可不慎」〔註63〕。此部分設喻頗繁，多精當明爽。從「積土成山，風雨興焉」至「為善不積邪，安有不聞者乎」為文章的第二部分〔註64〕，此言學之「積」。「積土」「積水」「積善」三個「積」字定了基調，其後分別以「騏驥」「駑馬」「螾」「蟹」之比指

〔註61〕〔日〕兒島獻吉郎著，孫俍工譯：《中國文學通論》，臺北：臺灣商務印書館，1972 年版，第 125 頁。

〔註62〕〔明〕歸有光選評：《諸子匯函》卷十，明天啟刊本。

〔註63〕秦同培編輯兼校訂，陳和詳注：《評注荀子讀本》，上海：世界書局，1926 年版，第 135 頁。

〔註64〕鍾泰曰：「此一段當併入上節。首以『積土成山』，『積水成淵』，『積善成德』起，末以為善不積『積』字終，首尾正相應，劃入下節，則於前語氣未完而於後文反為冗贅矣。」（鍾泰：《荀注訂補》，上海：商務印書館，1936 年版，第 2 頁。）鍾說甚是，故將從「昔者瓠巴鼓瑟」至「安有不聞者乎」提此，乃言說內容皆「積」也。

出學之「積」貴在專一。其後又以「目不能兩視而明，耳不能兩聽而聰。螣蛇無足而飛，梧鼠五技而窮」證之。「瓠巴鼓瑟」「伯牙鼓琴」等句，實言「學積則必著」〔註65〕。從「學惡乎始？惡乎終？」至「詩曰：『匪交匪舒，天子所予。』此之謂也。」乃第三部分，此言學之「法」。這主要從兩方面論述，其一，「近其人」「方其人」「好其人」言擇賢師以美其身；朝川鼎《荀子述》曰：「上言『近其人』，下言『好其人』，此言『方其人』，一事三說，其義互備，是即古文妙處。」〔註66〕其二，隆禮。荀子提倡「原先王，本仁義，則禮正其經緯蹊徑也」，沈幾軒評曰：「此言學本於禮。」〔註67〕不能隆禮，則為「陋儒」「散儒」。從「百發失一，不足謂善射」至「君子貴其全也」為文章最後一個部分，此言學之「成」。此以「全」字總領節意，倡導全粹之學，由德操能定能應，終為成人。綜上所述，《勸學》篇以學之「立」、學之「積」、學之「法」、學之「成」勾連勸學之意，層層漸進，亦即學之始至學之終的過程。王鳳洲評此篇曰：「佳言格論，層見迭出，如太牢之悅口，夜明之奪目。令荀子無性惡之說，無以堯舜為偽，無以子思、孟軻為亂天下，其勸學之功，豈終外於名教哉。」〔註68〕荀子勸學之旨，於世有功矣。

《修身》一篇亦屬於遞進結構。一般而言，全篇可分為六大部分。從文章首句至「《詩》曰：『噏噏呰呰，亦孔之哀。謀之其臧，則具是違；謀之不臧，則具是依。』此之謂也」為第一部分，主論人要有修身之心。文章起始描繪「見善」「見不善」「善在身」「不善在身」的樣子，黃道開曰：「修然自存、愀然自省、介然自好、菑然自惡，修身之大槩。」〔註69〕換言之，人需要有反躬之心。從「扁善之度」至「多而亂曰耗」為第二部分，承接上一節，講辨別之法〔註70〕。此節首以彭祖、堯禹作比較，引出養生不如養心，進而提

〔註65〕〔明〕歸有光選評：《諸子匯函》卷十，明天啟刊本。
〔註66〕董治安等整理：《荀子彙校匯注附考說》，南京：鳳凰出版社，2018 年版，第1201 頁。
〔註67〕〔明〕歸有光選評：《諸子匯函》卷十，明天啟刊本。
〔註68〕〔明〕歸有光選評：《諸子匯函》卷十，明天啟刊本。
〔註69〕〔明〕焦竑校正，翁正春參閱，朱之蕃圈點：《新鍥翰林三狀元會選二十九子品匯釋評》，明萬曆刊本。
〔註70〕有種觀點認為「扁」應讀為「遍」，但觀荀子對「教」「順」「詔」「諛」等概念的解釋可知，「扁」應為「辨」。傅山曰：「扁讀為辨，言君子有辨別之法，即謂禮也。」（〔清〕傅山：《荀子評注》，《傅山全書》第六冊，太原：山西人民出版社，2016 年版，第 68 頁。）此說甚是。

出「由禮則治通」「由禮則和節」「由禮則雅」，指出辨別要以「禮」為法度。其後分別對「教」「順」「諂」「諛」「知」「愚」等概念作了辨別。從「治氣養生之術」至「夫是之謂治氣養心之術也」為第三部分，此節首言「錯舉人之氣質不同，以為治氣養心之術張本」﹝註71﹞，進而指出治氣養生的路徑是「由禮」「得師」「一好」。對於此節，藤原成粲《荀子辨解》曰：「承第二章治氣養生之義而論之。上曰養生，此曰養心，一章切於一章。」﹝註72﹞邨岡良弼評曰：「此段字字蒼淵，字字有益。」﹝註73﹞從「志意修則驕富貴」至「然後溫溫然」為第四部分，承上三部分對內的修心，此部分由內轉外，開始探討人如何「行」（實踐）的問題。這其中提到兩個問題：一是行有所止。冢田虎曰：「將有所止之，言君子之行止於禮義，過於禮義，乃不行焉。」﹝註74﹞二是不行不至。指出修身貴行。從「禮者，所以正身也」至「此之謂也」為文章的第五部分，黃道開曰：「此言修身不可以無禮，而禮不可以無師。」﹝註75﹞從「端愨順弟」至末為文章的第六部分，此講君子修身的漸進之路。綜上所述，《修身》一篇，由內而外，詳盡修身之道。陳和詳評此篇曰：「開合反正，相對成文，是善於用偶者。然雄峻之氣，未嘗不縈繞筆端，此境洵非他家所有。……文奇理醇。」﹝註76﹞

《榮辱》一篇亦屬於遞進結構。對於此篇主旨，呂思勉《經子解題》曰：「此篇義亦主於修為，與前數篇同。」﹝註77﹞王天海認為：「本篇專論榮辱觀。上承《勸學》『榮辱之來，必象其德』，此論人之榮辱乃其修為所致，並及榮辱、義利、安危之關係。」﹝註78﹞葉玉麟亦指出：「《榮辱》這一篇的主旨，是告訴

﹝註71﹞中華書局編：《荀子精華》，上海：中華書局，1941 年版，第 3 頁。

﹝註72﹞董治安等整理：《荀子彙校匯注附考說》，南京：鳳凰出版社，2018 年版，第 83 頁。

﹝註73﹞〔日〕邨岡良弼：《增評荀子箋釋》卷一，日本明治十七年東京報告堂排印本。

﹝註74﹞〔戰國〕荀況著，王天海校釋：《荀子校釋》，上海：上海古籍出版社，2016 年版，第 68 頁。

﹝註75﹞〔明〕焦竑校正，翁正春參閱，朱之蕃圈點：《新鍥翰林三狀元會選二十九子品匯釋評》，明萬曆刊本。

﹝註76﹞秦同培編輯兼校訂，陳和詳評注：《評注荀子讀本》，上海：世界書局，1926 年版，第 8、13 頁。

﹝註77﹞呂思勉：《經子解題》，上海：華東師範大學出版社，1995 年版，第 130 頁。

﹝註78﹞〔戰國〕荀況著，王天海校釋：《荀子校釋》，上海：上海古籍出版社，2016 年版，第 117 頁。

我人之所以有榮辱，都是從個人平素行為上良好和無恥得來的。」〔註79〕總之，《榮辱》篇即是由榮辱所分來談君子修身。全篇可分為三大部分。從「僑泄者」至「失之己，反之人，豈不迂乎哉」為第一部分。此部分主言榮辱之所以分的原因。文章首以「僑泄者」「恭儉者」引出人的境地之所不同，是因一為「善言」，一為「傷言」。隨後列舉「快快而亡者」「察察而殘」「博而窮者」「清之而俞濁者」等小人所具備的方面，唐荊川評曰：「此段皆欲益反損，切中世膏盲，歷歷指稱，可謂金篦括膜，欲汝光明也」〔註80〕。其後開始言「鬥」，荀子指出鬥者是「忘其身」「忘其親」「忘其君」，一句「人之有鬥，何哉？我甚醜之」，將荀子的態度表現的頗為直接、明確，「可思可泣，無限深情」〔註81〕。荀子又言「狗彘之勇」「賈盜之勇」「小人之勇」「士君子之勇」，指陳四種人對「鬥」的態度，李光垣評曰：「別白四勇，其勢宕宕。」〔註82〕最後一節談人不要怨天尤人，多從自己身上找原因，「以魚喻人，愴然可思，至云怨天無志者，倍為警策也」〔註83〕。從「榮辱之大分，安危利害之常體」至「可與如彼也哉」為第二部分。首句即為整篇文章主旨〔註84〕。荀子首先指出「榮辱」「安危利害」之義，隨後分別列出「天子之所以取天下」「諸侯之所以取國家」「士大夫之所以取田邑」「官人百吏之所以取祿秩」「庶人之所以取煖衣飽食」「奸人之所以取危辱死刑」五等人的榮辱觀。荀子認為「材性知能」對於君子和小人是一樣的，之所以兩者會有差異，是因為他們所求的道是不同的。其後荀子又以禹、桀為例反覆敘說兩者不同是因為修為所致。荀子又從「人之生固小人」的角度反對「陋」，倡導禮義。孫月峰評曰：「文勢頓挫波瀾騰湧……排宕有奇氣。」〔註85〕從「人之情」至末則為文章的第三部分。荀子首從「食欲」「衣欲」「行欲」「財欲」等方面暢談人之情，又觀之今世，實則是強調修身，倡導禮義，人才能各得其宜，達到「至平」的境界。綜上所述，第

〔註79〕葉玉麟：《白話譯解荀子》，上海：大達圖書供應社，1935年版，第62頁。
〔註80〕中華書局編：《荀子精華》，上海：中華書局，1941年版，第10頁。
〔註81〕中華書局編：《荀子精華》，上海：中華書局，1941年版，第12頁。
〔註82〕中華書局編：《荀子精華》，上海：中華書局，1941年版，第12頁。
〔註83〕中華書局編：《荀子精華》，上海：中華書局，1941年版，第12頁。
〔註84〕因此篇文章主旨居中，楊樹達先生對「榮辱之大分，安危利害之常體」曰：「二句目下之詞，以《勸學》、《修身》、《不苟》、《儒效》諸篇例之，此蓋《榮辱》篇之首節。」（參見楊樹達：《積微居讀書記》，北京：中華書局，1963年版，第179頁。）其實，不同的文章有不同的結構經營方式，此篇第二部分首句明顯是對第一部分的總結。
〔註85〕中華書局編：《荀子精華》，上海：中華書局，1941年版，第15頁。

一部分談榮辱之因，第二部分言榮辱之分，第三部分論榮辱之法，屬於層層遞進的結構模式。徐太生評此篇曰：「立議俱正，而出想自靈。」〔註86〕陳和詳亦評曰：「立論純正，意致卻極奇突，文勢則頓挫激宕，排山倒海而來，筆陣之雄，足使前無古人，後無來者。」〔註87〕

《臣道》一篇，論為臣之道。全文分為五個部分，總體呈現為層層遞進的結構模式。從文章首句至「桀、紂所以滅也」為第一部分，總論人臣的類別及特徵。此部分詳細敘述了「態臣」「篡臣」「功臣」「聖臣」等類型的大臣，「位量四等，別白精嚴」〔註88〕，並以蘇秦、州候、張儀、管仲等例子示之。其下詳細論述了「順」「諂」「忠」「篡」「國賊」「諫」「爭」「輔」「拂」等人具體的特徵。從「事聖君者」至「故君子不為也」為第二部分，此論事君之法。分別論述事「聖君」「中君」「暴君」的做法。從「有大忠者」至「可謂國賊也」為第三部分，承接前文，對「忠」作了分類，有「大忠」「次忠」「下忠」「國賊」，並以周公、管仲、子胥、曹觸龍等人物予以明晰。從「仁者必敬人」至「小人反是」為第四部分，闡述「敬」的品德。末段為最後一部分，分別論述作為人臣的三種具體的形態：通忠之順、權險之平和禍亂之從聲。總體而言，《臣道》一篇，運用正反對比的形式，詳論為臣之道，且「節節詳細，文情婉以深，文勢閎以肆矣」〔註89〕，是步步推進的模式。

《樂論》，從文中多次出現「而墨子非之，奈何」語句可知此篇是針對墨子「非樂」而發。從「吾觀於鄉」至末兩節，物雙松認為是錯簡。〔註90〕另「聲樂之象」一節雖談音樂，但從全篇文章考量，此節似為荀子講學的片段被荀子的弟子在輯錄過程中予以摻入。此篇可分為兩部分，從文章首句至「是先王立樂之術也，而墨子非之，奈何」為第一部分，討論「樂」的產生。從「故聽其《雅》《頌》之聲」至「無所營也」為第二部分，主要討論「樂」的功用。荀子認為「樂」可以「志意得廣」「容貌得莊」「善民心」「感人深」「民和睦」等。

〔註86〕中華書局編：《荀子精華》，上海：中華書局，1941 年版，第 18 頁。
〔註87〕秦同培編輯兼校訂，陳和詳評注：《評注荀子讀本》，上海：世界書局，1926 年版，第 30 頁。
〔註88〕〔日〕邨岡良弼：《增評荀子箋釋》卷一，日本明治十七年東京報告堂排印本。
〔註89〕〔日〕邨岡良弼：《增評荀子箋釋》卷一，日本明治十七年東京報告堂排印本。
〔註90〕董治安等整理：《荀子彙校匯注附考說》，南京：鳳凰出版社，2018 年版，第 1064、1066 頁。

2. 並列結構

所謂並列結構，是指篇中各章屬於並列關係。《荀子》中如《仲尼》《儒效》《王制》《富國》《正論》等篇屬於並列結構模式。

《仲尼》一篇，「取首句前二字以為篇名，與《荀子》多數論文以題名概括通篇內容有所不同」〔註91〕，此篇題具有雙關義，一是以篇題前二字命名，二是透露出荀子的尊孔之情。此篇內容比較駁雜，總體而言，荀子主要談論兩個方面的內容：一為王霸之術；一為人臣之術，呈現並列結構。從「仲尼之門人」至「故人主不務得道而廣有其埶，是其所以危也」是談論王霸之術。先舉齊桓公之「劣」，後言其「優」，對齊桓公的形象進行了客觀的描繪。其後「轉折迅速，愈唱愈高」〔註92〕，最後引出理想中的王者之質。從「持寵處位終身不厭之術」至末泛論人臣之術。這其中可細分為「持寵處位終身不厭之術」「擅寵於萬乘之國，必無後患之術」「天下之行術」三個部分，亦呈現並列結構。《仲尼》一篇，「筆力矯健，轉換處如搏生龍活虎，凝練遒勁，兼而有之」〔註93〕。

《儒效》篇，講儒者之功效。全篇較為冗散，是弟子輯錄的作品，但基本是圍繞儒者來談論的，將其列入並列結構。全文可分為九個小章節。從首句至「昭王曰：『善』。」是第一部分。此部分可分兩個小節。從首句至「夫是之謂大儒之效」，舉周公之事蹟，言大儒之效。先言周公攝政後的舉措，以天下人的角度贊其「不稱貪」「不稱戾」「不稱偏」。其後言周公將王位歸還成王，又對其作出「非奪」「非越」「非暴」「非不順」的評價，最終使得天下太平。孫月峰評此節曰：「撮出要領，節節飛動，法運其巧。」〔註94〕從「秦昭王問孫卿子曰」至「昭王曰：『善。』」秦昭王與孫卿的談話，「繳明大儒之效，……極言儒者之有益於人國」〔註95〕。舉孔子將要做司寇，突出沈猶氏、公慎氏、慎潰氏、魯之粥牛馬者的行為變化，印證儒者之功效。其後又著重強調儒者位

〔註91〕董治安等整理：《荀子彙校匯注附考說》，南京：鳳凰出版社，2018 年版，第314 頁。

〔註92〕秦同培編輯兼校訂，陳和詳評注：《評注荀子讀本》，上海：世界書局，1926 年版，第 38 頁。

〔註93〕秦同培編輯兼校訂，陳和詳評注：《評注荀子讀本》，上海：世界書局，1926 年版，第 41 頁。

〔註94〕中華書局編：《荀子精華》，上海：中華書局，1941 年版，第 22 頁。

〔註95〕中華書局編：《荀子精華》，上海：中華書局，1941 年版，第 22～23 頁。

居人上的廣大效用。其「文景文情，一往都有雋氣」〔註96〕。從「先王之道」至「此之謂也」為第二部分，提出「中」的概念，亦即「禮義」。對君子之道分別進行了論述。其後又從「事行」「知說」層面提出「中事」「中說」概念，並反面陳述「奸事」「奸道」，「痛陳上愚之弊，議論挾風雨而行，明快無比」〔註97〕。從「我欲賤而貴」至「是言上下之交不相亂也」為第三部分，論學可以「賤而貴」「愚而智」「貧而富」。描繪「君子」「鄙夫」，用句強勁，孫月峰評之曰：「逐段正反互發，極盡離合之妙。」〔註98〕從「以從俗為善」至「自古及今，未嘗有也」為第四部分，先論「位置民、士、君子、聖人俱有安頓，俱有決斷，無一空閒懈怠處」〔註99〕，次論「聖人」「執神而固」。從「客有道曰」至「夫又誰為戒矣哉」為第五部分，以周公為例，反駁「身貴而愈恭，家富而愈儉，勝敵而愈戒」。從「造父者」至「一朝而伯」為第六部分，先言「大儒之征」，次論「俗人」「俗儒」「雅儒」「大儒」之不同。此部分用語強勁有立，孫月峰評曰：「奇崛之氣，牢騷之鳴，直令大儒揚眉，肉眼應自愧死。」〔註100〕唐荊川亦評之曰：「模畫逼真，令俗子何處著顏面。」〔註101〕從「不聞不若聞之」至「此之謂也」為第七部分，強調人有師法則「知」「勇」「能」「察」「辯」。從「人論」至「人論盡矣」為第八部分，論人的三種類型：「眾人」「小儒」「大儒」。最後一部分則論君子言行，荀子提出君子需要「言有壇宇，行有防表」。此篇篇幅較大，整體難有緊密貫通處，不過每個部分，無論是在句式句法，還是用意方面都頗為老練精到。孫月峰評此篇曰：「迴翔有致，點綴多姿。」〔註102〕

《王制》一篇亦是屬於並列結構。此篇主論王者之制。全文可分為八個部分。從首句至「王者之政也」言「為政」，「敷陳王政大端，嚴整可愛」〔註103〕。從「聽政之大分」至「欲強而強矣」為第二部分，是論「聽政」。先將「禮」提出來，其後推究「制禮義以分之」原因及其重要性。隨後又以「馬」「庶人」

〔註96〕中華書局編：《荀子精華》，上海：中華書局，1941年版，第23頁。
〔註97〕中華書局編：《荀子精華》，上海：中華書局，1941年版，第25頁。
〔註98〕中華書局編：《荀子精華》，上海：中華書局，1941年版，第26頁。
〔註99〕中華書局編：《荀子精華》，上海：中華書局，1941年版，第27頁。
〔註100〕中華書局編：《荀子精華》，上海：中華書局，1941年版，第30頁。
〔註101〕中華書局編：《荀子精華》，上海：中華書局，1941年版，第31頁。
〔註102〕中華書局編：《荀子精華》，上海：中華書局，1941年版，第34頁。
〔註103〕中華書局編：《荀子精華》，上海：中華書局，1941年版，第39頁。

「舟」「水」之喻提出君人者「欲安」「欲榮」「欲立功名」需要「平政愛民」「隆禮敬士」「尚賢使能」。其後討論強者之弊，隨後以「彼霸者不然」「彼王者不然」一轉再轉，迴宕有致，提出王者之道、霸者之道。第三部分論「王者之人」，以禮義為本。第四部分論「王者之制」。第五部分論「王者之論」。從「王者之等賦」至「一與一是為人者謂之聖人」為第六部分，主論「王者之法」。首先對政治、經濟等事務提出對策，其次提出「大神」概念，即「盡其美，致其用，上以飾賢良，下以養百姓而安樂之」。又提出「大本」概念，其後通過與動植物的比較，提出人「能群」「善群」，並且聖王能善用。從「序官」至「則天王非其人也」為第七部分，敘述各種官吏的職責。孫月峰評此節曰：「詳而有體，典而有則，古而有度，煌煌謨誥之音。」〔註104〕從「具具而王」至末為第八部分，強調「制」在我、「制」在我則王、「制」在我則霸。總之，此篇從各個方面對王者之制作了論述，徐太生評此篇曰：「淵博入深，條暢入時，真經濟之文。」〔註105〕陳和詳亦評之曰：「文極疏宕，語極簡峭，望治之心，溢於言表，蓋傷時之作也。」〔註106〕

《富國》一篇，主論國家富有之道。從文章首句至「故知者為之分也」為第一部分，強調「明分使群」的重要性。從「足國之道」至「夫是之謂以政裕民」為第二部分，論述「節用裕民」「以政裕民」。從「人之生」至《詩》曰：『無言不讎，無德不報。』此之謂也」為第三部分，言群分需要仁。從「兼足天下之道在明分」至「危國家也」為第四部分，反駁墨子之主張，並以先王聖人、古人作對比，強調明分則萬物皆得其宜。「觀國之治亂臧否」至「是明主之功已」為第五部分，論治亂臧否。分別論述「亂國」「貪主」「闇主」「辱國」「治國」「明主」「榮國」之徵。「觀國之強弱貧富有徵」至「百里之國足以獨立矣」為第六部分，論述國家強弱貧富的特徵。從「凡攻人者」至「詩曰：『淑人君子，其儀不忒。其儀不忒，正是四國。』此之謂也」為第七部分，分析攻人的三個原因是「為名」「為利」「忿之」，並從修身、經濟、軍事等方面提出解決對策，即運用禮。從「持國之難易」至末則論述持國的難與易。總體而言，此篇分別論述富國的一些途徑，其著重點應為「明分使群」，「群不可無分，有

〔註104〕中華書局編：《荀子精華》，上海：中華書局，1941年版，第47頁。

〔註105〕中華書局編：《荀子精華》，上海：中華書局，1941年版，第51頁。

〔註106〕秦同培編輯兼校訂，陳和詳評注：《評注荀子讀本》，上海：世界書局，1926年版，第52頁。

分為富國之道」〔註107〕。

《君道》一篇，從不同角度討論人君之道。全文可分為五大部分。從首句至「《詩》曰：『王猶允塞，徐方既來。』此之謂也」為第一部分，以「羿」「禹」之例證明「法不能獨立，類不能獨行」，強調人的重要性。其後討論了「械數者」與「君子者」的關係，得出「官人守數，君子養原」，「故人主當慎其所好」〔註108〕。從「請問為人君」至「夫是之謂聖人，審之禮也」為第二部分，先以八個疑問句，詢問「人君」「人臣」「人父」「人子」「人兄」「人弟」「人夫」「人妻」的做法，答案皆歸之於「禮」。其後專言君子循禮應對天地萬物之功效。從「請問為國」至「《詩》曰：『介人維藩，大師為垣。』此之謂也」為第三部分，此部分言如何「為國」的問題。先言君者以修身為本，後言君民是「原清則流清，原濁則流濁」的關係，提出人主需要「愛民」「好士」。從「道者」至「《詩》曰：『溫溫恭人，維德之基。』此之謂也」為第四部分，討論君主之道。首先解釋君道「能群」，並認為「善生養人者」「善班治人者」「善顯設人者」「善藩飾人者」四者具則天下歸之。其後又論述至道的體現為「隆禮至法」「尚賢使能」「纂論公察」「賞克罰偷」「兼聽齊明」等。從「為人主者」至末言人主之道。先言明王之道在於「取相」，推出明君要愛人。其後言「便嬖左右足信者」「卿相輔佐足任使者」「四鄰諸侯之相與」三種人君知事的人。其後又論「材人」之法，分別論述「官人使吏之材」「士大夫官師之材」「卿相輔佐之材」，最後認為人君之道「能論官此三材者而無失其次」，則可稱王、稱霸，是人主所要堅守的。徐太生評此篇曰：「法制典核，不乏逸致。」〔註109〕

《致士》篇，楊倞注曰：「明致賢士之義。」物雙松曰：「致仕者，使賢者來仕也。」王天海曰：「致士，招致賢士也。」〔註110〕關於此篇內容，甚為駁雜，呂思勉認為：「得眾動天十六字，文體及意義，並與上下文不想蒙；下文論刑賞及師術，亦與致士無涉。蓋多他篇錯簡，或本篇本雜湊而成，而取其一端以名篇也。」〔註111〕的確，此篇從「君者」至末，與篇題聯繫不大。從「君

〔註107〕呂思勉：《經子解題》，上海：華東師範大學出版社，1995年版，第131頁。

〔註108〕中華書局編：《荀子精華》，上海：中華書局，1941年版，第57頁。

〔註109〕中華書局編：《荀子精華》，上海：中華書局，1941年版，第68頁。

〔註110〕〔戰國〕荀況著，王天海校釋：《荀子校釋》，上海：上海古籍出版社，2016年版，第588頁。

〔註111〕呂思勉：《經子解題》，上海：華東師範大學出版社，1995年版，第132頁。

者」至「此之謂也」，董治安先生認為是誤簡〔註112〕。自「賞不欲僭」至末，桃井白鹿曰：「蓋上文賞罰一類錯簡也。」朝川鼎《荀子述》曰：「『賞不欲僭』以下三十九字，他章錯簡。」〔註113〕此篇可分為五小部分。從文章首句至「進良之術」，連用「君子不聽」「君子不用」「君子不近」「君子不許」斬其流弊。提倡君子「聞聽而明譽之，定其當而當，然後士其刑賞而還與之」。從「川淵深而魚鱉歸之」至「此之謂也」，提出君子是道法的關鍵。從「人主之患」至「若蟬之歸明火也」，論述人主重賢。從「臨事接民」至「言先教也」，論述政之始終。從「程者」至「不可以加矣」為最後一部分，強調禮法，提出「禮以定倫，德以敘位，能以授官」，則「上文下安，功名之極」。

《議兵》篇，闡述荀子的軍事思想。本篇以「議」名篇，是二人及以上的談話，那麼，自「禮者，治辨之極也」至末則未有明確的交流對象，故此部分姑且不論。全文可分為六部分，皆以對話形式呈現。從文章首句至《詩》曰：『武王載發，有虔秉鉞，如火烈烈，則莫我敢遏。』此之謂也」為第一部分，通過臨武君與荀卿子的對話，探討「兵要」的問題，荀子指出用兵攻戰的根本是「壹民」，兵要是「附民」。從「孝成王、臨武君」至「是強弱之效也」為第二部分，討論王者之兵設「何道」「何行」的問題。荀子提出「君賢者」「隆禮貴義者」則國治。第三部分討論「為將」的問題，荀子以「六術」「五權」「三至」「五無壙」作了回答。第四部分探討「軍制」，荀子認為「順命為上，有功次之」可為「人師」。第五部分以陳囂諮詢荀卿子既以仁義為本，為何用兵的問題，荀子以四帝兩王為例指出仁義之兵是「禁暴除害」，不是為了爭奪。最後一部分，通過李斯與荀卿子的對話，荀子提出仁義修政乃仁義之兵。

《強國》一篇，是論述實行什麼方法才能使國家強盛的文章。此篇結構不太清晰，但從不同角度圍繞強國之路提出了一些策略，茲列入並列結構。全文可分為三部分。從首句至「狂妄之威成乎滅亡也」為第一部分，文章首先以莫邪材質優良仍需砥厲為例談強國之路，並認為實行不同的策略，其結果是不同的。其後提出要明辨「道德之威」「暴察之威」「狂妄之威」三威，指出「道德之威」可使國家強大。從「公孫子曰」至「此亦秦之所短也」為第二部分。此部分基本是以對話的形式言說的。首先是公孫子與荀卿子談子

〔註112〕董治安等整理：《荀子彙校匯注附考說》，南京：鳳凰出版社，2018年版，第730～732頁。
〔註113〕董治安等整理：《荀子彙校匯注附考說》，南京：鳳凰出版社，2018年版，第733頁。

發「辭賞」之事。其次是荀卿子與齊相的對話，荀卿子認為齊相應該由「勝人之勢」赴「勝人之道」，此「道」即禮讓忠信。再次荀卿指出力術強大不如實行義術。最後荀卿提出重儒的思想。可見荀子並非一味貶低，而是辯證地看待問題，荀子更強調在原先的基礎上如何變得更強。從「積微」至末為第三部分，多是從道德層面來探討國家變強的兩條路徑：「積微」和尊禮義，務忠信。

《正論》篇，楊倞認為：「此一篇皆論世俗之乖謬，荀卿以正論辨之。」〔註114〕綜觀全篇，荀子圍繞世俗者的十個觀點予以辨正〔註115〕。文章從「世俗者為說者曰：『主道利周』」至「故先王明之，豈特玄之耳哉」展開荀子探討的第一個話題，即針對世俗者「主道利周」觀點的辯駁。荀子先言「治之所由生」，次論「亂之所由作」，後以五個「故」字句認為「主道利明不利幽，利宣不利周」，對世俗者「主道利周」進行了反駁。從「世俗之為說者曰：『桀、紂有天下，湯、武篡而奪之。』」至「非聖人莫之能有也」論述世俗者「湯、武篡奪」的觀點，荀子認為桀、紂不修道義，雖可持國，但非有天下，指出湯、武為「至重」「至大」「至眾」之人，天下歸之。第三段反駁世俗者「治古無肉刑」，荀子舉武王伐商誅紂，將其人頭懸掛在赤斾上，指出「刑稱罪則治」「治則刑重」。第四段論及世俗者「湯、武不能禁令」，荀子舉「魯人以糖，衛人用柯，齊人用一革」以及五服貢獻，指出湯、武式的王者之制「視形埶而制械用，稱遠近而等貢獻」，而楚、越何必要等齊。荀子認為「湯、武不能禁令，楚、越不受制」這一言論是「規磨之說」，淺愚之見。第五段荀子反駁世俗者「堯舜禪讓」的言論，以反問句認為堯舜「道德純備，智惠甚明，南面而聽天下，生民之屬莫不振動從服以化順之。天下無隱士，無遺善，同焉者是也，異焉者非也，夫有惡擅天下矣」？接著對「死而擅之」「老衰而擅」兩種禪讓的方式分別予以反駁。第六段反駁世俗者認為「堯、舜不能教化」是因為「朱、象不

〔註114〕〔清〕王先謙撰，沈嘯寰、王星賢點校：《荀子集解》，北京：中華書局，2016年版，第379頁。

〔註115〕關於《正論》篇所探討的話題數量，一般有兩種觀點：九種；十種。主要的分歧體現在子宋子「明見侮之不辱，使人不鬥」和下面的「見侮不辱」段落。持九種觀點的則認為這兩部分為一種觀點，那麼，持十種觀點的則認為是兩種觀點。其實這兩部分雖然都涉及「見侮不辱」，但落腳點則不同。熊公哲先生明確指出前部分討論的是「見侮不辱，使民不鬥」，後部分分析的是「見侮不辱，不合王制」。（參見熊公哲：《荀子今注今譯》，臺北：臺灣商務印書館，1977年版，第340頁。）

化」的觀點，荀子以「羿、蠭門者、天下之善射者也，不能以撥弓、曲矢中；王梁、造父者、天下之善馭者也，不能以辟馬、毀輿致遠；堯、舜者，天下之善教化者也，不能使嵬瑣化」指出這不是堯舜的過錯，而是朱、象的罪過。第七段則反駁「太古薄葬，不掘。亂今厚葬，抇也」，荀子以太古與亂今作比較，太古時期風俗純美，故時人「求利之詭緩，而犯分之羞大」；亂今之世德行不修，社會失序，即便「裸而薶之，猶且必抇」。第八段反駁子宋子「明見侮之不辱，使人不鬥」的觀點，荀子認為「鬥與不鬥」在於「惡之與不惡」。第九段則辨正「見侮不辱，不合王制」，分別闡釋君子的「義榮」「勢榮」與小人的「義辱」「勢辱」概念，是有其固定的依據。子宋子想「一朝而改之」，則不合王制。最後一段反駁子宋子「人情慾寡」的問題，荀子以目、耳、口、鼻、形與「賞以富厚而罰以殺損」的制度證明人之情慾多，非欲寡。綜上可知，《正論》一篇每一部分基本是先提出要辯駁的觀點，繼而進行辨正，辨駁的觀點各不相同，是典型的並列式結構。

此外，《成相》《賦》篇亦屬於並列結構，第二章已有論述，茲不贅言。

二、多重結構模式

上述探討了篇章結構的單一模式，但《荀子》一書有些篇章呈現出多重結構模式，即至少有兩種及以上不同類型的單一模式組成的複雜結構。

1. 總分總—遞進—並列結構

總分—遞進—並列模式，是指文章整體呈現總分總結構，然在分結構中又有遞進，又有並列。

《不苟》一篇，主要教人不能行苟且之事，凡事要「當」，以禮義為規範。此篇可分為九個章節。從「君子行不貴苟難」至《詩》曰：『物其有矣，惟其時矣。』此之謂也。」為第一部分，文章首句「君子行不貴苟難，說不貴苟察，名不貴苟傳，唯其當之為貴」即挑明主意，張之純指出「『當』字為一篇之大旨」〔註116〕。此節分別以申徒狄、惠施、鄧析、盜跖為例論證君子之所不貴，乃非禮義，君子要以「當」作為修身的標準。從「君子易知而難狎」至「傳曰：『君子兩進，小人兩廢。』此之謂也。」為第二部分，此部分主論君子與小人的比較。「君子易知而難狎」至「其有以殊於世也」，「此一段是從外窺君子、

〔註116〕張之純：《評注諸子精華錄》（《荀子》）卷，上海：商務印書館，1927年第八版，第4頁。

小人總契起，下便重重申釋耳」〔註117〕，實際是論君子、小人在外行事。從「君子能亦好」到「傳曰：『君子兩進，小人兩廢。』此之謂也」是從內在德性方面論君子與小人。此兩小部分，由外至內，可算是遞進結構。從「君子治治」至「為修而不為污也」為第三部分，講君子治治，亦即以禮義去亂。從「君子絜其辯而同焉者合矣」至「受人之掝掝者哉」為第四部分，談君子潔辯（身）、善言則同類相和。從「君子養心莫善於誠」至「長遷而不反其初則化矣」為第五部分，荀子提出君子養心歸於「誠」。從「君子位尊而志恭」至「則操術然也」則是文章的第六部分，講君子之操術。從「有通士者」至「而禹、桀所以分也」為第七部分，論「通士」「公士」「直士」「慤士」「小人」五等，其下又言「六生者」，論君子行事要有所「慎」。從「欲惡取捨之權」至「是偏傷之患也」為第八部分，指出取捨要得當。從第三部分至第八部分，各言君子之一事，可算是並列結構。從「人之所惡者」至末，是文章的第九部分，呼應文章首段之「名不貴苟傳」。楊升庵評此篇曰：「議論俱深入一層，規矩無纖毫走作，荀卿小心文字如此。」〔註118〕

2. 總分—並列結構

總分—並列結構，是指文章中既有總分結構，又有並列結構。

《非相》一篇的創作背景，楊倞曰：「妄誕者多以此惑世，時人或矜其狀貌而忽於務實，故荀卿作此篇非之。」〔註119〕今本《非相》篇的內容，梁啟雄言：「篇首一段，闢相術之迷信，編錄者因取以篇名。內中有『法後王』一段，實荀卿學說特色之一。篇末談說之術兩段亦甚要。」〔註120〕由此可知《非相》篇實則談了三個問題，那麼對於此篇的起訖，盧文弨言：「《非相》篇當止於此，下文所論較大，並與相人無與，疑是《榮辱》篇錯簡於此。」〔註121〕呂思勉曰：「此篇只首節非相，蓋以首節之義名篇也。」〔註122〕的確，此篇由

〔註117〕　〔日〕邨岡良弼：《增評荀子箋釋》卷二，日本明治十七年東京報告堂排印本。

〔註118〕　〔明〕歸有光選評：《諸子匯函》卷十，明天啟刊本。

〔註119〕　〔清〕王先謙撰，沈嘯寰、王星賢點校：《荀子集解》，北京：中華書局，2016年版，第85頁。

〔註120〕　〔戰國〕荀況著，王天海校釋：《荀子校釋》，上海：上海古籍出版社，2016年版，第159頁。

〔註121〕　〔清〕王先謙撰，沈嘯寰、王星賢點校：《荀子集解》，北京：中華書局，2016年版，第90頁。

〔註122〕　呂思勉：《經子解題》，上海：華東師範大學出版社，1995年版，第130頁。

三大部分組成，與篇題契合的只有第一部分，後兩部分暫不論述〔註123〕。從「相人，古之人無有也，學者不道也」至「古之人無有也，學者不道也」為《非相》篇的第一部分，荀子首先開篇點明態度「相人，古之人無有也，學者不道也」，對古今諸如「姑布子卿」「唐舉」等人「相人之形狀顏色而知其吉凶妖詳」作了批判，並提出了兩個觀點，一是「形相雖惡而心術善，無害為君子」；二是「形相雖善而心術惡，無害為小人」。張之純將這兩個觀點評為「一篇綱領」〔註124〕。從「蓋帝堯長」至「而相欺傲邪」是荀子對第一個觀點的論述。從「古者桀、紂長巨姣美」至「然則從者將孰可也」是對第二個觀點的闡釋。這兩部分亦可構成並列模式。楊升庵評此篇曰：「此篇是荀卿極得意之文，獨知獨見之學，雄詞犀辯，發其意之所欲言，皆前人未道。」〔註125〕陳和詳亦評之曰：「歷舉古來聖賢暴主，相互對勘，似斷非斷，似續非續，文家創格也。」〔註126〕

　　《正名》一篇，對於其創作背景，楊倞指出「是時公孫龍、惠施之徒亂名改作，以是為非，故作《正名》篇。」〔註127〕此篇文章，「是荀卿極得意之文，獨知獨見之文。雄詞犀藻，發其意，之所歎言，皆前人未道」〔註128〕。然此篇有段落竄入〔註129〕，本文主要討論與篇題相關的章節。此篇可分為兩個部

〔註123〕 亦有論者持不同意見，如鍾泰曰：「下文所論乃謂論心擇術之道，正承上文來，不得謂之非本篇之文。」（參見《荀子彙校匯注附考說》，第231頁。）然此篇後面部分所論與第一部分內容差距甚大。

〔註124〕 張之純：《評注諸子精華錄》（《荀子》）卷，上海：商務印書館，1927年第八版，第6頁。

〔註125〕 〔明〕歸有光選評：《諸子匯函》卷十，明天啟刊本。

〔註126〕 秦同培編輯兼校訂，陳和詳評注：《評注荀子讀本》，上海：世界書局，1926年版，第35頁。

〔註127〕 〔清〕王先謙撰，沈嘯寰、王星賢點校：《荀子集解》，北京：中華書局，2016年版，第486頁。

〔註128〕 〔明〕焦竑校正，翁正春參閱，朱之蕃圈點：《新鍥翰林三狀元會選二十九子品匯釋評》，明萬曆刊本。

〔註129〕 《正名》篇的段落竄入，主要是指從「凡語治而待去欲者」至篇末。歸有光選評《荀子》引何楨丘言：「此後更端說起，於前不續。」（參見歸有光：《諸子匯函》卷十，明天啟刊本。）荻生徂徠亦認為：「此篇至『以極反側，此之謂也』止。……『凡語治』至篇末，當別作一篇，乃其關宋鈃者。」（參見荻生徂徠：《讀荀子》卷四，日本寶曆十四年京師水玉堂刊本）不過，亦有持反對意見者，如騰成榘《荀子辨解》則認為：「一部中關宋鈃者屢出，是承上章論愚者之言而舉之，以推明首章散名之實，非於前不續也。」（參見董治安等整理：《荀子彙校匯注附考說》，南京：鳳凰出版社，2018年版，第1201頁。）

分，從「後王之成名」至「辨埶惡用矣哉」為第一部分，主要是對名實的探討，從「今聖王沒」至「以極反側，此之謂也」為第二部分，闡述的是名實不析異的辨說。這兩大部分，是一種並列關係。在第一部分中又有兩種結構，一為總分結構；一為並列結構。從「故王者之制名」至「然則所為有名，與所緣以同異，與制名之樞要，不可不察也」可為總論部分，「『異形離心』以下至『後王之成名，不可不察也』，提三事說，一則所以必不可無名之故。二則名所以有同異。三則制名之要。」〔註130〕此三則事說則是總論部分的分別論述，屬於總分結構。又「所為有名，名之原本也。所緣以同異，名之流別也。制名之樞要，定名之要法也。三者為綱，下文逐段，無非詳明此意。」〔註131〕可知這三則事說又組成一個並列結構。其後援引「用名亂名者」「用實亂名者」「用名亂實者」三惑「以證上三綱」〔註132〕。在第二部分中又有一個並列結構，即從「今聖王沒」至「四方為綱，此之謂也」部分是論及聖人之辨說，從「辭讓之節得矣」至「以極反側，此之謂也」述及士君子之辨說。總之，《正名》篇的結構兼有並列與總分的多重複雜結構。

3. 總分總—並列結構

總分總—並列結構，是指文章總體結構為總分總模式，然在分模式中各部分又呈現出並列式結構。

《非十二子》，是荀子總論諸家學說的學術文章。藤原成粲《荀子辨解》言：「此篇，初論十二子之非，次泛論人物之善惡、行事之得失、容貌之是非。」〔註133〕王天海認為：「本篇論先秦諸子之說，舉十二子歸為六類進行述評。並以舜、禹、仲尼、子弓為法，務息十二子之害。兼論士君子之儀容德行，以斥小人賤儒之陋。」〔註134〕不過，依篇題言，從文章起始至「聖王

此說頗為牽強，從「凡語治」至篇末與前文的確聯繫不大，故遵從何椒丘與荻生徂徠的觀點。

〔註130〕〔日〕荻生徂徠：《讀荀子》卷四，日本寶曆十四年京師水玉堂刊本。按：此三則具體的段落截止為：從「異形離心交喻」至「此所為有名也」為第一則；從「然則何緣而以同異」至「此所緣而以同異也」為第二則；「然後隨而命之」至「後王之成名，不可不察也」為第三則。

〔註131〕〔日〕邨岡良弼：《增評荀子箋釋》卷十六，日本明治十七年東京報告堂排印本。

〔註132〕〔明〕陳深輯評：《諸子品節》，明萬曆十九年刻本。

〔註133〕董治安等整理：《荀子彙校匯注附考說》，南京：鳳凰出版社，2018年版，第265頁。

〔註134〕〔戰國〕荀況著，王天海校釋：《荀子校釋》，上海：上海古籍出版社，2016年版，第200頁。

之跡著矣」為結〔註135〕，從「聖王之跡著矣」至末與篇題無密切聯繫。總體而言，《非十二子》是一篇典型的總分總——並列的結構模式。從「假今之世」至「使天下混然不知是非治亂之所存者有人矣」是總論部分，描繪「十二子借亂世以惑眾」〔註136〕的情景。其後分別批評它囂、魏牟、陳仲、史　、墨翟、宋鈃、慎到、田駢、惠施、鄧析、子思、孟軻〔註137〕十二子，且每部分又是一個並列結構。從「若夫總方略」至「聖王之跡著矣」亦總論全文，提出治理方案，並推崇仲尼、子弓。

　　《王霸》一篇，亦是屬於總分總——並列結構。全文可分為四部分。從文章首句至「『粹而王，駁而霸，無一焉而亡。』此之謂也」為第一大部分，此部分論「義立而王，信立而霸，權謀立而亡」。文章首節提出用國的三條不同的路徑（王、霸、亡）。其下則分別論述，並指出明主需要謹慎選擇、「積持」、「取相」。「巨用之」和「小用之」的程度不同，最終的結果亦不同。從「國無禮則不正」至「夫是之謂至約，樂莫大焉」為第二部分，引出「禮」，並認為「禮」可以「正國」。繼而從國危與國安的角度提出「治國有道」。從「人主者」至「固以少矣，有以守多，能無狂乎！」此之謂也」為文章的第三部分，從不同角度論述「治國有道」。先後提出人主需要「以官人為能」「壹一」「用知甚簡」「無恤親疏，無偏貴賤」「上一而王」「制之以禮」「立隆正」。從「治國者」至末則為第四部分，分別論述「治國者」「用國者」「傷國者」，最後提出儒者「必將曲辨」的觀點。

4. 總分—遞進結構

　　總分—遞進模式，是指文章整體為總分結構，且在分論結構中呈現一種遞進式。《天論》一篇，呂思勉先生認為其「乃《荀子》書中最精之論也」〔註138〕。

〔註135〕楊柳橋曰：「《非十二子》正篇止此，以下與此不相屬。」（參見王天海：《荀子校釋》，第215頁。）張默生亦持此觀點。參見張默生：《先秦諸子文選》，上海：東方書社，1946年版，第175頁。

〔註136〕〔清〕王先謙撰，沈嘯寰、王星賢點校：《荀子集解》，北京：中華書局，2016年版，第105頁。

〔註137〕關於荀子批評子思、孟軻，王應麟曰：「荀卿《非十二子》，《韓詩外傳》引之，止云十子，而無子思、孟子。愚謂荀卿非子思、孟子，蓋其門人如韓非、李斯之流，託其師說以毀其聖賢，當以《韓詩》為正。」（參見王天海：《荀子校釋》，第200頁。）此種說法以後來之書疑前人之書，缺乏有力證據。另由於《韓詩外傳》的文本屬性，作者一定程度上對前人文本進行了二次整理，並附加自己的思想理念。故以《韓詩外傳》證《非十二子》是不太合理的。

〔註138〕呂思勉：《經子解題》，上海：華東師範大學出版社，1995年版，第132頁。

藤原成粲《荀子辨解》曰：「此篇主意，專在使學者明人道；人道既明，則可與天地參，以其由天道而立論，故名天論。」〔註139〕全文可分為五部分。從文章首句至「惟聖人為不求知天」為第一部分，此部分總論天道與人道。文章以「天行有常，不為堯存，不為桀亡」作為發端語，指出天有自己的道。隨及列出兩種不同應對天道的方式：「應之以治則吉」；「應之以亂則凶」，其下分別論述，荀子提出「天人之分」的思想，並對「天職」「天情」「天官」「天君」「天養」「天政」「大凶」等概念分別作了概括，其目的是引出聖人之道。從「治亂天邪」至「君子小人之所以相縣者在此耳」為第二部分，首先以「天邪」「時邪」「地邪」三個疑問句指出治亂非天、非時、非地，在於人，闡發「天有常道，地有常數，君子有常體」的觀點。後面一小節通過「楚王後車千乘」「君子啜菽飲水」的例子論述君子與小人的差距，即君子敬己不慕天，小人則相反。從「星隊、木鳴」至「則日切瑳而不捨也」為第三部分，討論天地萬物的變化可以奇怪，但不能畏懼，隨後談人道的變化（人襖）是奇怪又可怕的，此節結尾暗示禮義可解決此類問題。從「雩而雨」至「則失萬物之情」為第四部分，先以祭祀求雨得出人道的主旨即是「禮義」。從「百王之無變」至末為第五部分，提出要知「道」、貫「道」，並對慎子、老子、墨子、宋子等偏道作了批判。總而言之，此篇文章論述頗為精緻閎深，其「說透天機，談盡玄理，靡一句不本諸人事而切實用，故文勢拋擲頓挫，音節鏗然縱逸，讀之自雋永乃爾」〔註140〕。

《禮論》一篇是討論禮制的文章，應是對墨家思想的反駁。全文可分為兩大部分，從文章首句至「《詩》曰：『禮儀卒度，笑語卒獲。』此之謂也」為第一部分，總論禮制。首先論述禮的產生，荀子指出禮起於「養」，進而又好「別」。其後指出禮與「天地」「先祖」「君師」有關。〔註141〕其下又論述禮的始終，強調「法禮足禮」。從「禮者」至末為第二部分，主要論述喪葬之禮。首先談禮是謹慎對待「生死」與「吉凶」的。其後談喪禮的形式：「變而飾，動而遠，久而平」，承上節荀子所提出的主張「敬始而慎忠」。隨後則又承上節吉凶論之。其下講喪禮要始終如一。然後分別論述守喪三年的目的及原因。最後講祭祀是

〔註139〕董治安等：《荀子彙校匯注附考說》，南京：鳳凰出版社，2018年版，第846頁。

〔註140〕秦同培編輯兼校訂，陳和詳評注：《評注荀子讀本》，上海：世界書局，1926年版，第95頁。

〔註141〕趙又春：《我讀荀子》，長沙：嶽麓書社，2013年版，第235頁。

「志意思慕之情」的表達。

《性惡》篇亦是典型的總分——遞進式結構。《性惡》篇可細分為九個部分。從「人之性惡，其善者偽也」至「用此觀之，然則人之性惡明矣，其善者，偽也」可作為此篇的總論部分。此部分以「人之性惡，其善者偽也」發端，其語「劈空而起，振發龍矓」〔註142〕，此句作為全篇的主旨句，貫穿於篇章之中約十次，「其他一切之言，不過用以證明此二語之確當不可易而已」〔註143〕。其下論今之人性「生而有好利」「生而有疾惡」「生而有耳目之欲，有好聲色」，並以三個「順是」帶出所導致的結果，隨及話鋒一轉，強調「師法之化，禮義之道」的主張，將視角轉移到「善者偽也」。下文「逐段宕出性惡之故，翻翻覆覆，播美甚穎」〔註144〕，開始對由「性惡」至「善者偽也」需要「待師法」「得禮義」才能正、治。其後又以「古者聖王」「今之人」反覆言說，以證明「人之性惡明矣，其善者偽也」的觀點，「一反一收，氣勢方跌宕」〔註145〕。從「孟子曰：『今之學者，其性善』」至「不可學明矣」為第二部分，反駁孟子性、偽不分，並對性、偽作出概念界定。從「孟子曰：『今人之性善，將皆失喪其性故也。』」至「用此觀之，然則人之性惡明矣，其善者，偽也」為第三部分，緊承第二部分性、偽的定義，進一步論之。從「孟子曰：『人之性善。』」至「用此觀之，然則人之性惡明矣，其善者，偽也」為文章的第四部分〔註146〕，論善惡之辨，「屢用復筆，以復生姿」〔註147〕，「有破竹之勢」〔註148〕。第五部分從「問者曰：『人之性惡，則禮義惡生？』」至「用此觀之，然則人之性惡明矣，其善者，偽也」，前文已對「性」「善」「惡」作了辨說，此部分轉向禮

〔註142〕秦同培編輯兼校訂，陳和詳評注：《評注荀子讀本》，上海：世界書局，1926年版，第135頁。
〔註143〕馮振：《荀子性惡篇講記》，《學藝》（日本），1930年第10卷第9期。
〔註144〕〔日〕邨岡良弼：《增評荀子箋釋》卷十七，日本明治十七年東京報告堂排印本。
〔註145〕〔日〕邨岡良弼：《增評荀子箋釋》卷十七，日本明治十七年東京報告堂排印本。
〔註146〕此部分實際是在第五部分後面，但觀文章結構，此部分應在前面。馮振指出：「荀子以為與孟子所爭論者不過『性』『善』『惡』三字，故在辨說之前，必先明此三字之定義，否則亦徒詞費而已。」（參見馮振：《荀子性惡篇講記》，《學藝》（日本），1930年第10卷第9期。）馮說甚是，在沒有引出「善」「惡」的概念的闡釋之前，先言「禮義惡生」，不太符合言說順序。又此言「禮義惡生」後言善惡之辨，後又言「禮義積偽」亦難以形成結構上的遞進之勢。故本文將原文第五部分提至前面。
〔註147〕秦同培編輯兼校訂，陳和詳評注：《評注荀子讀本》，上海：世界書局，1926年版，第135頁。
〔註148〕〔日〕邨岡良弼：《增評荀子箋釋》卷十七，日本明治十七年東京報告堂排印本。

義，開始闡發正意，論及禮義的產生，荀子提出了「生於聖人之偽」，並指出性、偽不同徵。其後「逐段反證，文勢如急湍過峽，駿馬下阪」〔註149〕。從「問者曰：『禮義積偽者，是人之性，故聖人能生之也。』」至「豈其性異矣哉？」為第六部分，承上部分「禮義惡生」，此部分進而論之，再發問難，以堯舜與桀紂，君子與小人，其性一也為例，提出「禮義積偽」，非人之本性，陶鴻慶言：「此節極論性惡雖聖人亦然，通節皆發明此義，玩下文自明。」〔註150〕此節「分合起伏，屈伸變化，有無窮之妙」〔註151〕。從「塗之人可以為禹」至「其不可以相為明矣」為第七部分〔註152〕，此部分主要論證「塗之人可以為禹」「塗之人能為禹，則未必然也。雖不能為禹，無害可以為禹也」，辨析「能不能」與「可不可」，指出性、偽的差異。此節「轉換操縱，意能躍如，是大文章」〔註153〕。從「堯問於舜曰：『人情如何？』」至「是下勇也」為第八部分〔註154〕，以四知、三勇意指偽的程度不同，其所處的層次亦有差異。從「繁

〔註149〕秦同培編輯兼校訂，陳和詳評注：《評注荀子讀本》，上海：世界書局，1926年版，第138頁。

〔註150〕陶鴻慶：《讀諸子扎記》，北京：中華書局，1959年版，第253頁。

〔註151〕秦同培編輯兼校訂，陳和詳評注：《評注荀子讀本》，上海：世界書局，1926年版，第143頁。

〔註152〕至於此部分，有論者認為是錯簡，非此篇文。如楊倞曾有疑問：「言若性惡，何故塗之人皆可以為禹也？」豬飼彥博補曰：「此以下至『其不可以相為明矣』別為一章，論人性皆有可以為善之資，即孟子人皆可以為堯舜之意。自是正當議論，亦足以見性惡之偏僻，與本篇性惡之說相矛盾，蓋他篇之文錯簡在此也。」（參見〔日〕服部宇之吉編：《漢文大系》第十五冊，成都：四川大學出版社，2017年版，第673頁。）以上觀點難以成立，此部分正是荀子由性惡至善偽的路徑，亦即文章昇華部分，若不言此部分，那麼，荀子所提出的「其善者偽也」的觀點則暗色不少。

〔註153〕秦同培編輯兼校訂，陳和詳評注：《評注荀子讀本》，上海：世界書局，1926年版，第144頁。

〔註154〕學者對此部分的內容、結構亦有爭議。鍾泰曰：「自『有聖人之知以下』至『是下勇也』與前文不相屬，當別為一節，且不似《性惡》篇文，疑《不苟》、《榮辱》、《儒效》等篇竄入於此。」（《荀子彙校匯注附考說》，第1250頁）冢田虎曰：「『有聖人之知者』以下，不類乎此篇，恐他篇錯簡。」陶鴻慶曰：「此段文義與性惡本皆無涉。玩本文有云『不恤是非，不論曲直，以期勝人為意，是下勇也』，意在排斥諸子，似《解蔽》篇文而錯在此者。」魏代富先生亦認為『有聖人之知者』至『是下勇也』，計五十句，文義似與上下文不相連貫，疑為錯簡。冢說可備。」（參見《荀子彙校匯注附考說》，第1251頁）不過，此部分認為是錯簡值得商榷。此部分正是荀子論述由性惡到善偽的進階過程。徐仁甫《諸子辨正》曰：「知、勇兩節，緊承『唯賢者則不然』句，謂賢者能化性起偽，擇善而捨惡也。擇善在乎知，化性貴乎勇。故歷舉知勇之等，而示人以力爭上游耳。未必為他篇

弱、鉅黍，古之良弓也」至「靡而已矣，靡而已矣」為文章的第九部分〔註155〕，以古之「良弓」「良劍」「良馬」為例引出「人雖有性質美而心辯知，必將求賢師而事之，擇良友而友之」的論點。陳和詳評此節「如剝蕉然，愈展愈新」〔註156〕，荀子此文的目的至末提出，娓娓道來，亦後勁十足。從第二部分至第九部分，每一部分分別敘述，然亦層層緊逼，構成一種遞進模式。

5. 遞進─並列結構

遞進─並列結構是指文章第一層級屬於層層遞進的模式，在第二層級中又有並列結構。

《解蔽》篇，楊倞注曰：「蔽者，言不能通明，滯於一隅，如有物壅蔽之也。是時各蔽於異端曲說，故作此篇以解之。」〔註157〕全文可分為兩個部分。從文章首句至「此不蔽之福也」為第一部分，主要論「蔽」。首先陳述社會之人蔽於一端而不能通於大道，「豈不哀哉」透露荀子激切沉痛之情，其「攻人之蔽，砭肌切骨，蓋所謂妬繆者如此」〔註158〕。荀子認為「欲」「惡」「始」「終」「遠」「近」「博」「淺」「古」「今」皆可成「蔽」。其下則分別以桀紂、唐鞅、奚齊、亂家為例，講述「人君之蔽」「人臣之蔽」「賓孟之蔽」，呈現並列結構。此部分荀子論「蔽」，「究極心理精微，機局氣格，明快疏透，宋儒治心之學，發端於此」〔註159〕。從「聖人知心術之患」至「昭然明矣」為第二部分〔註160〕，荀

竄入於此。」（參見《荀子彙校匯注附考說》，第1250頁。）馮振指出：「性既同一矣，非一於善也，乃一於惡也。故引舜對堯曰：『人情甚不美，又何問焉？』以證之，偽既不同一矣，則必有善有惡。唯賢者能擇善而捨惡。」（參見馮振：《荀子性惡篇講記》，《學藝》（日本），1930年第10卷第9期。）此說可備。

〔註155〕 亦有論者認為此節所談「性質美」，與荀子「性惡」說相牴牾。其實不然，此節「荀子之意，以為人之性惡，固賴偽而後善。更進一步言之，即人之性善，亦賴偽而後善也。」（參見馮振：《荀子性惡篇講記》，《學藝》（日本），1930年第10卷第9期。）

〔註156〕 秦同培編輯兼校訂，陳和詳評注：《評注荀子讀本》，上海：世界書局，1926年版，第147頁。

〔註157〕 〔清〕王先謙撰，沈嘯寰、王星賢點校：《荀子集解》，北京：中華書局，2016年版，第456頁。

〔註158〕 中華書局編：《荀子精華》，上海：中華書局，1941年版，第90頁。

〔註159〕 秦同培編輯兼校訂，陳和詳評注：《評注荀子讀本》，上海：世界書局，1926年版，第117頁。

〔註160〕 至於「周而成」至末一節，係為錯簡。冢田虎曰：「『周而成』以下，似《正論》篇錯簡。」鍾泰曰：「此即《正論》篇『主道不利周』之說。」梁釋：「以下一段與本篇之旨不相蒙，疑是《君道》篇的錯簡。」總之此節與《解蔽》篇篇旨不合，故不論述。

子提出解蔽之法。首先提出「知道」，進而提出用「心」來「知道」，達到「虛壹而靜」的大清明境界。其後論述知者「擇一而壹」，以農、賈、工等例論述君子專於一道。其後列舉「觙」「涓蜀梁」等例證明「觀物有疑，中心不定，則外物不清」，最後提出通過學習，以「聖王為師」，可知物之理，蔽可解也。徐太生評此篇曰：「奇想天開，文更華裕。」〔註161〕

6. 分總—遞進結構

分總—遞進結構，是指文章第一層級屬於分總結構，在分述中又呈遞進之勢。

《君子》篇，主論君子之道。全文可分三個部分。從文章首句至「《詩》曰：『普天之下，莫非王土；率土之濱，莫非王臣。』此之謂也」為第一部分，論述天子之貴，提倡法聖王。從「聖王在上」至「《詩》曰：『百川沸騰，山冢崒崩；高岸為谷，深谷為陵。哀今之人，胡憯莫懲！』此之謂也」為第二部分，緊承上部分，提出「以義制事」，那麼，「士大夫」「百吏官人」「眾庶百姓」則行為得當，「刑罰綦省而威行如流，政令致明而化易如神」。從「論法聖王」至末為第三部分，總括前兩部分，提出全文主旨：「論法聖王，則知所貴矣；以義制事，則知所利矣。」並提出了要尊崇實行「尚賢使能」「貴賤有等」「親疏有分」「長幼有序」等先王之道。

因《大略》《宥坐》《子道》《法行》《哀公》《堯問》等篇為荀子弟子輯錄而成，其涉多個方面，較為駁雜，難以形成明確的結構層次，故不再討論其結構。需要說明的是，通過對《荀子》篇章的結構考察，可以推測，《荀子》中有多篇難以形成一個布局謹嚴，章法連貫的結構。這種情形的出現很大程度上是由兩個方面所致。其一，子書的編次問題。余嘉錫言：「大抵古人之治學也，本以道術為工器，其限斷不嚴，故先師之所作，與後師之所述，雜糅而不分。……故簡端之所題，與卷末之所記，攙越而失次。」〔註162〕亦即荀子的弟子之言論摻入荀子的篇章，從整體篇章來看，會變得雜亂而不精。其二，劉向校書所致。劉向在《孫卿書書錄》言：「所校讎中《孫卿書》凡三百二十二篇，以相校除重複二百九十篇，定著三十二篇。」〔註163〕《荀子》並非都如

〔註161〕中華書局編：《荀子精華》，上海：中華書局，1941年版，第100頁。

〔註162〕余嘉錫：《目錄學發微；外一種：古書通例》，長沙：嶽麓書社，2009年版，第241頁。

〔註163〕〔清〕王先謙撰，沈嘯寰、王星賢點校：《荀子集解》，北京：中華書局，2016年版，第656頁。

《勸學》等以篇的形式呈現,亦有很多片段式的言論,從《君子》以下幾篇可以得知。那麼,劉向校書時會將這些重複的片段式章節與荀子書寫的短章進行強制「彌合」,使其構成一篇,這就在一定程度上造成與前文不合的情形。綜觀《荀子》一書,此類情況頗多。儘管如此,《荀子》有些篇章無論在布局還是章法方面都頗為精緻,可知荀子對文章的謀篇布局已有明確的自覺認識。

第三節 《荀子》的全書結構

一、《荀子》全書結構概述

在第一章中已談及今本《荀子》的結構體系是以楊倞的次第編排而定。綜觀今本《荀子》的結構,實非隨意編定,而是在篇與篇之間透露著某種聯繫。茲現將劉向本目錄與楊倞本目錄以表格示之:

荀卿新書十二卷〔註164〕三十二篇(劉向)		楊倞本新目錄
勸學篇第一	卷一	勸學篇第一
修身篇第二		修身篇第二

〔註164〕關於「十二卷」是否為原書之舊,有不同看法。王天海先生認為:「《孫卿子》之書《漢志》始載為三十三篇,《隋志》為十二卷。此十二本當傳至明代,然今不存,未知其詳。據晁公武《郡齋讀書志》稱劉向將《孫卿子》三十二篇分為十二卷,題曰《新書》,……據《書錄》,則當標目為《孫卿新書》十二卷三十二篇。」(王天海:《荀子校釋》,第1182頁)高正先生則指出:「唯今劉向《書錄》篇目前有『《孫卿新書》十二卷三十二篇』文字一行,故前人有據此而言劉向分32篇為12卷者。如南宋唐仲友《荀子後序》曰『漢初劉向校讎中《孫卿書》凡三百二十二篇,除重複定著三十二篇,為《孫卿書》十二卷。』然該行文字與《書錄》正文及篇目,則有齟齬之處。《書錄》中凡稱書名,則曰『《孫卿書》』,而此處獨稱《荀卿新書》,殊為不類。諸家書目著錄亦未見有以『《荀卿新書》』相稱者。南宋晁公武《昭德先生郡齋讀書志》『子部‧儒家類』云『題曰《新書》』,而不稱《荀卿新書》;南宋陳振孫《直齋書錄解題》『儒家類』則云『至楊倞始改為荀卿』。可見,『荀卿』二字是否為劉向所題,南宋人即已對之有疑。至於既有卷數,卻不標各卷所含之篇目,則尤為可疑。對此,清盧文弨校刊時已有察覺,因而將『十二卷』三字徑刪。今比照劉向為它書所作之書錄,則益顯此行文字與其體例亦不甚相合,究竟是否為楊倞所加,雖未可知,然似非劉向《書錄》之原有。劉向校定編次之《孫卿書》32篇,乃《荀子》成書之始。」(高正:《〈荀子〉版本源流考》,北京:中國社會科學出版社,1992年版,第2頁)筆者認為「十二卷」概非劉向所題,亦非原書之舊,似為後代人所加。

不苟篇第三	卷二	不苟篇第三
榮辱篇第四		榮辱篇第四
非相篇第五	卷三	非相篇第五
非十二子篇第六		非十二子篇第六
仲尼篇第七		仲尼篇第七
成相篇第八	卷四	儒效篇第八
儒效篇第九	卷五	王制篇第九
王制篇第十	卷六	富國篇第十
富國篇第十一	卷七	王霸篇第十一
王霸篇第十二	卷八	君道篇第十二
君道篇第十三	卷九	臣道篇第十三
臣道篇第十四		致仕篇第十四
致仕篇第十五	卷十	議兵篇第十五
議兵篇第十六	卷十一	強國篇第十六
強國篇第十七		天論篇第十七
天論篇第十八	卷十二	正論篇第十八
正論篇第十九	卷十三	禮論篇第十九
樂論篇第二十	卷十四	樂論篇第二十
解蔽篇第二十一	卷十五	解蔽篇第二十一
正名篇第二十二	卷十六	正名篇第二十二
禮論篇第二十三	卷十七	性惡篇第二十三
宥坐篇第二十四		君子篇第二十四
子道篇第二十五	卷十八	成相篇第二十五
性惡篇第二十六		賦篇第二十六
法行篇第二十七	卷十九	大略篇第二十七
哀公篇第二十八	卷二十	宥坐篇第二十八
大略篇第二十九		子道篇第二十九
堯問篇第三十		法行篇第三十
君子篇第三十一		哀公篇第三十一
賦篇第三十二		堯問篇第三十二

大要言之，《荀子》的結構體系大約呈現如下幾種類型：

（一）按文本生成的主體編排

在第一章已經談到《荀子》文本是由初始作者、輯錄者和定本者生成的。對於先秦子書而言，多單篇流行，並無一定秩序。至漢代劉向刪篇定著，一改《荀》無序的狀態。那麼，劉向有沒有從作者和輯錄者的角度去「條其篇目」呢？首先，《仲尼》《議兵》《強國》等輯錄者輯錄的作品摻雜在荀子自作作品之中。其次，在劉向目錄第二十四篇至末，中間亦包含著《性惡》《賦篇》等荀子自作的文章。金谷志從荀子著述與輯錄的角度認為是「極不合理的安排」〔註165〕，其實不然，這與子書的成書傳統造成的。因先秦子書如《論語》等是弟子輯錄而成，這種輯錄傳統至荀子亦如此，只不過《荀子》有荀子自作，亦有弟子輯錄。換言之，無論是全部輯錄還是自作與輯錄並存的子書，在漢人眼中都被歸入師父的思想體系之中。故而劉向對待子書的作者問題往往包含了參與輯錄《荀子》作品的弟子，並未過度體現出差異。那麼，至楊倞則從荀子自作與輯錄作品的角度適當作了調整。如楊倞將《性惡》《君子》《賦篇》提至前面，末六篇分別為《大略》《宥坐》《子道》《法行》《哀公》《堯問》，而這幾篇是學界所公認荀子弟子輯錄的作品。值得注意的是，既然都是輯錄的作品，楊倞為何將《大略》篇與《宥坐》以下五篇各立一卷呢？楊倞對《大略》篇和《宥坐》以下五篇的態度略有不同。楊倞在《大略》篇題下曰：「此篇蓋弟子雜錄荀卿之語，皆略舉其要，不可以一事名篇，故總謂之《大略》也。」〔註166〕《宥坐》篇題下曰：「此以下皆荀卿及弟子所引記傳雜事，故總推之於末。」〔註167〕由此觀之，楊倞將「荀卿之語」置前，而「記傳雜事」基本上是一些公共素材，故置於末。可見輯錄之作品，亦有差別。總之，楊倞的確以己之推斷，從文本生成的主體角度對作品進行了調整。這也體現出與漢代觀念的差異。

（二）按文體類型編排

楊倞對劉向校讎《荀卿新書》作了幾個方面的更改，其中對全書篇第亦作了「移易」，其目的是「以類相從」。楊倞「以類相從」，其中一個重要的表徵是將相同或類似的文體作品列在一起。這主要體現在楊倞對《成相》篇、《賦

〔註165〕〔日〕金谷志：《〈荀子〉的文獻學方法研究》，《國學學刊》，2018年第1期。

〔註166〕〔清〕王先謙撰，沈嘯寰、王星賢點校：《荀子集解》，北京：中華書局，2016年版，第573頁。

〔註167〕〔清〕王先謙撰，沈嘯寰、王星賢點校：《荀子集解》，北京：中華書局，2016年版，第614頁。

篇》和《禮論》篇的變更。首先，劉向《荀卿新書》將《成相》篇列在第八，其前篇為《仲尼》，後篇為《儒效》，而將《賦》篇置其末。對於劉向將《成相》篇與《賦》篇排列分離的情況，楊筠如認為：「劉向將《賦》篇置在末後，將《成相》次為第八，似乎那時的《成相》不是賦的體裁？我疑原來是說人主用相的事，比如《君道》說『在慎取相，道莫徑是矣』。《王霸》篇說『然則強固榮辱，在於取相矣』。荀子主張人治政治，所以很重視宰相的得人，大概是原篇已亡，後人拿《成相雜辭》來補充的。」〔註168〕楊氏推斷《成相》原篇已亡，似為補充之說語猶無據。至於體裁的問題，從舊目錄看，劉向並未從體裁的角度去「條其篇目」。而楊倞則將《成相》篇移至第二十五，並將《賦》篇提至第二十六，與《賦》篇共為一卷。可見楊倞是意識到《成相》篇、《賦》篇與其他篇章的相異之處，「確有文體上的考慮」〔註169〕。其次，《禮論》篇，劉向將其列為第二十三篇，前為《正名》篇，後為《宥坐》篇。楊倞將其提前，列在《正論》後，《樂論》前。楊倞《禮論》篇題曰：「舊目錄第二十三，今升在議論之中，於文有比。」〔註170〕顯然楊倞是認為此幾篇都屬於議論類作品，依次排列，「正是『以類相從』合理性精神的作用」〔註171〕。綜上所述，《成相》《賦》《禮論》三篇的重新移易，真正體現了楊倞新目錄的「以類相從」的特質。「以類相從」的出現，一方面是由先秦至唐代，各種文體的不斷出現，唐人辯體意識強烈；另一方面唐代諸如《北堂書鈔》《藝文類聚》《初學記》等類書的不斷出現與興盛，士人分門別類的意識亦不斷凸顯。

（三）仿《論語》體例編排

楊倞新目錄將《賦篇》提前，《堯問》至末，這就形成了首《勸學》，末《堯問》的體例，這與《論語》的首篇《學而》與末篇《堯曰》的排列是類似的。清人汪中言：「今考其書，始於《勸學》，終於《堯問》，篇次實仿《論語》。」〔註172〕學界對於楊倞首尾仿《論語》體例的編排是認可的。楊倞之所以如此

〔註168〕楊筠如：《關於〈荀子〉本書的考證》，《古史辨》第六冊，上海：上海古籍出版社，1982年版，第144頁。
〔註169〕鄧穩：《〈賦篇〉篇名非荀況自題考》，《四川師範大學學報》，2015年第4期。
〔註170〕〔清〕王先謙撰，沈嘯寰、王星賢點校：《荀子集解》，北京：中華書局，2016年版，第409頁。
〔註171〕〔日〕金谷志：《〈荀子〉的文獻學方法研究》，《國學學刊》，2018年第1期。
〔註172〕〔清〕王先謙撰，沈嘯寰、王星賢點校：《荀子集解》，北京：中華書局，2016年版，第28頁。

安排，可從《荀子序》中略作窺探。首先，《荀子序》言：「觀其立言指事，根極理要，敷陳往古，掎挈當世，撥亂興理，易於反掌，真名世之士、王者之師。又其書亦所以羽翼六經，增光孔氏，非徒諸子之言也。蓋周公制作之，仲尼祖述之，荀、孟贊成之，所以膠固王道，至深至備，雖春秋之四夷交侵，戰國之三綱弛絕，斯道竟不墜矣。」〔註173〕楊倞認為荀子無論在闡發理要還是傳播六經方面都是沿著孔子的道路發揚光大的。其次，楊倞又言：「謂荀、孟有功於時政，尤所耽慕。而孟子有趙氏章句，漢氏亦嘗立博士，傳習不絕，故今之君子多好其書。獨《荀子》未有注解亦復編簡爛脫，傳寫謬誤，雖好事者時亦覽之，至於文義不通，屢掩卷焉。夫理曉則愜心，文舛則忤意，未知者謂異端不覽，覽者以脫誤不終，所以荀氏之書千載而未光焉。」〔註174〕楊倞以孟、荀之書在後世的比較，認為《荀子》的光輝被遮蔽了。故而楊倞仿《論語》編排一方面體現荀子對孔子思想的延續，另一方面表達了對《荀子》書境遇同情後的「扶正」。

綜上所述，三種類型的編排從不同角度對《荀子》的結構作了勾勒描述，不過是僅就局部結構而言的。

（四）學、政、道的思想結構

沈雲波先生認為：「『學、政、道』可以視作《論語》乃至整個儒學思想的基本要素和基本結構。」〔註175〕沈先生以「學」「政」「道」的方式對《荀子》結構作了劃分：

> 《荀子》三十二篇以《勸學篇第一》打頭，加上《修身篇第二》、《不苟篇第三》、《榮辱篇第四》、《非相篇第五》、《非十二子篇第六》、《仲尼篇第七》、《儒效篇第八》，共八篇論「學」，其中《非十二子篇第六》是對當時流行的其他眾家學說的批評，借助這種批評荀子提出了自己的主張，《仲尼篇第七》、《儒效篇第八》則表達了荀子學說的宗旨，三個篇章構成了從「學」到「政」的過渡；緊接著是論「政」，由《王制篇第九》、《富國篇第十》、《王霸篇第十一》、《君道篇第十二》、

〔註173〕〔清〕王先謙撰，沈嘯寰、王星賢點校：《荀子集解》，北京：中華書局，2016年版，第63頁。

〔註174〕〔清〕王先謙撰，沈嘯寰、王星賢點校：《荀子集解》，北京：中華書局，2016年版，第63～64頁。

〔註175〕沈雲波：《學不可以已──荀子思想研究》，上海：上海人民出版社，2016年版，第32頁。

《臣道篇第十三》、《致士篇第十四》、《議兵篇第十五》、《強國篇第十六》、《正論篇第十八》、《禮論篇第十九》、《樂論篇第二十》、《君子篇第二十四》、《成相篇第二十五》、《賦篇第二十六》等十四篇組成,其中《禮論篇第十九》、《樂論篇第二十》即是對「政」的闡明,同時也構成了向「道」的過渡;再就是論「道」,由《天論篇第十七》、《解蔽篇第二十一》、《正名篇第二十二》、《性惡篇第二十三》等四篇組成,論「道」四篇雖是夾雜在論「政」諸篇章之中,然而其中「政」與「道」的先後秩序還是非常明顯地呈現出來了。〔註176〕

沈先生從儒家思想出發,可謂把握住了《荀子》思想的內核。不過,沈先生亦指出「這只是大致的劃分,並不表示每一類中的各個篇章只就該類的主旨而言,故而,該分類只是給我們的敘述提供指引。」〔註177〕

二、遞進且呼應的全書結構

劉向舊目錄與楊倞新目錄都是對《荀子》的再構建。至於選取劉向舊目錄還是楊倞新目錄,這需要略作說明。二者目錄各有其優劣。從時間上看,劉向舊目錄去古未遠,而楊倞新目錄則稍晚。從文本主體角度而言,劉向目錄的次第沒有明顯體現出荀子與弟子輯錄作品的區別。而楊倞新目錄則對此作了挪移區分。從文章的文體類型而言,劉向舊目錄表現的不甚突出,而楊倞則又予以調整,文體意識較為明確。總體而言,作為目錄學家的劉向校讎群書時的策略是去重定著,可能未將重點放在篇第的勾連層面,而從楊倞對劉向目錄所作的調整來看,楊倞新目錄是優於劉向舊目錄的。

從篇題以及各篇旨意看,《荀子》三十二篇可分為六個部分。

第一部分包括《勸學》《修身》《不苟》《榮辱》四篇,此部分主論修養,呈現遞進式特質。《勸學》篇的創作背景,物雙松《讀荀子》曰:「方荀子時,學廢久矣!世之小有才者,率恃聰慧,低視聖法,議論無統,百家鼎沸。故荀卿作書,首勸學也。」〔註178〕儒家重「學」,有其淵源。久保愛《荀子增注》

〔註176〕沈雲波:《學不可以已——荀子思想研究》,上海:上海人民出版社,2016年版,第33頁。

〔註177〕沈雲波:《學不可以已——荀子思想研究》,上海:上海人民出版社,2016年版,第56頁。

〔註178〕〔戰國〕荀況著,王天海校釋:《荀子校釋》,上海:上海古籍出版社,2016年版,第1頁。

曰：「以勸學發端者，本於《論語》唱洙、泗，道者之冠也。」〔註179〕亦即《勸學》源自孔子的授受傳統。值得注意的是，王博先生指出《勸學》實為針對儒門思孟學派而作，對於孔子「學思並重」的主張，思孟「看重的是思」，荀子則「重視學」〔註180〕。沈雲波先生進而認為「與《論語》一樣，《荀子》也強調學與思不可偏廢」〔註181〕。總之，《勸學》篇是荀子對思孟派「思」的批評。依此而下，則有《修身》篇，藤原成粲《荀子辨解》對此解釋為：「夫身不修，不可以齊家，況又於治國平天下乎？是其所以在《勸學》之次也。」〔註182〕具備學的品質，則開始修養身心。既已修身，則知苟且、榮辱之事。藤原成粲對《不苟》《榮辱》分別解釋道「夫學者之修身，必先戒苟且，故修身之次，置此篇」「學者知苟且之戒，則免恥辱而得昌榮，故《不苟》之次，置此篇」〔註183〕。值得注意的是，荀子的修養論不僅注重內在德性的養持，而且強調在德性的基礎上如何「行」（實踐）的問題，體現了荀子內與外的有效結合。

由此而下，進入《荀子》結構的第二部分，這包括《非相》《非十二子》兩篇，是對世俗的辨正。既已修身，則開始對外物有一個分辨能力。如《非相》篇，上節已述，荀子對於社會以相術惑世的行為予以反駁。葉玉麟指出：「《非相》這篇，是說人生的事業，泰半是從努力掙扎來的，絕不是靠著相貌生的好，坐在家裏做信天翁，便可以為所欲為了。現代學者常說：『理想為成功之母。』是要你先有理想，而後依著理想去做，不論有任何阻礙，你也要同環境來奮鬥，終久你總可以戰勝的。所以我人要想發展個性，是不應當存有相貌好壞的心，只知道要立定了意志和大無畏的精神，向前去謀出路。」〔註184〕《非十二子》則將視角轉移到諸子身上，批評諸家學說，獨推崇仲尼、子弓。

〔註179〕〔戰國〕荀況著，王天海校釋：《荀子校釋》，上海：上海古籍出版社，2016年版，第1頁。
〔註180〕王博：《論〈勸學篇〉在〈荀子〉及儒家中的意義》，《中國哲學》，2008年第5期。
〔註181〕沈雲波：《學不可以已——荀子思想研究》，上海：上海人民出版社，2016年版，第66頁。
〔註182〕董治安等整理：《荀子彙校匯注附考說》，南京：鳳凰出版社，2018年版，第69頁。
〔註183〕董治安等整理：《荀子彙校匯注附考說》，南京：鳳凰出版社，2018年版，第119、163頁。
〔註184〕葉玉麟：《白話譯解荀子》，上海：大達圖書供應社，1935年版，第79～80頁。

　　第三部分可包括三個小部分，首先，《仲尼》《儒效》《王制》《富國》《王霸》五篇，是講王霸之「制」。《仲尼》篇首句指出仲尼門人、豎子羞稱五伯（霸）之事。藤原成粲解曰：「凡學問之道，始於為士，終於為聖人，前篇既審聖人之學派，所謂學派，王道是也，而善傳王道者為孔子，故置此篇。」〔註185〕換言之，荀子以仲尼之門人、豎子對五霸的態度，指出霸者不如王者。《儒效》篇則緊承此觀點，論述王霸之別的差異是因為儒者類型不同。荀子分別指出「俗儒」「雅儒」「大儒」之效用，其核心主旨是論述儒者類型的不同是導致王霸之別的差異。由此而下，則有《王制》，藤原成粲曰：「儒者之極功，全在於此，故在《儒效》之次。」〔註186〕《王制》篇是具有總括性質的文章，從政治、經濟、軍事等各個方面對王者之制進行了描述。其下有《富國》篇，藤原成粲曰：「王者制度，本在富其國，故《王制》之次置此篇。」〔註187〕藤原成粲又對《王霸》篇作出解釋：「富國之術，有王霸之別，故置此。」〔註188〕荀子指出明君善於分辨「王」「霸」「亡」，朝廷重禮義，士大夫、百官才能各司其職，「百事不廢」。雖然此篇涉及人臣之事，但更多是從朝廷、國家層面言及的。其次，《君道》《臣道》《致士》三篇，是從「人」這一層面論述的。由君到士，詳細論述其所守之道。再次，前五篇既已講「制」，隨後三篇緊承論「人」，有王者之制加上王者之人，方可有議兵，而「議兵之道，全在強其國」〔註189〕，可知《強國》篇置其後。

　　第四部分包括《天論》《正論》《禮論》《樂論》《解蔽》《正名》《性惡》七篇，是對社會出現的一些觀念進行辨正，此部分的性質與第二部分類似，因在文體與篇章結構已有論述，茲不贅言。值得注意的是，《性惡》篇強調「偽」，呼應首篇《勸學》。第五部分包含《君子》《成相》兩篇，講君子、治國之道，這與第三部分的《君道》《臣道》呼應。從《賦》篇至末為第六部分，多為輯

〔註185〕董治安等整理：《荀子彙校匯注附考說》，南京：鳳凰出版社，2018 年版，第314 頁。

〔註186〕董治安等整理：《荀子彙校匯注附考說》，南京：鳳凰出版社，2018 年版，第422 頁。

〔註187〕董治安等整理：《荀子彙校匯注附考說》，南京：鳳凰出版社，2018 年版，第422 頁。

〔註188〕董治安等整理：《荀子彙校匯注附考說》，南京：鳳凰出版社，2018 年版，第563 頁。

〔註189〕董治安等整理：《荀子彙校匯注附考說》，南京：鳳凰出版社，2018 年版，第802 頁。

錄的作品。之所以將《賦》篇放在此部分，是因為無論在篇題還是內容方面，難與整體的結構形成勾連。

綜上所述，《荀子》的文本結構為修身（1）、明分（2）、王霸（3.1）、人論（3.2）、明分（4）、人論（5），總體呈現為一種遞進且呼應的結構模式。需要說明的是，「遞進」是因為作為定本者的劉向與楊倞基於自己的意識在篇目上的調整，而「呼應」很大程度上是因《荀子》多單篇流行，且其中有些篇章荀子並未獨立書寫，僅在一些場合談及，弟子輯錄之。至劉向校讎群書，去其重複，這就使得一些未重複的章節獨立升篇。這大概是《荀子》結構呼應的原因。

第四章 《荀子》文學形象論

文學形象是文學研究的重要組成部分。《荀子》一書出現諸多文學形象，這些形象承載著作者的思想與情感。本章對《荀子》中的文學形象進行歸納分類，結合其他典籍的描述，發掘《荀子》文學形象的書寫特色。基於此，將《荀子》中的文學形象劃分為人物形象、動物形象和植物形象，並對各類中極具典型特徵的形象作出具體論述，考察它們的書寫及其蘊含。

第一節 《荀子》中的人物形象

在《荀子》書中，涉及人物形象頗多，有帝王、大臣、技藝者等，這些形象都被荀子賦予了一定的意義。茲首先通過分析「人」為何有著不同的人生道路，進而分別論述各類人物形象。

一、人之分途

《荀子》中多次談及明君、暗君、賢臣、寵臣等以階層的劃分，以及君子與小人以德操的分類，這些不同層次的人並非在人生的起始階段便如此，是有進階之路的。那麼是什麼造成了他們各自不同的人生路徑？

首先，人有所同。荀子認為無論什麼類型的人都有相同的地方，如《榮辱》篇言：

> 凡人有所一同：饑而欲食，寒而欲暖，勞而欲息，好利而惡害，是人之所生而有也，是無待而然者也，是禹桀之所同也。目辨白黑美惡，而耳辨音聲清濁，口辨酸鹹甘苦，鼻辨芬芳腥臊，骨體膚理

辨寒暑疾養，是又人之所常生而有也，是無待而然者也，是禹桀之
所同也。〔註1〕

「一同」，王天海先生認為：「『一』，全也。『一同』，即全同，完全相同。」
〔註2〕「無待而然」，熊公哲曰：「謂生而即然，無待借助於外也。」〔註3〕荀
子選取「禹」「桀」這樣形象分明的例子，從「饑」「寒」「勞」「好惡」以及「目」
「耳」「口」「鼻」「骨體膚理」等角度證明人生來所具有相同的一些特質。

另如《榮辱》篇談及「君子」與「小人」，其曰：

材性知能，君子小人一也。好榮惡辱，好利惡害，是君子小人
之所同也。〔註4〕

「材性知能，君子小人一也」，久保愛曰：「『知』，音智。下『知慮』『知能』
同。」王天海曰：「『材性』，資質、稟賦也。『知能』，即智慧。『一』，一樣，
相同也。」〔註5〕荀子認為君子與小人，資質、智慧是一樣的，對於「好榮惡
辱」「好利惡害」的擇取也是相同的。

此外，荀子所言「人之生固小人」（《榮辱》）以及「人之性惡」（《性惡》）
等，皆在言明人的本性的相同性。

其次，人有所殊。本性的相同，緣何造就不同類型的人，這在《荀子》中
也有提及。如《榮辱》篇言：

可以為堯、禹，可以為桀、跖，可以為工匠，可以為農賈，在
埶注錯習俗之所積耳，是又人之所生而有也，是無待而然者也，是
禹、桀之所同也。為堯、禹則常安榮，為桀、跖則常危辱；為堯、禹
則常愉佚，為工匠農賈則常煩勞。然而人力為此而寡為彼，何也？
曰：陋也。堯、禹者，非生而具者也，夫起於變故，成乎修修之為，
待盡而後備者也。〔註6〕

〔註1〕〔清〕王先謙撰，沈嘯寰、王星賢點校：《荀子集解》，北京：中華書局，2016
年版，第74頁。

〔註2〕〔戰國〕荀況著，王天海校釋：《荀子校釋》，上海：上海古籍出版社，2016年
版，第141頁。

〔註3〕〔戰國〕荀況著，王天海校釋：《荀子校釋》，上海：上海古籍出版社，2016年
版，第141頁。

〔註4〕〔清〕王先謙撰，沈嘯寰、王星賢點校：《荀子集解》，北京：中華書局，2016
年版，第71頁。

〔註5〕〔戰國〕荀況著，王天海校釋：《荀子校釋》，上海：上海古籍出版社，2016年
版，第137頁。

〔註6〕〔清〕王先謙撰，沈嘯寰、王星賢點校：《荀子集解》，北京：中華書局，2016

王念孫對劃線處釋曰：「案此二十三字，涉上文而衍。下文『為堯、禹則常安榮，為桀、跖則常危辱』云云，與上文『在埶注錯習俗之所積』句緊相承接，若加此二十三字，則隔斷上下語脈，故知為衍文。」〔註7〕荀子指出人可為堯、禹、桀、跖、工匠、農賈，是「在埶注錯習俗之所積」的緣故，即所積習的程度不同，造成這些不同類型的人。而伴隨這些人的態勢則是「安榮」「愉佚」「危辱」「煩勞」等，並一轉提出「然而人力為此而寡為彼」〔註8〕，「為此」，指「為桀、紂」，「為彼」，指「為堯、禹」〔註9〕。然後直一「陋」〔註10〕字敘原因，其下又舉堯、禹之例以證之。荀子認為堯、禹「非生而具者也，夫起於變故，成乎修修之為，待盡而後備者也」，楊倞注曰：「變故，患難事故也。言堯、禹起於憂患，成於修飾，由於待盡物理，然後乃能備之。」〔註11〕至於楊倞所言，後代學者提出了不同意見。冢田虎曰：「故者，猶《孟子》所謂『天下之言性也，則故而已矣』之『故』。謂性之故，此乃《荀子》見處。言為堯、禹者，乃非其性異也，起於變化性之所以惡，而成乎修飾之，待性之惡盡，而后德義備具者也。」鍾泰曰：「變，猶化也，即化性之謂。故，猶習也。楊注謂『患難事故』，非是。」梁啟雄曰：「變故，謂改變他的故舊的本性。」王天海先生認為：「此言堯、禹由變其本性開始，成於個人修為，修為至盡善盡美

年版，第74頁。

〔註7〕〔清〕王先謙撰，沈嘯寰、王星賢點校：《荀子集解》，北京：中華書局，2016年版，第74頁。

〔註8〕「力為」，俞樾曰：「『力』乃『多』字之誤。多與寡，對文成義。下同。」鍾泰則曰：「『力為』，力字不誤，上言『疾為誕』、『疾為詐』，彼言『疾為』，此言『力為』，疾、力，一也。俞欲改『力』為『多』，殊非書恉。」潘重規曰：「『力為』，此猶云孳孳為之，義自可通，不煩改字。古人儷辭未必若斯之泥也。」楊柳橋曰：「鄭玄《禮記》注：『力』，猶務也。」王天海案曰：「力為，猶盡力而為。鍾、潘二說是，俞改字為訓，恐非。」（參見王天海：《荀子校釋》，第142頁。）愚按俞樾改『力』為『多』，其意雖合理，但未體現出「為此」的一種狀態，故王天海先生等言論可為確論。

〔註9〕〔戰國〕荀況著，王天海校釋：《荀子校釋》，上海：上海古籍出版社，2016年版，第142頁。

〔註10〕楊倞注曰：「言人不為堯、禹而為桀、跖，由於性質固陋也。」鍾泰曰：「案《修身》篇曰『少見曰陋』，後文以『陋』與『塞』、與『愚』並言，正少見謂，蓋言不學也。楊注以『陋』屬性言，非是。」天海案：「『陋』，此指見識淺陋。楊注非，鍾說是。」（參見王天海：《荀子校釋》，第142頁。）楊倞從「性」談陋實有偏頗，此處所講重點是講不學則『陋』，故鍾泰、王天海之說確矣。

〔註11〕〔清〕王先謙撰，沈嘯寰、王星賢點校：《荀子集解》，北京：中華書局，2016年版，第74～75頁。

之時，然後才具備了聖人的德行。」〔註12〕關於「成乎修修之為」，亦有不同說法。冢田虎認為：「正文衍一『修』字。」而俞樾則認為：「『修之』二字衍。『起於變故，成乎修為』二語相對成文。下文曰『非孰修為之君子莫之能知也』，正以『修為』二字連文，可證。」〔註13〕俞樾可備一說。綜上所述，堯、禹之所以成為堯、禹，是化性而修為的成果，是桀、紂等人則未及的。

另如荀子解釋「君子」與「小人」的差別在於「所以求之之道則異也」，《榮辱》對此作了細緻論述：

> 若其所以求之之道則異矣。小人也者，疾為誕而欲人之信己也，疾為詐而欲人之親己也，禽獸之行而欲人之善己也。慮之難知也，行之難安也，持之難立也，成則必不得其所好，必遇其所惡焉。故君子者，信矣，而亦欲人之信己也；忠矣，而亦欲人之親己也；修正治辨矣，而亦欲人之善己也。慮之易知也，行之易安也，持之易立也，成則必得其所好，必不遇其所惡焉。是故窮則不隱，通則大明，身死而名彌白。小人莫不延頸舉踵而願曰：「知慮材性，固有以賢人矣。」夫不知其與己無以異也，則君子注錯之當，而小人注錯之過也。故孰察小人之知能，足以知其有餘，可以為君子之所為也。譬之越人安越，楚人安楚，君子安雅，是非知能材性然也，是注錯習俗之節異也。仁義德行，常安之術也，然而未必不危也；污僈、突盜，常危之術也，然而未必不安也。故君子道其常而小人道其怪。〔註14〕

「小人」之道即是做了「誕」「詐」「禽獸之行」的事情，而想要別人「信己」「親己」「善己」，由此「小人所慮難以理喻，所行為難安知事，所持為難立之說」〔註15〕，最終則「不得所好」「必遇所惡」。而「君子」之道則相反，做事「信」「忠」「修正治辨」，則「易知」「易安」「易立」，即使陷入困境，亦德行不隱，名聲如日月。「小人」認為是「君子」之「知慮材性」高於自己，殊不知是「君子」舉措得當，而「小人」則反矣。其下舉「越人安越，楚人安楚，

〔註12〕〔戰國〕荀況著，王天海校釋：《荀子校釋》，上海：上海古籍出版社，2016年版，第143頁。

〔註13〕〔戰國〕荀況著，王天海校釋：《荀子校釋》，上海：上海古籍出版社，2016年版，第143頁。

〔註14〕〔清〕王先謙撰，沈嘯寰、王星賢點校：《荀子集解》，北京：中華書局，2016年版，第71～73頁。

〔註15〕〔戰國〕荀況著，王天海校釋：《荀子校釋》，上海：上海古籍出版社，2016年版，138頁。

君子安雅」的例子，前兩個分別以「越人」「楚人」語之，而後者則以「君子」示之，實際上暗含了以中原的視角來看，越人、楚人的行為是不合適的，這並非說是「材性知能」造成的，而是所習的風俗不同所致。末句的「常」「怪」亦言明瞭「君子」與「小人」不同的道路。

由上所言堯舜「起於變故，成乎修為」以及君子、小人所求之「道」，實際上是以「禮」言之的。不同的人對「禮」的踐行程度是不同的，故荀子進一步明確提出以「禮」分途的言論：

> 夫貴為天子，富有天下，是人情之所同欲也。然則從人之欲則勢不能容、物不能贍也。故先王案為之制禮義以分之，使有貴賤之等，長幼之差，知愚、能不能之分，皆使人載其事而各得其宜，然後使慤祿多少厚薄之稱，是夫群居和一之道也。故仁人在上，則農以力盡田，賈以察盡財，百工以巧盡械器，士大夫以上至於公侯，莫不以仁厚知能盡官職，夫是之謂至平。故或祿天下而不自以為多，或監門、御旅、抱關、擊柝而不自以為寡，故曰：「斬而齊，枉而順，不同而一。」夫是之謂人倫。《詩》曰：「受小共大共，為下國駿蒙。」此之謂也。〔註16〕

貴、富是人所追求嚮往的，但受客觀因素的制約，這些欲求是不能全部滿足的。故而荀子提出先王制禮義以分之，依貴賤、長幼、知愚、能與不能等對人作了分別。其目的是「使人載其事而各得其宜」，此乃「群居和一之道」。農、賈、百工、士大夫等各盡其職，達到「至平」的境界。

綜上所述，人的本性是有相同的地方，但是人之分途，是由於社會環境和自身修為程度造成的。要達到群居和諧的「至平」，荀子提出以「禮」分途的方法。

《荀子》書中的人物形象涉及多種類型，有堯、舜、禹等聖王、桀、紂等昏君以及以齊桓公為代表的霸主，此外荀子亦對大臣以及技藝者、隱士等形象作了刻畫，下面分而論之。

二、《荀子》中的聖王形象

春秋以來，「聖王」形象不斷出現在諸子典籍中，先秦諸子相互徵引以立

〔註16〕〔清〕王先謙撰，沈嘯寰、王星賢點校：《荀子集解》，北京：中華書局，2016年版，第82～84頁。

說，「聖王」形象不斷被建構、豐滿。《荀子》一書多次出現堯、舜、禹等形象，大要言之，「聖王」形象可概括為「比中而行」。

《儒效》篇言：「先王之道，仁之隆也，比中而行之。曷謂中？曰：禮義是也。」關於「仁」的解釋，一般有兩種觀點。第一種觀點認為「仁」乃「人」之意。如陶鴻慶曰：「仁，即人字。言先王之道為人所重，以其依中道而行也。下文云『道者，非天之道，非地之道，人之所道也』。道，亦行也。惟為人所行，故為人所重，語意甚明。」〔註17〕鍾泰亦指出：「仁者，人也。仁之隆也，人之道之隆也。故下文云『道者，非天之道，非地之道，人之所道也』。『人之隆』，錢本作『仁人隆』，此必舊有以『人』釋『仁』，注『人』字於『仁』旁，後遂併入正文耳。仁，不作仁義字解。」〔註18〕王天海贊同以上說法：「陶、鍾二說是也。『仁之隆』誤作『仁人隆』者，既因楊注，亦因旁注之文竄入。本意即先王之道為人所崇奉。」〔註19〕第二種觀點認為「仁」是指仁道。王念孫指出：「呂本作『仁之隆也』，是也。此言先王之道乃仁道之至隆也，所以然者，以其比中而行之也。」〔註20〕久保愛曰：「『仁之隆』，謂隆仁也。」〔註21〕梁啟雄認為：「先王之道，是仁道的大而高的凸出表徵。」〔註22〕亦是將「仁」釋為「仁道」。綜合兩種觀點來看，第二種觀點比較符合荀子之意。楊倞將「仁」釋作「仁人」，「仁之隆也」，巾箱本、劉本、盧校謝刻本等版本「之」作「人」〔註23〕，即「仁人隆也」。不管是「仁之隆也」，抑或是「仁人隆也」，此處「仁」是指仁道。此處所言「先王之道」，其後是簡要介紹先王之道是什麼，即是隆仁，行禮義。那麼過於勾連後文之「人之所道」實屬牽強。另《荀子》中經常提及「仁」「義」「禮」的關係。如《大略》篇言：「親親、故故、庸庸、勞勞，仁之殺也；貴貴、尊尊、賢賢、老老、長長、義之倫也。行之得其節，禮之序

〔註17〕陶鴻慶：《讀諸子扎記》，北京：中華書局，1959年版，第225頁。

〔註18〕〔戰國〕荀況著，王天海校釋：《荀子校釋》，上海：上海古籍出版社，2016年版，第275頁。

〔註19〕〔戰國〕荀況著，王天海校釋：《荀子校釋》，上海：上海古籍出版社，2016年版，第275頁。

〔註20〕〔戰國〕荀況著，王天海校釋：《荀子校釋》，上海：上海古籍出版社，2016年版，第275頁。

〔註21〕〔戰國〕荀況著，王天海校釋：《荀子校釋》，上海：上海古籍出版社，2016年版，第275頁。

〔註22〕梁啟雄：《荀子簡釋》，北京：中華書局，1983年版，第82頁。

〔註23〕董治安等整理：《荀子彙校匯注附考說》，南京：鳳凰出版社，2018年版，第361頁。

也。仁、愛也，故親；義、理也，故行；禮、節也，故成。仁有裏，義有門；仁、非其裏而處之，非仁也；義，非其門而由之，非義也。推恩而不理，不成仁；遂理而不敢，不成義；審節而不和，不成禮；和而不發，不成樂。故曰：仁義禮樂，其致一也。君子處仁以義，然後仁也；行義以禮，然後義也；制禮反本成末，然後禮也。三者皆通，然後道也。」此段話明確「仁」「義」「禮」之間的關係。荀子認為以「義」處「仁」，才能為「仁」，用「禮」施「義」，方可為「義」。「反本成末」，「本，謂仁義，末，謂禮節。謂以仁義為本，終成乎禮節也」〔註24〕。楊倞亦指出：「通明三者，然後為道。」〔註25〕由此可知，「仁」「義」「禮」三者是不可或缺的。那麼，由此而觀「先王之道，仁之隆也，比中而行之」，則可言明，先王之道，是隆仁，行禮義。

荀子認為君主的基本品質是具有仁厚的品德，如《富國》篇言：

> 若夫重色而衣之，重味而食之，重財物而制之，合天下而君之，非特以為淫泰也，固以為主天下，治萬變，材萬物，養萬民，兼制天下者，為莫若仁人之善也夫。故其知慮足以治之，其仁厚足以安之，其德音足以化之，得之則治，失之則亂。百姓誠賴其知也，故相率而為之勞苦以務佚之，以養其知也；誠美其厚也，故為之出死斷亡以覆救之，以養其厚也；誠美其德也，故為之雕琢、刻鏤、黼黻、文章以藩飾之，以養其德也。故仁人在上，百姓貴之如帝，親之如父母，為之出死斷亡而愉者，無它故焉，其所是焉誠美，其所得焉誠大，其所利焉誠多。《詩》曰：「我任我輦，我車我牛，我行既集，蓋云歸哉！」此之謂也。〔註26〕

王天海先生指出「仁人」猶為「仁君」〔註27〕，其實荀子是以古之聖王的標準而言的。此段是從君、民的關係來討論的。「主天下」「治萬變」「材萬物」「養萬民」「制天下」不如君主實行仁德。換言之，只有仁德之君治理天下，百姓才能「貴之」「親之」「為之」。末尾引《詩經·黍苗》一詩，朱熹言此詩：「宣

〔註24〕〔戰國〕荀況著，王天海校釋：《荀子校釋》，上海：上海古籍出版社，2016年版，第1048頁。
〔註25〕〔戰國〕荀況著，王天海校釋：《荀子校釋》，上海：上海古籍出版社，2016年版，第1048頁。
〔註26〕〔清〕王先謙撰，沈嘯寰、王星賢點校：《荀子集解》，北京：中華書局，2016年版，第213～216頁。
〔註27〕〔戰國〕荀況著，王天海校釋：《荀子校釋》，上海：上海古籍出版社，2016年版，第434頁。

王封申伯於謝，命召穆公往營城邑，故將徒役南行，而行者作此。言芃芃黍苗，則唯陰雨能膏之。悠悠南行，則惟召伯能勞之也。」〔註28〕故荀子引此詩以明有仁厚之君則民心歸向矣。

通明「仁」「義」「禮」三者，可得天下，《議兵》篇刻畫了「仁義天下」的聖王，其曰：

> 陳囂問孫卿子曰：「先生議兵，常以仁義為本。仁者愛人，義者循理，然則又何以兵為？凡所為有兵者，為爭奪也。」孫卿子曰：「非女所知也。彼仁者愛人，愛人，故惡人之害之也；義者循理，循理，故惡人之亂之也。彼兵者，所以禁暴除害也，非爭奪也。故仁人之兵，所存者神，所過者化，若時雨之降，莫不說喜。是以堯伐驩兜，舜伐有苗，禹伐共工，湯伐有夏，文王伐崇，武王伐紂，此四帝兩王，皆以仁義之兵行於天下也。故近者親其善，遠方慕其德，兵不血刃，遠邇來服，德盛於此，施及四極。《詩》曰：『淑人君子，其儀不忒。』此之謂也。」

> 李斯問孫卿子曰：「秦四世有勝，兵強海內，威行諸侯，非以仁義為之也，以便從事而已。」孫卿子曰：「非女所知也。女所謂便者，不便之便也；吾所謂仁義者，大便之便也。彼仁義者，所以修政者也，政修則民親其上，樂其君，而輕為之死。故曰：『凡在於軍，將率末事也。』秦四世有勝，諰諰然常恐天下之一合而軋己也，此所謂末世之兵，未有本統也。故湯之放桀也，非其逐之鳴條之時也，武王之誅紂也，非以甲子之朝而後勝之也，皆前行素修也，所謂仁義之兵也。今女不求之於本而索之於末，此世之所以亂也。」〔註29〕

第一部分是荀子回答陳囂的言論。陳囂認為用兵是出於爭奪，並非仁義。而荀子以堯、舜、禹、湯、文王、武王四帝二王伐驩兜、有苗、共工、有夏、崇、紂為例指出，仁者愛人是「惡人之害之」，義者循理是「惡人之亂之」，用兵是「禁除暴亂」，並非出於爭奪。在《強國》篇有類似論述，其曰：「夫桀、紂，聖王之後子孫也，有天下者之世也，埶籍之所存，天下之宗室也，土地之大，

〔註28〕〔宋〕朱熹注，趙長征點校：《詩集傳》，北京：中華書局，2011年版，第227頁。

〔註29〕〔清〕王先謙撰，沈嘯寰、王星賢點校：《荀子集解》，北京：中華書局，2016年版，第330～332頁。

封內千里，人之眾數以億萬，俄而天下倜然舉去桀、紂而奔湯、武，反然舉惡桀、紂而貴湯、武。是何也？夫桀、紂何失而湯、武何得也？曰：是無它故焉，桀、紂者，善為人所惡也；而湯、武者，善為人所好也。人之所惡何也？曰：污漫、爭奪、貪利是也。人之所好者何也？曰：禮義、辭讓、忠信是也。」〔註 30〕由天下之人離桀、紂而投奔湯、武，可知湯、武「善為人所好」。《正論》篇亦言：「湯、武非取天下也，修其道，行其義，興天下之同利，除天下之同害，而天下歸之也。」〔註 31〕第二部分是荀子答覆李斯的話，荀子以湯放桀，非在鳴條的時候，武王伐紂，已非在甲子之朝，而是「前行素修」，這才是仁義之兵。換言之，仁義是湯、武等聖王始終伴隨的一種狀態。

《王霸》篇有「義立而王」的論斷，其言：

> 挈國以呼禮義而無以害之，行一不義、殺一無罪而得天下，仁者不為也，擽然扶持心、國，且若是其固之所與為之者之人，則舉義士也；之所以為布陳於國家刑法者，則舉義法也；主之所極然帥群臣而首鄉之者，則舉義志也。如是，則下仰上以義矣，是綦定也；綦定而國定，國定而天下定。仲尼無置錐之地，誠義乎志意，加義乎身行，著之言語，濟之日，不隱乎天下，名垂乎後世。今亦以天下之顯諸侯誠義乎志意，加義乎法則度量，著之以政事，案申重之以貴賤殺生，使襲然終始猶一也。如是，則夫名聲之部發於天地之間也，豈不如日月雷霆然矣哉！故曰：以國齊義，一日而白，湯、武是也。湯以亳，武王以鄗，皆百里之地也，天下為一，諸侯為臣，通達之屬莫不從服，無它故焉，以濟義矣。是所謂義立而王也。〔註 32〕

荀子指出以「禮義」治國可行天下。《議兵》篇亦言「隆禮貴義者其國治」。此文論述湯、武雖擁有亳、鄗百里之地的小地方，然能使天下順服，其根本原因是湯、武「濟義」，施行禮義。

綜上所述，「仁」是聖王的基礎，而「禮義」則是統一天下的手段。「比中而行」的聖王形象可具體體現在如下幾個方面：

〔註30〕〔清〕王先謙撰，沈嘯寰、王星賢點校：《荀子集解》，北京：中華書局，2016年版，第 351～352 頁。

〔註31〕〔清〕王先謙撰，沈嘯寰、王星賢點校：《荀子集解》，北京：中華書局，2016年版，第 282 頁。

〔註32〕〔清〕王先謙撰，沈嘯寰、王星賢點校：《荀子集解》，北京：中華書局，2016年版，第 239～242 頁。

1.尊賢授能。《荀子》書中特別強調君主的尊賢授能,並認為這是作為人君的關鍵,如《王霸》篇中言:「故君人者立隆政本朝而當,所使要百事者誠仁人也,則身佚而國治,功大而名美,上可以王,……既能當一人,則身有何勞而為,垂衣裳而天下定。故湯用伊尹,文王用呂尚,武王用召公,……是君人者之要守也。知者易為之興力而功名綦大,舍是而孰足為也?故古之人有大功名者,必道是者也。」楊倞注曰:「要守在任賢也。」其又曰:「舍是任賢之事,何足為之?言其餘皆不足為也。」〔註33〕也就是說,知君知任賢之重要性。此處描述了湯、文王、武王等任用賢能,功大而國治。

君主對尊賢授能的重視,一定程度上離不開「禮」的規範。《君道》篇言:「請問為人君?曰:『以禮分施。』」「施」即施行。作為人君要用「禮」施行到各個方面,亦即以「禮」校之。而尊賢授能作為人君治國的一個重要方面,也離不開「禮」的範疇。如《君道》篇言:

> 取人之道,參之以禮;用人之法,禁之以等。行義動靜,度之以禮;知慮取捨,稽之以成;日月積久,校之以功。故卑不得以臨尊,輕不得以縣重,愚不得以謀知,是以萬舉不過也。故校之以禮,而觀其能安敬也;與之舉錯遷移,而觀其能應變也;與之安燕,而觀其能無流慆也;接之以聲色、權利、忿怒、患險,而觀其能無離守也。彼誠有之者與誠無之者,若白黑然,可詘邪哉!故伯樂不可欺以馬,而君子不可欺以人。此明王之道也。〔註34〕

所謂「取人」,是「以禮參考之,而其中之者賢」〔註35〕。「用人」之法則用等級來約束。其下所言「觀其能安敬」「觀其能應變」「觀其能無流慆」「觀其能無離守」,四個「觀」可明確地體現出荀子用「禮」來觀察並任用賢才。如《成相》篇提及:

> 堯不德,舜不辭,妻以二女任以事。大人哉舜!南面而立萬物備。〔註36〕

〔註33〕〔清〕王先謙撰,沈嘯寰、王星賢點校:《荀子集解》,北京:中華書局,2016年版,第263~264頁。

〔註34〕〔清〕王先謙撰,沈嘯寰、王星賢點校:《荀子集解》,北京:中華書局,2016年版,第284~285頁。

〔註35〕〔戰國〕荀況著,王天海校釋:《荀子校釋》,上海:上海古籍出版社,2016年版,第553頁。

〔註36〕〔清〕王先謙撰,沈嘯寰、王星賢點校:《荀子集解》,北京:中華書局,2016年版,第547頁。

關於堯讓舜之具體事蹟，《尚書·堯典》記載：

> 帝曰：「諮，四嶽！朕在位七十載，汝能庸命，巽朕位。」岳曰：
> 「否！德忝帝位。」曰：「明明揚側陋。」師錫帝曰：「有鰥在下，曰
> 虞舜。」帝曰：「俞，予聞。如何？」岳曰：「瞽子。父頑，母嚚，象
> 傲。克諧以孝，烝烝乂，不格奸。」帝曰：「我其試哉！女於時，觀
> 厥刑于二女。」釐降二女於嬀汭，嬪於虞。帝曰：「欽哉！」〔註37〕

在《史記·五帝本紀》中亦有記載：

> 堯曰：「嗟！四嶽：朕在位七十載，汝能庸命，踐朕位？」岳應
> 曰：「鄙德忝帝位。」堯曰：「悉舉貴戚及疏遠隱匿者。」眾皆言於
> 堯曰：「有矜在民間，曰虞舜。」堯曰：「然，朕聞之。其何如？」岳
> 曰：「盲者子。父頑，母嚚，弟傲，能和以孝，烝烝治，不至奸。」
> 堯曰：「吾其試哉。」於是堯妻之二女，觀其德於二女。舜飭下二女
> 於嬀汭，如婦禮。堯善之，乃使舜慎和五典，五典能從。乃遍入百
> 官，百官時序。賓於四門，四門穆穆，諸侯遠方賓客皆敬。堯使舜
> 入山林川澤，暴風雷雨，舜行不迷。堯以為聖，召舜曰：「女謀事至
> 而言可績，三年矣。女登帝位。」舜讓於德，不懌。正月上日，舜受
> 終於文祖。文祖者，堯大祖也。〔註38〕

由上三段是堯推讓位於舜的事蹟，《荀子》直承《尚書》所記載的二女嫁舜的
事件，敘述頗為簡潔。而《史記》敘事則較為詳細，將舜入朝做官之後的情景
以及受命登帝的情況作了說明，這也符合《成相》所言舜「南面而立萬物備」。
由此可知，其一，舜具有良好的品德。《尚書》《史記》所記載岳給堯講述舜的
事蹟可以知道舜對待家人孝道至上，以德報怨。其二，堯對舜作了考察。《成
相》言「妻以二女任以事」，其目的是《史記》所言的「觀德於二女」，而二女
在舜之教導下恪守婦禮。其三，舜具有賢能。《成相》所言「南面而立萬物備」
即是《史記》所記載的「乃使舜慎和五典，五典能從。乃遍入百官，百官時序。
賓於四門，四門穆穆，諸侯遠方賓客皆敬」，即百姓遵從「五典」（五常），官
員各司其職，諸侯賓客恭敬誠服。

〔註37〕〔漢〕孔安國傳，〔唐〕孔穎達正義：《尚書正義》，臺北：藝文印書館，2001
年版，第 28 頁下欄。
〔註38〕〔漢〕司馬遷撰，〔宋〕裴駰集解，〔唐〕司馬貞索隱，〔唐〕張守節正義：《史
記》，北京：中華書局，2014 年版，第 26 頁。

　　此外，荀子《成相》篇對堯、舜、禹、湯等聖王形象的尊賢授能作了譜系式說明[註39]：

　　　　請成相，道聖王，堯、舜尚賢身辭讓。許由、善卷，重義輕利行顯明。

　　　　堯讓賢，以為民，泛利兼愛德施均。辨治上下，貴賤有等明君臣。

　　　　堯授能，舜遇時，尚賢推德天下治。雖有聖賢，適不遇世孰知之？[註40]

堯、舜尚賢讓天下於許由、善卷，楊倞注曰：「《莊子》曰：堯讓天下於許由，許由曰：『予適有幽憂之病，方且治之，未暇治天下也。』遂不受。『舜讓天下於善卷，善卷不受，遂入深山，不知其處』也。」王天海先生對楊倞注提出了質疑：「楊倞注引《莊子》，見今《莊子‧讓王篇》，然今《莊子》作『堯以天下讓許由，許由不受，又讓於子州支父，子州支父曰』云云，又作『舜以天下讓善卷，善卷曰……遂不受。於是去而入深山，莫知其處。』明世本、四庫本、盧謝本引楊倞注『許由不受』以下並與今《莊子》略同，『許由曰』亦作『子州支父曰』。楊倞引《莊子》原或撮其要，他本所錄，或依今《莊子》之文增之邪？」[註41]其實，從明世本、四庫本、盧謝本的增文，以及今本《莊子》來看，楊倞注並未全部徵引《莊子》語句，且將子州支父的言論替換為許由。除王天海先生所言的撮要以迎文外，亦有可能是楊倞並未本《莊子》書以錄之，而是憑記憶書之。然無論如何，從《荀子》的記載來看，堯、舜看重許由、善卷重義輕利，德行顯明，並將王位辭讓，儘管許由、善卷推辭不受，但也看出堯、舜讓賢授能的高貴品德。《成相》篇又言：

[註39] 關於堯舜禪讓的言論主要體現在《成相》篇和《正論》篇，而這兩篇的觀點也引起學界的討論。一種是認為觀點相矛盾，即《成相》承認禪讓說，而《正論》則以荀子對世俗者所言「堯舜擅讓」的「是不然」式的否定；一種認為無矛盾。實質而言，荀子是承認禪讓制的。而《正論》篇是針對當時世俗者對「禪讓」的淺陋認識而言的。戰國時期，君不君，臣不臣，概時人多有「禪讓」的言論。但荀子認為「聖王已沒，天下無聖」，時人是不可能接天命以承天子之位的，而荀子多次言「以堯繼堯」，則印證荀子不是反對「禪讓」，而是在戰國時期無「聖」以繼。

[註40] 〔清〕王先謙撰，沈嘯寰、王星賢點校：《荀子集解》，北京：中華書局，2016年版，第546～547頁。

[註41] 〔戰國〕荀況著，王天海校釋：《荀子校釋》，上海：上海古籍出版社，2016年版，第990頁。

　　舜授禹，以天下，尚得推賢不失序。外不避仇，內不阿親賢者
予。

　　禹勞心力，堯有德，干戈不用三苗服。舉舜𠇍畝，任之天下身
休息。

　　得后稷，五穀殖，夔為樂正鳥獸服。契為司徒，民知孝悌尊有
德。

　　……

　　禹傅土，平天下，躬親為民行勞苦。得益、皋陶、橫革、直成
為輔。

　　契玄王，生昭明，居於砥石遷於商。十有四世，乃有天乙是成
湯。

　　天乙湯，論舉當，身讓卞隨舉牟光。道古賢聖基必張。〔註42〕

舜授天下以禹亦然，不失推賢任能的秩序，推舉「后稷」「夔」「契」，各司其
職。禹也得到益、皋陶、橫革、直成等人的輔佐。盧文弨言：「《困學紀聞》曰：
《呂氏春秋》：『得陶、化益、真窺、橫革、之交五人佐禹，故功績銘於金石，
著於盤盂。』陶，即皋陶也，化益，即伯益也，真窺，即直成也，並橫革、之
交二人，皆禹輔佐之之名。案『窺』與『成』音同，與『窺』形似，《呂氏春
秋》蓋本作『𥩈』，傳寫誤為『窺』耳。『直』與『真』亦形似。呂氏語見《求
人》篇。」〔註43〕益、皋陶等人的全力輔佐，離不開禹尊賢重賢的舉措。

　　商湯亦有尊賢授能的品德，「身讓卞隨舉牟光」是一個重要的標誌。商湯
讓天下於卞隨和牟光的事蹟，又見於《莊子‧讓王》和《呂氏春秋‧離俗》等
篇。如《莊子‧讓王》言：

　　　　湯將伐桀，因卞隨而謀，卞隨曰：「非吾事也。」

　　　　湯曰：「孰可？」曰：「吾不知也。」

　　　　湯又因瞀光而謀，瞀光曰：「非吾事也。」

　　　　湯曰：「孰可？」曰：「吾不知也。」

　　　　湯曰：「伊尹何如？」

　　　　曰：「強力忍垢，吾不知其他也。」

〔註42〕〔清〕王先謙撰，沈嘯寰、王星賢點校：《荀子集解》，北京：中華書局，2016
　　　年版，第547～549頁。

〔註43〕〔清〕王先謙撰，沈嘯寰、王星賢點校：《荀子集解》，北京：中華書局，2016
　　　年版，第548頁。

　　　　湯遂與伊尹謀伐桀。克之，以讓卞隨。卞隨辭曰：「後之伐桀
　　也謀乎我，必以我為賊也；勝桀而讓我，必以我為貪也。吾生乎亂
　　世，而無道之人再來漫我以其辱行，吾不忍數聞也。」乃自投稠水
　　而死。

　　　　湯又讓瞀光曰：「知者謀之，武者遂之，仁者居之，古之道也。
　　吾子胡不立乎？」

　　　　瞀光辭曰：「廢上，非義也；殺民，非仁也；人犯其難，我享其
　　利，非廉也。吾聞之曰：『非其義者，不受其祿；無道之世，不踐其
　　土。』況尊我乎！吾不忍久見也。」乃負石而自沉於廬水。〔註44〕

《莊子·讓王》較為詳細地描述了湯與卞隨、瞀（務）光的對話。湯讓天下，
而卞隨、務光各以「自投稠水」「自沉於廬水」的行為拒不接受。《荀子》對此
並未提及，只是言及商湯讓天下於卞隨和牟光。這表明荀子意在凸顯商湯尊賢
讓賢的品德。

　　2.愛民親民。作為聖王，要知「本末源流」，懂得使用「節用裕民」等政策
讓百姓富足。《富國》篇言：

　　　　下貧則上貧，下富則上富。故田野縣鄙者，財之本也；垣窌倉
　　廩者，財之末也。百姓時和、事業得敘者，貨之源也；等賦府庫者，
　　貨之流也。故明主必謹養其和，節其流，開其源，而時斟酌焉，潢
　　然使天下必有餘而上不憂不足。如是則上下俱富，交無所藏之，是
　　知國計之極也。故禹十年水，湯七年旱，而天下無菜色者，十年之
　　後，年穀復熟而陳積有餘。是無它故焉，知本末源流之謂也。〔註45〕

荀子認為聖王要懂得事物的主次、先後。對於君、民而言，《君道》篇明確指
出「君者，民之原也，原清則流清，原濁則流濁」「君人者，愛民而安」，強調
君、民之關係，只有愛民、親民，國家才會安定。此文首句「下貧則上貧，下
富則上富」即是表明這一關係。楊倞注曰：「百姓與足，君孰不足。」〔註46〕
《論語·顏淵上》中哀公與有若的對話亦有提及，有若的回答是：「百姓足，

〔註44〕〔清〕郭慶藩撰，王孝魚點校：《莊子集釋》，北京：中華書局，1961年版，
　　　　第985～986頁。
〔註45〕〔清〕王先謙撰，沈嘯寰、王星賢點校：《荀子集解》，北京：中華書局，2016
　　　　年版，第230～231頁。
〔註46〕〔清〕王先謙撰，沈嘯寰、王星賢點校：《荀子集解》，北京：中華書局，2016
　　　　年版，第230頁。

君孰與不足？百姓不足，君孰與足？」〔註47〕關於禹水湯旱的事例，先秦典籍多有記載。如《孟子·滕文公下》言「昔者禹抑洪水而天下平」〔註48〕，《告子下》言「禹之治水，水之道也。是故禹以四海為壑」〔註49〕。《莊子·秋水》記載：「禹之時，十年九潦，……湯之時，八年七旱。」〔註50〕等等。其中《墨子》對禹、湯的描寫與《荀子》頗為相像。《墨子·七患》言：

今有負其子而汲者，隊其子於井中，其母必從而道之。今歲凶，民饑道餓，重其子此疚於隊，其可無察邪？故時年歲善，則民仁且良；時年歲凶，則民吝且惡。夫民何常此之有？為者疾，食者眾，則歲無豐。故曰：「財不足則反之時，食不足則反之用。」故先民以時生財，固本而用財，則財足。故雖上世之聖王，豈能使五穀常收而旱水不至哉？然而無凍餓之民者，何也？其力時急而自養儉也。故《夏書》曰：「禹七年水。」《殷書》曰：「湯五年旱。」此其離凶餓甚矣。然而民不凍餓者，何也？其生財密，其用之節也。〔註51〕

墨子認為「禹七年水」「湯五年旱」，凶荒甚極，然百姓卻無凍餓的原因是「生財密」而「用之節」，懂得節儉，這與荀子所提的「節流開源」相同。

值得注意的是，先秦典籍有記載「湯旱而禱」的情形：

湯旱而禱曰：「政不節與？使民疾與？何以不雨至斯極也！宮室榮與？婦謁盛與？何以不雨至斯之極也！苞苴行與？讒夫興與？何以不雨至斯極也！」〔註52〕《荀子·大略》

昔者湯克夏而正天下，天大旱，五年不收，湯乃以身禱於桑林，曰：「余一人有罪，無及萬夫。萬夫有罪，在余一人。無以一人之不敏，使上帝鬼神傷民之命。」於是翦其發，酈其手，以身為犧牲，

〔註47〕程樹德撰，程俊英，蔣見元點校：《論語集釋》，北京：中華書局，2014年版，第1098頁。
〔註48〕〔清〕焦循撰，沈文倬點校：《孟子正義》，北京：中華書局，1987年版，第459頁。
〔註49〕〔清〕焦循撰，沈文倬點校：《孟子正義》，北京：中華書局，1987年版，第859頁。
〔註50〕〔清〕郭慶藩撰，王孝魚點校：《莊子集釋》，北京：中華書局，1961年版，第598頁。
〔註51〕〔清〕孫詒讓撰，孫啟治點校：《墨子閒詁》，北京：中華書局，2001年版，第27～28頁。
〔註52〕〔清〕王先謙撰，沈嘯寰、王星賢點校：《荀子集解》，北京：中華書局，2016年版，第595頁。

用祈福於上帝，民乃甚說，雨乃大至。則湯達乎鬼神之化，人事之傳也。〔註53〕《呂氏春秋・季秋紀・順民》

《大略》篇一方面通過商湯六個疑問句，表達祈雨的迫切心情，另一方面亦窺探出商湯愛民親民的態度。而《順民》篇不僅把商湯祈禱的地點作了說明，而且將罪過加於自身。此外，荀子還描述祈福的過程。值得注意的是，《呂氏春秋》言明瞭祈福後雨至的情況，這在《大略》篇是未談及的。從《呂氏春秋》的記載來看，明顯有虛構成分存在。這種虛構實際上是表現商湯順民心，「以德得民心」的形象。

綜上所述，洪水與旱災是自然現象，是不能避免的。荀子言「歲雖凶敗水旱，使百姓無凍餒之患，則是聖君賢相之事也」（《富國》），在面對水旱的時候，聖君有責任通過一些政策的實施使百姓無凍餒之患，而禹、湯即是這樣的聖王。

3.「刑簡威流」的聖王形象

《議兵》篇言：

禮者，治辨之極也，強國之本也，威行之道也，功名之總也。王公由之，所以得天下也；不由，所以隕社稷也。故堅甲利兵不足以為勝，高城深池不足以為固，嚴令繁刑不足以為威，由其道則行，不由其道則廢。楚人鮫革犀兕以為甲，堅如金石，宛鉅鐵釶，慘如蜂蠆，輕利僄遫，卒如飄風，然而兵殆於垂沙，唐蔑死，莊蹻起，楚分而為三四。是豈無堅甲利兵也哉！其所以統之者非其道故也。汝、潁以為險，江、漢以為池，限之以鄧林，緣之以方城，然而秦師至而鄢、郢舉，若振槁然。是豈無固塞隘阻也哉？其所以統之者非其道故也。紂刳比干，囚箕子，為炮烙刑，殺戮無時，臣下懍然莫必其命，然而周師至而令不行乎下，不能用其民。是豈令不嚴，刑不繁也哉？其所以統之者非其道故也。古之兵，戈矛弓矢而已矣，然而敵國不待試而詘；城郭不辨，溝池不抇，固塞不樹，機變不張，然而國晏然不畏外而明內者，無它故焉，明道而分鈞之，時使而誠愛之，下之和上也如影向，有不由令者然後誅之以刑。故刑一人而天下服，罪人不郵其上，知罪之在己也。是故刑罰省而威流，無它

〔註53〕〔戰國〕呂不韋著，陳奇猷校釋：《呂氏春秋新校釋》，上海：上海古籍出版社，2002年版，第485頁。

故焉，由其道故也。古者帝堯之治天下也，蓋殺一人、刑二人而天

下治。傳曰：「威厲而不試，刑錯而不用。」此之謂也。〔註54〕

荀子指出「禮」者，是「威行之道」，即「以禮義導天下，天下服而歸之，故為威行之道也」〔註55〕。其下荀子又提出「嚴令繁刑不足以為威」，此謂嚴令繁刑不是立威的手段。荀子舉紂「刳比干，囚箕子」等一系列嚴令刑繁，不過在面對周朝的軍隊，其命令得不到施行，亦未能率領人民，其原因是統治者並不是以「禮」治國。通過此例可知，刑罰不是治理國家樹立威信的重要策略。荀子提出只有在「有不聽令者」才「誅之以刑」，罪人不遷怒，知過錯在己。荀子又以堯「殺一人、刑二人而得天下治」為例，說明荀子所提倡的聖王是「刑簡而威流」的形象。《君子》篇亦有此類言論，其言：「是故刑罰綦省而威行如流。世曉然皆知夫為奸則雖隱竄逃亡之由不足以免也，故莫不服罪而請。《書》曰：『凡人自得罪。』此之謂也。」〔註56〕由此，荀子對聖王施行刑罰的舉措，首先刑罰的對象是那些「有不聽令者」，或者是「有不善至者」（《王制》）。其次，對於刑罰的繁簡程度而言，聖王並非是用刑罰繁重來樹立威行之道的，而是刑罰從簡的。

綜上所述，「比中而行」是《荀子》的聖王形象，這主要體現在尊賢授能、愛民親民和「刑簡威流」三個方面。聖王觀是荀子比較推崇的。在《荀子》一書中，「聖王」一詞出現多達 42 餘次〔註57〕。在《解蔽》篇中，荀子對「聖王」一詞作了概念性解釋：

聖也者，盡倫者也；王也者，盡制者也。〔註58〕

〔註54〕〔清〕王先謙撰，沈嘯寰、王星賢點校：《荀子集解》，北京：中華書局，2016
年版，第 332～336 頁。

〔註55〕〔清〕王先謙撰，沈嘯寰、王星賢點校：《荀子集解》，北京：中華書局，2016
年版，第 332 頁。

〔註56〕〔清〕王先謙撰，沈嘯寰、王星賢點校：《荀子集解》，北京：中華書局，2016
年版，第 532～533 頁。

〔註57〕「聖王」在《荀子》中單獨出現約 41 次，另《解蔽》篇言「曷謂至足？曰：
聖也。……」楊倞注曰：「或曰『聖』下更當有『王』字，誤脫耳。」家田虎
也認為：「『曰聖也』，『聖』下脫『王』字，如注。」梁啟雄則認為：「『也』，
當為『王』，字之誤也。」將「也」改「王」。王天海指出：「下文『聖王』並
言，故『聖』下當補『王』字。此因下文『聖也』而誤脫。」當然，不管是脫
字，抑或是誤字，結合上下文語境，此處作「聖王」是確定的。

〔註58〕〔清〕王先謙撰，沈嘯寰、王星賢點校：《荀子集解》，北京：中華書局，2016
年版，第 481 頁。

荀子對「聖王」的解釋主要體現在對「倫」與「制」的理解上。楊倞注曰：「『倫』，物理也。『制』，法度也。」久保愛曰：「『倫』，倫類也。《勸學》篇曰：『倫類不通，仁義不一，不足以謂善學。』」梁啟超曰：「『倫』，謂人倫，即人生哲學；『制』，謂制度，即政治哲學。」王天海兼及上述言論總結道：「『倫』者，理也，人倫、物理兼包之。『制』，即禮法、制度兼言之。」〔註59〕東方朔先生進而提出「所謂『聖王』即是聖人與王者的結合，或『德』與『位』的一體，兩者缺一不可。」〔註60〕其實，此處對「聖」「王」之闡釋，實際是對「內聖外王」的闡發。而「內聖外王」亦由一個演變的過程。白立超先生指出：「上古時期『聖』主要是通過宗教祭祀禮儀或者是卜筮、占星術等方式獲得的。而在孔子思想中，『聖』不再那麼神秘，而是通過『仁』的修為就可以達到『聖』的境界，將『聖』納入了人的理性、主體性、道德性的道理。」〔註61〕而到了戰國時期，荀子將此作了發展。大要言之，《荀子》的聖王觀也是有一個漸進的過程：聖→王→聖王。如舜、禹等以「聖」的品德而「王」，在「王」的層面上又具有尊賢授能、愛民親民等特質。二者的共同結合才可謂「聖王」。

三、《荀子》中的霸主形象

《孟子·告子下》言：「五霸者，三王之罪人也；今之諸侯，五霸之罪人也。」〔註62〕較為明確地呈現了王—霸—諸侯的層級模式，顯然是贊同三王之治，而對於霸主與諸侯則持否定態度。荀子提出「上可以王，下可以霸」（《王霸》）的治國理念，其理想的模式是王治，而對霸治則是批評與認可共存，一定程度上亦體現了在春秋戰國時期求聖王不得，退而求其次的無奈之舉。

《荀子》明確地提出了五霸之名以及霸者之義，《王霸》言：

> 德雖未至也，義雖未濟也，然而天下之理略奏矣，刑賞已諾，信乎天下矣，臣下曉然皆知其可要也。政令已陳，雖睹利敗，不欺其民；約結已定，雖睹利敗，不欺其與。如是，則兵勁城固，敵國畏之，國一綦明，與國信之，雖在僻陋之國，威動天下，五伯是也。

〔註59〕〔戰國〕荀況著，王天海校釋：《荀子校釋》，上海：上海古籍出版社，2016年版，第875頁。

〔註60〕東方朔：《荀子的「聖王」概念》，《杭州師範大學學報》，2018年第6期。

〔註61〕白立超：《先秦「內聖外王」政治思想的淵源與形成——以〈尚書〉為核心的考察》，《政治思想史》，2016年第1期。

〔註62〕〔清〕焦循撰，沈文倬點校：《孟子正義》，北京：中華書局，1987年版，第839～840頁。

非本政教也，非致隆高也，非綦文理也，非服人之心也，鄉方略，審勞佚，謹畜積，修戰備，齺然上下相信，而天下莫之敢當。故齊桓、晉文、楚莊、吳闔閭、越句踐，是皆僻陋之國也，威動天下，強殆中國，無它故焉，略信也。是所謂信立而霸也。〔註63〕

五霸之名，在不同的典籍中亦有差異。《王霸》則認為五霸分別為齊桓公、晉文公、楚莊王、闔閭、句踐。對於霸者之義，荀子以「信立而霸」言之，即是讚揚五霸具有的品質。此段描寫了「雖未能濟義，略取信而行之，故能致霸」〔註64〕的霸主形象。另《議兵》篇的表述則是讚揚中寓批評，其言：「齊桓、晉文、楚莊、吳闔閭、越句踐，是皆和齊之兵也，可謂入其域矣，然而未有本統也，故可以霸而不可以王。」荀子認為五霸可以和齊人心，能「入禮義教化之域」，但是未有「前行素養」〔註65〕的霸主。

齊桓公是五霸之首，《仲尼》篇較為詳細地描述了以齊桓公為代表的五霸形象，其言：

仲尼之門人，五尺之豎子言羞稱乎五伯。是何也？曰：然。彼誠可羞稱也。齊桓，五伯之盛者也，前事則殺兄而爭國；內行則姑姊妹之不嫁者七人，閨門之內，般樂奢汰，以齊之分奉之而不足；外事則詐邾，襲莒，並國三十五。其事行也若是其險污淫汰也。彼固曷足稱乎大君子之門哉！若是而不亡，乃霸，何也？曰：於乎！夫齊桓公有天下之大節焉，夫孰能亡之？倓然見管仲之能足以托國也，是天下之大知也。安忘其怒，出忘其讎，遂立以為仲父，是天下之大決也。立以為仲父，而貴戚莫之敢妒也；與之高、國之位，而本朝之臣莫之敢惡也；與之書社三百，而富人莫之敢距也。貴賤長少，秩秩焉莫不從桓公而貴敬之，是天下之大節也。諸侯有一節如是，則莫之能亡也；桓公兼此數節者而盡有之，夫又何可亡也？其霸也宜哉！非幸也，數也。然而仲尼之門人，五尺之豎子，言羞稱五伯，是何也？曰：然。彼非本政教也，非致隆高也，非綦文理

〔註63〕〔清〕王先謙撰，沈嘯寰、王星賢點校：《荀子集解》，北京：中華書局，2016年版，第242～243頁。

〔註64〕〔清〕王先謙撰，沈嘯寰、王星賢點校：《荀子集解》，北京：中華書局，2016年版，第243頁。

〔註65〕〔清〕王先謙撰，沈嘯寰、王星賢點校：《荀子集解》，北京：中華書局，2016年版，第327頁。

也，非服人之心也。鄉方略，審勞佚，畜積修斗而能顛倒其敵者也。

詐心以勝矣。彼以讓飾爭，依乎仁而蹈利者也，小人之傑也，彼固曷足稱乎大君子之門哉！〔註66〕

此段以「仲尼門人」第三視角對五霸的言論作出道德評價，轉而以荀子的第一視角作進一步解釋。首先描寫齊桓公在「前事」「內行」「閨門」「外事」的所作所為，並以「險污淫汰」之語冠其身。其次則描寫齊桓公稱霸的原因，桓公知管仲有能力則把國家託付於他，是大智慧；桓公「內忘忿恚之怒，外忘射鉤之讎」〔註67〕，立管仲為仲父，此乃大斷決。在這裡，齊桓公是忘記恩怨，選賢任能的君主。齊桓公雖然稱霸，不過「非本政教」「非致隆高」「非綦文理」「非服人之心」，四個「非」言明齊桓公並未真正將禮義放在首位，只是「詐心以勝」「小人之傑」。總體而言，此段沿著批評—讚揚—批評的模式進行敘述的。另《王制》曰：「桓公劫於魯莊。」荀子指出桓公被劫，乃「非其道而慮之以王」。

四、《荀子》中的大臣形象

除了對王者、霸者等帝王形象的論述，荀子也極為重視大臣的功用，從《荀子》單列《臣道》篇亦可得知。大要言之，《荀子》中的大臣形象大體可分為四類〔註68〕，下面分而論之。

1.態臣形象。此類有蘇秦、州侯、張儀，《臣道》篇言：「齊之蘇秦，楚之州侯，秦之張儀，可謂態臣者也。」三人皆是態臣。荀子對「態臣」的定義為：「內不足使一民，外不足使距難，百姓不親，諸侯不信，然而巧敏佞說，善取寵乎上，是態臣者也。」「態臣」即是「以佞媚為容態」〔註69〕。

2.篡臣形象。《臣道》言：「韓之張去疾，趙之奉陽，齊之孟嘗，可謂篡臣也。」荀子釋「篡臣」曰：「上不忠乎君，下善取譽乎民，不恤公道通義，朋黨比周，以環主圖私為務，是篡臣者也。」冢田虎曰：「篡臣者，篡奪君之威

〔註66〕〔清〕王先謙撰，沈嘯寰、王星賢點校：《荀子集解》，北京：中華書局，2016年版，第124～127頁。

〔註67〕〔清〕王先謙撰，沈嘯寰、王星賢點校：《荀子集解》，北京：中華書局，2016年版，第125頁。

〔註68〕《臣道》篇開篇即言：「人臣之論：有態臣者，有篡臣者，有功臣者，有聖臣者。」

〔註69〕〔清〕王先謙撰，沈嘯寰、王星賢點校：《荀子集解》，北京：中華書局，2016年版，第291頁。

權之謂也。」〔註70〕此言張去疾、奉陽、孟嘗君均為篡臣。另在《王霸》篇荀
子稱孟嘗君為薛公，對孟嘗君的形象進行了詳細的論說：

> 挈國以呼功利，不務張其義，齊其信，唯利之求，內則不憚詐
> 其民而求小利焉；外則不憚詐其與而求大利焉，內不修正其所以有，
> 然常欲人之有。如是，則臣下百姓莫不以詐心待其上矣。上詐其下，
> 下詐其上，則是上下析也。如是，則敵國輕之，與國疑之，權謀日
> 行而國不免危削，綦之而亡，齊閔、薛公是也。〔註71〕

楊倞注曰：「薛公，孟嘗君田文，齊閔王之相也。齊閔王為五國所伐，皆薛公
使然，故同言之也。」〔註72〕梁啟雄曰：「司馬遷《孟嘗君傳》贊曰：『吾嘗過
薛，其俗閭、裏率多暴桀子弟，與鄒魯殊，問其故？曰：孟嘗君招致天下任俠，
奸人薛蓋六萬餘家矣。』司馬光《通鑑》評之曰：『盜其君之祿以立私黨，張
虛譽，上以侮其君，下以蠹其民，是奸人之雄也。』合此觀之，可見賈誼所稱
『忠信』『寬厚』『愛人』不能無疑，所以荀子在這裡拿他和閔王同言，在《臣
道》簡直斥罵他是『篡臣』。又按：『《史記·孟嘗君傳》：『薛公文卒，諸子爭
立，齊魏共滅薛，孟嘗絕嗣、無後。』和這句『綦之而亡。』語意正相合。」
〔註73〕由上言之，薛公是「詐心待上」的篡臣形象。

荀子也將視角放到商紂時期的大臣，如飛廉、惡來、曹觸龍等。《儒效》
篇言「飛廉、惡來知政」，顯然亦是一種篡臣形象。《臣道》言：「過而通情，
和而無經，不恤是非，不論曲直，偷合苟容，迷亂狂生，夫是之謂禍亂之從聲，
飛廉、惡來是也。」描述了飛廉、惡來無所作為、任惡縱行的大臣形象。另《成
相》言「飛廉知政任惡來，卑其志意，大其園囿高其臺」，通過描寫飛廉擴大
園囿，築高樓臺這些行為，更為明顯地表現了其縱樂享受的形象。關於曹觸龍
所處時期，楊倞注曰：「《說苑》曰：『桀貴為天子，富有天下，其左師觸龍者
諂諛不正。』此云『紂』，未知孰是？」〔註74〕此言引《說苑》，但「桀」「紂」
之差，有不確定之意。王先謙曰：「《議兵》篇『微子開封於宋，曹觸龍斷於軍』，

〔註70〕梁啟雄：《荀子簡釋》，北京：中華書局，1983 年版，第 175 頁。
〔註71〕〔清〕王先謙撰，沈嘯寰、王星賢點校：《荀子集解》，北京：中華書局，2016
年版，第 243～244 頁。
〔註72〕〔清〕王先謙撰，沈嘯寰、王星賢點校：《荀子集解》，北京：中華書局，2016
年版，第 244 頁。
〔註73〕梁啟雄：《荀子簡釋》，北京：中華書局，1983 年版，第 141 頁。
〔註74〕〔戰國〕荀況著，王天海校釋：《荀子校釋》，上海：上海古籍出版社，2016 年
版，第 582 頁。

皆殷紂時事，則《說苑》誤也。」〔註75〕先秦典籍中鮮有曹觸龍的記載，不過從荀子《議兵》篇所言，曹觸龍概為商紂之臣，故王先謙之言似為確論。《臣道》篇將其列為「國賊」，並解釋為：「不恤君之榮辱，不恤國之臧否，偷合苟容，以持祿養交而已耳，謂之國賊。」〔註76〕即不念君主榮辱，苟且偷生的奸賊，故將曹觸龍列入篡臣行列。

3.功臣形象。《臣道》言：「齊之管仲，晉之咎犯，楚之孫叔敖，可謂功臣矣。」荀子釋「功臣」曰：「內足使以一民，外足使以距難，民親之，士信之，上忠乎君，下愛百姓而不倦，是功臣者也。」楊倞注曰：「民親士信，然後立功也。」〔註77〕管仲在《荀子》中多次提及，如《王霸》言：「齊桓公閨門之內，縣樂奢泰遊抏之修，於天下不見謂修，然九合諸侯，一匡天下，為五伯長，是亦無它故焉，知一政於管仲也。」〔註78〕此言管仲助桓公「九合諸侯，一匡天下」，刻畫了一位功臣形象。另《王制》言：「管仲，為政者也，未及修禮也。」謂管仲可以處理政事，但並未言及禮義教化。由此觀之，荀子雖讚美管仲，但並未將其放在至高的地位。在《臣道》篇荀子言：「管仲之於桓公，可謂次忠也。」「次忠」即「以德調君而補之」，楊倞釋曰：「謂匡救其惡。」〔註79〕另如孫叔敖，《非相》篇言：「楚之孫叔敖，期思之鄙人也，突禿長左，軒較之下，而以楚霸。」〔註80〕孫叔敖雖相貌不美，但能有所作為，仍不失為功臣。《堯問》篇：「語曰：『繒丘之封人見楚相孫叔敖曰：『吾聞之也：處官久者士妒之，祿厚者民怨之，位尊者君恨之。為相國有此三者而不得罪楚之士民，何也？』孫叔敖曰：『吾三相楚而心愈卑，每益祿而施愈博，位滋尊而禮愈恭，是以不得罪於楚之士民也。』」〔註81〕通過孫叔敖對繒丘封人的回答，凸顯了

〔註75〕〔戰國〕荀況著，王天海校釋：《荀子校釋》，上海：上海古籍出版社，2016年版，第582頁。

〔註76〕〔清〕王先謙撰，沈嘯寰、王星賢點校：《荀子集解》，北京：中華書局，2016年版，第294頁。

〔註77〕〔清〕王先謙撰，沈嘯寰、王星賢點校：《荀子集解》，北京：中華書局，2016年版，第292頁。

〔註78〕〔清〕王先謙撰，沈嘯寰、王星賢點校：《荀子集解》，北京：中華書局，2016年版，第263頁。

〔註79〕〔清〕王先謙撰，沈嘯寰、王星賢點校：《荀子集解》，北京：中華書局，2016年版，第300頁。

〔註80〕〔清〕王先謙撰，沈嘯寰、王星賢點校：《荀子集解》，北京：中華書局，2016年版，第86頁。

〔註81〕〔清〕王先謙撰，沈嘯寰、王星賢點校：《荀子集解》，北京：中華書局，2016

其謙卑、恭敬、廣於施捨的特質。

4.聖臣形象。有伊尹、周公,《臣道》言:「殷之伊尹,周之太公,可謂聖臣矣。」荀子對「聖臣」的解釋為:「上則能尊君,下則能愛民,政令教化,刑下如影,應卒遇變,齊給如響,推類接譽,以待無方,曲成制象,是聖臣者也。」〔註82〕這也是荀子認為最理想的大臣形象。又《臣道》篇將伊尹稱為「有能進言於君,用則可,不用則去」的諫臣。荀子所言乃「伊尹諫太甲」〔註83〕之事。《孟子·萬章上》對此有記錄:「伊尹相湯以王於天下。湯崩,太丁未立,外丙二年,仲壬四年。太甲顛覆湯之典刑,伊尹放之於桐。三年,太甲悔過,自怨自艾,於桐處仁遷義;三年,以聽伊尹之訓己也,復歸於亳。」〔註84〕也就是說,伊尹真正做到了「用則可,不用則去」,是一位聖臣形象。

此外,《荀子》中經常提及一些軍事將領,難以劃入上述四類,故而單獨論述。臨武君,楚國將領。《議兵》篇談到臨武君與荀子論兵:

> 王曰:「請問兵要。」
>
> 臨武君對曰:「上得天時,下得地利,觀敵之變動,後之發,先之至,此用兵之要術也。」
>
> 孫卿子曰:「不然。臣所聞古之道,凡用兵攻戰之本在乎壹民。弓矢不調,則羿不能以中微;六馬不和,則造父不能以致遠;士民不親附,則湯、武不能以必勝也。故善附民者,是乃善用兵者也。故兵要在乎善附民而已。」
>
> 臨武君曰:「不然。兵之所貴者埶利也,所行者變詐也。善用兵者,感忽悠暗,莫知其所從出,孫、吳用之,無敵於天下,豈必待附民哉!」
>
> 孫卿子曰:「不然。臣之所道,仁者之兵,王者之志也。君之所貴,權謀埶利也;所行,攻奪變詐也,諸侯之事也。仁人之兵,不可詐也。彼可詐者,怠慢者也,路亶者也,君臣上下之間滑然有離德者也。故以桀詐桀,猶巧拙有幸焉。以桀詐堯,譬之若以卵投石,

年版,第651頁。

〔註82〕〔清〕王先謙撰,沈嘯寰、王星賢點校:《荀子集解》,北京:中華書局,2016年版,第292頁。

〔註83〕〔清〕王先謙撰,沈嘯寰、王星賢點校:《荀子集解》,北京:中華書局,2016年版,第295頁。

〔註84〕〔清〕焦循撰,沈文倬校:《孟子正義》,北京:中華書局,1987年版,第649頁。

以指撓沸，若赴水火，入焉焦沒耳。故仁人上下，百將一心，三軍
同力，臣之於君也，下之於上也，若子之事父，弟之事兄，若手臂
之捍頭目而覆胸腹也，詐而襲之，與先驚而後擊之，一也。且仁人
之用十里之國，則將有百里之聽；用百里之國，則將有千里之聽；
用千里之國，則將有四海之聽。必將聰明警戒，和傳而一。故仁人
之兵聚則成卒，散則成列，延則若莫邪之長刃，嬰之者斷；兌則若
莫邪之利鋒，當之者潰；圜居而方止，則若磐石然，觸之者角摧，
案角鹿埵、隴種、東籠而退耳。且夫暴國之君，將誰與至哉？彼其
所與至者，必其民也。而其民之親我歡若父母，其好我芬若椒蘭；
彼反顧其上則若灼黥，若仇讎。人之情，雖桀、跖，豈又肯為其所
惡賊其所好者哉！是猶使人之子孫自賊其父母也，彼必將來告之，
夫又何可詐也？故仁人用，國日明，諸侯先順者安，後順者危，慮
敵之者削，反之者亡。《詩》曰：『武王載發，有虔秉鉞，如火烈烈，
則莫我敢遏。』此之謂也。」

孝成王、臨武君曰：「善！請問王者之兵設何道何行而可？」

……孝成王、臨武君曰：「善！請問為將。」

……臨武君曰：「善！請問王者之軍制。」……臨武君曰：
「善！」〔註85〕

從上述臨武君的回答，可知臨武君是一個只考慮兵法策略的將領，並未認為荀
子所言「附民」的重要性，但隨著荀子的步步推進，臨武君以「善」的形式表
示了贊同，並進而以「請問」的語氣三次發問，終以「善」作結，由此可見，
臨武君並非是一個頑固不化之人，相反，則呈現了一位虛心接受的將領形象。

此外還有田單、莊蹻、衛鞅、繆蟣，皆是善於用兵之將領。《議兵》言：
「齊之田單，楚之莊蹻，秦之衛鞅，燕之繆蟣，是皆世俗所謂善用兵者也；是
其巧拙強弱則未有以相君也，若其道一也，未及和齊也，掎契司詐，權謀傾覆，
未免盜兵也。」荀子指出四人「雖術不同，皆出於變詐」，但「未能及於和齊
人心也」〔註86〕。另《議兵》言「田單」曰：「燕能並齊而不能凝也，故田單
奪之」，雖未「和齊」，但亦能奪取國家。

〔註85〕〔清〕王先謙撰，沈嘯寰、王星賢點校：《荀子集解》，北京：中華書局，2016
年版，第314～330頁。

〔註86〕〔清〕王先謙撰，沈嘯寰、王星賢點校：《荀子集解》，北京：中華書局，2016
年版，第326頁。

　　綜上對《荀子》大臣形象的分類，可以得知荀子的臣道觀具體體現在如下幾個方面。

　　其一，「從道不從君」。《臣道》篇提出「諫、爭、輔、拂之人，社稷之臣也，國君之寶也」，而代表這四類的典型人物是「伊尹、箕子可謂諫矣，比干、子胥可謂爭矣，平原君之於趙可謂輔矣，信陵君之於魏可謂拂矣」〔註87〕。伊尹已言之，比干與箕子在《論語》中被孔子形容為仁人，《孟子·公孫丑上》將兩人定義為賢臣，《荀子》中亦多次言及。如《成相》言：「世之衰，讒人歸，比干見刳箕子累。」《臣道》將箕子之行為稱為「諫」，比干則為「爭」。「諫」與「爭」基本同義，但有所區別，「諫」是「用則可，不用則去」，而「爭」則是「用則可，不用則死」，比干即是「諫而死」（《論語·微子》）。子胥也有「爭」的行為，如《成相》言：「欲衷對，言不從，恐為子胥身離凶。進諫不聽，剄而獨鹿棄之江。」故荀子將其納入「爭」的行列。可見，較之《論語》《孟子》，《荀子》對二者的行為作了更為詳細的差異對待。關於輔、拂之臣，有平原君和信陵君。平原君，即趙勝，相趙惠文王及孝成王。《臣道》言：「平原君之於趙，可謂輔矣。」荀子釋「輔」曰：「有能比知同力，率群臣百吏而相與強君撟君，君雖不安，不能不聽，遂以解國之大患，除國之大害，成於尊君安國，謂之輔。」〔註88〕信陵君，即魏無忌，荀子稱其為「拂」，「拂」之義為「有能抗君之命，竊君之重，反君之事，以安國之危，除君之辱，功伐足以成國之大利。」楊倞注曰：「謂若信陵君違魏王之命，竊其兵符，殺晉鄙，反軍不救趙之事，遂破秦而存趙。夫輔車相依，今趙存則魏安，故曰『安國之危，除君之辱』也。」〔註89〕《臣道》亦曰：「爭然後善，戾然後功，出死無私，致忠而公，夫是之謂通忠之順，信陵似之矣。」楊倞注曰：「諫爭君，然後能善，違戾君，然後立功，出身死戰，不為私事，而歸於至忠至公。」〔註90〕久保愛曰：「忠，謂爭戾弼君也，其行似逆而其實歸順也。通，達其義也。」〔註91〕荀子

〔註87〕〔清〕王先謙撰，沈嘯寰、王星賢點校：《荀子集解》，北京：中華書局，2016年版，第295頁。

〔註88〕〔清〕王先謙撰，沈嘯寰、王星賢點校：《荀子集解》，北京：中華書局，2016年版，第294～295頁。

〔註89〕〔清〕王先謙撰，沈嘯寰、王星賢點校：《荀子集解》，北京：中華書局，2016年版，第295頁。

〔註90〕〔清〕王先謙撰，沈嘯寰、王星賢點校：《荀子集解》，北京：中華書局，2016年版，第303頁。

〔註91〕梁啟雄：《荀子簡釋》，北京：中華書局，1983年版，第182頁。

認為信陵君雖有諫爭之舉，但能以君主、國家安危利害為重。

荀子所言「諫」「爭」「輔」「拂」，都涉及一個共同的特質，即君與臣的關係。如「諫」的「用則可，不用則去」、「爭」的「用則可，不用則死」、「輔」的「相與強君撟君，君雖不安，不得不聽」、「拂」的「有能抗君之命」「反君之事」等，都體現了「諫」「爭」「輔」「拂」之臣「從道不從君」的特點。此外，荀子所言忠臣「逆命而利君」即是更為明確地凸顯了荀子的臣道觀。

其二，因「君」而異。荀子認為作為臣子應根據不同的君主而施行不同的方法。《臣道》篇著重強調了臣子侍奉「聖君」「中君」「暴君」三種類型的君主的策略：

> 事聖君者，有聽從，無諫爭；事中君者，有諫爭，無諂諛；事暴君者，有補削，無撟拂。迫脅於亂時，窮居於暴國，而無所避之，則崇其美，揚其善，違其惡，隱其敗，言其所長，不稱其所短，以為成俗。《詩》曰：「國有大命，不可以告人，妨其躬身。」此之謂也。

> 恭敬而遜，聽從而敏，不敢有以私決擇也，不敢有以私取與也，以順上為志，是事聖君之義也。忠信而不諛，諫爭而不諂，撟然剛折端志而無傾側之心，是案曰是，非案曰非，是事中君之義也。調而不流，柔而不屈，寬容而不亂，曉然以至道而無不調和也，而能化易，時關內之，是事暴君之義也。若馭樸馬，若養赤子，若食喂人。故因其懼也而改其過，因其憂也而辨其故，因其喜也而入其道，因其怒也而除其怨，曲得所謂焉。《書》曰：「從命而不拂，微諫而不倦，為上則明，為下則遜。」此之謂也。〔註92〕

上述較為明確地論述了事「聖君」「中君」「暴君」之義。事「聖君」主要是聽從順上；事「中君」則是忠信不諛、諫爭不諂；事「暴君」則是「補削」，「補，謂彌縫其缺。削，謂除去其惡。言不敢顯諫，暗匡救之也」〔註93〕，並以「至道」以調和。末尾荀子還描述了君主「懼」「憂」「喜」「怒」時臣子應當「改其過」「辨其故」「入其道」「除其怨」。由此可知，因不同的君主以及君主所表現出的不同情緒，臣子應據以變之，因「君」而異。

〔註92〕〔清〕王先謙撰，沈嘯寰、王星賢點校：《荀子集解》，北京：中華書局，2016年版，第296～299頁。

〔註93〕〔戰國〕荀況著，王天海校釋：《荀子校釋》，上海：上海古籍出版社，2016年版，第577頁。

其三,「臣享其功」。荀子認為良君的一個重要品質是賞罰分明,那麼對於臣子而言,則有功應受,有罪當罰。在《強國》篇就提及一個事例,其言:

> 公孫子曰:「子發將西伐蔡,克蔡,獲蔡侯,歸致命曰:『蔡侯奉其社稷而歸之楚,捨屬二三子而治其地。』既,楚發其賞,子發辭曰:『發誠布令而敵退,是主威也;徙舉相攻而敵退,是將威也;合戰用力而敵退,是眾威也。臣捨不宜以眾威受賞。』」譏之曰:「子發之致命也恭,其辭賞也固。夫尚賢使能,賞有功,罰有罪,非獨一人為之也,彼先王之道也,一人之本也,善善惡惡之應也,治必由之,古今一也。古者明主之舉大事,立大功也,大事已博,大功已立,則君享其成,群臣享其功,士大夫益爵,官人益秩,庶人益祿。是以為善者勸,為不善者沮,上下一心,三軍同力,是以百事成而功名大也。今子發獨不然,反先王之道,亂楚國之法,墮興功之臣,恥受賞之屬,無戮乎族黨而抑卑其後世,案獨以為私廉,豈不過甚矣哉!故曰:子發之致命也恭,其辭賞也固。」〔註94〕

上文以公孫子之口引出子發伐蔡辭賞的事情。子發認為伐蔡成功是君主、將領、士兵的功勞,是謙虛、清廉、恭敬的體現。但在荀子眼中,子發並不是一位完美的形象。首先荀子以「譏」字引出對子發的評價,回來致命算恭敬,但辭賞卻較為淺陋。然後荀子指出賞罰分明是古之慣例,而子發違背了先王之道,由此而言,子發在《荀子》中是以淺陋者的形象呈現的,通過對子發這一形象的描述,言明臣子有功應享受其功。

綜上所述,荀子提出的大臣類型主要為「態臣」「篡臣」「功臣」「聖臣」,而由此所體現的臣道觀則為「從道不從君」、因「君」而異和「臣享其功」。

五、《荀子》中的技藝者、隱士與民眾形象

除描寫帝王、大臣等形象外,荀子也將視角轉向一些具有某種技藝的人、隱士以及一般民眾,對這些人物的刻畫一定程度上寄寓著作者的思想。

1.技藝者。技藝者是指通曉某一技能的人。有瓠巴、伯牙,精通樂器之人。《勸學》篇言:「昔者瓠巴鼓瑟而流魚出聽,伯牙鼓琴而六馬仰秣。」有盜跖,是善於盜竊之人。《勸學》篇言「其善者少,不善者多,……盜跖也」。《不苟》

〔註94〕〔清〕王先謙撰,沈嘯寰、王星賢點校:《荀子集解》,北京:中華書局,2016年版,第247～249頁。

篇言「盜跖吟口」。有彭祖，乃長壽之人，《修身》篇言「以治氣養生則後彭祖」。有工匠、農賈（《榮辱》）。另《儒效》分別對農夫、工匠和商賈作了說明：「人積耨耕而為農夫，積斲削而為工匠，積反貨而為商賈。」有相人，《非十二子》提到姑布子卿和唐舉。有王良、造父，馭馬之人。《儒效》篇言：「造父者，天下之善御者也。」《王霸》言：「王良、造父者，善服馭者也。」楊倞注曰：「王良，趙簡子之御，《韓子》曰：『子伯樂』；造父，周穆王之御。皆善御者也。」〔註95〕有后羿、蠭門，善射之人。《儒效》言：「后羿者，天下之善射者也。」《王霸》亦言：「羿、蠭門者，善服射者也。」楊倞注曰：「蠭門，即蠭蒙，學射於羿。羿、蠭蒙善射，故射者服之。」〔註96〕有烏獲，楊倞注曰：「烏獲，秦之力人，舉千鈞者。」〔註97〕有公輸，《法行》言：「公輸不能加於繩墨」，楊倞注曰：「公輸，魯巧人，名班。雖至巧，繩墨之外亦不能加也。」〔註98〕有㔾，《解蔽》篇曰：

> 空石之中有人焉，其名曰㔾，其為人也，善射以好思。耳目之欲接則敗其思，蚊虻之聲聞則挫其精，是以辟耳目之欲，而遠蚊虻之聲，閒居靜思則通。思仁若是，可謂微乎？孟子惡敗而出妻，可謂能自強矣；有子惡臥而焠掌，可謂能自忍矣，未及好也。辟耳目之欲，可謂能自強矣，未及思也。蚊虻之聲聞則挫其精，可謂危矣，未可謂微也。夫微者，至人也。至人也，何彊，何忍，何危？故濁明外景，清明內景。聖人縱其欲，兼其情，而制焉者理矣，夫何彊，何忍，何危？故仁者之行道也，無為也；聖人之行道也，無強也。仁者之思也恭，聖人之思也樂。此治心之道也。〔註99〕

　　㔾是一位「善射好思」之人，楊倞注曰：「蓋古有善射之人。」楊倞將「射」理解為射箭之「射」。清人俞樾提出了不同意見，其曰：「案凡射者必心手相得，

〔註95〕〔清〕王先謙撰，沈嘯寰、王星賢點校：《荀子集解》，北京：中華書局，2016年版，第255頁。

〔註96〕〔清〕王先謙撰，沈嘯寰、王星賢點校：《荀子集解》，北京：中華書局，2016年版，第254頁。

〔註97〕〔清〕王先謙撰，沈嘯寰、王星賢點校：《荀子集解》，北京：中華書局，2016年版，第238頁。

〔註98〕〔清〕王先謙撰，沈嘯寰、王星賢點校：《荀子集解》，北京：中華書局，2016年版，第630頁。

〔註99〕〔清〕王先謙撰，沈嘯寰、王星賢點校：《荀子集解》，北京：中華書局，2016年版，第475～477頁。

方可求中，非徒思之而已。且其下文曰：『耳目之欲接，則敗其思，蚊虻之聲聞則挫其精』，無一字及射，然則楊注非也。此『射』字乃『射策』『射覆』之射。……然則古人設為廋辭隱語而使人意度之，皆謂之射。此云『善射以好思』，即謂此也。非真援弓而射之也。」〔註100〕俞樾之說確矣。第二章「隱體」一文中談到隱語的特徵，即築皁而隱，隔皁而見，而隔皁而見即是一個思考、揣摩的過程。由此可知，般「善射」，應是善於射覆、猜隱。在此段話中，荀子認為般雖善於思考，但未達到「微」，即「惟精惟一」〔註101〕的境界。

　　2.隱士。有申徒狄，對於其所處時期，一般有兩種觀點。一種是認為殷時人。如《莊子音義》曰：「殷時人。」服虔《漢書》注以及高誘《淮南子·說山訓》則明確為殷末人〔註102〕；另一種則認為申徒狄非殷代人。如劉台拱曰：「然《外傳》及《新序》並載申徒狄事，其答崔嘉有『吳殺子胥，陳殺泄冶』語，據此言之，則非殷時人。」〔註103〕申徒狄的事蹟在其他典籍亦多次出現，但對其評價不一。如《莊子·大宗師》認為申徒狄等人是「是役人之役，適人之適，而不自適其適者也」，成玄英疏曰：「此數子者，皆矯情偽行，亢志立名，分外波蕩，遂至於此。自餓自沉，促齡夭命，而芳名令譽，傳諸史籍。斯乃被他驅使，何能役人！悅樂眾人之耳目，焉能自適其情性耶！」〔註104〕在《大宗師》中，申徒狄是一個受人役使，違背情性的形象。《莊子·盜跖》篇對其亦有記載，其言：「申徒狄諫而不聽，負石自投於河，為魚鱉所食。……此六子者，無異於磔犬、流豕、操瓢而乞者，皆離名輕死，不念本養壽命者也。」認為申徒狄「重名輕死，不念歸本養生，壽盡天命者也」〔註105〕。《荀子》中也提到申徒狄，《不苟》篇言「故懷負石而赴河，是行之難為者也，而申徒狄能之。然而君子不貴者，非禮義之中也」。楊倞對「禮儀之中」解釋為：「禮義之中，時止則止，時行則行，不必枯槁赴淵也。揚子雲非屈原曰：『君子遭時

〔註100〕〔清〕王先謙撰，沈嘯寰、王星賢點校：《荀子集解》，北京：中華書局，2016年版，第475～476頁。

〔註101〕〔清〕王先謙撰，沈嘯寰、王星賢點校：《荀子集解》，北京：中華書局，2016年版，第477頁。

〔註102〕〔清〕王先謙撰，沈嘯寰、王星賢點校：《荀子集解》，北京：中華書局，2016年版，第43頁。

〔註103〕〔清〕王先謙撰，沈嘯寰、王星賢點校：《荀子集解》，北京：中華書局，2016年版，第43頁。

〔註104〕〔清〕郭慶藩：《莊子集釋》，北京：中華書局，1961年版，第234頁。

〔註105〕〔清〕郭慶藩：《莊子集釋》，北京：中華書局，1961年版，第999頁。

則大行，不遇則蛟龍，何必沉身？』」〔註106〕在漢代，學人對屈原沉江之事引起許多爭論，揚雄、班固等人不贊同其行為，而王逸則持反對意見。揚雄所言比較符合先秦儒家思想觀念，《論語‧泰伯》即有「天下有道則見，無道則隱」的言辭，而這種觀點在《荀子》中得到繼承，「懷石赴河」是常人難以做到的，這是肯定申徒狄的地方，但繼而提出「非禮義之中也」，是對申徒狄行為的不贊同，認為其不符合儒家的禮義規範，違背了「溫柔敦厚」的旨意。有許由，《成相》言其「重義輕利」，此外也有卞隨、牟光，《成相》篇有記載。

3.普通民眾。有焦僥，楊倞注曰：「焦僥，短人，長三尺者。」〔註107〕有涓蜀梁，《解蔽》篇言：

> 夏首之南有人焉，曰涓蜀梁，其為人也，愚而善畏。明月而宵行，俯見其影，以為伏鬼也，仰視其髮，以為立魅也，背而走，比至其家，失氣而死，豈不哀哉！凡人之有鬼也，必以其感忽之間、疑玄之時定之。此人之所以無有而有無之時也，而己以定事。故傷於濕而擊鼓鼓痺，則必有敝鼓喪豚之費矣，而未有俞疾之福也。故雖不在夏首之南，則無以異矣。〔註108〕

此則寓言描寫涓蜀梁夜晚行走，看見自己的影子，看見自己的頭髮，心中便產生了疑惑、恐懼，「以為伏鬼」「以為立魅」，便跑到家裏，失氣而死的故事。由此可知涓蜀梁是一位愚鈍膽小而不辨物的人。荀子認為「觀物有疑，中心不定，則外物不清」，而涓蜀梁則「以疑決疑，決必不當」，自然不會認清事物。

六、《荀子》人物書寫的特點

通過上述對聖王、霸主以及大臣等形象的描述，可以考察荀子對於戰國及以前的歷史人物與事蹟的理解。荀子指出：「欲觀千歲則數今日，欲知億萬則審一二，欲知上世則審周道，欲知周道則審其人所貴君子。故曰：『以近知遠，以一知萬，以微知明。』」梁啟雄曰：「『以近』，指『審今日』；『知遠』，指『觀千歲』；就時間上說。『以一』，指『一二』；『知萬』，指『知億萬』；就空間上

〔註106〕〔清〕王先謙撰，沈嘯寰、王星賢點校：《荀子集解》，北京：中華書局，2016年版，第 44 頁。

〔註107〕〔清〕王先謙撰，沈嘯寰、王星賢點校：《荀子集解》，北京：中華書局，2016年版，238 頁。

〔註108〕〔清〕王先謙撰，沈嘯寰、王星賢點校：《荀子集解》，北京：中華書局，2016年版，第 479～480 頁。

說。『以微』，指『審其人』；『知明』，指『知上世』、『知周道』；兼時間空間說。
《王制》『以類行雜』，就是指用這種統類來審查古今繁雜的事物。」〔註109〕
梁啟雄將「以近」釋為「審今日」值得商榷。事實上，「近」並非指「今日」。
「近」是一個相對的概念，與「遠」作比較的。換言之，「近」即是相對於「遠」
來講，距作者所處時期「近」。由此而言，從作品的創作而言，荀子對於古今
人物及事蹟的考察採取的是「以近知遠」的方法。

何兆武先生曾提及：「我們通常所說的『歷史』一詞，包含了兩種含義：
一是指過去曾經發生過的事件、思想和活動，二是它同時也指我們自己對他們
的認識和理解。」〔註110〕那麼，推廣開來，從文學的角度而言，作者對歷史
人物及事蹟的瞭解也離不開兩個方面。一是歷史發生了什麼，需要文獻的流傳
加上民間層累傳播的文獻，這是作者瞭解「歷史」的第一步驟。《荀子》一書
徵引經書以及口頭文獻頗多。如《君道》篇便引《詩經》中的「濟濟多士，文
王以寧」以構建人物形象。《王霸》篇的「自西向東，自南自北，無思不服」
亦是引自《詩經》的《文王有聲》。而對於口頭民間文獻的徵引在第一章已言
及，不再贅言。由此可見，這些文獻為荀子構建人物形象起到了重要幫助。二
是如何理解這些「歷史」。隨著時代的推移，一方面並非所有的歷史都有文獻
記載，另一方面有文獻記載的歷史有亡佚的情況存在，此外還有文獻書寫者的
不顯明的記錄等，這些都減弱了對「歷史」的瞭解程度。此外，再加上戰國時
期諸子「邪說橫行」「奇說異辭」，這在一定程度上增加了認識事物的難度。為
了解決這一問題，荀子提出了「以說度功」的概念。「以說度功」，楊倞注曰：
「以言說度其功業也。」〔註111〕而這「言說」，亦多指書面文獻與口頭文獻。
總之，「以說度功」，即是以這些文獻的記載來揣測、審視古人的功績。

基於對文獻的獲取以及對文獻的審視與判斷，由此進入人物形象的構建
層面，《荀子》中的人物書寫總體呈現如下幾個方面：

首先，詳略有別。荀子對人物的敘述，注意詳略有別。這種情況的出現也
是迫不得已的。《論語‧八佾》中孔子言「夏禮，吾能言之，杞不足徵也；殷

〔註109〕〔戰國〕荀況著，王天海校釋：《荀子校釋》，上海：上海古籍出版社，2016
　　　　年版，第 180 頁。

〔註110〕彭剛：《敘事的轉向：當代西方史學理論的考察》，北京：北京大學出版社，
　　　　2009 年版，第 1 頁。

〔註111〕〔戰國〕荀況著，王天海校釋：《荀子校釋》，上海：上海古籍出版社，2016
　　　　年版，第 183 頁。

禮，吾能言之，宋不足徵也。文獻不足故也，足則吾能徵之矣」〔註112〕，就
表達了「文不足徵」的觀點。《非相》篇則針對這種情況作了符合實際的論述，
其言：「五帝之外無傳人，非無賢人也，久故也。五帝之中無傳政，非無善政也，
久故也。禹、湯有傳政而不若周之察也，非無善政也，久故也。傳者久則論略，
近則論詳；略則舉大，詳則舉小。」〔註113〕三個「久故」表明了「五帝」之前
及「五帝」時期因時代久遠而文獻缺乏的現象。那麼荀子對於久遠時代的敘述
則較為簡略，舉其大綱，而稍近時期論述則頗為詳細，細節繁多。如《王霸》
篇言：「湯、武者，循其道，行其義，興天下同利，除天下同害，天下歸之。」
短短數語，荀子簡要地描述了湯、武的功業。然《荀子》對於春秋之際的事件
的敘述則較為詳細，如《宥坐》篇記載孔子觀魯桓公之廟的事情，其曰：

> 孔子觀於魯桓公之廟，有欹器焉，孔子問於守廟者曰：「此為何
> 器？」守廟者曰：「此蓋為宥坐之器。」孔子曰：「吾聞宥坐之器者，
> 虛則欹，中則正，滿則覆。」孔子顧謂弟子曰：「注水焉。」弟子挹
> 水而注之。中而正，滿而覆，虛而欹，孔子喟然而歎曰：「吁！惡有
> 滿而不覆者哉！」子路曰：「敢問持滿有道乎？」孔子曰：「聰明聖
> 知，守之以愚；功被天下，守之以讓；勇力撫世，守之以怯，富有
> 四海，守之以謙：此所謂挹而損之之道也。」〔註114〕

此文比較詳細地將孔子與守廟者、子路的對話淋漓盡致地表現出來，尤其將弟
子「挹水而注」的這一過程作了描述。此外《宥坐》關於孔子誅殺少正卯、孔
子作為魯司寇處理父子訴訟、孔子觀東流之水、孔子南適楚與弟子的對話等事
件的記載都頗為詳細。

不過，也並非越久遠的事件描述的越簡略，如王葆心《古文辭通義》引《荀
子·富國篇》曰：「禹十年水，湯七年旱，而天下無菜色者。十年之後，年穀
俱都熟而陳積有餘，是無他故焉，知本末源流之謂也。」對其記事文法作了說
明，並評「此以繁勝」〔註115〕。此類情形的出現，很大程度上是因為一方面

〔註112〕程樹德撰，程俊英，蔣見元點校：《論語集釋》，北京：中華書局，2014 年版，
第 207 頁。
〔註113〕〔清〕王先謙撰，沈嘯寰、王星賢點校：《荀子集解》，北京：中華書局，2016
年版，第 97 頁。
〔註114〕〔清〕王先謙撰，沈嘯寰、王星賢點校：《荀子集解》，北京：中華書局，2016
年版，第 614 頁。
〔註115〕王葆心：《古文辭通義》，王水照《歷代文話》第八冊，上海：復旦大學出版
社，2007 年版，第 7513～7514 頁。

有文獻記載，另一方面作為禹、湯標誌化的事件在民間亦不斷傳播。

一般而言，《荀子》中對歷史人物及事件的描述是注重詳略有別的，其特徵是「久略近詳，略大詳小」。

其次，以理代敘。在第一章中提及「敘事情節的消解」，標誌著《荀子》成為先秦說理散文的代表。而這種敘事的減弱，也體現在對歷史人物與事件的描寫方面，所呈現的主要特徵是以理代敘，即是以言理的方式取代敘述。如《臣道》篇言：

> 通忠之順，權險之平，禍亂之從聲，三者非明主莫之能知也。
> 爭然後善，戾然後功，生死無私，致忠而公，夫是之謂通忠之順，
> 信陵君似之矣。奪然後義，殺然後仁，上下易位然後貞，功參天地，
> 澤被生民，夫是之謂權險之平，湯武是也。過而通情，和而無經，
> 不恤是非，不論曲宜，偷合苟容，迷亂狂生，夫是之謂禍亂之從聲，
> 飛廉惡來是也。〔註116〕

此段描寫「通忠之順」「權險之平」和「禍亂之從聲」，分別以信陵君、湯武、飛廉、惡來的形象來構建的。再如《臣道》篇所言的「態臣」「篡臣」「功臣」「聖臣」的形象以及「諫」「爭」「輔」「拂」所舉的人物，並未言及這些形象的具體事蹟，僅是將他們置於一個個概念當中，並將概念作了疏解。由此可推斷，荀子在創作過程中，尤其是對人物形象的構建，是需要幾個步驟實現的。第一，作者應比較瞭解這些人物的事件。第二，任何形象的構建都以闡發意義為目的。也就是說，描寫某個人物形象，其根本目的是體現作者的思想主張。荀子以人物事蹟為基點，進而將這些人物事蹟昇華，並以「理」的方式闡發出來。那麼，對於人物形象的考察便需要從「理」中去解釋。

最後，客觀評價。《荀子》對人物形象的書寫，一個重要的特點是客觀評價。先秦以來，「桀」「紂」一直是以反面形象存在的，是「罪惡的垃圾桶」，人人傾而倒之。而荀子對桀紂的描述，雖也描述其罪惡的部分，但也描述其好的方面，如《非相》篇言：

> 古者桀、紂長巨姣美，天下之傑也。筋力越勁，百人之敵也，
> 然而身死國亡，為天下大僇，後世言惡，則必稽焉。是非容貌之患

〔註116〕〔清〕王先謙撰，沈嘯寰、王星賢點校：《荀子集解》，北京：中華書局，2016
　　　年版，第 303 頁。

也，聞見之不眾，論議之卑爾。〔註117〕

「然而」之前描述桀、紂高大英武，為天下之傑，力量強勁，這是描寫其好的方面，「然而」之後則刻畫桀紂「身死國亡」的罪惡的一面。

再如齊桓公，《王霸》篇言：

> 卑者五伯，齊桓公闔門之內，縣樂、奢泰、遊抏之修，於天下不見謂修，然九合諸侯，一匡天下，為五伯長，是亦無他故焉，知一政於管仲也，是君人者之要守也。〔註118〕

上文較難理解的是兩個「修」的意思，對於第一個「修」，王天海認為：「修，備也。《呂氏春秋》：『琴瑟不張，鍾鼓不修。』高注：『修，設也。』遊抏之修，即遊玩之具皆備也。」〔註119〕第二個「修」，楊倞注曰：「天下不謂之修飾也。」章詩同曰：「於天下不見謂修，但天下之人並不以他這樣是專門講求享樂。」王天海則認為：「上『修』言其遊樂之具完備，此『修』則異也。今謂『修』，通『羞』，此二字上古同屬心幕幽部，故得通。羞，醜也。《莊子·盜跖》『其行乃甚可羞也』。『於天下不見謂修』，言不被天下人認為是羞醜。」〔註120〕上述諸說皆未得之。首先，對於「修」的解釋需要放到這段話之中去分析。此段話中有一「然」字，具有明確地轉折意向。也就是說，「然」字之前描述齊桓公不好的方面，而「然」字後面則刻畫齊桓公一匡天下與任用管仲是分不開的，這是朝向好的層面而言的。那麼，將第二個「修」字釋為「天下不以他這樣講求享樂」與「不被天下認為是羞醜」則是不恰當的。其次，對於第一個「修」，王天海先生將其釋為「備」也，仍未確切。若將其釋為「備」，那麼呈現的僅僅是一種狀態。從此處文意看，荀子凸顯的則是齊桓公的一種行為。李中生先生將第二個「修」釋為：「修，行也。即從事某種活動。」〔註121〕即是將「修」按一種行為而論的，是確切的。由上可知，將二處「修」字釋為不同的含義是

〔註117〕〔清〕王先謙撰，沈嘯寰、王星賢點校：《荀子集解》，北京：中華書局，2016年版，第88～89頁。

〔註118〕〔清〕王先謙撰，沈嘯寰、王星賢點校：《荀子集解》，北京：中華書局，2016年版，第263頁。

〔註119〕〔戰國〕荀況著，王天海校釋：《荀子校釋》，上海：上海古籍出版社，2016年版，第513頁。

〔註120〕〔戰國〕荀況著，王天海校釋：《荀子校釋》，上海：上海古籍出版社，2016年版，第513頁。

〔註121〕〔戰國〕荀況著，王天海校釋：《荀子校釋》，上海：上海古籍出版社，2016年版，第513頁。

不正確的，應統一釋為「修養」之義。對於二「修」句，應譯為齊桓公注重遊玩享樂方面的修養，天下不見其品德身心的修養，這也與荀子所提出的「王霸」思想理論相契合。總之，此文亦是比較客觀地對齊桓公的形象作了刻畫。

綜上所述，基於「以近知遠」的考察方法和「以說度功」的評定方式，《荀子》中的人物書寫呈現出詳略有別、以理代敘和客觀評價三個方面的特點，這也是荀子一方面因文獻材料的豐與缺提出的應對方法，另一方面亦是其文章構建的章法使然。

第二節 《荀子》中的動物形象

《荀子》中涉及動物形象頗多，這些形象都成為荀子表達觀點的論據。大要言之，《荀子》中的動物形象可分為四類：蟲、魚、鳥、獸。

一、《荀子》動物形象分類

1.蟲。在《荀子》一書中，龍有不同的類型。有「螣蛇」，《勸學》篇言「螣蛇無足而飛」，《文子》《淮南子》等典籍中亦有記載，《文子》曰：「螣蛇無足而騰。」《淮南子·主術訓》曰：「夫螣蛇遊霧而動。」「螣」，《爾雅》曰：「螣，螣蛇。」郭璞注曰：「龍類也，能興雲霧而遊其中。」〔註122〕《說文解字》釋曰：「神它也。從蟲，朕聲。」〔註123〕可見，「螣蛇」蓋是傳說中的無足而飛的龍類動物。有「蛟龍」，《勸學》篇言「積水成淵，蛟龍生焉」，「蛟」，《說文解字》曰：「龍屬，無角曰蛟。從蟲，交聲。池魚滿三千六百，蛇來為之長，能率魚而飛。置筍水中，即蛟去。」段玉裁注曰：「龍者，麟蟲之長。蛟其屬，無角，則屬而別也。郭氏《山海經》傳曰：『似蛇四角，細頸，頸有白嬰，大者數圍，卵生，子如一二斛甕，能吞人。』按，蛟或作鮫，魚名，其字不相代也。」〔註124〕從段注所言可知，「蛟龍」體型非小，只有水深成淵，蛟龍才至。《文子·上禮》言：「老子曰：『酆水之深，十仞而不受塵垢，金石在中，形見

〔註122〕〔晉〕郭璞注，〔宋〕邢昺疏：《爾雅注疏》，臺北：藝文印書館，2001年版，第167頁下欄。
〔註123〕〔漢〕許慎撰，〔清〕段玉裁注，許惟賢整理：《說文解字注》，南京：鳳凰出版社，2015年版，第1153頁。
〔註124〕〔漢〕許慎撰，〔清〕段玉裁注，許惟賢整理：《說文解字注》，南京：鳳凰出版社，2015年版，第1164～1165頁。

於外，非不深且清也，魚鱉蛟龍莫之歸也。」〔註125〕這亦強調蛟龍的生存環境，水不深且清，蛟龍不歸。與《勸學》篇所言「積水成淵，蛟龍生焉」是相符的。荀子此句設「蛟龍」這一形象，顯然是強調「積」的重要性。再如「螭龍」（《賦》），《說文解字》曰：「若龍而黃。北方謂之地螻。從蟲，離聲。或云：無角曰螭。」〔註126〕在《荀子》中，與「螭龍」相對的是「蝘蜓」，如《賦》篇言「螭龍為蝘蜓」。楊倞注曰：「蝘蜓，守宮。」《說文解字》釋「蝘」曰：「在壁曰蝘蜓，在艸曰蜥易。從蟲，匽聲。」〔註127〕荀子此言乃「言世俗不知善惡，螭龍之聖，反謂之蝘蜓」〔註128〕。「蜹」，同「蚋」，《勸學》篇言「醯酸而蜹聚焉」，《說文解字》曰：「蜹，秦晉謂之蜹，楚謂之蚊。從蟲，芮聲。」〔註129〕是一種蚊類昆蟲，先秦兩漢典籍亦多以「蚊蜹」並稱。有「螾」，《勸學》篇言「螾無爪牙之利，筋骨之強，上食埃土，下飲黃泉，用心一也」，楊倞注曰：「『螾』與『蚓』同，蚯蚓也。」盧文弨曰：「正文『螾』字上，宋本有『蚯』字，無注末『蚯蚓也』三字。」〔註130〕由此可知，「螾」即「蚯蚓」。《說文解字》釋「螾」曰：「側行者，從蟲，寅聲。」「螾」是側著蠕動的動物。荀子言「螾」，先講其雖無「爪牙」「筋骨」之「利」「強」，但能「上食埃土，下飲黃泉」，強調其用心專一。有「蟹」，《勸學》篇言「蟹六跪而二螯，非蛇蟺之穴無可寄託者，用心躁也」，「蟹」，《說文解字》作「蠏」，其曰：「有二敖八足，旁行，非蛇鮮之穴，無所庇。從蟲，解聲。」〔註131〕荀子認為「蟹」空有六跪二螯，專寄蛇蟺之穴，其心急躁不專一。有「鱉」，《修身》篇言「故跬步而不休，跛鱉千里」，《說文解字》曰：「鼈，甲蟲也。從黽，敝聲。」段

〔註125〕王利器：《文子疏義》，北京：中華書局，2000 年版，第 535 頁。

〔註126〕〔漢〕許慎撰，〔清〕段玉裁注，許惟賢整理：《說文解字注》，南京：鳳凰出版社，2015 年版，第 1165 頁。

〔註127〕〔漢〕許慎撰，〔清〕段玉裁注，許惟賢整理：《說文解字注》，南京：鳳凰出版社，2015 年版，第 1155 頁。

〔註128〕〔清〕王先謙撰，沈嘯寰、王星賢點校：《荀子集解》，北京：中華書局，2016 年版，第 569 頁。

〔註129〕〔漢〕許慎撰，〔清〕段玉裁注，許惟賢整理：《說文解字注》，南京：鳳凰出版社，2015 年版，第 1163 頁。

〔註130〕〔清〕王先謙撰，沈嘯寰、王星賢點校：《荀子集解》，北京：中華書局，2016 年版，第 10 頁。

〔註131〕《說文解字》亦有「鱳」，許慎曰：「蠏或從魚。」因許慎對「蠏」的解釋與《荀子》比較切合，茲將「蟹」列入蟲類。參見段玉裁：《說文解字注》，第 1168 頁。

玉裁注曰：「《考工記》注：『外骨，龜屬。內骨、鼈屬。』按，鼈骨較龜稍內耳，實介屬也。故《周易》鼈、蟹、蠃、蚌、龜為一屬。」〔註132〕荀子此言刻畫了一個不斷積累、注重行動的跛鼈形象。此外，《荀子》對「鼈」亦有別的稱呼，如《王制》篇所言「黿」，即大鼈。《王制》篇言「鼉」，《說文解字》釋曰：「水蟲，似蜥易，長丈所。」〔註133〕有「蟬」，《致士》篇言「夫耀蟬者務在明其火，振其樹而已，火不明，雖振其樹無益也。今人主有能明其德者，則天下歸之，若蟬之歸明火也」，楊倞注曰：「蟬以陽明為趨也。」以此喻「明主求賢如燿蟬」〔註134〕。有「蠶」，《賦》篇有蠶隱。有「浮蝣」，《大略》篇言「不飲不食者，浮蝣也」，楊倞注曰：「浮蝣，渠略，朝生夕死蟲也。言此者，以喻人既飲且食，必須求先王法略為治，不得苟且如浮蝣輩也。」〔註135〕

2.魚。「魚」，《勸學》篇言「昔者瓠巴鼓瑟，而流魚出聽」，楊倞注曰：「流魚，中流之魚也。《列子》云：『瓠巴鼓瑟，鳥舞魚躍。』」盧文弨則認為：「『流魚』，《大戴禮》作『沉魚』，《論衡》作『鱏魚』，亦與『沉魚』音近，恐『流』字誤。《韓詩外傳》作『潛魚』。或說流魚即遊魚。古『流』『遊』通用。」王先謙則持不同意見，其曰：「『流魚』，《大戴禮》作『沉魚』，是也。魚沈快，因鼓瑟而出，故云『沉魚出聽』。《群書治要》引作『沈淫』，此『沈』『流』通借之證。《淮南子‧說山訓》作『淫魚』，高注以為長頭、口在頷下之魚，與《後漢書‧馬融傳》注『鱏魚，口在頷下』合，故《論衡》作『鱏魚』。此二書別為一義。盧引或說『流魚即遊魚』，既是遊魚，何云『出聽』？望文生義，斯為謬矣。」〔註136〕王說確矣。荀子此言乃以沉魚出聽，進一步刻畫瓠巴鼓瑟的精湛技藝。有「鯈」「鮍」，《榮辱》篇言：「鯈鮍者，浮陽之魚也，胠於沙而思水，則無逮矣。掛於患而思謹，則無益矣。自知者不怨人，知命者不怨天；怨人者窮，怨天者無志。失之己，反之人，豈不迂乎哉！」楊倞注曰：「鯈鮍，

〔註132〕〔漢〕許慎撰，〔清〕段玉裁注，許惟賢整理：《說文解字注》，南京：鳳凰出版社，2015 年版，第 1181 頁。

〔註133〕〔漢〕許慎撰，〔清〕段玉裁注，許惟賢整理：《說文解字注》，南京：鳳凰出版社，2015 年版，第 1181 頁。

〔註134〕〔清〕王先謙撰，沈嘯寰、王星賢點校：《荀子集解》，北京：中華書局，2016年版，第 308 頁。

〔註135〕〔清〕王先謙撰，沈嘯寰、王星賢點校：《荀子集解》，北京：中華書局，2016年版，第 612 頁。

〔註136〕〔清〕王先謙撰，沈嘯寰、王星賢點校：《荀子集解》，北京：中華書局，2016年版，第 11～12 頁。

魚名。浮陽，謂此魚好浮於水上就陽也。」〔註137〕這是「儵鮇浮陽」的寓言，以儵、鮇「肶沙思水」，憂患來臨才知謹慎，形容其不自知。《王制》篇有「鰍」「鱣」，「鰍」是類似於泥鰍一類的魚。「鱣」即「鱓」字，《說文解字》曰：「鱓，魚也。從魚，單聲。」段玉裁注曰：「今人所食之黃鱓也。黃質黑文似蛇。」〔註138〕

　　3.鳥。鳥類動物主要有蒙鳩，如《勸學》篇記載「蒙鳩為巢」的寓言，其言：「南方有鳥焉，名曰蒙鳩，以羽為巢，而編之以髮。繫之葦苕，風至苕折，卵破子死。巢非不完也，所繫者然也。」楊倞注曰：「蒙鳩，鷦鷯也。……『蒙』當為『䲧』。《方言》云：『鷦鷯，自關而西謂之桑飛，或謂之䲧雀。』或曰：『一名蒙鳩，亦以其愚也。言人不知學問，其所置身亦猶繫葦之危也。』《說苑》：『客謂孟嘗君曰：鷦鷯巢於葦苕，箸之以髮，可謂完堅矣，大風至則苕折卵破者何也？所託者然也。』」〔註139〕楊倞認為「蒙鳩」之義為二：一為鷦鷯；一因其愚得名。盧文弨則認為：「楊云『當為䲧』，似非。」〔註140〕揚雄《方言》曰：「桑飛。自關而東謂之工爵，或謂之過贏，或謂之女匠。自關而西謂之桑飛，或謂之懱爵。」桑飛，即是鷦鷯，亦即蒙鳩。戴震《疏證》釋「懱爵」曰：「爵、雀……懱、䲧、䲧，字異音義同。」〔註141〕可知盧文弨之說蓋非。另《廣雅》曰：「鷦䲞、鷦鳩、果贏、桑飛、女匠，工雀也。」王念孫《疏證》曰：「鷦䲞、桃蟲，即《荀子》之蒙鳩。或謂之蒙鳩，或謂之鷦䲞，或謂之懱雀，䲞、懱、蒙，一聲之轉，皆小貌也。」〔註142〕由上可知蒙鳩即是小雀，在不同的地區有著不同的稱呼。但是不同的稱呼一定程度上亦是因其差別而致，如李時珍《本草綱目》曰：「鳩性拙，鷦性巧，故得諸名。』」〔註143〕基於此，「蒙鳩」之義不出楊倞二說。有「鴟梟」「鳳皇」，《賦》篇言「鴟梟為

〔註137〕〔清〕王先謙撰，沈嘯寰、王星賢點校：《荀子集解》，北京：中華書局，2016年版，第66頁。

〔註138〕〔漢〕許慎撰，〔清〕段玉裁注：《說文解字注》，南京：鳳凰出版社，2015年版，第1006頁。

〔註139〕〔清〕王先謙撰，沈嘯寰、王星賢點校：《荀子集解》，北京：中華書局，2016年版，第5頁。

〔註140〕〔清〕王先謙撰，沈嘯寰、王星賢點校：《荀子集解》，北京：中華書局，2016年版，第5頁。

〔註141〕華學誠匯證：《揚雄方言校釋匯證》，北京：中華書局，2006年版，第568頁。

〔註142〕〔清〕王念孫：《廣雅疏證》，南京：江蘇古籍出版社，1984年版，第377頁。

〔註143〕〔明〕李時珍：《本草綱目》卷四十八，清文淵閣四庫全書本。

鳳皇」,「鴟梟」即是類似於貓頭鷹的惡鳥。此言「鴟梟之惡,反以為鳳凰也」〔註144〕。此外,《法行》篇提及「鳶」,亦是鷹之一種。有「烏鵲」,《哀公》篇言「烏鵲之巢可俯而窺也」。

4.獸。獸類動物有梧鼠,《勸學》篇言:「梧鼠五技而窮。」楊倞注曰:「『梧鼠』當為『鼫鼠』,蓋本誤為『鼫』字,傳寫又誤為『梧』耳。」〔註145〕王念孫贊同楊說,並進一步言明:「《本草》言『螻蛄一名鼫鼠』,不言『一名梧鼠』也。今以螻蛄之蛄、鼫鼠之鼠合為一名而謂之蛄鼠,又以蛄、梧因近而謂之梧鼠,可乎?且《大戴記》正作『鼫鼠五技而窮』,鼫與梧因不相近,則『梧』為誤字明矣。」〔註146〕「梧鼠」當為「鼫鼠」。《說文解字》釋「鼫」曰:「五技鼠也。能飛不能過屋;能緣不能窮木;能遊不能渡谷;能穴不能掩身,能走不能先人。此之謂五技。從鼠,石聲。」〔註147〕荀子認為鼫鼠五技傍身卻陷入「窮」境,乃心不專一,這與「螣蛇無足而飛」形成了鮮明的對比。有「螭」「虎」「狗」「雞」「豬」「牛」「羊」,《榮辱》篇言「乳彘觸虎,乳狗不遠遊,不忘其親也」,與下文人「下忘其身,內忘其親,上忘其君,……而曾狗彘之不若也」形成鮮明對比,以歌頌「乳彘」「乳狗」。《榮辱》篇又言「今人之生也,方知蓄雞狗豬彘,又蓄牛羊,然而食不敢有酒肉」。《荀子》中對豬還稱作「豚」,如《解蔽》言「痹而擊鼓烹豚」。《方言》釋「豬」曰:「豬,……其子或謂之豚。」〔註148〕「豚」即是小豬。有「蚊虻」,《解蔽》言「蚊虻之聲聞,則挫其精」。有「麟」,《哀公》篇言「麟在郊野」,《說文解字》釋「麟」曰:「大牝鹿也。」〔註149〕有「豺狼」,《哀公》言「士不信愨而有多知能,譬之其豺狼也,不可以身爾也」。

綜上所述,《荀子》中的動物形象大體以蟲、魚、鳥、獸四端示之。然在《荀子》中「馬」出現頻率較多,也頗能代表荀子的思想,下文詳而論之。

〔註144〕〔清〕王先謙撰,沈嘯寰、王星賢點校:《荀子集解》,北京:中華書局,2016年版,第569頁。

〔註145〕〔清〕王先謙撰,沈嘯寰、王星賢點校:《荀子集解》,北京:中華書局,2016年版,第11頁。

〔註146〕〔清〕王先謙撰,沈嘯寰、王星賢點校:《荀子集解》,北京:中華書局,2016年版,第11頁。

〔註147〕〔漢〕許慎撰,〔清〕段玉裁注:《說文解字注》,南京:鳳凰出版社,2015年版,第835頁。

〔註148〕華學誠匯證:《揚雄方言校釋匯證》,北京:中華書局,2006年版,第544頁。

〔註149〕〔漢〕許慎撰,〔清〕段玉裁注:《說文解字注》,南京:鳳凰出版社,2015年版,第821頁。

二、《荀子》中的「馬」意象及其意蘊

自先秦始,「馬」貫穿在先民的政治、日常生活中。作者將「馬」被納入文本,生成一種形象,並賦予其一定的意義,便具備了濃厚色彩的意象。李炳海先生著重梳理先秦時期的《山海經》《周易》《詩經》《莊子》四部典籍,並指出「先秦文學的馬意象,經歷了一個曲折的演變過程。《山海經》神話中的馬,是作為自然力或自然暴力出現,馬的原始野性得到充分的展示。《周易》卦爻辭中的馬,作為陽剛的象徵物加以運用,從抽象意義上保留馬的原始野性,開始出現以人制馬的苗頭。《詩經》早期作品凸顯馬的自然生命力,後期作品則使馬的原始野性明顯弱化,人對馬的制馭成為重要表現對象。《莊子》的許多篇章一方面再現馬的原始野性,同時對馬的自然天性遭扭曲、被異化表示同情和憤慨。」〔註150〕可見,在不同的典籍、不同的時期,馬的形象所承載的意義是有差異的。那麼,至《荀子》書中,「馬」出現次數較其他動物多,而且對「馬」的稱呼亦不同。這些稱呼主要有「騏驥」「駑馬」「樸馬」「驊騮」「驒驥」「纖離」「綠耳」等。「馬」之所以在《荀子》中多次出現,這與荀子的生活環境是離不開的。荀子是趙人,戰國時期趙國毗鄰燕、代。《左傳·昭公四年》曰:「冀之北土,馬之所生。」楊伯峻曰:「冀,冀州。冀之北土,杜注謂即燕、代。《初學記》八引盧毓《冀州論》云:『冀州北接燕、代』,杜注本此。宋孫奕《示兒編》十五云:『冀北出良馬,則名馬為驥。』說詳惠棟《補注》。」〔註151〕也就是說,燕、代之地馬眾多,可能當地游牧業發達。另《荀子·王制》篇亦言「北海則有走馬吠犬焉」,楊倞注曰:「海,謂荒晦絕遠之地,不必至海水也。」〔註152〕亦指出北部荒遠地區盛產馬。那麼,作為趙人的荀子,距燕、代之近,自應常見馬、多識馬。這在《荀子》中「馬」的不同稱呼亦可得知。綜觀《荀子》一書,「馬」不單單是具體的客觀形象存在,而且具備著多重意涵。

1.「走不若馬」與「積」學思想

在先民心中,馬具有超強的奔跑能力,這在先秦典籍中亦可得知。《列子·周穆王》有周穆王不恤國事、肆意遠遊的描述:「命駕八駿之乘,右服驊騮而

〔註150〕李炳海:《原始野性的展示、弱化和重現——先秦文學馬意象的演變》,《社會科學戰線》,2005年第6期。

〔註151〕楊伯峻:《春秋左傳注》,北京:中華書局,2016年版,第1379頁。

〔註152〕〔清〕王先謙撰,沈嘯寰、王星賢點校:《荀子集解》,北京:中華書局,2016年版,第190頁。

左驂赤驥而左白㹀,主車則造父為御,离寫為右,次車之乘,右服渠黃而左踰輪,左驂盜驪而右山子,柏夭主車,參百為御,奔戎為右。馳驅千里,至於巨蒐氏之國。巨蒐氏乃獻白鵠之血以飲王,具牛馬之湩以洗王之足,及二乘之人。已飲而行,遂宿於崑崙之阿,赤水之陽。別日陟於崑崙之丘,以觀黃帝之宮;而封之以詒後世。遂賓於西王母,觴於瑤池之上。西王母為王謠,王和之,其辭哀焉。西觀日之所入。一日行萬里。」〔註153〕由此段引文可知,周穆王「駕八駿之乘」「馳驅千里,至於巨蒐氏之國」,又往前行,至西王母瑤池,「觀日之所入,一日行萬里」,儘管有誇張之嫌,但證明了「馬」的奔馳能力。另《管子·水地》言:「慶忌者,其狀若人,其長四寸。衣黃衣,冠黃冠,載黃蓋,乘小馬,好疾馳。以其名呼之,可使千里外一日反報。此涸澤之精也。」〔註154〕描寫慶忌乘馬則馳驅千里。在《莊子·秋水》也記載:「騏驥驊騮,一日而馳千里。」〔註155〕也就是說,「馬」就是善於奔跑的動物,是日行千里的代名詞。

《荀子》書中明確提出「走不若馬」的觀點,證明馬的現實奔馳能力。如《荀子·勸學》篇提及「假輿馬者,非利足也,而致千里」,梁啟雄曰:「假借車馬的人,並不是他的腳比別人利便,卻能到達千里。」〔註156〕意謂致千里者,乃車馬之功。另《王制》篇言:「力不若牛,走不若馬。」《堯問》篇亦言:「君子力如牛,不與牛爭力;走如馬,不與馬爭走。」則指出論奔跑能力,人不如馬。《荀子》不僅再現現實社會中「馬」的特質,而且就這一特質賦予其更深的意味。

《修身》篇言:

> 夫驥一日而千里,駑馬十駕則亦及之矣。將以窮無窮,逐無極與?其折骨絕筋,終身不可以相及也;將有所止之,則千里雖遠,亦或遲或速、或先或後,胡為乎其不可以相及也?不識步道者,將以窮無窮逐無極與?意亦有所止之與?夫堅白、同異、有厚無厚之察,非不察也,然而君子不辯,止之也;倚魁之行,非不難也,然

〔註153〕楊伯峻撰:《列子集釋》,北京:中華書局,1979年版,第94~98頁。
〔註154〕黎翔鳳撰,梁運華整理:《管子校釋》,北京:中華書局,2004年版,第827頁。
〔註155〕〔清〕郭慶藩撰,王孝魚點校:《莊子集釋》,北京:中華書局,1961年版,第580頁。
〔註156〕梁啟雄:《荀子簡釋》,北京:中華書局,1983年版,第3頁。

而君子不行，止之也。故學曰：「遲彼止而待我，我行而就之，則亦或遲或遠、或先或後，胡為乎其不可以同至也？」故跬步而不休，跛鱉千里；累土而不輟，丘山崇成；厭其源，開其瀆，江河可竭；一進一退，一左一右，六驥不致。彼人之才性之相縣也，豈若跛鱉之與六驥足哉？然而跛鱉致之，六驥不致，是無他故焉，或為之，或不為爾。道雖邇，不行不至；事雖小，不為不成。其為人也多暇日者，其出入不遠矣。〔註157〕

此段頗能代表荀子的「積」學思想。首先，此段後文描寫「六驥」前、後、左、右搖擺的狀態，而跛鱉有身體缺陷，卻能致千里，通過二者的比較，荀子指出其中的原因，「或為之，或不為爾」。其次，有了「為」（學）的動機，「積」是造成人的才性懸殊的根本。如首句「驥」與「駑馬」的比較，郝懿行曰：「駑馬日可百里，十日則亦可及千里，遲速先後不同，其歸一也。」〔註158〕荀子以「驥」「駑馬」比喻成不同才性的人，「駑馬」只要不斷積累，亦可達到「驥」的高度。《勸學》篇亦有此類描述：「騏驥一躍，不能十步；駑馬十駕，功在不捨。」梁啟雄《荀子簡釋》：「劉曰：『一日所行為一駕，十駕、十日之程也。』啟雄按：『此言：駑馬十日亦能行千里，所成就和騏驥相同，它所以成功的原因，是在於它不肯放捨前進。』」〔註159〕這也是強調「積」的重要性。當然，荀子提出比較的前提是「有所止」也，有了終點，千里雖然遙遠，但「或遲或速、或先或後」，終能到達。

2. 「樸馬」「良馬」「逃逸的馬」與禮

先秦子書對「馬」的描述及其所賦予的意味不盡相同，這在儒、道典籍中顯得尤為突出。李炳海先生指出道家作品中的馬意象「呈現的是對馬的原始野性的呼喚、重現，是對馬的自然生命力的欣賞、讚美」〔註160〕。這在《馬蹄》篇描寫馬的自然生長與「燒之、剔之、刻之」等人為造作的鮮明對比可以看出。而作為儒家典籍的《荀子》，則恰與《莊子》相異。

〔註157〕〔清〕王先謙撰，沈嘯寰、王星賢點校：《荀子集解》，北京：中華書局，2016年版，第36～38頁。

〔註158〕〔清〕王先謙撰，沈嘯寰、王星賢點校：《荀子集解》，北京：中華書局，2016年版，第36頁。

〔註159〕梁啟雄：《荀子簡釋》，北京：中華書局，1983年版，第4～5頁。

〔註160〕李炳海：《原始野性的展示、弱化和重現——先秦文學馬意象的演變》，《社會科學戰線》，2005年第6期。

　　《臣道》篇提到對「樸馬」的教順。其言：「調而不流，柔而不屈，寬容而不亂，曉然以至道而無不調和也，而能化易，時關內之，是事暴君之義也。若馭樸馬，若養赤子，若食餧人。故因其懼也，而改其過，因其憂也，而辨其故，因其喜也，而入其道，因其怒也，而除其怨，曲得所謂焉。《書》曰：『從命而不拂，微諫而不倦，為上則明，為下則遜。』此之謂也。」〔註161〕此段描述大臣事暴君，以「樸馬」喻暴君。關於「樸馬」之義，楊倞注曰：「樸馬，未調習之馬，不可遽牽制，必縱緩之。事暴君之難，故重明之也。」〔註162〕亦即對於未調習之馬，荀子強調一個循序漸進的教順過程。另《禮論》篇提到：「故大路之馬必倍至教順，然後乘之，所以養安也。」盧文弨曰：「『倍至』作『信至』。」王先謙曰：「『倍』，當依《史記》作『信』。『倍』『信』形近而訛。……信至，謂馬調良之極。」〔註163〕若安全的乘馬，首先對大路之馬進行調良、教順，而這種調良、教順的過程則需要「禮」的實行，在《禮論》篇就有「禮者，養也」明確的說明。那麼，對於良馬，荀子是如何對待呢？《性惡》篇言：「驊騮、騹驥、纖離、綠耳，此皆古之良馬也，然而必前有銜轡之制，後有鞭策之威，加之以造父之馭，然後一日而致千里也。」〔註164〕「銜轡之制」「鞭策之威」「造父之馭」都明確表明荀子亦強調對良馬的勸導、教順、馴服。《哀公》篇所言「馬服而後求良焉」，亦是此類表述。

　　另在《哀公》篇有「逃逸之馬」形象的描述，其曰：

　　　　定公問於顏淵曰：「子亦聞東野畢之善馭乎？」顏淵對曰：「善則善矣，雖然，其馬將失。」定公不悅，入謂左右曰：「君子固讒人乎！。」三日而校來謁，曰：「東野畢之馬失。兩驂列，兩服入廄。」定公越席而起曰：「趨駕召顏淵！」顏淵至，定公曰：「前日寡人問吾子，吾子曰：『東野畢之駛善則善矣，雖然，其馬將失。』不識吾子何以知之？」顏淵對曰：「臣以政知之。昔舜巧於使民，而造父巧於使馬；舜不窮其民，造父不窮其馬；是以舜無失民，造父無失馬。

〔註161〕〔清〕王先謙撰，沈嘯寰、王星賢點校：《荀子集解》，北京：中華書局，2016年版，第297～299頁。
〔註162〕〔清〕王先謙撰，沈嘯寰、王星賢點校：《荀子集解》，北京：中華書局，2016年版，第298頁。
〔註163〕〔清〕王先謙撰，沈嘯寰、王星賢點校：《荀子集解》，北京：中華書局，2016年版，第412頁。
〔註164〕〔清〕王先謙撰，沈嘯寰、王星賢點校：《荀子集解》，北京：中華書局，2016年版，第530～531頁。

今東野畢之馭，上車執轡，銜體正矣；步驟馳騁，朝禮畢矣；歷險致遠，馬力盡矣；然猶求馬不已，是以知之也。」定公曰：「善，可得少進乎？」顏淵對曰：「臣聞之，鳥窮則啄，獸窮則攫，人窮則詐。自古及今，未有窮其下而能無危者也。」〔註165〕

此段是講魯定公二問顏淵東野子是否「善馭」的事情。顏淵指出東野子之馬將要逃逸。定公再問其因，顏淵以「政」析之，指出舜、造父「無失民」「無失馬」的原因是「舜不窮其民，造父不窮其馬」，顏淵進而指出東野子「上車執轡，銜體正矣；步驟馳騁，朝禮畢矣；歷險致遠，馬力盡矣」，郝懿行言：「上句言馭之習，下句言馬之習也。」〔註166〕東野子駕馭的各種禮儀都具備了，但沒有考慮到馬自身的習性。《禮論》篇言：「制禮義以分之，以養人之欲，給人之求，使欲必不窮於物，物必不屈於欲，兩者相持而長，是禮之所起也。」楊倞注曰：「欲與物相扶持，故能長久，是禮所起之本意者也。」〔註167〕荀子所謂「禮」，乃「欲不窮物」「物不屈欲」，即達欲也要考量現實事物的習性。而在此則事例中，東野子一味強調馭馬之禮，忽略了馬的本身習性，則有失偏頗。

綜上所述，《荀子》中的馬，不僅展現其現實的本身屬性，而且又賦予其濃厚的蘊涵。「走不若馬」，代表著荀子的積學思想，「樸馬」「良馬」「逃逸的馬」則體現了「禮」的內涵。

第三節 《荀子》中的植物形象

《荀子》中的植物形象可分為兩類，一類是草類植物，一類是木類植物。

一、《荀子》植物形象分類

（一）草類植物。「艸」，許慎曰：「艸，百卉也。從二中。凡艸之屬皆從艸。」〔註168〕湯可敬先生參證云：「古匋文作𭶑，象左右枝葉參差差之貌。

〔註165〕〔清〕王先謙撰，沈嘯寰、王星賢點校：《荀子集解》，北京：中華書局，2016年版，第644～645頁。

〔註166〕〔清〕王先謙撰，沈嘯寰、王星賢點校：《荀子集解》，北京：中華書局，2016年版，第645頁。

〔註167〕〔清〕王先謙撰，沈嘯寰、王星賢點校：《荀子集解》，北京：中華書局，2016年版，第409頁。

〔註168〕〔漢〕許慎撰，〔清〕段玉裁注：《說文解字注》，南京：鳳凰出版社，2015年版，第37頁。

小葉為求圓轉勻整,變作艸。許慎據此定為會意字。經傳多作草。草的本義是橡實,因草借為艸木字,又另造皂字。」〔註169〕故「艸」之屬皆歸於草類植物。

有「藍」草,《勸學》篇言「青,取之於藍而青於藍」,許慎曰:「藍,染青艸也。從艸,監聲。」〔註170〕王天海先生曰:「藍,即蓼藍草,製作靛青之原料。」〔註171〕可知靛青取自「藍」草。

有「蒲葦」,《不苟》篇言「與時屈伸,柔從若蒲葦,非懾怯也」,荀子所言「蒲葦」柔和,不堅硬,有風襲來,蒲葦順風而動。楊倞注曰:「蒲葦所以為席,可卷者也。」〔註172〕此處言「蒲葦」,表達君子應變的品質。郝懿行言:「此言君子屈伸,隨時之宜。當其屈也,柔從若蒲葦。」〔註173〕有「稻粱」「菽藿」,草本植物,《榮辱》篇言「今使人生而未嘗睹芻豢稻粱也,惟菽藿糟糠之為睹」,王天海言:「稻粱,穀物總稱。此指稻米類細糧。菽藿,豆類與野菜。」〔註174〕在此處,「菽藿」是與「稻粱」相對的,泛指粗糧。有「芝蘭」,是「芝」和「蘭」兩種香草。古代典籍有記載,如《宥坐》篇曰:「且夫芷蘭生於深林,非以無人而不芳。」《孔子家語‧六本》言「與善人居,如入芝蘭之室,久而不聞其香,即與之化矣」等,皆描述「芝蘭」為香草,常形容具有高尚品德的人。先秦典籍中以香草作喻的較為突出的是屈原,其常以香草比喻君臣關係。在《王制》篇中對「芝蘭」的書寫則體現了另一番意涵,其言「彼其所與至者,必其民也。其民之親我也,歡若父母,好我芳如芝蘭,反顧其上則若灼黥,若仇讎」,荀子此處是以香草喻君民之關係。此外,《議兵》提及「其好我芬若椒蘭」,《禮論》亦言「椒蘭芬苾,所以養鼻也」,「椒蘭」亦是指香草。有「椒芷」,《正論》篇言「側載睪芷以養鼻」、《禮論》言

〔註169〕湯可敬:《說文解字今釋》,長沙:嶽麓書社,2001 年版,第 64~65 頁。

〔註170〕〔漢〕許慎撰,〔清〕段玉裁注:《說文解字注》,南京:鳳凰出版社,2015 年版,第 42 頁。

〔註171〕〔戰國〕荀況著,王天海校釋:《荀子校釋》,上海:上海古籍出版社,2016 年版,第 2 頁。

〔註172〕〔清〕王先謙撰,沈嘯寰、王星賢點校:《荀子集解》,北京:中華書局,2016 年版,第 48 頁。

〔註173〕〔清〕王先謙撰,沈嘯寰、王星賢點校:《荀子集解》,北京:中華書局,2016 年版,第 48 頁。

〔註174〕〔戰國〕荀況著,王天海校釋:《荀子校釋》,上海:上海古籍出版社,2016 年版,第 146 頁。

「側載睪芷，所以養鼻也」，關於「睪芷」，一般有兩種觀點，楊倞注曰：「睪，芷，香草也。」〔註175〕認為是兩種香草。另外一種觀點認為是一種香草，如物雙松曰：「睪芷，當是澤芷。芷蘭皆生川澤，故得以澤稱。睪、澤通。」梁啟雄亦認為：「睪，借為澤。」〔註176〕其實第二種觀點是有來源依據的，《王霸》篇有「睪牢天下」的字句，郝懿行補注曰：「今按《干祿字書》，睪，俗作皋字，蓋皋俗作皐，訛轉為睪。」〔註177〕故「睪」「皋」通用。《楚辭·離騷》言：「步余馬於蘭皋兮」，王逸曰：「澤曲曰皋。」〔註178〕由此可知，將「睪」釋以「澤」是恰當的。有「瓜」，《富國》篇略有提及。有「黍」「稷」，屬於五穀。《禮論》篇言「饗，尚玄尊而用酒醴，先黍稷而飯稻粱」，黍稷常作為祭祀儀式陳列的物品。有「藜」，《宥坐》篇言「孔子南適楚，厄於陳蔡之間，七日不火食，藜羹不糂，弟子皆有饑色」，「藜」，一種野菜，可食。此處通過不用火煮熟食物，藜羹中無米摻之等細節的描寫，刻畫了孔子與弟子的困厄境遇。

（二）木類植物。木，許慎《說文解字》曰：「冒也。冒地而生，東方之行。從中，下象其根。凡木之屬皆從木。」〔註179〕木即是木本植物，凡「木」之屬皆歸此論述。

有「樹」，《勸學》篇言「樹成蔭」，現在詞彙多以「樹木」言之，不過在先秦時期「木」與「樹」是有差別的。「樹」，《說文解字》曰：「木生植之總名。」〔註180〕即是作為動詞的種植之義。如「一年之計，莫如樹穀；十年之計，莫如樹木」（《管子》）可以明顯地看出動詞「樹」的含義。谷衍奎先生指出：「上古『木』與『樹』音義、詞性皆不同，『木』指今天的樹木，是名詞；『樹』指種植，是動詞，相當於如今的載，戰國時『樹』才有了樹木之義。」〔註181〕如《荀子》所言的「樹成蔭」的「樹」即是作為樹木而言的。

〔註175〕〔戰國〕荀況著，王天海校釋：《荀子校釋》，上海：上海古籍出版社，2016年版，第730頁。

〔註176〕〔戰國〕荀況著，王天海校釋：《荀子校釋》，上海：上海古籍出版社，2016年版，第730頁。

〔註177〕〔清〕郝懿行：《荀子補注》，《郝氏遺書》，清嘉慶十四年至光緒十年刊本。

〔註178〕黃靈庚：《楚辭章句疏證》，北京：中華書局，2007年版，第225頁。

〔註179〕〔漢〕許慎撰，〔清〕段玉裁注：《說文解字注》，南京：鳳凰出版社，2015年版，第420頁。

〔註180〕〔漢〕許慎撰，〔清〕段玉裁注：《說文解字注》，南京：鳳凰出版社，2015年版，第437頁。

〔註181〕谷衍奎：《漢字源流字典》，北京：語文出版社，2008年版，第64頁。

有「桃」「棗」「李」，《富國》篇言「然後瓜桃棗李一本數以盆鼓」，「一本」，即「一株也」〔註182〕，王天海先生認為：「鼓，亦古代量器。《孔子家語・正論篇》注云：『三十斤為鈞，鈞四為石，石四為鼓。』許慎《五經異義》以四十斤為斛，則十二斛亦四百八十斤，衡量與容器相合。數以盆鼓，即用盆鼓以計數量。」〔註183〕此處言桃、棗、李之豐以諷墨子「昭昭然為天下憂不足」。有「松柏」，即松樹和柏樹。《強國》篇言「其在趙者，剡然有苓而據松柏之塞」，楊倞注曰：「松柏之塞，蓋趙樹松柏，與秦為界，今秦據有之。」〔註184〕此描述秦趙臨界處，趙國植有松柏，後被秦據為己有。

二、植物意象與「君子」品格

在文學作品中，形象的設立，不僅是簡單地對客觀世界的摹寫，往往寄託了作者的思想主張。《荀子》書中的一些植物形象也體現了荀子的思想。

（一）「葦苕」「射干」「蓬」「蘭槐」與君子「假物」

《荀子》書中「君子」一詞出現近 300 次，可以說荀子頗為重視君子的內涵。荀子對「君子」的書寫，常需要借助自然界的客觀事物來展現，而其中的一些植物頗能體現荀子的「君子」觀。

《勸學》篇通過對幾種植物的描寫將「君子」的品格作了呈現：

> 吾嘗終日而思矣，不如須臾之所學也；吾嘗跂而望矣，不如登高之博見也。登高而招，臂非加長也，而見者遠；順風而呼，聲非加疾也，而聞者彰。假輿馬者，非利足也，而致千里；假舟楫者，非能水也，而絕江河。君子生非異也，善假於物也。南方有鳥焉，名曰蒙鳩，以羽為巢，而編之以發，繫之葦苕，風至苕折，卵破子死。巢非不完也，所繫者然也。西方有木焉，名曰射干，莖長四寸，生於高山之上，而臨百仞之淵，木莖非能長也，所立者然也。蓬生麻中，不扶而直；白沙在涅，與之俱黑。蘭槐之根是為芷，其漸之滫，君子不近，庶人不服。其質非不美也，所漸者然也。故君子居

〔註182〕〔清〕王先謙撰，沈嘯寰、王星賢點校：《荀子集解》，北京：中華書局，2016年版，第218頁。

〔註183〕〔戰國〕荀況著，王天海校釋：《荀子校釋》，上海：上海古籍出版社，2016年版，第441頁。

〔註184〕〔清〕王先謙撰，沈嘯寰、王星賢點校：《荀子集解》，北京：中華書局，2016年版，第356頁。

必澤鄉，遊必就士，所以防邪僻而近中正也。〔註185〕

首先對此段中所提及的植物略作說明。「葦苕」，《說文解字》釋「葦」曰：「大葭也。」〔註186〕許慎又釋「葭」曰：「葦之未秀者。」〔註187〕段玉裁注曰：「『大葭』，猶言葭之已秀者。」〔註188〕另《詩經・召南・騶虞》言「彼茁者葭，一發五豝」，毛亨注曰：「葭，蘆也。」〔註189〕孔穎達疏「七月流火，八月萑葦」曰：「初生為葭，長大為蘆，成則名為葦。」〔註190〕那麼「葦」即是業已長成的蘆葦，而蘆葦在不同的成長時期亦有不同的說法。「苕」，楊倞注曰：「葦之秀也。」〔註191〕秀即「禾實」，在此處則指蘆葦的穗。

射干，荀子稱其為木，不斷引起後世注釋家的作解。一種觀點認為將「射干」作「木」是錯誤的。楊倞注曰：「《本草》藥名有射干，一名鳥扇。陶弘景云：『花白莖長，如射人之執竿。』又引阮公詩云『射干臨層城』，是生於高處也。據《本草》在草部中，又生南陽山谷，此云『西方有木』，未詳。或曰：『長四寸』即是草，雲木，誤也。蓋生南陽，亦生西方也。射音夜。」楊倞是較早關注「射干」草木屬性的，從其觀點中可知，楊倞對於荀子稱「射干」為木不解，又以當時的言論「或曰」一詞指出荀子稱木是錯誤的。久保愛和楊柳橋則從文字淵源的誤寫情況作了分析，久保愛曰：「木，當作草。案篆文『木』作『🔆』，草作『Ψ』，其形相似，故誤耳。」楊柳橋曰：「木稱幹，草稱莖；木，當係由傳寫者誤Ψ為🔆。Ψ，古借為『草』字。」對於草木誤寫的說法是值得商榷的。另一觀點認為古代多草木混稱，稱「射干」為木並非錯誤。如物雙松言：「莖長四寸，此非木明矣。謂草為木，古人不拘，往往如此。」比較明確的指

〔註185〕〔清〕王先謙撰，沈嘯寰、王星賢點校：《荀子集解》，北京：中華書局，2016年版，第4〜7頁。

〔註186〕〔漢〕許慎撰，〔清〕段玉裁注：《說文解字注》，南京：鳳凰出版社，2015年版，第78頁。

〔註187〕〔漢〕許慎撰，〔清〕段玉裁注：《說文解字注》，南京：鳳凰出版社，2015年版，第79頁。

〔註188〕〔漢〕許慎撰，〔清〕段玉裁注：《說文解字注》，南京：鳳凰出版社，2015年版，第78〜79頁。

〔註189〕〔漢〕毛亨傳，鄭玄箋，〔唐〕孔穎達等正義：《毛詩正義》，臺北：藝文印書館，2001年版，第68頁下欄。

〔註190〕〔漢〕毛亨傳，鄭玄箋，〔唐〕孔穎達等正義：《毛詩正義》，臺北：藝文印書館，2001年版，第282頁上欄。

〔註191〕〔清〕王先謙撰，沈嘯寰、王星賢點校：《荀子集解》，北京：中華書局，2016年版，第5頁。

出謂草為木，古人用法不拘。駱瑞鶴則上襲物雙松的觀點，並作了進一步說明，其曰：「𠂹𣎍二形之異，一望而知，故典籍中不相誤。射干莖長四寸，實為草，今說為木者，原係上古之人於草木二者可以混通言之。草與木混言則同，析言則分。《王制》篇：『草木有生而無知』，是析言之；此文則混言之，故射干得稱木。正如禽可謂之之獸，獸得謂之禽，其指不殊。王國維《學林》卷四云：『射干，雖草類，而通以木名之，不害於義。夫以荀卿之博學，豈不能區別草木邪？而云誤者，非也。』」王天海認為：「木，猶草也。物氏已先言之。朱駿聲《說文通訓定聲‧需部》：『五行不言草，艸亦木也。』是其證。」〔註192〕通過兩種觀點的概述，第二種觀點較為妥帖。荀子稱草為木，是古人多草木並稱，蓋隨時代之推進，訓詁學著作對物類的分類愈加細化，有了草木之分，才會對此心生疑義。

「蓬」，許慎釋曰：「蒿也。從艸，逢聲。」〔註193〕谷衍奎言：「本義為蓬草。二年生或多年生草本植物，葉子像柳葉，邊緣有鋸齒，花外圍白色，籽實有毛，隨風飛揚，故名飛蓬。」〔註194〕《詩經‧衛風‧伯兮》言：「自伯之東、首如飛蓬。」朱熹曰：「蓬，草名。其華似柳絮，聚而飛，如亂髮也。」〔註195〕從以上谷衍奎及朱熹的言論可知，「蓬」是一種柔且不堅的草。

「蘭槐」，楊倞注曰：「蘭槐，香草，其根是為芷也。《本草》『白芷一名白茞』，陶弘景云『即《離騷》所謂蘭茞也』。蓋苗名蘭茞，根名芷也。蘭槐當是蘭茞別名，故云『蘭槐之根是為芷』也。」〔註196〕王天海先生提出了自己的觀點，其曰：「楊倞注『蘭槐當是蘭茞別名』，似無可考。今謂『蘭槐』乃『蘭茞』之音訛也。槐，上古音屬匣聲微部，《廣韻》戶乖切，平聲皆韻，又戶恢切，平聲灰韻。茞，上古音屬昌聲之部，《廣韻》諸市切，上聲止韻，又昌給切，上聲海韻。上古之微韻近，中古皆海韻同，故茞得音誤微槐。《說文》段注：『茞，《本草經》謂之白芷。茞、芷同字。臣聲、止聲，同在一部也。』」《楚

〔註192〕〔戰國〕荀況著，王天海校釋：《荀子校釋》，上海：上海古籍出版社，2016年版，第11～12頁。

〔註193〕〔漢〕許慎撰，〔清〕段玉裁注：《說文解字注》，南京：鳳凰出版社，2015年版，第80頁。

〔註194〕谷衍奎：《漢字源流字典》，北京：語文出版社，2008年版，第1550頁。

〔註195〕〔宋〕朱熹：《詩集傳》，北京：中華書局，1958年版，第40頁。

〔註196〕〔戰國〕荀況著，王天海校釋：《荀子校釋》，上海：上海古籍出版社，2016年版，第12頁。

辭‧九歌‧湘夫人》『沅有茝兮澧有蘭』，蘭與茝皆為香草，故常並稱之。《荀子‧大略》篇『蘭茝槀木，漸於密醴』，此亦證『蘭槐』當為『蘭茝』之誤。《荀》書中另有『芝蘭』一見，『椒蘭』二見，『茝蘭』一見，皆以香木香草並稱之，而槐非其類。且蘭根、茝根俱香草之根，而茝單名與茝無異，在此則為香草香根之名，故云：『蘭槐之根是為芷。』」〔註197〕王天海結合音韻以及先秦文獻證明「蘭槐」實為「蘭茝」之訛，此論斷是切實的。

　　蒙鳩築巢，卵破子死的原因是將巢繫於葦苕，射干生於高山，並非其莖長，是其所處的位置使然，而「蓬生麻中，不扶而直」，是因為「蓬」是一種不直的植物，如《莊子‧逍遙遊》中莊子回答惠子的話：「今子有五石之瓠，何不慮以為大樽而浮乎江湖，而憂其瓠落無所容？則夫子猶有蓬之心也夫！」郭象注曰：「蓬，非直達者也。」成玄英疏曰：「蓬，草名，拳曲不直也。」唐陸德明釋文曰：「郭云：蓬，生非直達者。向云：蓬者短不暢。」〔註198〕不直的「蓬」生在麻中，就變得直了，這是受環境的影響。荀子之所以描寫這些植物旨在表達一個觀點，即是「君子生非異也，善假於物也」。在此之前，荀子所言的「終日而思不如須臾所學」「跂望不如登高博見」「假輿馬」「假舟楫」等都在表達君子應該善於「假物」。熊公哲先生按語云：「『吾嘗終日而思，不如須臾之所學』。荀子此言，與《論語‧衛靈公》篇所載孔子『吾嘗終日不食，終夜不寢，以思，無益，不如學也』云云。意頗相似，但荀子以性為惡，故其所謂學者，譬猶行遠之輿馬，絕江河之舟楫，假之與外，而非發至於內，此其所以為義外之儒而與孔子不同也。自此段申釋假物之義，言所託所假，不可不慎。」〔註199〕

　　君子「假物」，在《韓詩外傳》中更為明確地作了說明，可相為參考，其言：

　　　　藍有青，而絲假之，青於藍；地有黃，而絲假之，黃於地。藍青地黃，猶可假也，仁義之事，不可假乎哉！東海之魚，名曰鰈，比目而行，不相得，不能達。北方有獸，名曰婁，更食而更視，不相得，不能飽。南方有鳥，名曰鶼，比翼而飛，不相得，不能舉。西方有獸，

〔註197〕〔戰國〕荀況著，王天海校釋：《荀子校釋》，上海：上海古籍出版社，2016年版，第13頁。
〔註198〕〔清〕郭慶藩：《莊子集釋》，北京：中華書局，1961年版，第39頁。
〔註199〕熊公哲：《荀子今注今譯》，臺北：臺灣商務印書館，1977年版，第6頁。

名曰蟨，前足鼠，後足兔，得甘草，必銜以遺蛩蛩距虛，其性非能蛩
蛩距虛，將為假之故也。夫鳥獸魚猶相假，而況萬乘之主而獨不知假
此天下英雄俊士，與之為伍，則豈不病哉。故曰：以明扶明，則陞於
天；以明扶暗，則歸其人；兩瞽相扶，不傷牆木，不陷井阱，則其幸
也。《詩》曰：「惟彼不順，往以中垢。」暗行也。〔註200〕

此段首先以藍、青、地、黃可「假」為例，認為仁義之事亦可「假」。其後又
詳細刻畫鰈、蔞、鵜、蟨因身體原因需要「假」並善於「假」，以此推至天子
為何不「假」天下賢士呢？動物如此，其猶人乎？「故曰」後的言論，其實暗
含了人的不同行為所呈現的不同後果，這與《勸學》篇「君子居必擇鄉，遊必
就士，所以防邪僻而近中正」的言說並無二致。

總之，通過「葦苕」「射干」「蓬」「蘭槐」等植物的描述，荀子意在強調
君子要慎於選擇，善於「假物」。「近中正」則「被服聖教，日夜諷詠，得聖人
之操矣」〔註201〕。

（二）「松柏」與君子德性

1.「松柏」內涵的多義性

「松柏」一詞，在先秦典籍中所表達的意思不盡相同，呈現出多義性的特
徵。如《詩經·小雅·天保》言：「如月之恒，如日之昇。如南山之壽，不騫
不崩。如松柏之茂，無不爾或承。」《天保》是一首「歸美報上」的詩，鄭箋
云：「或之言有也。如松柏之枝葉，常茂盛，青青相承，無衰落也。」孔穎達
疏曰：「此章說堅固之狀，言王德位日隆。……如松柏之葉，新故相承代，常
無雕落，猶王子孫世嗣相承，恒無衰也。」〔註202〕朱熹《詩集傳》曰：「言舊
葉將落而新葉已生，相繼而長茂也。」〔註203〕此詩中以「松柏」為喻，歌頌
統治者萬古長青，表達了一種恒久不衰的精神。

《頍弁》一詩：「有頍者弁、實維伊何。爾酒既旨、爾殽既嘉。豈伊異人、
兄弟匪他。蔦與女蘿、施于松柏。未見君子、憂心弈弈。既見君子、庶幾說懌。」

〔註200〕〔漢〕韓嬰撰，許維遹校釋：《韓詩外傳集釋》，北京：中華書局，1980 年版，
　　　　　第 192～194 頁。
〔註201〕黃暉撰：《論衡校釋》（附劉盼遂集解），北京：中華書局，1990 年版，第 545
　　　　　頁。
〔註202〕〔漢〕毛亨傳，鄭玄箋，〔唐〕孔穎達等正義：《毛詩正義》，臺北：藝文印書
　　　　　館，2001 年版，第 331 頁下欄。
〔註203〕〔宋〕朱熹：《詩集傳》，北京：中華書局，1958 年版，第 105 頁。

朱熹認為：「此亦燕兄弟親戚之詩。……又言蔦蘿施於木上，以比兄弟親戚纏綿依附之意，是以未見而憂，既見而喜也。」〔註204〕韓高年先生通過考證，認為此詩乃宣王朝的姬姓貴族表達對亂離之後兄弟情誼的歌頌〔註205〕。那麼，蔦與女蘿所指的是姬姓貴族，而松柏則是指周宣王，以喻位高權重。

再如《詩經·大雅·皇矣》一詩，朱熹言：「此詩敘大王、大伯、王季之德，以及文王伐密伐崇之事也。」〔註206〕而其中第三章「帝省其山，柞棫斯拔，松柏斯兌。帝作邦作對，自大伯王季。維此王季，因心則友。則友其兄，則篤其慶，載錫之光。受祿無喪，奄有四方」，鄭箋云：「天既顧文王，乃和其國之風雨，使其山樹木茂盛，言非徒養其民人而已。」孔穎達疏曰：「既人物蒙養，天又為之興作周邦，又為之生明君以作其配，是乃自大伯、王季之時已則然矣。既上本大伯、王季，因說王季之德。」〔註207〕此處所言「松柏」，一方面指大伯、王季廣施德行，另一方面以喻大伯、王季「世世修德」「相承不絕」。

如《左傳·襄公二十九年》言：

> 夏，四月，葬楚康王，公及陳侯、鄭伯、許男送葬，至於西門之外，諸侯之大夫皆至於墓。楚郟敖即位，王子圍為令尹，鄭行人子羽曰：「是謂不宜，必代之昌，松柏之下，其草不殖。」〔註208〕

上文描述葬楚康王後，康王之子郟敖即位，康王的弟弟王子圍為令尹。杜預注子羽的言論曰：「言楚君弱，令尹強，物不兩盛。」〔註209〕楊伯峻亦曰：「此言王子圍強霸，而郟敖幼弱。圍為松柏，郟敖僅其下之草而已。」〔註210〕強弱之分的差距，印證了「物不兩盛」的道理。而《昭公元年》「十一月，己酉，公子圍至，入問王疾，縊而弒之」的記載，則預示著子羽這一預言性的論斷成

〔註204〕〔宋〕朱熹：《詩集傳》，北京：中華書局，1958 年版，第 161 頁。

〔註205〕韓高年：《「禮樂」復興與宣王冠婚儀式樂歌考論——以〈頍弁〉〈車舝〉〈鴛鴦〉等詩為中心》，《山西大學學報》（哲學社會科學版），2020 年第 3 期，第 12 頁。

〔註206〕〔宋〕朱熹：《詩集傳》，北京：中華書局，1958 年版，第 184 頁。

〔註207〕〔漢〕毛亨傳，鄭玄箋，〔唐〕孔穎達等正義：《毛詩正義》，臺北：藝文印書館，2001 年版，第 569 頁下欄。

〔註208〕楊伯峻：《春秋左傳注》，北京：中華書局，2009 年版，第 1155 頁。

〔註209〕〔晉〕杜預集解，〔唐〕孔穎達等正義：《春秋左傳正義》，臺北：藝文印書館，2001 年版，第 665 頁下欄。

〔註210〕楊伯峻：《春秋左傳注》，北京：中華書局，2016 年版，第 2276 頁。

為事實。那麼，子羽以「松柏」與「草」分別作喻，比觀呈現。這裡「松柏」則象徵著勢力強大的人。值得注意的是，楊伯峻先生對子羽的言論注曰：「《晉語》九士茁亦云『松柏之地，其土不肥』，亦此義。」〔註211〕從表面而言，二者較為相似，不過放在不同的語境下所呈現的含義卻是不同的。《國語‧晉語‧智襄子為室美》言：

> 智襄子為室美，士茁夕焉，智伯曰：「室美夫！」對曰：「美則美矣；抑臣亦有懼也。」智伯曰：「何懼？」對曰：「臣以秉筆事君，《志》有之曰：『高山峻原，不生草木。松柏之地，其土不肥。』今土木勝，臣懼其不安人也。」室成三年而智氏亡。〔註212〕

智伯與士茁的對話中，士茁引《志》表達自己的觀點，即大興土木建設，那麼就疏於對人的關注。《說苑》將此事例載入《貴德》篇，其言：

> 智襄子為室美，士茁夕焉，智伯曰：「室美矣夫！」對曰：「美則美矣，抑臣亦有懼也。」智伯曰：「何懼？」對曰：「臣以秉筆事君，記有之曰：『高山濬源，不生草木，松柏之地，其土不肥。』今土木勝人，臣懼其不安人也。」室成三年而智氏亡。〔註213〕

二段文字記載略有出入，劉向將第二段列入《貴德》篇就昭示了「智襄子為室美」的內涵，即仁政愛民，這與《國語》是一致的。「松柏」在這裡指奢華的宮室。

以上簡要地考察了「松柏」一詞在上述典籍中的含義，可知「松柏」的內涵具有多義性，依據作者的意圖往往寓含不同的含義。

2. 語境的「缺失」與「在場」

在先秦子書中，亦有對「松柏」的論述，鑒於子書的輯錄特質，一定程度上造成語境的「缺失」，難以考察章節的具體內涵。如《論語‧子罕》篇言：

> 子曰：「歲寒，然後知松柏之後雕也。」〔註214〕

對於孔子之言，引來後世多種揣測、推斷。蓋多半是從君子德性方面而論的。如皇侃《論語義疏》曰：「此欲明君子德性與小人異也，故以松柏匹於君子，

〔註211〕楊伯峻：《春秋左傳注》，北京：中華書局，2016年版，第2276頁。

〔註212〕徐元誥：《國語集解》，北京：中華書局，2002年版，第454～455頁。

〔註213〕〔漢〕劉向撰，向宗魯校證：《說苑校證》，北京：中華書局，1987年版，第115頁。

〔註214〕〔清〕劉寶楠：《論語正義》，北京：中華書局，1990年版，第357頁。

眾木偶乎小人矣。」〔註215〕將「松柏」喻君子。以「君子」德性而論，細而分之，約有幾端。首先，有論君子遭逢亂世，不改操守，不苟榮。如施惠琳《論語說》言：「夫歲寒別木，遭困別士。寒嚴霜降，知松柏之後凋，謂異凡木也。遭亂世，小人自變，君子不改其操也。」〔註216〕范甯《論語注》曰：「小人之在治世，或與君子無異，惟臨利害遇事變，然後君子之所守可見也。」〔註217〕李顒《反身錄》：「問：『歲寒然後知松柏固矣，當其未寒時，亦可以先知其為松柏乎？』曰：『居鄉不苟同流俗，立朝則清正不阿，亭亭物表者是也。知而重之培之，可賴其用。若必待歲寒然後知之，亦惟知其不彫之節而已，不究於用，雖知何益。』」〔註218〕謝良佐曰：「士窮見節義，世亂識忠臣，欲學者必周於德。」〔註219〕宦懋庸《論語稽》言：「治平之世，小人祿位或過君子。及國家多事，內憂外患。交乘迭起，小人非畏禍同避，即臨事失宜；唯君子能守正不阿，鞠躬盡瘁，其節操乃見。譬之春夏之交，桃穠李郁，較松柏之堅勁者，尤足悅目賞心；及至霜雪交加，百卉枯落，而所謂穠鬱者不知何往，惟有此堅心勁節，足以支持殘局，重待陽和，然後知其秉性固自不同也。」〔註220〕以上基本從君子遇亂世而操其節而言的。其次，有表達代代傳繼的。如李光地《論語劄記》云：「此章比喻者廣，不曰不彫而後彫云者，蓋松柏未嘗不彫，但其彫也後，舊葉未謝，而新枝已繼，《詩》所謂『無不爾或承』者是也。道之將廢，自聖賢之生，不能回天而易命，但能守道而不與時俗同流，則其緒有傳，而其風有繼。《易》曰：『枯楊生稊，老夫得其女妻。』蓋有傳有繼之義，而先儒以遯世無悶之君子處大過之時者當之也。」〔註221〕此雖有言守道，但更多

〔註215〕程樹德撰，程俊英，蔣見元點校：《論語集釋》，北京：中華書局，1990年版，第623頁。
〔註216〕程樹德撰，程俊英，蔣見元點校：《論語集釋》，北京：中華書局，1990年版，第624頁。
〔註217〕程樹德撰，程俊英，蔣見元點校：《論語集釋》，北京：中華書局，1990年版，第624頁。
〔註218〕程樹德撰，程俊英，蔣見元點校：《論語集釋》，北京：中華書局，1990年版，第624頁。
〔註219〕程樹德撰，程俊英，蔣見元點校：《論語集釋》，北京：中華書局，1990年版，第624頁。
〔註220〕程樹德撰，程俊英，蔣見元點校：《論語集釋》，北京：中華書局，1990年版，第625頁。
〔註221〕程樹德撰，程俊英，蔣見元點校：《論語集釋》，北京：中華書局，1990年版，第624頁。

地是論「松柏」的傳繼之義。

實際而言，《論語》中孔子的言論缺乏一定的語境空間，即在什麼場合下或者談論什麼內容下作出的感慨等都不得而知，一定程度上亦增加了對文本的闡釋空間。如王夫之《四書訓義》曰：「夫子此言，可以表志士仁人之節，可以示知人任重之方，可以著君子畜德立本之學，可以通天下吉凶險阻之故，一感物而眾理具焉，在乎人之善體之而已。」〔註222〕當然孔子之言也可以理解為一種對自然現象的客觀呈現。上述論斷的種種拓展，一方面是結合孔子思想而作出的見解，另一方面是借鑒其他典籍的書寫進行的二度闡釋。

其他典籍記載「歲寒，然後知松柏之後雕也」是有故事呈現的，體現了語境的「在場」。僅舉《莊子》與《荀子》論之。

《莊子》記載了孔子與「松柏」的言論，《雜篇·讓王》言：

> 孔子窮於陳、蔡之間，七日不火食，藜羹不糝，顏色甚憊，而絃歌於室。顏回擇菜，子路、子貢相與言曰：「夫子再逐於魯，削跡於衛，伐樹於宋，窮於商、周，圍於陳、蔡，殺夫子者無罪，藉夫子者無禁。絃歌鼓琴，未嘗絕音，君子之無恥也若此乎？」顏回無以應，入告孔子。孔子推琴喟然而歎曰：「由與賜，細人也。召而來！吾語之。」子路、子貢入。子路曰：「如此者可謂窮矣。」孔子曰：「是何言也！君子通於道之謂通，窮於道之謂窮。今丘抱仁義之道，以遭亂世之患，其何窮之為？故內省而不窮於道，臨難而不失其德，天寒既至，霜露既降，吾是以知松柏之茂也。陳、蔡之隘，於丘其幸乎！」孔子削然反琴而絃歌，子路扢然執干而舞。子貢曰：「吾不知天之高也，地之下也。」古之得道者，窮亦樂，通亦樂。所樂非窮通也，道德於此，則窮通為寒暑風雨之序矣。故許由娛於潁陽，而共伯得乎共首。〔註223〕

此段話有幾個關鍵詞：「孔子」「窮」「通」「松柏之茂」，這些都可以勾連《子罕》中孔子之言。成玄英疏曰：「夫陰陽天地有四時序寒溫，人處其中，何能無窮通否泰耶！故得道之人，處窮通而常樂，譬之風雨，何足介懷乎！」〔註224〕

〔註222〕程樹德撰，程俊英，蔣見元點校：《論語集釋》，北京：中華書局，1990年版，第624頁。

〔註223〕〔清〕郭慶藩撰，王孝魚點校：《莊子集釋》，北京：中華書局，1961年版，第981～983頁。

〔註224〕〔清〕郭慶藩撰，王孝魚點校：《莊子集釋》，北京：中華書局，1961年版，第983頁。

在《莊子》中，孔子是一位「不窮於道」「臨難不失其德」安然自處的形象。

再如《荀子・宥坐》篇言：

> 孔子南適楚，厄於陳蔡之間，七日不火食，藜羹不糝，弟子皆有饑色。子路進而問之曰：「由聞之：為善者天報之以福，為不善者天報之以禍。今夫子累德積義懷美，行之日久矣，奚居之隱也？」孔子曰：「由不識，吾語女。女以知者為必用邪？王子比干不見剖心乎！女以忠者為必用邪？關龍逢不見刑乎！女以諫者為必用邪？吳子胥不磔姑蘇東門外乎！夫遇不遇者，時也；賢不肖者，材也；君子博學深謀，不遇時者多矣！由是觀之，不遇世者眾矣，何獨丘也哉！且夫芷蘭生於深林，非以無人而不芳。君子之學，非為通也，為窮而不困，憂而意不衰也，知禍福終始而心不惑也。夫賢不肖者，材也；為不為者，人也；遇不遇者，時也；死生者，命也。今有其人，不遇其時，雖賢，其能行乎？苟遇其時，何難之有！故君子博學深謀，修身端行，以俟其時。」孔子曰：「由！居！吾語女。昔晉公子重耳霸心生於曹，越王句踐霸心生於會稽，齊桓公小白霸心生於莒。故居不隱者思不遠，身不佚者志不廣；女庸安知吾不得之桑落之下？」〔註225〕

此文與《讓王》篇「事同而文各異」〔註226〕，這裡以孔子之言提出「君子之學」，即「為窮不困」「憂不意衰」「知禍福終心不惑」。這段話提出了一個重要概念，即「時」。如何待「時」，孔子言「博學深謀，修身端行」，並舉重耳、句踐等人予以明晰。值得注意的是，在此段話中，並未出現「松柏」一詞，不過在《大略》篇所言「松柏」與此段話可互為聯繫，其曰：

> 君子隘窮而不失，勞倦而不苟，臨患難而不忘細席之言。歲不寒無以知松柏，事不難無以知君子無日不在是。〔註227〕

短短幾句亦是將「松柏」之義作了限定，即是以「松柏」喻君子。君子陷入困境而不失志，勞倦之時而不苟且，患難之際亦有平時之言抱在心中。換言之，

〔註225〕〔清〕王先謙撰，沈嘯寰、王星賢點校：《荀子集解》，北京：中華書局，2016年版，第621～622頁。

〔註226〕〔戰國〕荀況著，王天海校釋：《荀子校釋》，上海：上海古籍出版社，2016年版，第1122頁。

〔註227〕〔清〕王先謙撰，沈嘯寰、王星賢點校：《荀子集解》，北京：中華書局，2016年版，第597頁。

只有遇到困難之事，才方可見到君子的可貴之處。而「無日不在是」的含義則與《宥坐》篇所言「君子博學深謀，修身端行，以俟其時」是一致的。以「松柏」表示君子即使遇到窮困之事，依然能夠保持操性，安然處世。

上文所載皇侃、施惠琳、范甯等對《論語》的注釋，離不開對《莊子》《荀子》文章的參考。從《論語》中「松柏」語境的「缺失」到《莊子》《荀子》中語境的「在場」，賦予了「松柏」具體的內涵，即是以「松柏」喻君子之志。

第五章 《荀子》文學接受論

　　童慶炳先生指出：「『文學接受』一詞則是隨著 20 世紀六七十年代德國接受美學（Reception Aesthetics）的興起而廣泛流傳的。文學接受被認為是一種以文學文本為對象、以讀者為主體、力求把握文本深層意蘊的積極能動的閱讀和再創造活動，是讀者在審美經驗基礎上對文學作品的價值、屬性或信息的主動選擇、接納、拒絕與再創造。」〔註1〕簡而言之，文學接受即是讀者作為主體，對文本進行接受的一種活動。本章主要通過選本接受以及創作接受兩個方面來考察《荀子》在歷史上的文學認知。

第一節　《荀子》的選本接受

　　鄒雲湖先生指出「從文學角度而言，選本是指選者按照一定的選擇意圖和選擇標準，在一定範圍內的作品中選擇相應的作品編排而成的作品集。」〔註2〕選者有意識的編選體現了對前人作品的判斷認知。中國古代選本有多種形式，有評本、圈點本、純選本等，編纂者基於當時的文學思潮對選本的編定，一定程度上凸顯了編者的文學主張。茲通過對《荀子》選本的搜集，分析其類型，進而以歷代評點本為例，考察《荀子》的文學接受。

一、《荀子》選本及其類型

　　不同時期的選本有著不同的選文標準與價值取向，而這也體現選者的接

〔註 1〕童慶炳主編：《文學理論教程》第 5 版，北京：高等教育出版社，2015 年版，334 頁。

〔註 2〕鄒雲湖：《中國選本批評》，上海：三聯書店，2002 年版，第 1 頁。

受情況，茲將《荀子》選本以表格示之：

朝　　代	編　者	書　　名	版　　本	《荀子》部分
明（成化）	李伯璵	《文翰類選大成》	北京大學圖書館藏明成化刻弘治嘉靖遞修本	《禮賦》《知賦》《雲賦》《蠶賦》《箴賦》《成相》篇和《佹詩》〔註3〕
明（嘉靖）	唐順之	《文編》	江蘇巡撫採進本	《正論》《非十二子》《王霸》《解蔽》《性惡》《正名》〔註4〕
明（嘉靖）	顧春	《六子全書》	明嘉靖十二年（1533）顧春世德堂刻本	全文
明（嘉靖）	劉節	《廣文選》	首都圖書館藏明嘉靖十六年陳蕙刻本	《雲賦》《禮賦》《知賦》《蠶賦》《箴賦》《佹詩》《成相》《儒效》《非相》〔註5〕
明（嘉靖）	顧祖武	《集古文英》	明嘉靖四十一年自刻本	《勸學篇》《非相篇》《議兵篇》《解蔽篇》〔註6〕
明（萬曆）	潘士達	《古文世編》	明萬曆三十八年刊本	《修身》《不苟》《儒效》《君道》《王霸》《禮論》《正名》〔註7〕

〔註3〕是書分56類。在賦類第一中補遺中選荀子的《禮賦》《知賦》《雲賦》《蠶賦》《箴賦》，將荀子列為秦代（《四庫全書存目叢書》集部293冊，第48～49頁）；卷一百二騷目錄中亦選《荀子》，小字有「四首」。觀其所選文章，僅《成相》篇和《賦》篇的《佹詩》，可見選者是將《成相》分為三個部分。（《四庫全書存目叢書》集部295冊，濟南：齊魯書社，1997年版，第348頁）

〔註4〕《文編》卷二十二《論》中選荀子的《正論》，《正論》字下有「問答」二字。《文編》卷二十五《論》中收錄荀子的《非十二子》《王霸》《解蔽》《性惡》《正名》《正名》（後）。其中選《非十二子》從首句至「如是則天下之害除，仁人之事畢，聖王之跡著也。」《王霸》下有「擇相」二字，蓋主旨的論述，從首句至「故君人者勞於索之，而休於使之」，其後又多「成用國」三字。《正名》篇分兩部分示之，前部分從首句至「凡語治」前。從「凡語治」至末為第二部分。

〔註5〕卷二賦類《物色》中選荀子的《雲賦》。卷六賦類《論文》選荀子的《禮賦》《知賦》。卷七賦類《雜賦》中選荀子的《蠶賦》《箴賦》。卷八詩類《勸屬》選荀子的《佹詩》。卷十四詩類《雜歌》中選荀子的《成相》。卷五十八雜文類選荀子的《儒效》篇（選取首段）和《非相》篇選取「人之所以為人者」之前的部分。

〔註6〕《集古文英》卷七《篇》類選荀子的《勸學篇》《非相篇》（選至「莫肯下隧，式居屢驕。此之謂也。」）《議兵篇》（選至「淑人君子，其儀不忒。」此之謂也。）《解蔽篇》（從「昔人君之敝者」至「夫惡有蔽矣哉」。）

〔註7〕《古文世編》卷十四選《荀子》之《修身》《不苟》《儒效》（《儒效》選至非大儒

明	楊慎	《古雋》	浙江巡撫採進本	《大略》《儒效》《王霸》《王制》《解蔽》《強國》〔註8〕
明	楊慎	《風雅逸篇》	吉林省圖書館藏清光緒七年至八年廣漢鍾登甲樂道齋函海本	《成相雜辭》(《成相》)《佹詩》
明（萬曆）	劉祜	《文章正論》	首都圖書館藏明萬曆十九年徐圖揚州官署刻本	《儒效》〔註9〕
明（萬曆）	陳深輯評	《諸子品節》	明萬曆十九年（1591）諸子品節本	除《樂論》《君子》《成相》《賦》外，皆有評點〔註10〕
明（萬曆）	焦竑注釋、翁正春評林、詹聖澤刊行	《新鍥二太史匯選注釋九子全書注釋評林》	萬曆二十二年（1594）年刻本	△〔註11〕
明	竑纂注，陳懿典評閱	《諸子折衷匯錦》	明萬曆間金陵龔少岡三衢書林刊本	△

莫之能立，仲尼、子弓是也。)《君道》(《君道》從始至《詩》曰：王猶允塞，徐方既來。此之謂也。)《王霸》(選至故曰：粹而王，駁而霸，無一焉而王。此之謂也。)《禮論》(至《詩》曰：禮儀卒度，笑語卒獲。此之謂也。)《正名》七篇。

〔註8〕楊慎《古雋》節選《荀》文，並多自加標題，且有文字差異。如卷一選《大略》「國風之好色也，『盈其欲而不愆其止。其誠可比於金石，其聲可內於宗廟。』《小雅》不以於污上，自引而居下，疾今之政以思往昔，其言有文焉，其聲有哀焉。」加《荀子論詩》作為標題。其後有《荀子論聖人》(《儒效》)、《荀子引古傳》《荀子引孔子遺言》(《王霸》)、《荀子論義利》(《大略》)、《荀子論強弱》(《王制》)、《荀子論諸子》《荀子論精藝》(《解蔽》，此外還選「從『周而成』至『此言上明而下化也』。」)、《荀子論子發辭賞》(《強國》)。(見《四庫全書存目叢書》第299冊。)

〔註9〕從首句至「非大儒莫之能立，仲尼、子弓是也。」(《四庫全書存目叢書》集部301冊，第212～215頁。)

〔註10〕全書體例分「三品」，是書「分內品、外品、雜品。依《莊子》之內篇、外篇、雜篇而品名之。以便學者之按名求珍。無甚優劣。……其間學者，觀於內品而知蘊藉之精深，外品知雄名之獨禪，雜品知珠聯玉屑之足矜也。」《荀子》被列在內品。其批評也分三品：佳品（平淡中有文采、雄奇、舂容大文，誦之不覺舞蹈）、神品（蘊藉沖深、微妙玄通使人讀之不可思而不可言）、妙品（無中生有、巧奪天工、簡妙清深）。

〔註11〕△代表此書為筆者惜未得見，故選《荀》文篇章暫不得知。

明	陸可教，李廷機集評	《新刊諸子玄言評苑》	明刊本	△
明（萬曆）	李鴻	《賦苑》	山東省圖書館藏明萬曆刻本	《禮賦》《知賦》《雲賦》《蠶賦》《箴賦》
明（萬曆）	張之象輯，俞顯卿補訂	《古詩類苑》	北京大學圖書館藏明萬曆三十年刻本	《成相雜辭》三章〔註12〕、《佹詩》
明	臧懋循	《詩所》	甘肅圖書館藏明萬曆雕蟲館刻本	部分章句〔註13〕
明（萬曆）	焦竑選，陶望齡評，朱之蕃注	《新鐫焦太史匯選中原文獻》	清華大學圖書館藏明萬曆二十四年汪元湛等刻本	《勸學》《修身》《不苟》《榮辱》《非相》《儒效》《王制》《富國》《王霸》《君道》《臣道》《議兵》《強國》《天論》《正論》《解蔽》《正名》《大略》〔註14〕

〔註12〕 《古事類苑》卷六十七人部《獻詩》所言「《成相雜辭》三章」即《成相》。

〔註13〕 《詩所》卷十三《古語古諺語》選《荀子》七章；卷十四《古雜詩》選《荀子》五章。（《四庫全書存目叢書》集部三二五冊，濟南：齊魯書社，1997年版，第449～461頁。）

〔註14〕 《新鐫焦太史匯選中原文獻》子集卷五《勸學》從「吾嘗終日而思矣」至「善假於物也」，從「故君子居必擇鄉」至「君子慎其所立乎」，從「是故無冥冥之志者」至「五技而窮」，從「君子之學也」至「曷足以美七尺之軀哉」；《修身》選從「志氣養心之術」至「通之以思索」，從「身勞而心安」至「士君子不為貧窮怠乎道」，從「夫驥一日而千里」至「其出入不遠矣」，從「君子貧窮而志廣」至「是法勝私也」；《不苟》從「君子位尊而體恭」至「則操術然也」，從「凡人之患」至末；《榮辱》從「凡鬥者」至「將以為智邪」前，從「自知者不怨人」至「怨天者無志」；《非相》從「五帝之外無傳人」至「節族久而絕」，從「凡說之難」至「亦必遠舉而」；《儒效》從「遍察人之所察之謂也」至「是人之所長也」，從「我欲賤而貴」至「豈不貧而富矣哉」；《王制》從「請問為政」至「不待政而化」，從「馬駭」至「莫若惠之」，從「人之城守」至「之所以反削也」，從「北海則有」至「夫是之謂大神」，從「水火有氣」至「為天下貴也」，從「兵革」至「安以其國為是者霸」；《富國》從「欲惡同物」至「故知者為之分也」，從「故田野」至「是知國計之極也」；《王霸》從「人王者」至「是百王之所同也」，從「無國而不有治法」至「在下偏而國危」；《君道》從「有亂君」至「失其人則亡」，從「合符節」至「原濁則流濁」，從「今人主有六患」至「惑莫大焉」，從「牆之外」至「夫是之謂國具」；《臣道》從「從命而利君」至「為下則遜。此之謂也」，從「故仁者必敬人」至「是仁人之質也」；《議兵》從「仁人之兵」至「入焉焦沒」，從「故兵大齊則制天下」至「君子不由也」；《強國》從「發誠布令」至「是眾威也」。《天論》從「治亂天耶」至「非地也」，從「天不為人之惡寒也」至「小計其功」，從「夫日月之有蝕」至「無益也」，從「萬物為道

明（萬曆）	湯濱尹	《曆子品粹》	中國社會科學院文學研究所藏明萬曆刊本	△
明（萬曆）	汪廷訥輯	《文壇列俎》	南京圖書館藏明萬曆三十五年環翠堂刻本	《禮論》《議兵（論）》〔註15〕
明（萬曆）	傅振商	《古論玄箸》	武漢圖書館藏明萬曆四十年刻本	《天論》《禮論》
明（萬曆）	焦竑、翁正春、朱之蕃作校正、參閱、圈點	《新鍥翰林三狀元會選二十九子品匯釋評》	明萬曆四十四年刊本	《勸學》《修身》《不苟》《君道》《非十二子》《仲尼》《儒效》《王制》《富國》《王霸》《榮辱》《臣道》《致仕》《解蔽》《正名》《君子》《成相》《宥坐》《法行》《堯問》〔註16〕
明	孫鑛，鍾惺	《孫鍾二先生評六子全書》	明天啟刊本	△
明（天啟）	陳仁錫	《奇賞齋廣文苑英華》	明天啟刊本	《蠶賦》
明（天啟）	陳仁錫	《奇賞齋古文彙編》	明天啟刊本	《修身》《榮辱》《不苟》《非相》《儒效》《富國》《王霸》《君道》《臣道》《議兵》《強國》《天行》

一偏」至「無知也」；《正論》從「故上易知」至「下畏己」，從「世俗之為說者曰：治古無肉刑」至「並起於亂今也」；《解蔽》從「心者」至「非之則辭」，從「凡觀物有疑」至「則未可定然否也」；《正名》從「故萬物雖眾」至「至於無別然後止」，從「人之所欲」至「失之矣」；《大略》亦選部分章節。

〔註15〕《禮論》篇從首句至「是儒墨之分也」，從「天地以合」至「笑語卒獲。此之謂也。」；《議兵論》（多一個論字。）從首句至「夫又何可詐也」，從「孝成王、臨武君曰：『善！請問為將。』」至「請問王者之軍制」前，從「陳囂」至「非爭奪也」，從「李斯」至「『刑措而不用』，此之謂也」。（《四庫全書存目叢書》集部三四八冊）

〔註16〕卷六、卷七為《荀子》部分。值得注意的是，《二十九子品匯釋評》中的評點存在以楊倞注作評的情況，如李于麟在評《勸學》篇「散儒」之「散」曰：「散，謂不自檢束，莊子以不才木為散木也。」李于麟所評實為楊倞注言。亦有在楊倞注的基礎上略有添加，如楊倞對「三者，明主之所以謹擇也，而仁人之所以務白也」注云：「荀子多重敘前語者，丁寧之也。」黃道開評曰：「荀子多重敘前語，致丁寧之意，欲明主謹擇，王伯之由。」這類情形的出現主要是匯評者未作校正而致。

				《正論》《禮論》《樂論》《解蔽》《成相》《賦》《大略》《宥坐》《子道》《哀公》《堯問》
明	陳仁錫	《子品金函》	明刊本	△
明	鍾惺選評	《諸子文歸》	明刊本	△
明	鍾惺選評	《諸子嫏嬛》	明刊本	《勸學》《修身》《不苟》《儒效》《仲尼》《王制》《富國》《君道》《臣道》《致士》《解蔽》，後有散錄章句
明（天啟）	歸有光	《諸子匯函》	明天啟乙丑刊本	《勸學》《不苟》《非相》《正名》《堯問》
明（崇禎）	華國才	《文篆清娛》	揚州市圖書館藏明崇禎四年刻本	《賦》之《雲》
明（崇禎）	唐汝諤	《古詩解》	中國社會科學院文學研究所藏明李潮刻本	《解蔽》部分
明	金堡	《金衛公匯選》	中國科學院圖書館藏明刊本	△
清（康熙）	陸葇	《歷朝賦格》	清華大學圖書館藏清康熙刻本	《禮賦》
清（康熙）	吳震方	《朱子論定文鈔》	清華大學圖書館藏清康熙刻本	《勸學》《王霸》《不苟》《君道》《議兵》《天論》《正論》《解蔽》《賦》《性惡》〔註17〕
清（康熙）	陳元龍奉敕編	《御定歷代賦匯》	清康熙四十五年內府刻本	《雲》《知》《蠶》〔註18〕
清（嘉慶）	嚴可均	《全上古三國秦漢六朝文》	中華書局1958年醫學書局影印本	《賦》

〔註17〕卷四選《荀子》的《勸學》《王霸》（從首句至「『無一焉而亡』，此之謂也。」）《不苟》（從「君子易知」至「『小人兩廢』，此之謂也。」）《君道》（從首句至「『徐方既來』，此之謂也」）《議兵》（從首句至「『則莫我敢遏』，此之謂也」，從「陳囂」至「『其儀不忒』，此之謂也」）《天論》（從「天有其時」至「天地官而萬物役矣。」）《正論》（選「治古無肉刑」段）《解蔽》（從「聖人知心術之患」至「萬物可兼知也」）《賦》《性惡》（從「塗之人可以為大」至「其不可以相為明矣」）

〔註18〕卷六《天象》選《雲賦》，卷六十六《性道》選荀子的《知賦》。卷七十一《農桑》選《蠶賦》。

清	張惠言	《七十家賦鈔》	道光年間康紹鏞刻本	《賦》
清（咸豐）	曾國藩	《經史百家雜鈔》	上海書局1925年版	《榮辱》《議兵》
清（光緒）	黎庶昌	《續古文辭類纂》	清光緒十六年金陵書局刻本	《議兵》《成相》《賦》〔註19〕
清（光緒）	李寶洤	《諸子文粹》	清光緒二十三年商務印書館鉛印本	《荀子》全篇〔註20〕

〔註19〕黎庶昌《續古文辭類纂》上編《經子》卷一「論辯類」有荀子《議兵》篇；「辭賦類」選荀子《成相》和《賦》篇。

〔註20〕卷四至卷八為《荀子》部分。選荀子全篇。《非相》《非十二子》《仲尼》《致士》《議兵》《天論》《成相》《賦》篇選全文。《勸學》篇選首句至「君子如向矣」。《修身》篇選首句至「以聲辨聲也，捨亂妄無為也」。《不苟》篇選首句至「是偏傷之患也」。《榮辱》篇選首句至「豈非人之情固可與如此，可與如彼也哉」。《儒效》篇選從「秦昭王問孫卿子曰」至「昭王曰：善。」從「相高下」至「未能僂指也。」從「我欲賤而貴」至「至重、至嚴之情舉積此哉」、「客有道曰」至末。《王制》篇選自首句至「故明君不蹈也」「王者之等賦」至「彼作矣，文王康之。此之謂也」「水火有氣而無生」至「一與一是為人者謂之聖人」。《富國》篇選從「兼足天下之道在明分」至「故先王聖人為之不然」從「垂事養民」至「和而有疾，此之謂也」「觀國之治亂臧否」至「百里之國足以獨立矣」「持國之難易」至末。《王霸》篇選自「國危則無樂君」至「豈不哀哉」「羿、蠭門者」至「所歸者一也」。《君道》篇選自首句至「徐方既來，此之謂也」「請問為國」至「大師維垣，此之謂也」「為人主者」至「此明王之道也」「牆之外」至末。《臣道》篇從「人臣之論」至「是仁人之質也」。《強國》篇選自首句至「狂妄之威成乎滅亡也」「荀卿子說齊相曰」至「愈務而愈遠」「力術止，義術行」至「民鮮克舉之，此之謂也」「堂上不糞」至末。《正論》篇選自首句至「是亂之所由作也」「國，小具也」至「非聖人莫之能有也」「世俗者之為說者曰：治古無肉刑而有象刑」至「刑罰世輕世重，此之謂也」「世俗之為說者曰：堯舜擅讓」至「夫有惡擅天下矣」「曰：老衰而擅」至「未可與及天下之大理者也」「世俗之為說者曰：太古薄葬」至「將恐得傷其體也」。《禮論》篇選自「禮者，謹於治生死也」至「將以有為者」「故曰：性者，本始材樸也」至「儒者是也」、「君之喪所以取三年」至「尊尊親親之義至也」終。《樂論》篇選自「夫民有好惡之情」至「此三者，君子慎之」「窮本極變」至「楬似萬物」「亂世之徵」至末。《解蔽》篇選自首句至「自古至今，未嘗有之也」「萬物莫形而不見」至「夫惡有蔽矣哉」「農精於田」至「則不足以決庶理矣」「空山之石」至末。《正名》篇從首句至「則因之而為通」「辭讓之節得矣」至「作此好歌，以極反側，此之謂也」。《性惡》篇從首句至「而違禮義為小人。用此觀之，然則人之性惡明矣，其善者，偽也」「今人之性」至末。《君子》篇選首句至「莫非王臣，此之謂也」「論法聖王」至「古今一也」。《大略》一下諸篇皆選錄部分段落，恕不一一注明。

清（光緒）	吳汝綸	《桐城吳先生點定古文讀本》	光緒三十年本鉛印本	《解蔽》《雲》《蠶》《箴》
清（宣統）	吳曾祺	《涵芬樓古今文鈔》	清宣統三年本	《賦》
民國	張之純	《評注諸子菁華錄》	民國七年排印本	《勸學》《修身》《不苟》《榮辱》《非相》
民國	秦同培	《評注十子全書》	世界書局1926年版	《仲尼》《儒效》《王制》《富國》《議兵》《天論》《禮論》《解蔽》《性惡》《成相》《賦》《子道》《法行》《堯問》
民國	中華書局編輯並校訂	《諸子精華》	民國四年本	《荀子》之《修身》《榮辱》《儒效》《王制》《君道》《議兵》《天行》《解蔽》《賦篇》

（歷代《荀子》選本表）

　　中國古代選本有著不同的選擇標準，「或以時代，或以體制，或以事類，或以派別，或以人，或以地；也有兼用兩種標準的」〔註21〕。以上《荀子》選本也符合這些標準。從文體角度而言，《荀子》選本大體呈現三種類型，下面簡而論之。

　　首先，散文選本。《荀子》作為先秦諸子散文，其「文」的特質是選本的主流。從上表可知，以「文」命名的《荀子》選本頗多，如《文翰類選大成》《文編》《集古文英》《古文世編》《文壇列俎》《奇賞齋古文匯編》《文篆清娛》《涵芬樓古今文鈔》，等等。這些散文選本基本是從大範圍的角度來考察作品。當然，細而論之，《荀子》的「子」書特質，在選本中也得到了體現。如《諸子品節》《諸子折衷匯錦》《新刊諸子玄言評苑》《曆子品粹》《新鍥翰林三狀元會選二十九子品匯釋評》《孫鍾二先生評六子全書》《子品金函》《諸子文歸》《諸子娜嬛》《諸子匯函》《諸子文粹》等，皆以諸子為範圍選本，既在「文」的基礎上，又注意其「子」的特點。

　　鑒於《荀子》文本的特殊性，又有兩種《荀子》選本的類型存在：

　　一是詩選本。如《風雅逸篇》《古詩類苑》《詩所》《古詩解》等。《風雅逸

―――――――――――

〔註21〕朱自清：《論中國文學選本與專籍》，《朱自清古典文學論文集》，上海：上海古籍出版社，1981年版，第37頁。

篇》「錄中古先秦歌詩也」，其「編採錄古來有韻之文」〔註22〕。是書《後序》
言：「言辭之精粹者，為言辭之和平者為風雅。風雅至，聖賢而止也。聖人之
道，主之以淵，微出以禮，讀而養之，風雅欲補。風雅不取近古，則其失滋
遠。……至其言，或喜、或樂、或憤迅、或感慨悲歌、或激烈、或貞靜、或幽
隱元微，靈怪奇可異，驚可訝，及其歸旨，皆不越乎彝倫日用，是亦聖賢之徒，
而選風雅者所不棄也。是編既出則風雅，當有所補，而典籍亦全矣。」〔註23〕
也就是說，《風雅逸篇》編定的目的是「欲補風雅」，故選《成相》與《佹詩》。
《古詩類苑》「沉酣於有韻之文，網羅歷代，自黃虞迄於六朝」〔註24〕，其選
《荀》文與《風雅逸篇》同。《詩所》選取荀子引《詩》言論，有「國有大命，
不可以告人，妨其躬身」（《臣道》）「鳳凰秋秋，其翼若干，其聲若簫。有鳳有
凰，樂帝之心」「墨以為明，狐狸而蒼」（《解蔽》）「長夜漫兮，永思騫兮，大
古之不慢兮，禮義之不愆兮，何恤人之言兮」（《正名》）「如霜雪之將將，如日
月之光明，為之則存，不為則亡」（《王霸》）等共五條。《古詩解》與《詩所》
類似，但有解詩之言。錢龍錫題《古詩解》序言：「語近而意遠，聲華不足，
簡質有餘，解者但明其句讀，令人熟諷而深惟之，如水印月，其義自見，則士
雅此編是也。」〔註25〕如唐汝諤引「墨以為明，狐狸而蒼」句，其後有解曰：
「此言君苟以蔽為明，則臣下誑君必且謂狐為蒼，與狸無別視彼指鹿為馬者曾
何異乎。」〔註26〕綜觀《荀子》詩類選本，一般選《成相》《佹詩》，或者選取
荀子引《詩》片段，其編選多以補風雅精神為目的。

　　二是賦選本。賦選本是歷代賦類作品的選集。如李鴻《賦苑》（《禮賦》
《知賦》《雲賦》《蠶賦》《箴賦》）、陸葇《歷朝賦格》（《禮賦》）、陳元龍《御
定歷代賦彙》（《雲》《知》《蠶》）、張惠言《七十家賦鈔》（《賦》）。《賦苑》選
取賦類作品，其年限「斷自陳隋以上」（《凡例》）。從選《荀》文看，此書一

〔註22〕〔明〕楊慎：《風雅逸篇》，吉林省圖書館藏清光緒七年至八年廣漢鍾登甲樂道
　　　　齋函海本，《四庫全書存目叢書》第 299 冊，第 141～142 頁。
〔註23〕〔明〕楊慎：《風雅逸篇》，吉林省圖書館藏清光緒七年至八年廣漢鍾登甲樂道
　　　　齋函海本，《四庫全書存目叢書》第 299 冊，第 141 頁。
〔註24〕〔明〕張之象輯，俞顯卿補訂：《古詩類苑》，北京大學圖書館藏明萬曆三十年
　　　　刻本，《四庫全書存目叢書》第 320 冊，第 7 頁。
〔註25〕〔明〕唐汝諤：《古詩解》，中國社會科學院文學研究所藏明李潮刻本，《四庫
　　　　全書存目叢書》第 370 冊，第 316 頁。
〔註26〕〔明〕唐汝諤：《古詩解》，中國社會科學院文學研究所藏明李潮刻本，《四庫
　　　　全書存目叢書》第 370 冊，第 355 頁。

方面將《賦》篇列在先秦卷首，另一方面將此篇分為五部分。也就是說《賦
苑》是認為《賦》篇包含五篇賦，且宗《賦》篇為賦類源頭。《賦苑序》明確
指出賦「要約其幽旨則會心切理」〔註27〕，這也符合《賦》篇描物言理的特
徵。《歷朝賦格》「仰溯荀宋，以逮元明」，「取累朝之賦，匯為一書，澄其醨，
啜其醇，採其華，厭其實，遠之可以尚論古昔，近之可以鼓吹休明」（陸葇《歷
朝賦格》序）。是書分文賦、騷賦、駢賦三格，陸葇選荀子《禮賦》，且冠以
文賦之首。《歷朝賦格》凡例言：「前乎騷而為賦者，荀卿也。獨出機杼，數
篇如一，若元酒太羹，未離乎素。《風》《釣》諸篇，實從此出，豈待宋人變
律始有文賦耶。論者謂其純用隱語而不之採，是猶終日飽食忘燧□溲也。錄
《禮賦》一篇以冠文賦，凡用散詞總為一格。」〔註28〕從陸葇言論可知《賦》
篇的隱語特徵對選本的採掇頗受影響。陸葇則將其置於賦類，並給予頗高評
價：「極簡，極縱，極淡，極腴，極平，極詭，不及三十句，其有自萬言體勢，
允為賦家之祖。」〔註29〕《御定歷代賦彙》亦將《賦》篇列為賦類之首，康
熙序言：「其始創自荀況官遊於楚，作為五賦。」〔註30〕《七十家賦鈔》序曰：
「蓋賦者，《詩》之諷諫，《書》之反覆，《禮》之博奧，約而精之，以情為表，
以理為職，以言為端倪者也。」〔註31〕強調賦的言情明理。其書選《賦》篇
六首，一方面指出「天下不治」後亦為賦，另一方面張惠言亦對荀子作品的
品級作了界定。〔註32〕

綜上所述，《荀子》選本包含散文選本、詩選本和賦選本三種類型。這三
種類型選本的編選體現了歷代選者對《荀子》文本的理解與接受。

〔註27〕〔明〕李鴻輯：《賦苑》，山東省圖書館藏明萬曆刻本，《四庫全書存目叢書》
　　　　第384冊，濟南：齊魯書社，1997年版，第1頁。
〔註28〕〔清〕陸葇：《歷朝賦格》，清華大學圖書館藏清康熙刻本，《四庫全書存目叢
　　　　書》第399冊，濟南：齊魯書社，1997年版，第273頁。
〔註29〕〔清〕陸葇：《歷朝賦格》，清華大學圖書館藏清康熙刻本，《四庫全書存目叢
　　　　書》第399冊，濟南：齊魯書社，1997年版，第462頁。
〔註30〕〔清〕陳元龍奉敕編：《御定歷代賦彙》，清康熙四十五年陳元龍奉敕編，文淵
　　　　閣《四庫全書》第1419冊，臺北：臺灣商務印書館，1986年版，第2頁。
〔註31〕〔清〕張惠言：《七十家賦鈔》，遼寧省圖書館藏清道光元年合康氏家塾刻本影
　　　　印原書版，《續修四庫全書》第1611冊，上海：上海古籍出版社，2002年版，
　　　　第1頁。
〔註32〕王思豪指出《賦鈔》篇目標圈具有四個等級：三圈、二圈、一圈和無圈。（參
　　　　見王思豪：《手稿本〈七十家賦鈔〉的學術價值》，《中國典籍與文化》，2010年
　　　　第4期）張惠言將《賦》劃為一圈。

二、《荀子》評點本的文學接受

　　明代以降，伴隨「文必秦漢」復古思潮的影響，散文評點日漸興盛，尤其是在明萬曆之後，關於先秦諸子散文的評點不斷湧現。這些評點或以單評，或以集評、匯評等形式呈現。清、民國以及日本亦有諸子的評點，這些書目對《荀子》的選錄並評點可以考察時人對《荀子》文本的接受情況。綜觀《荀子》評點的書目，《荀子》的文學評點主要體現在以下幾個方面。

　　首先，文法層面上，《荀子》評點在字法、句法、章法、篇法等方面都有涉及。如字法，張之純《評注諸子菁華錄》評《勸學》末段曰：「『全』字為通節眼目。」並對末句「君子貴其全也」評曰：「結醒『全』字。」〔註33〕其又評《不苟》篇首句「君子行不貴苟難，說不貴苟察，名不貴苟傳，唯其當之為貴」曰：「『當』字為一篇之大旨。」〔註34〕評《不苟》篇「則操術然也」曰：「『操術』為一篇眼目。」〔註35〕再如《議兵》篇「且仁人之用十里之國，則將有百里之聽；用百里之國，則將有千里之聽；用千里之國，則將有四海之聽。」《荀子精華》引唐荊川評曰：「數『聽』字古雅。」如《臣道》篇：

　　　　人臣之論：有態臣者，有篡臣者，有功臣者，有聖臣者。內不足使一民，外不足使距難，百姓不親，諸侯不信，然而巧敏佞說，善取寵乎上，是態臣者也。上不忠乎君，下善取譽乎民，不恤公道通義，朋黨比周，以環主圖私為務，是篡臣者也。內足使以一民，外足使以距難，民親之，士信之，上忠乎君，下愛百姓而不倦，是功臣者也。上則能尊君，下則能愛民，政令教化，刑下如影，應卒遇變，齊給如響，推類接譽，以待無方，曲成制象，是聖臣者也。故用聖臣者王，用功臣者強，用篡臣者危，用態臣者亡。……<u>是人臣之論也</u>。

陳錫仁《奇賞齋古文匯編》評曰：「此篇以『倫』字為提綱，而以『態』、『篡』、『功』、『聖』四者分析條目，反覆明其利害，文情極恣肆。」〔註36〕並評粗線

〔註33〕張之純：《評注諸子菁華錄》（《荀子》）第八版，上海：商務印書館，1927年版，第3頁。

〔註34〕張之純：《評注諸子菁華錄》（《荀子》）第八版，上海：商務印書館，1927年版，第4頁。

〔註35〕張之純：《評注諸子菁華錄》（《荀子》）第八版，上海：商務印書館，1927年版，第5頁。

〔註36〕〔明〕陳仁錫：《奇賞齋古文匯編》，明天啟刊本。

處曰：「結醒『倫』字。」又評《強國》篇：「今巨楚縣吾前，大燕鰌吾後，勁魏鉤吾右」曰：「字法。」

　　句法上，《評注荀子讀本》評《勸學》篇「積土成山，風雨興焉；積水成淵，蛟龍生焉；積善成德，而神明自得，聖心備焉」曰：「句法蒼健似《易》。」〔註37〕《評注諸子菁華錄》評《仲尼》篇「福事至則和而理，禍事至則靜而理。富則施廣，貧則用節。可貴可賤也，可富可貧也，可殺而不可使為奸也」曰：「造句精括。」〔註38〕《諸子匯函》殷□川曰評《非相》篇「古之人無有也，學者不道也」曰：「反覆言古人無有，學者不道，蓋極力排斥之詞。」《非相》此句作為文章的「提綱句」，反覆敘說，主旨已明。《非相》篇言：「人之所以為人者，非特以二足而無毛也，以其有辨也。」此句重複兩次，橫線作為「提綱處」，圓點為「妙和處」，《諸子匯函》顧東江評曰：「『以有辨也』句，照應上下二句，又點出『人之所以為人』句，八面玲瓏。」〔註39〕陳錫仁《奇賞齋古文匯編》評《臣道》篇「凡人非賢則案不肖也。人賢而不敬，則是禽獸也；人不肖而不敬，則是狎虎也」曰：「危言三復。」〔註40〕再如《王制》篇「王者之等賦、政事，財萬物，所以養萬民也。田野什一，關市幾而不徵，山林澤梁以時禁發而不稅。相地而衰政，理道之遠近而致貢，通流財物粟米，無有滯留，使相歸移也。四海之內若一家」，《荀子精華》引孫月峰曰：「句法參差有致。」〔註41〕《評注荀子讀本》評《天論》篇「所志於天者，已其見象之可以期者矣；所志於地者，已其見宜之可以息者矣；所志於四時者，已其見數之可以事者矣；所志於陰陽者，已其見和之可以治者矣」曰：「排句駿快有勢。」〔註42〕《奇賞齋古文匯編》評《樂論》篇「夫樂者，樂也，人情之所必不免也」曰：「起句已見大意。」〔註43〕

　　在章法上，有些《荀子》評點對於章法多以「佳」「粹」「緊要」等感悟性

〔註37〕秦沛同編輯、校訂，陳和詳評注：《評注荀子讀本》，上海：世界書局，1926年版，第3頁。
〔註38〕張之純：《評注諸子菁華錄》（《荀子》），第八版，上海：商務印書館，1927年版，第9頁。
〔註39〕〔明〕歸有光選評：《諸子匯函》，明天啟刊本。
〔註40〕〔明〕陳仁錫：《奇賞齋古文匯編》，明天啟刊本。
〔註41〕中華書局編：《荀子精華》，上海：中華書局，1926年版，第21頁。
〔註42〕秦沛同編輯、校訂，陳和詳評注：《評注荀子讀本》，上海：世界書局，1926年版，第90頁。
〔註43〕〔明〕陳仁錫：《奇賞齋古文匯編》，明天啟刊本。

詞彙描述，如《富國》篇「如是，則老弱有失養之憂，而壯者有分爭之禍矣。事業所惡也，功利所好也，職業無分，如是，則人有樹事之患，而有爭功之禍矣。男女之合，夫婦之分，婚姻娉內送逆無禮。如是，則人有失合之憂，而有爭色之禍矣」，《諸子品節》陳深評曰：「此段章法甚佳。」評《議兵》篇「請問為將」一段曰：「此段緊要。」評《天論》篇「大天而思之，孰與物畜而制之？從天而頌之，孰與制天命而用之？望時而待之，孰與應時而使之？因物而多之，孰與騁能而化之」曰：「章法佳。」評《解蔽》篇「正錯而勿動，則湛濁在下而清明在上，則足以見鬚眉而察理矣。微風過之，湛濁動乎下，清明亂於上，則不可以得大形之正也。心亦如是矣。故導之以理，養之以清，物莫之傾，則足以定是非，決嫌疑矣。小物引之則其正外易，其心內傾，則不足以決庶理矣」曰：「此段亦粹。」〔註44〕

　　此外，亦有詳解《荀子》章法結構的。如《修身》篇：

　　　　夫驥一日而千里，駑馬十駕則亦及之矣。將以窮無窮，逐無極與？其折骨絕筋，終身不可以相及也。將有所止之，則千里雖遠，亦或遲或速、或先或後，胡為乎其不可以相及也？不識步道者，將以窮無窮逐無極與？意亦有所止之與？夫堅白、同異、有厚無厚之察，非不察也，然而君子不辯，止之也；倚魁之行，非不難也，然而君子不行，止之也。故學曰：「遲彼止而待我，我行而就之，則亦或遲或速、或先或後，胡為乎其不可以同至也？」故跬步而不休，跛鱉千里；累土而不輟，丘山崇成；厭其源，開其瀆，江河可竭；一進一退，一左一右，六驥不致。彼人之才性之相縣也，豈若跛鱉之與六驥足哉？然而跛鱉致之，六驥不致，是無他故焉，或為之，或不為爾。〔註45〕

《荀子精華》引孫月峰評曰：「章法疏宕。」唐荊川曰：「此段之言，反覆疏宕，蓋以淺語誘後學。」〔註46〕另如《修身》末段「君子貧窮而志廣，富貴而體恭，安燕而血氣不惰，勞勤而容貌不枯，怒不過奪，喜不過予。君子貧窮而志廣，隆仁也；富貴而體恭，殺埶也；安燕而血氣不惰，柬理也；勞勤而容貌不枯，

〔註44〕〔明〕陳深輯評：《諸子品節》，明萬曆十九年刻本。

〔註45〕〔清〕王先謙撰，沈嘯寰、王星賢點校：《荀子集解》，北京：中華書局，2016年版，第36～38頁。

〔註46〕中華書局編：《荀子精華》，上海：中華書局，1926年版，第3頁。

好交也；怒不過奪，喜不過予，是法勝私也。《書》曰：『無有作好，遵王之道；無有作惡，遵王之路。』此言君子之能以公義勝私欲也」〔註47〕，《評注荀子讀本》評曰：「迴環往復，餘波蕩漾。」〔註48〕如《儒效》篇「造父者，天下之善御者也，無輿馬則無所見其能。羿者，天下之善射者也，無弓矢則無所見其巧。大儒者，善調一天下者也，無百里之地則無所見其功。輿固馬選矣，而不能以至遠一日而千里，則非造父也。弓調矢直矣，而不能射遠中微，則非羿也。用百里之地，而不能以調一天下，制強暴，則非大儒也」〔註49〕，《二十九子品匯釋評》馬理評曰：「引造父、羿以起大儒，得以具之。體下段又重重複說，補足上意，由是章法。」〔註50〕

如《王制》篇：

> 具具而王，具具而霸，具具而存，具具而亡。用萬乘之國者，威強之所以立也，名聲之所美也，敵人之所以屈也，國之所以安危臧否也，制與在此，亡乎人。王、霸、安存、危殆、滅亡，制與在我，亡乎人。夫威強未足以殆鄰敵也，名聲未足以縣天下也，則是國未能獨立也，豈渠得免夫累乎！天下脅於暴國，而黨為吾所不欲於是者，日與桀同事同行，無害為堯，是非功名所就也，非存亡安危之所墮也。功名之所就，存亡安危之所墮，必將於愉殷赤心之所。誠以其國為王者之所，亦王；以其國為危殆滅亡之所亦危殆滅亡。殷之日，案以中立無有所偏而為縱橫之事，偃然案兵無動，以觀夫暴國之相卒也。案平政教，審節奏，砥礪百姓，為是之日，而兵勁天下勁矣；案然修仁義，伉隆高，正法則，選賢良，養百姓，為是之日，而名聲剸天下之美矣。權者重之，兵者勁之，名聲者美之。夫堯、舜者一天下也，不能加毫末於是矣。〔註51〕

〔註47〕〔清〕王先謙撰，沈嘯寰、王星賢點校：《荀子集解》，北京：中華書局，2016年版，第41～42頁。

〔註48〕秦沛同編輯、校訂，陳和詳評注：《評注荀子讀本》，上海：世界書局，1926年版，第13頁。

〔註49〕〔清〕王先謙撰，沈嘯寰、王星賢點校：《荀子集解》，北京：中華書局，2016年版，第162～163頁。

〔註50〕〔明〕焦竑校正，翁正春參閱，朱之蕃圈點：《新鍥翰林三狀元會選二十九子品匯釋評》，明萬曆刊本。

〔註51〕〔清〕王先謙撰，沈嘯寰、王星賢點校：《荀子集解》，北京：中華書局，2016年版，第202～204頁。

梁海評曰：「故政事亂以下，又是轉語。另起一意，以足上□段。」〔註52〕

再如《解蔽》篇：

> 故為蔽：欲為蔽，惡為蔽，始為蔽，終為蔽，遠為蔽，近為蔽，博為蔽，淺為蔽，古為蔽，今為蔽。凡萬物異則莫不相為蔽，此心術之公患也。昔人君之蔽者，夏桀、殷紂是也。桀蔽於末喜、斯觀，而不知關龍逢，以惑其心而亂其行；紂蔽於妲己、飛廉，而不知微子啟，以惑其心而亂其行。故群臣去忠而事私，百姓怨非而不用，賢良退處而隱逃，此其所以喪九牧之地而虛宗廟之國也。桀死於亭山，紂縣於赤斾，身不先知，人又莫之諫，此蔽塞之禍也。成湯監於夏桀，故主其心而慎治之，是以能長用伊尹而身不失道，此其所以代夏王而受九有也。文王監於殷紂，故主其心而慎治之，是以能長用呂望而身不失道，此其所以代殷王而受九牧也。遠方莫不致其珍，故目視備色，耳聽備聲，口食備味，形居備宮，名受備號，生則天下歌，死則四海哭，夫是之謂至盛。《詩》曰：「鳳凰秋秋，其翼若干，其聲若簫。有鳳有凰，樂帝之心。」此不蔽之福也。昔人臣之蔽者，唐鞅、奚齊是也。唐鞅蔽於欲權而逐載子，奚齊蔽於欲國而罪申生，唐鞅戮於宋，奚齊戮於晉。逐賢相而罪孝兄，身為刑戮，然而不知，此蔽塞之禍也。故以貪鄙、背叛、爭權而不危辱滅亡者，自古及今，未嘗有之也。鮑叔、寧戚、隰朋仁知且不蔽，故能持管仲而名利福祿與管仲齊；召公、呂望仁知且不蔽，故能持周公而名利福祿與周公齊。傳曰：「知賢之為明，輔賢之謂能，勉之彊之，其福必長。」此之謂也。此不蔽之福也。昔賓孟之蔽者，亂家是也。墨子蔽於用而不知文，宋子蔽於欲而不知得，慎子蔽於法而不知賢，申子蔽於埶而不知知，惠子蔽於辭而不知實，莊子蔽於天而不知人。故由用謂之道，盡利矣；由欲謂之道，盡嗛矣；由法謂之道，盡數矣；由埶謂之道，盡便矣；由辭謂之道，盡論矣；由天謂之道，盡因矣：此數具者，皆道之一隅也。夫道者，體常而盡變，一隅不足以舉之。曲知之人，觀於道之一隅而未之能識也，故以為足而飾之，內以自亂，外以惑人，上以蔽下，下以蔽上，此蔽塞之禍也。孔子仁知且不蔽，故學亂術，足以為先王者也。一家得周

〔註52〕〔明〕焦竑校正，翁正春參閱，朱之蕃圈點：《新鍥翰林三狀元會選二十九子品匯釋評》，明萬曆刊本。

道，舉而用之，不蔽於成積也。故德與周公齊，名與三王並，此不蔽
之福也。聖人知心術之患，見蔽塞之禍，故無欲無惡，無始無終，無
近無遠，無博無淺，無古無今，兼陳萬物而中縣衡焉。是故眾異不得
相蔽以亂其倫也。〔註53〕

張之純分別評曰「通篇三言禍福，而以欲惡以下十蔽，分列三等，此為通篇提
綱」「天子之蔽一層為欲惡之蔽」「天子能解蔽一層」「人臣之蔽一層為始終遠
近之蔽」「人臣能解蔽一層」「著述之蔽為博淺古今之蔽」「著述能解蔽一層」
「回應十蔽，歸入解蔽，正文章法玩密」〔註54〕。

其次，從說理層面言，評點本對《荀子》說理的節奏以及說理方式有所提
及。如在說理節奏方面，如《儒效》篇：

故有俗人者，有俗儒者，有雅儒者，有大儒者。不學問，無正
義，以富利為隆，是俗人者也。逢衣淺帶，解果其冠，略法先王而
足亂世術，繆學雜舉，不知法後王而一制度，不知隆禮義而殺《詩》、
《書》；其衣冠行偽已同於世俗矣，然而不知惡者；其言議談說已無
以異於墨子矣，然而明不能別；呼先王以欺愚者而求衣食焉，得委
積足以掩其口則揚揚如也；隨其長子，事其便辟，舉其上客，饘然
若終身之虜而不敢有他志：是俗儒者也。法後王，一制度，隆禮義
而殺《詩》、《書》；其言行已有大法矣，然而明不能齊法教之所不及，
聞見之所未至，則知不能類也，知之曰知之，不知曰不知，內不自
以誣，外不自以欺，以是尊賢畏法而不敢怠傲，是雅儒者也。法先
王，統禮義，一制度，以淺持博，以古持今，以一持萬，苟仁義之
類也，雖在鳥獸之中，若別白黑，倚物怪變，所未嘗聞也，所未嘗
見也，卒然起一方，則舉統類而應之，無所擬怍，張法而度之，則
暗然若合符節，是大儒者也。故人主用俗人則萬乘之國亡，用俗儒
則萬乘之國存，用雅儒則千乘之國安，用大儒則百里之地久而後三
年，天下為一，諸侯為臣；用萬乘之國舉錯而定，一朝而伯。〔註55〕

〔註53〕〔清〕王先謙撰，沈嘯寰、王星賢點校：《荀子集解》，北京：中華書局，2016
　　　　年版，第458～465頁。

〔註54〕張之純：《評注諸子菁華錄》（《荀子》）第八版，上海：商務印書館，1927年
　　　　版，第29～31頁。

〔註55〕〔清〕王先謙撰，沈嘯寰、王星賢點校：《荀子集解》，北京：中華書局，2016
　　　　年版，第164～167頁。

《二十九子品匯釋評》顏鼎臣評曰：「這一段文字精神印證，尤甚停妥。」
〔註56〕「停妥」是指說理節奏的停當妥帖。

　　再如《王制》篇：

　　　　　故周公南征而北國怨，曰：「何獨不來也？」東征而西國怨，曰：

　　「何獨後我也？」孰能有與是鬥者與？安以其國為是者王。〔註57〕
顧充評曰：「曲折辯論，皆語驚人，精神聚處，同孟子術，蓋不可以尋常文字
待之。」〔註58〕意即此部分並未直陳，而轉以曲折鋪問，節奏舒緩，娓娓道來，
具有迴環往復之味。

　　此外，有些評點還對《荀子》的說理方式作了評述。如《正名》篇「辭也
者，兼異實之名以論一意也。辯說也者，不異實名以喻動靜之道也」〔註59〕，
《諸子品節》陳深評曰：「辭者論一意，辯者明兩端也，動靜是非也。」〔註60〕

　　如《儒效》篇：

　　　　　故君子無爵而貴，無祿而富，不言而信，不怒而威，窮處而榮，
　　　　獨居而樂，豈不至尊、至富、至重、至嚴之情舉積此哉！故曰：貴
　　　　名不可以比周爭也，不可以誇誕有也，不可以埶重脅也，必將誠此
　　　　然後就也。爭之則失，讓之則至，遵道則積，誇誕則虛。故君子務
　　　　修其內而讓之於外，務積德於身而處之以遵道，如是，則貴名起如
　　　　日月，天下應之如雷霆。故曰：君子隱而顯，微而明，辭讓而勝。
　　　　《詩》曰：「鶴鳴于九皋，聲聞于天。」此之謂也。鄙夫反是。比周
　　　　而譽俞少，鄙爭而名俞辱，煩勞以求安利，其身俞危。《詩》曰：「民
　　　　之無良，相怨一方。受爵不讓，至于己斯亡。」此之謂也。故能小
　　　　而事大，闇之是猶力之少而任重也，捨粹折無適也。身不肖而誣賢，
　　　　是猶傴伸而好升高也，指其頂者愈眾。故明主譎德而序位，所以為
　　　　不亂也；忠臣誠能然後敢受職，所以為不窮也。分不亂於上，能不

〔註56〕〔明〕焦竑校正，翁正春參閱，朱之蕃圈點：《新鍥翰林三狀元會選二十九子
　　　　品匯釋評》，明萬曆刊本。

〔註57〕〔清〕王先謙撰，沈嘯寰、王星賢點校：《荀子集解》，北京：中華書局，2016
　　　　年版，第204頁。

〔註58〕〔明〕焦竑校正，翁正春參閱，朱之蕃圈點：《新鍥翰林三狀元會選二十九子
　　　　品匯釋評》，明萬曆刊本。

〔註59〕〔清〕王先謙撰，沈嘯寰、王星賢點校：《荀子集解》，北京：中華書局，2016
　　　　年版，第500頁。

〔註60〕〔明〕陳深輯評：《諸子品節》明萬曆十九年刻本。

窮於下，治辯之極也。《詩》曰：「平平左右，亦是率從。」是言上下
之交不相亂也。〔註61〕

《評注荀子讀本》評曰：「每段正反互相發明，極盡變化離合之妙。」〔註62〕

又如《富國》篇：

足國之道，節用裕民而善臧其餘。節用以禮，裕民以政。彼裕
民，故多餘。裕民則民富，民富則田肥以易，田肥以易則出實百倍。
上以法取焉，而以禮節用之，餘若丘山，不時焚燒，無所臧之。夫
君子奚患乎無餘？故知節用裕民，則必有仁義聖良之名，而且有富
厚丘山之積矣。此無它故焉，生於節用裕民也。不知節用裕民則民
貧，民貧則田瘠以穢，田瘠以穢則出實不半，上雖好取侵奪，猶將
寡獲也。而或以無禮節用之，則必有貪利糾譑之名，而且有空虛窮
乏之實矣。此無它故焉，不知節用裕民也。〔註63〕

陳和詳評曰：「正反互發，參差有致。」〔註64〕

以上評點切中《荀子》一貫的說理方式，即通過一意兩說、正反比觀的方
式言說道理。

再次，從情感層面言，《荀子》評點本亦以簡短言辭將情感表現的淋漓盡
致。如《奇賞齋古文匯編》評《大略》篇「君子隘窮而不失，勞倦而不苟，臨
患難而不忘細席之言」曰：「情漸致然。」〔註65〕步步經營，情感徐徐而致。

如《富國》篇：

故先王明禮義以壹之，致忠信以愛之，尚賢使能以次之，爵服
慶賞以申重之，時其事、輕其任以調齊之，潢然兼覆之，養長之，
如保赤子。若是，故姦邪不作，盜賊不起，而化善者勸勉矣。是何
邪？則其道易，其塞固，其政令一，其防表明。故曰：上一則下一
矣，上二則下二矣。闢之若中木，枝葉必類本。此之謂也。不利而

〔註61〕〔清〕王先謙撰，沈嘯寰、王星賢點校：《荀子集解》，北京：中華書局，2016
年版，第 151～153 頁。

〔註62〕秦沛同編輯、校訂，陳和詳評注：《評注荀子讀本》，上海：世界書局，1926 年
版，第 47 頁。

〔註63〕〔清〕王先謙撰，沈嘯寰、王星賢點校：《荀子集解》，北京：中華書局，2016
年版，第 209～210 頁。

〔註64〕秦沛同編輯、校訂，陳和詳評注：《評注荀子讀本》，上海：世界書局，1926 年
版，第 56 頁。

〔註65〕〔明〕陳仁錫：《奇賞齋古文匯編》，明天啟刊本。

利之，不如利而後利之之利也；不愛而用之，不如愛而後用之之功也。利而後利之，不如利而不利者之利也；愛而後用之，不如愛而不用者之功也。利而不利也，愛而不用也者，取天下矣。利而後利之，愛而後用之者，保社稷也。不利而利之，不愛而用之者，危國家也。〔註66〕

《桐城吳先生點勘荀子》引姚姬傳評曰：「此二章論極痛切。」〔註67〕

如《禮論》篇：

今夫大鳥獸則失亡其群匹，越月逾時則必反鉛過故鄉，則必徘徊焉，鳴號焉，躑躅焉，踟躕焉，然後能去之也。小者是燕爵，猶有啁噍之頃焉，然後能去之。故有血氣之屬莫知於人，故人之於其親也，至死無窮。將由夫愚陋淫邪之人與？則彼朝死而夕忘之，然而縱之，則是曾鳥獸之不若也，彼安能相與群居而無亂乎！〔註68〕

《評注荀子讀本》評曰：「借『鳥獸』寫哀痛之情，令人惻然。」〔註69〕

如《榮辱》篇：

有狗彘之勇者，有賈盜之勇者，有小人之勇者，有士君子之勇者：爭飲食，無廉恥，不知是非，不辟死傷，不畏眾強，恈恈然唯利飲食之見，是狗彘之勇也。為事利，爭貨財，無辭讓，果敢而振，猛貪而戾，恈恈然唯利之見，是賈盜之勇也。輕死而暴，是小人之勇也。義之所在，不傾於權，不顧其利，舉國而與之不為改視，重死持義而不橈，是士君子之勇也。鯈、䰷者，浮陽之魚也，胠於沙而思水，則無逮矣。掛於患而欲謹，則無益矣。自知者不怨人，知命者不怨天，怨人者窮，怨天者無志。失之己，反之人，豈不迂乎哉！〔註70〕

〔註66〕〔清〕王先謙撰，沈嘯寰、王星賢點校：《荀子集解》，北京：中華書局，2016年版，第226～227頁。

〔註67〕吳汝綸：《桐城吳先生點勘諸子》（第二十七冊），《桐城吳先生集》，揚州：廣陵書社，2016年版，第124頁。

〔註68〕〔清〕王先謙撰，沈嘯寰、王星賢點校：《荀子集解》，北京：中華書局，2016年版，第440～441頁。

〔註69〕秦沛同編輯、校訂，陳和詳評注：《評注荀子讀本》，上海：世界書局，1926年版，第105頁。

〔註70〕〔清〕王先謙撰，沈嘯寰、王星賢點校：《荀子集解》，北京：中華書局，2016年版，第65～68頁。

《荀子精華》引李光垣曰：「可思可涕，無限深情。」引侯晉陽評曰：「以『魚』喻人，愴然可思，至云『怨天者無志』，倍為警策矣。」〔註71〕

如《儒效》篇：

> 王曰：「然則其為人上何如？」孫卿曰：「其為人上也廣大矣：志意定乎內，禮節修乎朝，法則度量正乎官，忠信愛利形乎下，行一不義、殺一無罪而得天下，不為也。此君義信乎人矣，通於四海，則天下應之如歡。是何也？則貴名白而天下治也。故近者歌謳而樂之，遠者竭蹶而趨之，四海之內若一家，通達之屬莫不從服，夫是之謂人師。《詩》曰：『自西自東，自南自北，無思不服。』此之謂也。夫其為人下也如彼，其為人上也如此，何謂其無益於人之國也？」
>
> 昭王曰：「善。」〔註72〕

《荀子精華》引孫月峰曰：「文景文情，一往都有雋氣。」〔註73〕

以上評點多通過《荀子》中的語言運用以及景物描寫揣摩荀子的情感。

復次，在風格層面，評點書目也作了不同程度的解讀。這些評點既有對章節風格的評價，亦有對整個文章風格的論述。

章節風格的評點，如《榮辱》篇「故薄薄之地，不得履之。非地不安也。危足無所履者，凡在言也。巨塗則讓，小塗則殆，雖欲不謹，若云不使。快快而亡者，怒也；察察而殘者，忮也；博而窮者，訾也；清之而俞濁者，口也；豢之而俞瘠者，交也；辯而不說者，爭也；直立而不見知者，勝也；廉而不見貴者，劌也；勇而不見憚者，貪也；信而不見敬者，好專行也」，陳深評曰：「句句的宕，似《莊子》。」又如評「今使人生而未嘗睹芻豢稻粱也，惟菽藿糟糠之為睹，則以至足為在此也。俄而粲然有秉芻豢稻粱而至者，則瞋然視之曰：「此何怪也？」彼臭之無嗛於鼻，嘗之而甘於口，食之而安於體，則莫不棄此而取彼矣。」評曰：「思致悠遠，文勢馳漫，是其體格，如此成一家也。」再如評《彊國》篇首段「刑范正，金錫美，工冶巧，火齊得，剖刑而莫邪已。然而不剝脫，不砥厲，則不可以斷繩；剝脫之，砥厲之，則劙盤盂、刎牛馬忽然耳。彼國者，亦彊國之剖刑已。然而不教誨，不調一，則入不可以守，出不

〔註71〕中華書局編：《荀子精華》，上海：中華書局，1926 年版，第 6 頁。

〔註72〕〔清〕王先謙撰，沈嘯寰、王星賢點校：《荀子集解》，北京：中華書局，2016 年版，第 142～144 頁。

〔註73〕中華書局編：《荀子精華》，上海：中華書局，1926 年版，第 11 頁。

可以戰；教誨之，調一之，則兵勁城固，敵國不敢嬰也。彼國者亦有砥厲，禮義節奏是也。故人之命在天，國之命在禮。〔註74〕《諸子品節》陳深評曰：「客主並起，氣勢整壯。」

《榮辱》篇言：

> 堯、禹者，非生而具者也，夫起於變故，成乎修修之為，待盡而後備者也。人之生固小人，無師無法則唯利之見耳。〔註75〕

《奇賞齋古文匯編》陳仁錫評曰：「其文奇。」〔註76〕

《榮辱》篇：

> 凡人有所一同：饑而欲食，寒而欲暖，勞而欲息，好利而惡害，是人之所生而有也，是無待而然者也，是禹、桀之所同也。目辨白黑美惡，耳辨音聲清濁，口辨酸鹹甘苦，鼻辨芬芳腥臊，骨體膚理辨寒暑疾養，是又人之所常生而有也，是無待而然者也，是禹、桀之所同也。可以為堯、禹，可以為桀、跖，可以為工匠，可以為農賈，在執注錯習俗之所積耳，是又人之所生而有也，是無待而然者也，是禹、桀之所同也。〔註77〕

《評注荀子讀本》評曰：「氣勢浩瀚，輾轉不窮。」〔註78〕

《榮辱》言：

> 今是人之口腹，安知禮義？安知辭讓？安知廉恥隅積？亦呥呥而噍、鄉鄉而飽已矣。人無師無法，則其心正其口腹也。今使人生而未嘗睹芻豢稻粱也，惟菽藿糟糠之為睹，則以至足為在此也。俄而粲然有秉芻豢稻粱而至者，則瞜然視之曰：「此何怪也？」彼臭之而無嗛於鼻，嘗之而甘於口，食之而安於體，則莫不棄此而取彼矣。〔註79〕

〔註74〕圓點為「佳品」（舂容大文，誦之不覺舞蹈），粗線指妙品（簡妙清深）。

〔註75〕〔清〕王先謙撰，沈嘯寰、王星賢點校：《荀子集解》，北京：中華書局，2016年版，第74～75頁。

〔註76〕〔明〕陳仁錫：《奇賞齋古文匯編》，明天啟刊本。

〔註77〕〔清〕王先謙撰，沈嘯寰、王星賢點校：《荀子集解》，北京：中華書局，2016年版，第74頁。

〔註78〕秦沛同編輯、校訂，陳和詳評注：《評注荀子讀本》，上海：世界書局，1926年版，第27頁。

〔註79〕〔清〕王先謙撰，沈嘯寰、王星賢點校：《荀子集解》，北京：中華書局，2016年版，第75～76頁。

《評注荀子讀本》評曰：「文氣排宕，波瀾騰湧。」〔註80〕

　　如《王制》篇言：

> 彼王者不然，仁眇天下，義眇天下，威眇天下。仁眇天下，故
> 天下莫不親也；義眇天下，故天下莫不貴也；威眇天下，故天下莫
> 敢敵也。以不敵之威，輔服人之道，故不戰而勝，不攻而得，甲兵
> 不勞而天下服。是知王道者也。知此三具者，欲王而王，欲霸而霸，
> 欲強而強矣。〔註81〕

《二十九子品匯釋評》霍□評曰：「詞氣悠揚、敷暢，通篇所言，要不出此。
熟讀再三，趣味愈長。」〔註82〕

　　《王制》篇：

> 立身則從傭俗，事行則遵傭故，進退貴賤則舉傭士，之所以接下
> 之人百姓者則庸寬惠，如是者則安存。立身則輕楛，事行則蠲疑，進
> 退貴賤則舉佞悅，之所以接下之人百姓者則好取侵奪，如是者危殆。
> 立身則憍暴，事行則傾覆，進退貴賤則舉幽險詐故，之所以接下之人
> 百姓者，則好用其死力矣，而慢其功勞，好用其籍斂矣，而忘其本務，
> 如是者滅亡。此五等者，不可不善擇也，王、霸、安存、危殆、滅亡
> 之具也。善擇者制人，不善擇者人制之；善擇之者王，不善擇之者亡。
> 夫王者之與亡者，制人之與人制之也，是其為相縣也亦遠矣。〔註83〕

《二十九子品匯釋評》霍□評曰：「文勢浩蕩，如長江大河，波濤萬狀。而隨
段該論，步步回顧之，如江淮河漢，各自朝宗。至末歸結，抑揚箴規，令人感
激悠創。」作為《王制》篇的結尾，具有概括主題之義。霍□以喻作評，非熟
讀不能盡之。錢戩亦評之曰：「文有起伏，意有箴規，而詞氣雄壯，塵世之文
也。」〔註84〕

〔註80〕秦沛同編輯、校訂，陳和詳評注：《評注荀子讀本》，上海：世界書局，1926年
　　　　版，第28頁。
〔註81〕〔清〕王先謙撰，沈嘯寰、王星賢點校：《荀子集解》，北京：中華書局，2016
　　　　年版，第186～187頁。
〔註82〕〔明〕焦竑校正，翁正春參閱，朱之蕃圈點：《新鍥翰林三狀元會選二十九子
　　　　品匯釋評》，明萬曆刊本。
〔註83〕〔清〕王先謙撰，沈嘯寰、王星賢點校：《荀子集解》，北京：中華書局，2016
　　　　年版，第205～206頁。
〔註84〕〔明〕焦竑校正，翁正春參閱，朱之蕃圈點：《新鍥翰林三狀元會選二十九子
　　　　品匯釋評》，明萬曆刊本。

亦有對《荀子》說理風格的論述，如《儒效》篇：

　　奸事奸道，治世之所棄，而亂世之所從服也。若夫充虛之相施易也，堅白、同異之分隔也，是聰耳之所不能聽也，明目之所不能見也，辯士之所不能言也，雖有聖人之知，未能僂指也。不知無害為君子，知之無損為小人。工匠不知無害為巧，君子不知無害為治。王公好之則亂法，百姓好之則亂事。而狂惑戇陋之人，乃始率其群徒，辯其談說，明其闢稱，老身長子，不知惡也。夫是之謂上愚，曾不如相雞狗之可以為名也。《詩》曰：「為鬼為蜮，則不可得。有靦面目，視人罔極。作此好歌，以極反側。」此之謂也。〔註85〕

《荀子精華》引侯晉陽曰：「痛陳上愚之弊，議論挾風雨而行，明快無比。」〔註86〕

如《富國》篇：

　　萬物同宇而異體，無宜而有用為人，數也。人倫並處，同求而異道，同欲而異知，生也。皆有可也，知愚同；所可異也，知愚分。埶同而知異，行私而無禍，縱慾而不窮，則民心奮而不可說也。如是，則知者未得治也，知者未得治則功名未成也，功名未成則群眾未縣也，群眾未縣則君臣未立也。無君以制臣，無上以制下，天下害生縱慾。欲惡同物，欲多而物寡，寡則必爭矣。〔註87〕

《評注荀子讀本》評曰：「明白曉暢，切中事理。」〔註88〕

再如《天論》篇：

　　治亂天邪？曰：日月、星辰、瑞歷，是禹、桀之所同也，禹以治，桀以亂，治亂非天也。時邪？曰：繁啟蕃長於春夏，畜積收藏於秋冬，是又禹、桀之所同也，禹以治，桀以亂，治亂非時也。地邪？曰：得地則生，失地則死，是又禹桀之所同也，禹以治，桀以亂，治亂非地也。《詩》曰：「天作高山，大王荒之，彼作矣，文王康

〔註85〕〔清〕王先謙撰，沈嘯寰、王星賢點校：《荀子集解》，北京：中華書局，2016年版，第147～148頁。

〔註86〕中華書局編：《荀子精華》，上海：中華書局，1926年版，第12頁。

〔註87〕〔清〕王先謙撰，沈嘯寰、王星賢點校：《荀子集解》，北京：中華書局，2016年版，第207～208頁。

〔註88〕秦沛同編輯、校訂，陳和詳評注：《評注荀子讀本》，上海：世界書局，1926年版，第55頁。

之。」此之謂也。〔註89〕

《荀子精華》引朱大復曰：「議論英快。」〔註90〕

《正名》篇言：

> 故其民莫敢託為奇辭以亂正名。故其民愨，愨則易使，易使則
> 公。其民莫敢託為奇辭以亂正名，故壹於道法而謹於循令矣。如是，
> 則其跡長矣。跡長功成，治之極也，是謹於守名約之功也。〔註91〕

《諸子匯函》將圈點定為「會理處」，王升□評曰：「此段議論精明，文勢圓活，斬釘截鐵處，如老吏斷案，一字不可喻成。」〔註92〕

此外亦有對《荀子》語言風格的評點，《禮論》篇：「君子既得其養，又好其別。曷謂別？曰：貴賤有等，長幼有差，貧富輕重皆有稱者也。」《諸子品節》陳深評曰：「溫文粹語，絕似《春秋》口氣。」《評注荀子讀本》評《成相》篇言：「詞采典麗，聲韻鏗鏘，確是大雅遺音。」〔註93〕

有對整篇文章風格的評點，這些評點多在篇末以總括性的評語示之。如《評注荀子讀本》評《榮辱》篇言：「立論純正，意致卻極奇突。文勢則頓挫激宕，排山倒海而來，筆陣之雄，足使前無古人，後無來者。」〔註94〕再如評《王制》篇曰「文極疏宕，語極簡峭，望治之心，溢於言表，蓋傷時之作也」「淵博條暢，光彩陸離，吾國群學首倡，莫先此篇，至文也」〔註95〕。評《天論》篇言：「說透天機，談盡玄理。靡一句不本諸人事而切實用，故文勢拋擲頓挫，音節鏗然縱逸，讀之自雋永乃爾。」〔註96〕

以上評點多以「奇」「壯」「宕」「暢」「明快」等字眼括之，對《荀子》的

〔註89〕〔清〕王先謙撰，沈嘯寰、王星賢點校：《荀子集解》，北京：中華書局，2016年版，第367～368頁。

〔註90〕中華書局編：《荀子精華》，上海：中華書局，1926年版，第40頁。

〔註91〕〔清〕王先謙撰，沈嘯寰、王星賢點校：《荀子集解》，北京：中華書局，2016年版，第490頁。

〔註92〕〔明〕歸有光選評：《諸子匯函》卷十，明天啟刊本。

〔註93〕秦沛同編輯、校訂，陳和詳評注：《評注荀子讀本》，上海：世界書局，1926年版，第154頁。

〔註94〕秦沛同編輯、校訂，陳和詳評注：《評注荀子讀本》，上海：世界書局，1926年版，第30頁。

〔註95〕秦沛同編輯、校訂，陳和詳評注：《評注荀子讀本》，上海：世界書局，1926年版，第52～54頁。

〔註96〕秦沛同編輯、校訂，陳和詳評注：《評注荀子讀本》，上海：世界書局，1926年版，第95頁。

風格提出了自己的見解。

　　又次，在語言層面，《荀子》評點多體現在對言與意、語言特色、修辭等方面。如對言與意的評點，《王制》篇言：

　　　　彼其所與至者，必其民也。其民之親也我歡若父母，好我芳如芝蘭，反顧其上則若灼黥，若仇讎。彼人之情性也雖桀、跖，豈有肯為其所惡賊其所好者哉。〔註97〕

《二十九子品匯釋評》姜寶評點曰：「意到語真，可謂奇絕。」〔註98〕

　　如《富國》篇：

　　　　觀國之治亂臧否，至於疆易而端已見矣。其候徼支繚，其竟關之政盡察，是亂國已。入其境，其田疇穢，都邑露，是貪主已。觀其朝廷則其貴者不賢，觀其官職則其治者不能，觀其便嬖則其信者不愨，是闇主已。凡主相臣下百吏之俗，其於貨財取與計數也，順孰盡察，其禮義節奏也，芒軔僈楛，是辱國已。其耕者樂田，其戰士安難，其百吏好法，其朝廷隆禮，其卿相調議是治國已。觀其朝廷則其貴者賢，觀其官職則其治者能，觀其便嬖則其信者愨，是明主已。凡主相臣下百吏之屬，其於貨財取與計數也，寬饒簡易，其於禮義節奏也，陵謹盡察，是榮國已。賢齊則其親者先貴，能齊則其故者先官，其臣下百吏，污者皆化而修，悍者皆化而愿，躁者皆化而愨，是明主之功已。〔註99〕

《二十九子品匯釋評》□□從言與意的角度評曰：「此段意深而詞切。」〔註100〕

　　如《致士》篇：

　　　　人主之患，不在乎不言用賢，而在乎誠必用賢。〔註101〕

〔註97〕因不同的評點書目有著不同的圈點方式，即使同一評點書目亦有不同的符號表達不同的意思。本文姑且用圓點代替，但在具體論述會對此作出說明，或以腳注形式注明。此部分圈點指的「文采」。

〔註98〕〔明〕焦竑校正，翁正春參閱，朱之蕃圈點：《新鍥翰林三狀元會選二十九子品匯釋評》，明萬曆刊本。

〔註99〕〔清〕王先謙撰，沈嘯寰、王星賢點校：《荀子集解》，北京：中華書局，2016年版，第 227～229 頁。

〔註100〕〔明〕焦竑校正，翁正春參閱，朱之蕃圈點：《新鍥翰林三狀元會選二十九子品匯釋評》，明萬曆刊本。

〔註101〕〔清〕王先謙撰，沈嘯寰、王星賢點校：《荀子集解》，北京：中華書局，2016年版，第 308 頁。

《評注諸子菁華錄》張之純評曰：「意刻而語雋。」〔註102〕

　　對《荀子》語言特色的評點，如《修身》篇：

　　　　君子貧窮而志廣，富貴而體恭，安燕而血氣不惰，勞勸而容貌
　　　　不枯，怒不過奪，喜不過予。君子貧窮而志廣，隆仁也；富貴而體
　　　　恭，殺埶也；安燕而血氣不惰，柬理也；勞勸而容貌不枯，好交也；
　　　　怒不過奪，喜不過予，是法勝私也。〔註103〕

《新鍥二太史匯選注釋九子全書注釋評林》翁正春評曰：「形容君子之行自是
曲盡，而辭亦遒勁。」翁正春又評《王制》篇末所言「五等者」曰：「數段言
王者之政，自是曲盡事情，而詞亦頓跌豪邁，熟之不為無用。」〔註104〕

　　如《富國》篇：

　　　　古者先王分割而等異之也，故使或美或惡，或厚或薄，或佚或
　　　　樂，或劬或勞，非特以為淫泰誇麗之聲，將以明仁之文、通仁之順
　　　　也。〔註105〕

《二十九子品匯釋評》黃道開評曰：「文字開合，親切有味。」〔註106〕

　　修辭方面，《評注荀子讀本》評《修身》篇「譬之是猶以盲辨色、以聾辨聲
也，捨亂妄無為也」曰：「設喻精洽。」〔註107〕評《仲尼》篇「志不免乎奸心，
行不免乎奸道，而求有君子聖人之名，辟之是猶伏而咶天，救經而引其足也」
曰：「喻語新穎。」〔註108〕如《儒效》篇「故能小而事大，辟之是猶力之少而任
重也，捨粹折無適也」，《荀子精華》引王鳳洲曰：「引喻若怪峰峭壁。」〔註109〕

〔註102〕張之純：《評注諸子菁華錄》（《荀子》）第八版，上海：商務印書館，1927 年
　　　　版，第 16 頁。
〔註103〕〔清〕王先謙撰，沈嘯寰、王星賢點校：《荀子集解》，北京：中華書局，2016
　　　　年版，第 42 頁。
〔註104〕〔明〕焦弘注釋，翁正春評林，詹聖澤刊行：《新鍥二太史匯選注釋九子全書
　　　　注釋評林》，明萬曆二十二年刻本。
〔註105〕〔清〕王先謙撰，沈嘯寰、王星賢點校：《荀子集解》，北京：中華書局，2016
　　　　年版，第 212 頁。
〔註106〕〔明〕焦竑校正，翁正春參閱，朱之蕃圈點：《新鍥翰林三狀元會選二十九子
　　　　品匯釋評》，明萬曆刊本。
〔註107〕秦沛同編輯、校訂，陳和詳評注：《評注荀子讀本》，上海：世界書局，1926
　　　　年版，第 12 頁。
〔註108〕秦沛同編輯、校訂，陳和詳評注：《評注荀子讀本》，上海：世界書局，1926
　　　　年版，第 41 頁。
〔註109〕中華書局編：《荀子精華》，上海：中華書局，1926 年版，第 13 頁。

再如《儒效》篇「行禮要節而安之若生四枝，要時立功之巧若詔四時」，《荀子精華》引侯晉陽曰：「『四枝』『四時』皆言自然也，此喻尤精。」〔註110〕

最後，《荀子》評點在敘述技巧和文體層面也有論述。如在敘事層面，《二十九子品匯釋評》評點常將荀子與孟子作比較。如二書都談及「兵革」「府庫」之言，然其敘述方式截然不同。《孟子·公孫丑下》言：「兵革非不堅利也」、《梁惠王下》言：「府庫充。」《孟子》之文敘述頗為簡潔。《荀子·王制》篇「兵革器械者，彼將日日暴露毀折之中原，我今將修飾之，拊循之，掩蓋之於府庫」，這段話以「修飾之」「拊循之」「掩蓋之」將兵革器械保存在府庫的狀態周密詳致地表現出來。□□評曰：「文似孟子，然孟子簡陡，此則周詳□淡。」〔註111〕

再如評《天論》篇：「耳目鼻口形能，各有接而不相能也，夫是之謂天官。心居中虛以治五官，夫是之謂天君。財非其類，以養其類，夫是之謂天養。順其類者謂之福，逆其類者謂之禍，夫是之謂天政。暗其天君，亂其天官，棄其天養，逆其天政，背其天情，以喪天功，夫是之謂大凶。聖人清其天君，正其天官，備其天養，順其天政，養其天情，以全其天功」曰：「鋪敘議論。」〔註112〕指出荀子善於鋪排，層層推進，有條不紊。

在文體層面，《二十九子品匯釋評》姚寬評《王制》篇「凡聽，威嚴猛厲而不好假道人，則下畏恐而不親，周閉而不竭，若是，則大事殆乎弛，小事殆乎遂。和解調通，好假道人而無所凝止之，則奸言並至，嘗試之說鋒起。若是，則聽大事煩，是又傷之也。故法而不議，則法之所不至者必廢。職而不通，則職之所不及者必隊。故法而議，職而通，無隱謀，無遺善，而百事無過，非君子莫能。故公平者，聽之衡也；中和者，聽之繩也。其有法者以法行，無法者以類舉，聽之盡也；偏黨而無經，聽之辟也；故有良法而亂者，有之矣，有君子而亂者，自古及今，未嘗聞也。《傳》曰：『治生乎君子，亂生乎小人。』此之謂也」曰：「此等大議論，最宜潛玩，是有國一代治體。」〔註113〕姚寬所言

〔註110〕 中華書局編：《荀子精華》，上海：中華書局，1926年版，第13頁。
〔註111〕 〔明〕焦竑校正，翁正春參閱，朱之蕃圈點：《新鍥翰林三狀元會選二十九子品匯釋評》，明萬曆刊本。
〔註112〕 〔明〕焦竑校正，翁正春參閱，朱之蕃圈點：《新鍥翰林三狀元會選二十九子品匯釋評》，明萬曆刊本。
〔註113〕 〔明〕焦竑校正，翁正春參閱，朱之蕃圈點：《新鍥翰林三狀元會選二十九子品匯釋評》，明萬曆刊本。

似指《王制》一篇與策體文類似，即指提出治國策略的文章。《諸子品節》陳深評《性惡》篇首句「人之性惡，其善者偽也」曰：「此句是綱，辯難體。」又曰：「通篇辯難攻擊之文。」〔註114〕陳深認為《性惡》為辯難類文體。

綜上所述，《荀子》評點本在文法、說理、情感、風格、語言、敘述、文體等方面作了不同程度的評點。當然，無論是為科舉士子提供學習範本，抑或是受文學思潮影響，這些評點本都體現了評點者從不同角度對於《荀》文的接受情況，有助於更深刻地瞭解《荀子》文本。

第二節　《荀子》的創作接受

讀者「具有特殊能力，可以通過『體驗』為自己開闢一條通往『理解』文學作品的道路」〔註115〕，當然讀者的接受並非僅僅停留在「體驗」與「理解」層面，優秀（或有能力）的讀者往往借助這種鑑賞能力，基於一種心理的欲望，勾連前作品進行再創作。

前文已述，《荀子》一書至漢代劉向刪除重複，得以定本。那麼，可以確定的是，在此期間，《荀子》文章基本以「篇」的形式進行傳播的。戰國末期至漢代，許多典籍直接或間接引用《荀》文，茲羅列如下：

《荀子》	其他典籍重見
《勸學》	《呂氏春秋·名類》；《淮南子·修務》《主術》《齊俗》《說山》；《大戴禮記·勸學》《曾子制言上》；《說苑·建本》《談叢》《雜言》；《史記·龜策列傳》；《潛伏論·贊學》；《韓詩外傳》；《論衡·率性》《程材》《感虛》；《春秋繁露·同類相動》；《新序》等。
《修身》	《呂氏春秋·貴卒》；《韓詩外傳》；《大戴禮記·勸學》；《淮南子·齊俗》等。
《不苟》	《韓詩外傳》卷一、卷二、卷三、卷四、卷六；《說苑·談叢》《至公》；《淮南子·氾論》；《史記·屈原賈生列傳》；《新序·節士》等。
《榮辱》	《說苑·談叢》《貴德》《政理》；《淮南子·說林》等。
《非相》	《韓詩外傳》卷三、卷五；《說苑·善說》等。
《非十二子》	《韓詩外傳》卷四、卷六；《說苑·敬慎》等。

〔註114〕〔明〕陳深輯評：《諸子品節》，明萬曆十九年刻本。
〔註115〕〔德〕瑙曼：《作品、文學史與讀者》，北京：文化藝術出版社，1997年版，第134頁。

《仲尼》	《韓詩外傳》卷四；《說苑‧雜言》《臣術》；《春秋繁露‧對膠西王越大夫不得為仁》；《漢書‧董仲舒傳》；《風俗通義‧窮通》等。
《儒效》	《韓詩外傳》卷三、卷四、卷五、卷六；《淮南子‧氾論》《兵略》；《新序‧雜事》等。
《王制》	《韓詩外傳》卷三、卷五；《新序‧雜事》等。
《富國》	《韓詩外傳》卷六；《新序‧雜事》等。
《王霸》	《韓非子‧有度》《難二》；《韓詩外傳》卷四、卷六；《新序‧雜事》；《淮南子‧詮言》《主術》等。
《君道》	《韓非子‧外儲說左上》；《呂氏春秋‧執一》；《韓詩外傳》卷四、卷五、卷六；《淮南子‧道應》等。
《臣道》	《說苑‧臣術》；《韓詩外傳》卷四、卷六等。
《致士》	《韓詩外傳》卷五等。
《議兵》	《韓詩外傳》卷三、卷四；《大戴禮記‧武王踐阼》；《新序‧雜事》；《淮南子‧兵略》；《史記‧禮書》；《漢書‧刑法志》等。
《強國》	《韓詩外傳》卷五、卷六等。
《天論》	《韓詩外傳》卷一、卷二；《說苑‧談叢》等。
《正論》	《史記‧周本紀》《禮書》；《漢書‧刑法志》等。
《禮論》	《史記‧禮書》；《大戴禮記‧禮三本》；《禮記‧三年問》等。
《樂論》	《禮記‧樂記》《鄉飲酒義》；《史記‧樂書》；《白虎通‧禮樂》；《說苑‧修文》等。
《解蔽》	《淮南子‧氾論》等。
《正名》	《韓詩外傳》卷五等。
《性惡》	《古列女傳‧曹僖氏妻》；《說苑‧雜言》等。
《君子》	《春秋繁露‧離合根》；《淮南子‧主術》等。
《成相》	無
《賦》	《戰國策‧楚策四》；《韓詩外傳》卷四等。
《大略》	《呂氏春秋‧名類》；《大戴禮記‧虞戴德》《曾子制言》《曾子立事》《勸學》；《韓詩外傳》卷四、卷五、卷八、卷十；《說苑‧修文》《君道》《雜言》；《新序‧雜事》《善謀》；《禮記‧喪大記》《郊特牲》《祭義》《少儀》《王制》；《儀禮‧士昏禮》《士相見》；《春秋繁露‧循天之道》《同類相動》；《史記‧禮書》《留侯世家》；《鹽鐵論‧本議》；《漢書‧張良傳》等。
《宥坐》	《韓非子‧五蠹》；《呂氏春秋‧慎人》《任數》；《韓詩外傳》卷三、卷七；《說苑‧敬慎》；《淮南子‧道應》《說山》；《史記‧孔子世家》；《說苑‧指武》《政理》《雜言》；《大戴禮記‧勸學》；《風俗通義‧窮通》等。

《子道》	《韓詩外傳》卷三、卷九、卷十；《說苑·雜言》等。
《法行》	《韓詩外傳》卷二、卷四；《說苑·敬慎》《談叢》《雜言》；《大戴禮記·曾子疾病》；《禮記·聘義》；《尚書大傳》等。
《哀公》	《呂氏春秋·適威》；《大戴禮記·哀公問五義》；《韓詩外傳》卷一、卷二、卷四；《說苑·尊賢》；《新序·雜事》；《淮南子·說林》《齊俗》等。
《堯問》	《呂氏春秋·驕恣》；《韓詩外傳》卷三、卷六、卷七；《新書·先醒》；《新序·雜事》；《說苑·君道》《尊賢》《敬慎》《臣術》；《尚書大傳》；《史記·魯周公世家》；《春秋繁露·山川頌》等。

《荀》文與戰國秦漢典籍重見〔註116〕

由上表可知，戰國秦漢時期，其他典籍或句子引用，或段落引用，《荀子》得到了廣泛傳播。強中華先生、劉桂榮先生分別對秦漢時期、西漢時期的《荀子》接受作了細緻地歸納與論述。〔註117〕當然，這種戰國秦漢時期《荀》文的大量重見，一方面展現了時人的接受情況，另一方面也透露出有些典籍的文章創新不夠，如《韓詩外傳》等。下面本文更著重從「文章整體觀」以及文章創新出發，考察《荀子》文章技藝的接受情況。

一、對《荀子》文本的接續

文本接續，是指讀者在閱讀前人作品時，產生了新的理解，遂對文本進行接著續說，作了「正讀」或「誤讀」〔註118〕式的再創造。

《荀子》的創作接受存在這種情況，如清人戴殿泗的《續〈荀子·非相〉篇》：

> 相，古之人有之，荀卿非之，荀卿是也。余惑夫世之為相不一，其類浸淫作息於大宇宙之下，廣地之上，別白而悚息之，則假借而

〔註116〕 本表以何志華等編《〈荀子〉與先秦兩漢典籍重見資料彙編》為依據整理。（何志華、朱國藩等編：《〈荀子〉與先秦兩漢典籍重見資料彙編》，香港：香港中文大學出版社，2005 年版。）

〔註117〕 強中華：《秦漢荀學研究》，華東師範大學博士論文，2010 年；劉桂榮：《西漢時期荀子思想接受研究》，合肥：合肥工業大學出版社，2013 年版。

〔註118〕 「所謂正讀，就是指讀者對作品的理解和作家創作的主觀意圖大致吻合，讀者在作品中所獲得的情感陶冶和思想啟迪正是作家在自己的作品中所要表現的思想情感。所謂誤讀，就是指讀者對作品的理解和作家創作的主觀意圖不完全相同或完全不同，讀者通過對作品的閱讀獲得的鑒賞結果並不是作家創作這個作品的原始意圖。」參見魯樞元：《文學理論》，上海：華東師範大學出版社，2006 年版，第 248～249 頁。

幾及其身，故《非相》之論，不可不重述也。夫聖帝賢臣、暴君偎子，不存乎相？荀卿言之矣。吾無更焉。有一人而具千百相者，有一相而延及千萬人者，即善相相無以測其邪正之所由生，休咎之所由極，然則荀卿之說愈信。荀卿之說信，而天下之異形殊相愈森。然以起或乞於塗，或估於肆，或冶於門，或攫於都，或匿於幽，其為得失吉凶，不可以意揣也。不覿為天下之極貴，仁人則慕為一世之至貞，修士不擇徑途，不飭心意。盱盱睢睢，惟飽煖之是瞻，是乞於塗者，丐相也。權輕重飾，視公平正道以招致人，是估於肆者，市相也。妍媚天姿，復工塗澤，邀多金說偎蕩，是冶於門者，伎相也。雄囊巨橐，脅取無度，物寶之歸焉若流水，是攫於都者，賊相也。側避百日，掩晦遊蹤，尋之不可見觸之則多是，是匿於幽者，鬼相也。之數者倏變而千百萬狀，倏斂而集於一人，倏延而及於東西朔南，矞皇瑰譎，不可殫述。善相者不得而窺，荀卿子不得而論。閒嘗遊五都之市，入三家之墟，乞者、估者、倡者、攫者、匿者踵至，而駢集是何足害於人，其為患於人者，非其徒而工其術者也。正明目而視之，不可得而見也。天庭、人中、眉端、髮際曾無有辨也。雖然彼既受之天，而為是相矣，則不可以變。變將踽踽而不寧沈廖，而無倚無所恃以為人，然則其端倪形跡固已森森挺挺，昭列於肝肺之間，夫孰逃也哉？非獨其受之天也，抑人事實有助焉。彼既如是而得，如是而失，如是而吉，如是而凶，然欲其無避趨仿傚於其間，是立枉木而欲其影之直也。荀卿以形狀顏色為無益於道，今而知操鑒者，實驅天下而入於異相殊相之中，故荀卿是也，《非相》之論，不可不重述也。〔註119〕

《續〈荀子·非相〉篇》以「續」作題，是戴殿泗閱讀《荀子·非相》後對其作的接續。文中言及「惑夫世之為相不一，……《非相》之論，不可不重述也」，是戴殿泗作此篇的動機。此篇提及「市相」「丐相」「伎相」「賊相」「鬼相」等數相，旨在強調人的「異形殊相」，難以意揣。其下又言「天庭」「人中」等雖不可變，但「得」「失」「吉」「凶」亦受人事之影響，實質是贊同荀子的言論。這篇文章是「正讀」式的創造。

當然，「讀者在閱讀過程中，對作品的內涵的把握卻並非一定與作者的本

〔註119〕〔清〕戴殿泗：《風希堂文集》卷三，清道光八年九靈山房刻本。

義相合」〔註120〕。換言之,「讀者的理解活動雖然是由本文引起的,但卻又不完全受本文的控制」〔註121〕。《荀子》之文在後世引起頗多爭議,這種非作者本義的閱讀與體驗,便形成了一種「誤讀」式的創作,如王安石的《禮論》:

> 嗚呼,荀卿之不知禮也!其言曰「聖人化性而起偽」,吾是以知其不知禮也。知禮者,貴乎知禮之意,而荀卿盛稱其法度節奏之美,至於言化,則以為偽也。亦烏知禮之意哉?夫禮始於天而成於人,知天而不知人則野,知人而不知天則偽。聖人惡其野而疾其偽,以是禮興焉。

> 今荀卿以謂聖人之化性為起偽,則是不知天之過也,然彼亦有見而云爾。凡為禮者,必詘其放傲之心,逆其嗜欲之性。莫不欲逸而為尊者勞,莫不欲得而為長者讓,擘踞曲拳,以見其恭。

> 夫民之於此,豈皆有樂之之心哉?患上之惡己,而隨之以刑也。故荀卿以為特劫之法度之威,而為之於外爾,此亦不思之過也。夫斫木而為之器,服馬而為之駕,此非生而能者也。故必削之以斧斤,直之以繩墨,圓之以規而方之以矩,束聯膠漆之,而後器適於用焉。前之以銜勒之制,後之以鞭策之威,馳驟舒疾,無得自放,而一聽於人,而後馬適於駕焉。由是觀之,莫不劫之於外而服之以力者也。然聖人捨木而不為器,捨馬而不為駕者,固亦因其天資之材也。今人生而有嚴父愛母之心,聖人因其性之欲而為之制焉,故其制雖有以強人,而乃以順其性之欲也。

> 聖人苟不為之禮,則天下蓋將有慢其父而疾其母者矣。此亦可謂失其性也。得性者以為偽,則失其性者乃可以為真乎?此荀卿之所以為不思也。

> 夫狙猿之形,非不若人也,欲繩之以尊卑而節之以揖讓,則彼有趨於深山大麓而走耳,雖畏之以威而馴之以化,其可服邪?以謂天性無是而可以化之使偽耶,則狙猿亦可使為禮矣。故曰禮始於天而成於

〔註120〕 童慶炳主編:《文學理論教程》第 5 版,北京:高等教育出版社,2015 年版,第 360 頁。

〔註121〕 〔德〕沃爾夫岡‧伊瑟爾著,金元浦、周寧譯:《閱讀活動——審美反應理論》,北京:中國社會科學出版社,1991 年版,第 128 頁。

人，天則無是，而人慾為之者，舉天下之物，吾蓋未之見也。〔註122〕
王安石此篇文章乃承《荀子‧性惡》篇「聖人化性而起偽」的言論作了「誤讀」
式的創造。從文章首句「荀卿不知禮也」即明確了王安石文章創作的基調，其
後又直言荀卿「不思」，顯然王安石此篇文章與荀子所論有異。

又如王安石的《荀卿》：

> 荀卿載孔子之言曰：「『由，智者若何？仁者若何？』子路曰：『智
> 者使人知己，仁者使人愛己。』子曰：『可謂士矣。』子曰：『賜，智
> 者若何？仁者若何？』子貢曰：『智者知人，仁者愛人。』子曰：『可
> 謂士君子矣。』子曰：『回，智者若何？仁者若何？』顏淵曰：『智者
> 知己，仁者愛己。』子曰：『可謂明君子矣。』」是誠孔子之言歟？吾
> 知其非也。夫能近見而後能遠察，能利狹而後能澤廣，明天下之理也。
> 故古之欲知人者必先求知己，欲愛人者必先求愛己，此亦理之所必然，
> 而君子之所不易者也。請以事之近而天下之所共知者論之。
>
> 今有人於此，不能見太山於咫尺之內者，則雖天下之至愚，知
> 其不能察秋毫於遠明矣。而荀卿以謂知己者賢於知人者，是猶能察
> 秋毫於百步之外者為不若見太山於咫尺之內者之明也。今有人於此，
> 食不足以厭其腹，衣不足以周其體者，則雖天下之至愚，知其不能
> 以贍足鄉黨也，蓋不能利於狹則不能澤於廣明矣。而荀卿以謂愛己
> 者賢於愛人者，是猶以贍足鄉黨為不若食足以厭腹、衣足以周體者
> 之富也。由是言之，荀卿之言，其不察理已甚矣。故知己者，智之
> 端也，可推以知人也；愛己者，仁之端也，可推以愛人也。夫能盡
> 智仁之道，然後能使人知己、愛己，是故能使人知己、愛己者，未
> 有不能知人、愛人者也。今荀卿之言一切反之，吾是以知其非孔子
> 之言而為荀卿之妄矣。
>
> 楊子曰：「自愛，仁之至也。」蓋言能自愛之道，則足以愛人耳，
> 非謂不能愛人而能愛己者也。噫，古之人愛人不能愛己者有之矣，
> 然非吾所謂愛人，而墨翟之道也。若夫能知人而不能知己者，亦非
> 吾所謂知人矣。〔註123〕

〔註122〕　〔宋〕王安石撰，李之亮箋注：《王荊公文集箋注》，成都：巴蜀書社，2005
　　　　　年版，第1029～1030頁。

〔註123〕　〔宋〕王安石撰，李之亮箋注：《王荊公文集箋注》，成都：巴蜀書社，2005
　　　　　年版，第1078～1079頁。

王安石此文針對《荀子・子道》中孔子與子路、子貢、顏回關於「知」(智)「仁」的談話作了續說。王安石對此段的理解主要體現在三個方面:首先,王安石認為此段言論,非孔子所言,乃「為荀子之妄」。其次,王安石認為此段言論中所言的「可謂士矣」「可謂士君子」「可謂明君子」有優劣之分。再次,王安石對這優劣之別作了批判。如文章所言「荀卿之言,其不察理已甚矣」「今荀卿之言一切反之」等,提出「知己」與「知人」、「愛己」與「愛人」同等重要,並作了創造性的論述。通過此篇文章可知,王安石即是以《子道》中關於「知」「仁」的片段作了進一步分析,是閱讀《荀子》文本後得出的新的理解,這顯然是對《荀子》的接續。

此外,姜希孟的《性善說》即圍繞《性惡》之言論展開新的論述。金昌協《性惡論辨》亦如此。不過還有一種故意「曲解」《荀子》文本的類型存在,如仲長敖的《覆性賦》,雖亦作了創造,但肆意扭曲,其中言論經不起品鑒琢磨。總之,後世創作者閱讀鑒賞前人作品,受「歷史距離」以及時代、作家素養等各方面因素的影響,不同程度地對前文本作了新的創造。不管這些新的創造是「正讀」「誤讀」還是故意「曲解」,這都是一種對前文本的接續。

二、對《荀子》文體的接受

安托萬・孔帕尼翁認為:「任何閱讀對作品的具體理解都與體裁的限制密不可分,讀者假設他手上的文本屬於某一體裁,該體裁所特有的種種規範讓讀者有可能對文本所提供的資源進行篩選和圈定,然後通過閱讀使之現實化。體裁,作為文學編碼、規範集合、遊戲規則,告訴讀者應該如何讀文本,它保證了對文本的理解。」〔註124〕那麼,讀者(創作者)對某一文體的閱讀與創作,一定程度上接受了此種文體的模式,並在此規定下進行創作。《荀子》的諸多文體在後世多有接受。

對《荀子》議體的接受,有韓愈、王安石等人。

如韓愈的《改葬服議》:

> 經曰:「改葬緦。」《春秋梁傳》亦曰:「改葬之禮緦,舉下緬也。」
> 此皆謂子之於父母,其他則皆無服。何以識其必然?經次五等之服,小功之下,然後著改葬之制,更無輕重之差。以此知惟記其最親者,

---

〔註124〕〔法〕安托萬・孔帕尼翁著,吳泓緲等譯:《理論的幽靈:文學與常識》,南京:南京大學出版社,2017年版,第187頁。

其他無服,則不記也。

若主人當服斬衰,其餘親各服其服,則經亦言之,不當惟云「緦」也。《傳》稱「舉下緬」者,「緬」猶「遠」也;「下」謂服之最輕者也:以其遠,故其服輕也。江熙曰:「禮,天子諸侯易服而葬,以為交於神明者不可以純凶,況其緬者手?是故改葬之禮,其服惟輕。」以此而言,則亦明矣。

衛司徒文子改葬其叔父,問服於子思。子思曰:「禮,父母改葬緦,既葬而除之,不忍無服送至親也。非父母無服,無服則弔服而加麻。」此又其著者也。文子又曰:「喪服既除,然後乃葬,則其服何服?」子思曰:「三年之喪,未葬,服不變,除何有焉?」然則改葬與未葬者有異矣。古者諸侯五月而葬,大夫三月而葬,士逾月。無故,未有過時而不葬者也。過時而不葬,謂之不能葬,《春秋》譏之。若有故而未葬,雖出三年,子之服不變,此孝子之所以著其情,先王之所以必其時之道也。雖有其文,未有著其人者,以是知其至少也。

改葬者,為山崩小湧毀其墓,及葬而禮不備者。若文王之葬王季,以水齧其墓;魯隱公之葬惠公,以有宋師,太子少,葬故有闕之類是也。喪事有進而無退,有易以輕服,無加以重服。殯於堂,則謂之殯;瘞於野,則謂之葬。近代以來,事與古異,或遊或仕,在千里之外;或子幼妻稚,而不能自還。甚者拘以陰陽畏忌,遂葬於其土,及其反葬也,遠者或至數十年,近者亦出三年。其吉服而從於事也久矣,又安可取未葬不變服之例,而反為之重服與?在喪當葬,猶宜易以輕服,況既遠而反純凶以葬乎?若果重服,是所謂未可除而除,不當重而更重也。

或曰:「喪與其易也寧戚,雖重服不亦可乎?」曰:「不然。易之與戚,則易固不如戚矣。雖然,未若合禮之為懿也。儉之與奢,則儉固愈於奢矣。雖然,未若合禮之為懿也。過猶不及,其此類之謂乎?」

或曰:「經稱『改葬緦』,而不著其月數,則似三月而後除也。子思之對文子,則曰:『既葬而除,今宜如何?』曰:「自啟至於既葬而三月,則除之;未三月,則服以終三月也。」

曰:「妻為夫何如?」曰:「如子。」「無弔服而加麻則何如?」

曰：「今之弔服，猶古之弔服也。」〔註125〕

韓愈此篇係「作於元和十三年」〔註126〕，圍繞「改葬」這一問題展開論述。之所以「議」，是因為出現今異於古的情形，韓愈文中就直言「近代以來，事與古異」。前文在談論議體，其中一個重要的特徵是「樞紐經典」，其目的即是從古之「經典」尋找應對策略，如文中多次引經據典。此外，文末兩個「或曰」，一個「曰」，這體現出「議」的多人特點。

再如《禘祫議》：

> 右今月十六日敕旨，宜令百僚議，限五日內聞奏者。將仕郎守國子監四門博士臣韓愈謹獻議曰：
>
> 伏以陛下追孝祖宗，肅敬祀事。凡在擬議，不敢自專，聿求厥中，延訪群下。然而禮文繁漫，所執各殊，自建中之初，迄至今歲，屢經禘祫，未合適從。臣生遭聖明，涵泳恩澤，雖賤不及議，而志切效忠。今輒先舉眾議之非，然後申明其說。
>
> 一曰「獻懿廟主，宜永藏之夾室」。臣以為不可。夫祫者，合也。毀廟之主，皆當合食於太祖、獻、懿二祖，即毀廟主也。今雖藏於夾室，至禘祫之時，豈得不食於太廟乎？名曰合祭，而二祖不得祭焉，不可謂之合矣。
>
> 二曰「獻、懿廟主，宜毀之瘞之」。臣又以為不可。謹按《禮記》，天子立七廟，一壇，一墠。其毀廟之主，皆藏於祧廟。雖百代不毀，祫則陳於太廟而饗焉。自魏晉已降，始有毀瘞之議，事非經據，竟不可施行。今國家德厚流光，創立九廟。以周制推之，獻、懿二祖，猶在壇墠之位，況於毀瘞而不禘祫乎？
>
> 三曰「獻、懿廟主，宜各遷於其陵所」。臣又以為不可。二祖之祭於京師，列於太廟也，二百年矣。今一朝遷之，豈惟人聽疑惑，抑恐二祖之靈，眷顧依遲，不即饗於下國也。
>
> 四曰「獻、懿廟主，宜附於興聖廟而不禘祫。」臣又以為不可。《傳》曰「祭如在」。景皇帝雖太祖，其於屬，乃獻、懿之子孫也。

〔註125〕〔唐〕韓愈著，劉真倫，岳珍校注：《韓愈文集彙校箋注》，北京：中華書局，2010年版，第485～487頁。

〔註126〕〔唐〕韓愈著，劉真倫，岳珍校注：《韓愈文集彙校箋注》，北京：中華書局，2010年版，第491頁。

今欲正其子東向之位，廢其父之大祭，固不可為典矣。

五曰「獻、懿二祖，宜別立廟於京師。」臣又以為不可。夫禮有所降，情有所殺。是故去廟為祧，去祧為壇，去壇為墠，去墠為鬼，漸而之遠，其祭益稀。昔者魯立煬宮，《春秋》非之，以為不當取已毀之廟，既藏之主，而復築宮以祭。今之所議，與此正同。又雖違禮立廟，至於禘祫也，合食則禘無其所，廢祭則於義不通。

此五說者，皆所不可。故臣博採前聞，求其折衷。以為殷祖玄王，周祖后稷，太祖之上，皆自為帝；又其代數已遠，不復祭之，故太祖得正東向之位，子孫從昭穆之列。《禮》所稱者，蓋以紀一時之宜，非傳於後代之法也。《傳》曰：「子雖齊聖，不先父食。」蓋言子為父屈也。景皇帝雖太祖也，其於獻、懿，則子孫也。當禘祫之時，獻祖宜居東向之位，景皇帝宜從昭穆之列，祖以孫尊，孫以祖屈，求之神道，豈遠人情？又常祭甚眾，合祭甚寡，則是太祖所屈之祭至少，所伸之祭至多，比於伸孫之尊，廢祖之祭，不亦順乎？事異殷周，禮從而變，非所失禮也。

臣伏以制禮作樂者，天子之職也。陛下以臣議有可採，粗合天心，斷而行之，是則為禮。如以為猶或可疑，乞召臣對，面陳得失，庶有發明。謹議。〔註127〕

此篇文章亦屬議體。首段指出韓愈等人是敕旨眾議，議完之後，韓愈以奏章的形式呈上。文中出現的「一曰」「二曰」「三曰」「四曰」「五曰」體現了議體的眾議特徵。而對「獻懿廟主」提出了五種辦法：「宜永藏之夾室」「宜毀之瘞之」「宜各遷於其陵所」「宜附於興聖廟而不禘祫」「宜別立廟於京師」。韓愈在每種辦法之後則以「臣（又）以為不可」非之，這體現了議體的「就事論事」的特徵。此外，韓愈「樞紐經典」，以經典為資，如「二曰」中的「謹按《禮記》」、「四曰」中的「《傳》曰」等。

荀子的五篇隱，後世的創作者亦多有接受，如歐陽修的《鳴蟬賦》：

嘉元年夏，大雨水，奉詔祈晴於醴泉宮，聞鳴蟬，有感而賦云。

蕭祠庭以祗事兮，瞻玉宇之崢嶸。收視聽以清慮兮，齋予心以薦誠。因以靜而求動兮，見乎萬物之情。於時朝雨驟止，微風不興。

〔註127〕〔唐〕韓愈著，劉真倫，岳珍校注：《韓愈文集彙校箋注》，北京：中華書局，2010年版，第504～507頁。

四無雲以青天，雷曳曳其餘聲。乃席芳藥，臨華軒。古木數株，空庭草間，爰有一物，鳴於樹顛。引清風以長嘯，抱纖柯而永歎。嘒嘒非管，泠泠若弦。裂方號而復咽，淒欲斷而還連。吐孤韻以難律，含五音之自然。吾不知其何物，其名曰蟬。豈非因物造形能變化者邪？出自糞壤慕清虛者邪？凌風高飛知所止者邪？嘉木茂樹喜清陰者邪？呼吸風露能尸解者邪？綽約雙鬟修嬋娟者邪？其為聲也，不樂不哀，非宮非徵。胡然而鳴，亦胡然而止。

吾嘗悲夫萬物莫不好鳴。若乃四時代謝，百鳥嚶兮；一氣候至，百蟲驚兮；嬌兒姹女，語鸝庚兮；鳴機絡緯，響蟋蟀兮。轉喉弄舌，誠可愛兮。引腹動股，豈勉強而為之兮？至於污池濁水，得雨而聒兮；飲泉食土，長夜而歌兮。彼蟆固若有欲，而蚯蚓又何求兮？其餘大小萬狀，不可悉名。各有氣類，隨其物形。不知自止，有若爭能。忽時變以物改，咸漠然而無聲。

嗚呼！達士所齊，萬物一類。人於其間，所以為貴，蓋已巧其語言，又能傳於文字。是以窮彼思慮，耗其血氣，或吟哦其窮愁，或發揚其志意。雖共盡於萬物，乃長鳴於百世。予亦安知其然哉？聊為樂以自喜。方將考得失，較同異。俄而陰雲復興，雷電俱擊，大雨既作，蟬聲遂息。〔註128〕

高步瀛《文章源流》直言：「若夫歐陽永叔《鳴蟬賦》，兼效荀卿。」〔註129〕此言比較明確地指出《鳴蟬賦》亦受荀卿的影響。如歐陽修對「蟬」的描述，「爰有一物」對應荀子五隱的「爰有大物」「皇天隆物」「有物於此」，其後極盡描摹蟬鳴之狀，與荀子五隱亦同。接著引出「其名曰蟬」，與五隱的「請歸之禮」「夫是之謂君子之知」「請歸之雲」「夫是之謂蠶理」等類似。最後六個「邪」的疑問句式與五隱亦類似，只不過歐陽修是將疑問置其末，而荀子五隱則是放在築隱的層面而言的。

再如《秋聲賦》：

歐陽子方夜讀書，聞有聲自西南來者，悚然而聽之，曰：「異哉！」

〔註128〕〔宋〕歐陽修著，洪本健校箋：《歐陽修詩文集校箋》，上海：上海古籍出版社，2009年版，第474～476頁。

〔註129〕高步瀛：《文章源流》，余祖坤編《歷代文話續編》下，南京：鳳凰出版社，2013年版，第1546頁。

初淅瀝以蕭颯，忽奔騰而砰湃，如波濤夜驚，風雨驟至。其觸於物
也，鏦鏦錚錚，金鐵皆鳴；又如赴敵之兵，銜枚疾走，不聞號令，
但聞人馬之行聲。予謂童子：「此何聲也？汝出視之。」童子曰：「星
月皎潔，明河在天，四無人聲，聲在樹間。」

予曰：「噫嘻悲哉！此秋聲也，胡為而來哉？蓋夫秋之為狀也：
其色慘淡，煙霏雲斂；其容清明，天高日晶；其氣栗冽，砭人肌骨；
其意蕭條，山川寂寥。故其為聲也，淒淒切切，呼號憤發。豐草綠
縟而爭茂，佳木蔥蘢而可悅；草拂之而色變，木遭之而葉脫。其所
以摧敗零落者，乃其一氣之餘烈。夫秋，刑官也，於時為陰；又兵
象也，於行用金，是謂天地之義氣，常以肅殺而為心。天之於物，
春生秋實，故其在樂也，商聲主西方之音，夷則為七月之律。商，
傷也，物既老而悲傷；夷，戮也，物過盛而當殺。」

「嗟乎！草木無情，有時飄零。人為動物，惟物之靈；百憂感
其心，萬事勞其形；有動於中，必搖其精。而況思其力之所不及，
憂其智之所不能；宜其渥然丹者為槁木，黟然黑者為星星。奈何以
非金石之質，欲與草木而爭榮？念誰為之戕賊，亦何恨乎秋聲！」

童子莫對，垂頭而睡。但聞四壁蟲聲唧唧，如助予之歎息。〔註
130〕

歐陽修的這首詠物賦，「清麗激壯，摹寫天時，曲盡其妙」〔註131〕，有蕭瑟悲
壯之感。《秋聲賦》「首一段摹寫秋聲，工而切矣，卻不放出『秋』字，於空中
想象形容……次段先就童子口中摹寫一番，然後接出秋聲，振起全篇」〔註132〕，
這種書寫方式顯然受到先秦時期隱語「築皁而隱，隔皁而見」的特徵的影響。
前文已述，荀子的《賦》篇算是較為成熟的隱體文章，其《禮》《知》《雲》《蠶》
《箴》五隱詠物言理，歐陽修的賦作則對此作了承襲。清人孫梅在《四六叢話》
中就明確指出歐陽修賦作是對荀子《賦》篇學習的結果。〔註133〕

〔註130〕 〔宋〕歐陽修著，洪本健校箋：《歐陽修詩文集校箋》，上海：上海古籍出版
社，2009 年版，第 477～478 頁。
〔註131〕 〔宋〕歐陽修著，洪本健校箋：《歐陽修詩文集校箋》，上海：上海古籍出版
社，2009 年版，第 480 頁。
〔註132〕 〔宋〕歐陽修著，洪本健校箋：《歐陽修詩文集校箋》，上海：上海古籍出版
社，2009 年版，第 480 頁。
〔註133〕 〔清〕孫梅：《四六叢話》，王水照主編《歷代文話》第五冊，上海：復旦大
學出版社，2007 年版，第 4310 頁。

再如王安石的《龍賦》：

> 龍之為物，能合能散，能潛能見；能弱能強，能微能章。惟不可見，所以莫知其鄉；惟不可畜，所以異於牛羊。變而不可測，動而不可馴，則常出乎害人，而未始出乎害人，夫此所以為仁。為仁無止，則常至乎喪己，而未始至乎喪己：夫此所以為智。止則身安，曰惟知幾；動則利物，曰惟知時。然則龍終不可見乎？曰：與為類者常見之。〔註134〕

王安石此賦與荀子《賦》篇類似，亦是詠物說理。與《賦》篇相異的是，《龍賦》「龍之為物」置於篇首，開篇即點「隱」，與五隱不同。但是從「能合能散」至「而未始出乎害人」對龍的書寫與五隱是類似的。

綜上所述，上文簡要列舉了韓愈、歐陽修、王安石等人對《荀子》文體的接受，的確存在這樣一種情況，即後世作者在學習前人作品時，或多或少的受前人作品的文體屬性的規範，並在此規範下進行創作。

三、對《荀子》文法的接受

《荀子》作為先秦論辨文的典範，後世對其文法多有承襲。後世作者對《荀子》文法的接受，大體體現在如下幾個方面。

字法。如文章「也」字「而」字的使用，《荀子·榮辱》篇使用 124 次「也」字，81 個「而」字，使文章有節奏感，亦增加了氣勢。

歐陽修的《醉翁亭記》亦有「也」「而」字的使用：

> 環滁皆山也。其西南諸峰，林壑尤美，望之蔚然而深秀者，琅琊也。山行六七里，漸聞水聲潺潺，而瀉出於兩峰之間者，釀泉也。峰迴路轉，有亭翼然臨於泉上者，醉翁亭也。作亭者誰？山之僧智仙也。名之者誰？太守自謂也。太守與客來飲於此，飲少輒醉，而年又最高，故自號曰醉翁也。醉翁之意不在酒，在乎山水之間也。山水之樂，得之心而寓之酒也。
>
> 若夫日出而林霏開，雲歸而岩穴暝，晦明變化者，山間之朝暮也。野芳發而幽香，佳木秀而繁陰，風霜高潔，水落而石出者，山間之四時也。朝而往，暮而歸，四時之景不同，而樂亦無窮也。

〔註134〕〔宋〕王安石撰，中華書局上海編輯所編輯：《臨川先生文集》卷三十八，北京：中華書局，1959 年版，第 405～406 頁。

　　至於負者歌於途，行者休於樹，前者呼，後者應，傴僂提攜，
往來而不絕者，滁人遊也。臨溪而漁，溪深而魚肥。釀泉為酒，泉
香而酒洌；山肴野蔌，雜然而前陳者，太守宴也。宴酣之樂，非絲
非竹，射者中，弈者勝，觥籌交錯，起坐而喧嘩者，眾賓歡也。蒼
顏白髮，頹然乎其間者，太守醉也。

　　已而夕陽在山，人影散亂，太守歸而賓客從也。樹林陰翳，鳴
聲上下，遊人去而禽鳥樂也。然而禽鳥知山林之樂，而不知人之樂；
人知從太守遊而樂，而不知太守之樂其樂也。醉能同其樂，醒能述
以文者，太守也。太守謂誰？廬陵歐陽修也。〔註135〕

此文篇幅較《榮辱》篇短，不過亦連用 21 個「也」字，24 個「而」字。「文中
幾乎每一句末尾皆有一『也』字，有一唱三歎、搖曳生姿的旋律美」〔註136〕，
宋心昌認為「也」字、「而」字的運用「使文章形成了迴環往復的韻律，增強
了抒情氣氛」〔註137〕。日本學者齋藤正謙《拙堂文話》曰：「《醉翁亭記》全
篇用『也』字，蓋學《詩·牆有茨》、《君子偕老》、《荀子·榮辱篇》。」〔註138〕
則大概推測了歐陽修文章字法運用的淵源。其實，先秦子書多存在「也」「而」
字的運用。正是這種字法的普遍性使用，才使得「文學」稱之為「文學」。

　　句法。如排比句，《荀子·非十二子》中言：「古之所謂仕士者，厚敦者也，
合群者也，樂富貴者也，樂分施者也，遠罪過者也，務事理者也，羞獨富者也。
今之所謂仕士者，污漫者也，賊亂者也，恣睢者也，貪利者也，觸抵者也，無
禮義而唯權埶之嗜者也。古之所謂處士者，德盛者也，能靜者也，修正者也，
知命者也，著是者也。今之所謂處士者，無能而云能者也，無知而云知者也，
利心無足而佯無欲者也，行偽險穢而強高言謹愨者也，以不俗為俗，離縱而跂
訾者也。」〔註139〕此段言論多用排比，增強了文章的氣勢。後世文人亦對此

〔註135〕〔宋〕歐陽修著，洪本健校箋：《歐陽修詩文集校箋》，上海：上海古籍出版
　　　　社，2009 年版，第 1020～1021 頁。
〔註136〕王運熙主編，汪湧豪、汪習波選注：《歐陽修散文精選》，上海：東方出版中
　　　　心，1999 年版，第 62 頁。
〔註137〕宋心昌選注：《歐陽修詩文選注》，上海：上海古籍出版社，1994 年版，第 118
　　　　頁。
〔註138〕〔日〕齋藤正謙：《拙堂文話》卷六，王水照主編《歷代文話》第十冊，上海：
　　　　復旦大學出版社，2007 年版，第 9916 頁。
〔註139〕〔清〕王先謙撰，沈嘯寰、王星賢點校：《荀子集解》，北京：中華書局，2016
　　　　年版，第 118～119 頁。

多有模擬。如韓愈的《原毀》，其言：

> 古之君子，其責己也重以周，其待人也輕以約。重以周，故不
> 怠；輕以約，故人樂為善。聞古之人有舜者，其為人也，仁義人也。
> 求其所以為舜者，責於己曰：「彼，人也；予，人也。彼能是，而我
> 乃不能是！」早夜以思，去其不如舜者，就其如舜者。聞古之人有
> 周公者，其為人也，多才與藝人也。求其所以為周公者，責於己曰：
> 「彼，人也；予，人也。彼能是，而我乃不能是！」早夜以思，去其
> 不如周公者，就其如周公者。舜，大聖人也，後世無及焉；周公，
> 大聖人也，後世無及焉。是人也，乃曰：「不如舜，不如周公，吾之
> 病也。」是不亦責於身者重以周乎！其於人也，曰：「彼人也，能有
> 是，是足為良人矣；能善是，是足為藝人矣。」取其一，不責其二；
> 即其新，不究其舊：恐恐然惟懼其人之不得為善之利。一善易修也，
> 一藝易能也，其於人也，乃曰：「能有是，是亦足矣。」曰：「能善
> 是，是亦足矣。」不亦待於人者輕以約乎？今之君子則不然。其責
> 人也詳，其待己也廉。詳，故人難於為善；廉，故自取也少。己未
> 有善，曰：「我善是，是亦足矣。」己未有能，曰：「我能是，是亦足
> 矣。」外以欺於人，內以欺於心，未少有得而止矣，不亦待其身者
> 已廉乎？其於人也，曰：「彼雖能是，其人不足稱也；彼雖善是，其
> 用不足稱也。」舉其一，不計其十；究其舊，不圖其新：恐恐然惟
> 懼其人之有聞也。是不亦責於人者已詳乎？夫是之謂不以眾人待其
> 身，而以聖人望於人，吾未見其尊己也。〔註140〕

錢基博《韓愈文讀》對《原毀》篇的解讀曰：「此文文氣疏宕，而化偶為排，
又以排作偶；通篇以古之君子，今之君子對開作兩大比，又以責己待人，責人
待己互勘，各劈分兩小比。」〔註141〕錢氏在此概括了兩點：一是文風的疏宕；
二是排偶修飾。《原毀》以「責己待人」和「責人待己」的命題進行論述，與
《荀子·非十二子》以「古之所謂仕士者」比照「今之所謂仕士者」、「古之所
謂處士者」比照「今之所謂處士者」列出「仕士」的特徵相似。韓愈《原毀》
以「古之君子」比照「今之君子」，論述「其責己也重以周，其待人也輕以約」

〔註140〕〔唐〕韓愈著，劉真倫，岳珍校注：《韓愈文集彙校箋注》，北京：中華書局，
2010 年版，第 58～59 頁。
〔註141〕錢基博選注：《韓愈文讀》，上海：商務印書館，1934 年版，第 24 頁。

與「其責人也詳，其待己也廉」。此所謂錢氏的「大比」。同時韓愈在古今比照中又使用了排偶修辭。《非十二子》云：「古之所謂仕士者，厚敦者也，合群者也，樂富貴者也，樂分施者也，遠罪過者也，務事理者也，羞獨富者也。」以四句式、五句式、「也」字句式排偶列舉了古代仕士的特徵。韓愈《原毀》篇亦是「其」「也」字句式概寫了古代君子對責己待人的特點，此即錢氏所云「小比」。此外，今之君子的描述亦同。清人吳鋌《文翼》言：「《原毀》通篇用排比，下開明允，而其原則出於《荀》《韓》。」〔註142〕這比較明確地揭示了韓愈對《荀子》的接受。

章法。在章法方面，如荀子的《正論》篇屬於比較明顯的並列結構，提出問題並以辯難的形式予以反駁。韓愈的《諫臣論》蓋採取《正論》篇的模式並作了創新：

> 或問諫議大夫陽城於愈，可以為有道之士乎哉？學廣而聞多，不求聞於人也。行古人之道，居於晉之鄙。晉之鄙人，薰其德而善良者幾千人。大臣聞而薦之，天子以為諫議大夫。人皆以為華，陽子不色喜。居於位五年矣，視其德，如在野，彼豈以富貴移易其心哉？愈應之曰：是《易》所謂恒其德貞，而夫子凶者也。惡得為有道之士乎哉？在《易·蠱》之「上九」云：「不事王侯，高尚其事。」《蹇》之「六二」則曰：「王臣蹇蹇，匪躬之故。」夫亦以所居之時不一，而所蹈之德不同也。若《蠱》之「上九」，居無用之地，而致匪躬之節；以《蹇》之「六二」，在王臣之位，而高不事之心，則冒進之患生，曠官之刺興。志不可則，而尤不終無也。今陽子在位，不為不久矣；聞天下之得失，不為不熟矣；天子待之，不為不加矣。而未嘗一言及於政。視政之得失，若越人視秦人之肥瘠，忽焉不加喜戚於其心。問其官，則曰諫議也；問其祿，則曰下大夫之秩秩也；問其政，則曰我不知也。有道之士，固如是乎哉？吾聞之也：有官守者，不得其職則去；有言責者，不得其言則去。今陽子以為得其言乎哉？得其言而不言，與不得其言而不去，無一可者也。陽子將為祿仕乎？古之人有云：「仕不為貧，而有時乎為貧。」謂祿仕者也。

〔註142〕〔清〕吳鋌：《文翼》，余祖坤編《歷代文話續編》中，南京：鳳凰出版社，2013年版，第618頁。

宜乎辭尊而居卑,辭富而居貧,若抱關擊柝者可也。蓋孔子嘗為委吏矣,嘗為乘田矣,亦不敢曠其職,必曰「會計當而已矣」,必曰「牛羊遂而已矣」。若陽子之秩祿,不為卑且貧,章章明矣,而如此,其可乎哉?

　　或曰:否,非若此也。夫陽子惡訕上者,惡為人臣招其君之過而以為名者。故雖諫且議,使人不得而知焉。《書》曰:「爾有嘉謨嘉猷,則入告爾後於內,爾乃順之於外,曰:斯謨斯猷,惟我後之德」若陽子之用心,亦若此者。愈應之曰:若陽子之用心如此,滋所謂惑者矣。入則諫其君,出不使人知者,大臣宰相者之事,非陽子之所宜行也。夫陽子,本以布衣隱於蓬蒿之下,主上嘉其行誼,擢在此位,官以諫為名,誠宜有以奉其職,使四方後代,知朝廷有直言骨鯁之臣,天子有不僭賞、從諫如流之美。庶岩穴之士,聞而慕之,束帶結髮,願進於闕下,而伸其辭說,致吾君於堯舜,熙鴻號於無窮也。若《書》所謂,則大臣宰相之事,非陽子之所宜行也。且陽子之心,將使君人者惡聞其過乎?是啟之也。

　　或曰:陽子之不求聞而人聞之,不求用而君用之。不得已而起。守其道而不變,何子過之深也?愈曰:自古聖人賢士,皆非有求於聞用也。閔其時之不平,人之不義,得其道。不敢獨善其身,而必以兼濟天下也。孜孜矻矻,死而後已。故禹過家門不入,孔席不暇暖,而墨突不得黔。彼二聖一賢者,豈不知自安佚之為樂哉誠畏天命而悲人窮也。夫天授人以賢聖才能,豈使自有餘而已,誠欲以補其不足者也。耳目之於身也,耳司聞而目司見,聽其是非,視其險易,然後身得安焉。聖賢者,時人之耳目也;時人者,聖賢之身也。且陽子之不賢,則將役於賢以奉其上矣;若果賢,則固畏天命而閔人窮也。惡得以自暇逸乎哉?

　　或曰:吾聞君子不欲加諸人,而惡訐以為直者。若吾子之論,直則直矣,無乃傷於德而費於辭乎?好盡言以招人過,國武子之所以見殺於齊也,吾子其亦聞乎?愈曰:君子居其位,則思死其官。未得位,則思修其辭以明其道。我將以明道也,非以為直而加人也。且國武子不能得善人,而好盡言於亂國,是以見殺。《傳》曰:「惟

善人能受盡言。」謂其聞而能改之也。子告我曰：「陽子可以為有之
士也。」今雖不能及已，陽子將不得為善人乎哉？〔註143〕

《諫臣論》採用問答形式，作者主要就「豈以富貴移易其心哉」「使君人者惡
聞其過乎」「何子過之深也」「直則直矣，無乃傷於德而費於辭乎」四個問題作
了回答，「前兩個問題是就陽城的所作所為發表評論；後兩個問題是就自己對
陽城的批評做出辯護，並繼續指出陽城的錯誤」〔註144〕。荀子的《正論》是
十問十答，是對不同問題作出的辯論。而《諫臣論》四問四答，雖亦延續《正
論》的問答模式，不過《諫臣論》所言的四個問題卻呈現出一種層層遞進之勢，
更具有文章的整體感。

此外，亦有對《荀子》典故的化用。如「蒙鳩築巢」的典故，後世文人多
有引用。如劉向的《說苑·善說》言：

孟嘗君寄客於齊王，三年而不見用，故客反謂孟嘗君曰：「君之
寄臣也，三年而不見用，不知臣之罪也？君之過也？」孟嘗君曰：
「寡人聞之：縷因針而入，不因針而急；嫁女因媒而成，不因媒而
親。夫子之材必薄矣，尚何怨乎寡人哉？」客曰：「不然，臣聞周氏
之譽，韓氏之盧，天下疾狗也。見兔而指屬，則無失兔矣；望見而
放狗也，則累世不能得兔矣。狗非不能，屬之者罪也。」孟嘗君曰：
「不然，昔華舟杞、梁戰而死，其妻悲之，向城而哭，隅為之崩，
城為之絃。君子誠能刑於內，則物應於外矣。夫土壤且可為忠，況
有食穀之君乎？」客曰：「不然！臣見鷦鷯巢於葦苕，著之以髮，建
之，女工不能為也，可謂完堅矣。大風至，則苕折卵破子死者，何
也？其所託者使然也。且夫狐者，人之所攻也；鼠者，人之所薰也。
臣未嘗見稷狐見攻、社鼠見薰也，何則？所託者然也。」於是孟嘗
君復屬之齊，齊王使為相。〔註145〕

此文記載齊王不重用孟嘗君的門客，門客利用言辭使孟嘗君逐漸信服自己。孟
嘗君重新推薦，齊王重用門客的事例。在立論的過程中，門客借用《荀子》「蒙

〔註143〕〔唐〕韓愈著，劉真倫，岳珍校注：《韓愈文集彙校箋注》，北京：中華書局，
2010 年版，第 467～469 頁。
〔註144〕邊文濬主編：《唐宋八大家散文：廣選·新注·集評》（韓愈卷），瀋陽：遼寧
人民出版社，1999 年版，第 95 頁。
〔註145〕〔漢〕劉向撰，向宗魯校證：《說苑校證》，北京：中華書局，1987 年版，第
272～273 頁。

鳩築巢」的典故，除了「蒙鳩」變為「鷦鷯」，多了「女工不能為」，且有語句的差異，但是其意旨與《勸學》篇是類似的，不過，二文所表達的側重點有所不同。《勸學》篇更強調君子的善於「假物」，而《善說》中以「鷦鷯」喻門客，「葦苕」喻孟嘗君，文中所言「所託者使然」，「使然」，即使其如此。門客不受重用則歸因於所託之「物」。

宋代詩人黃庭堅《紅蕉洞獨宿》中有「蒙鳩」的典故：

> 南床高臥讀《逍遙》，真感生來不易銷。
> 枕落夢魂飛蛺蝶，燈殘風雨送芭蕉。
> 永懷玉樹埋塵土，何異蒙鳩掛葦苕。
> 衣笥妝臺蛛結網，可憐無以永今朝。〔註146〕

此詩為黃庭堅悼妻之作，作於熙寧三年。頸聯連用兩個典故，分別為《世說新語·傷逝》的「玉樹箸土」和《荀子·勸學》的「蒙鳩築巢」。《傷逝》言：「庾文康亡，何揚州臨葬云：『埋玉樹箸土中，使人情何能已已！』」〔註147〕此典故主要表達何充面對庾亮的去世，悲痛的心情難以平靜。「何異」二字表明「蒙鳩」典故映合「玉樹箸土」，「掛」字則旨在說明蒙鳩佇立葦苕的一種狀態，即搖搖晃晃，難以休止。由此而言，「蒙鳩」典故是對「玉樹箸土」中何充悲傷心靜的一番生動描述，旨在突出黃庭堅亡妻心情的不平靜，這已沒有《勸學》篇強調「假物」的主旨。

再如明代吳稼遵《感事六首》其三曰：

> 蒙鳩緝其羽，計日能成巢。棲棲戀一枝，編髮繫葦苕。
> 日暮天雨陰，疾風忽飄搖，苕折卵為破，啾啾泣終宵。
> 補綴豈不完，所託實匪喬。白鶴翩翩翔，鳴聲動九皋。〔註148〕

此詩具體的創作背景鮮有文獻記載，一定程度上造成意旨的不明確。不過從具體詩句而言，亦可略窺其意旨。此詩由「蒙鳩築巢」和「鶴鳴九皋」兩個典故構成。從詩篇布局來看，從首句至「所託實匪喬」描寫「蒙鳩築巢」，僅末一句刻畫「鶴鳴九皋」。此外，這兩個典故應有對比之意。也就是說，用「蒙鳩築巢」，意在表達「蒙鳩」辛苦築巢，最後卻徒勞無功。而「鶴鳴九皋」言「身

〔註146〕〔宋〕黃庭堅著，任淵、史容、史季溫注，黃寶華點校：《山谷詩集注》，上海：上海古籍出版社，2003年版，第1303頁。

〔註147〕余嘉錫箋疏：《世說新語箋疏》，北京：中華書局，2007年版，第754頁。

〔註148〕〔明〕吳稼遵：《玄蓋副草》卷三，明萬曆家刻本。

隱而名著也」〔註149〕。此詩概強調兩種不同的人生觀。總之,「蒙鳩築巢」的典故被後世作者反覆引用,各取所需,納入文本的創作之中。

綜上所述,本節主要以唐宋古文家的文章為對象,從文本接續、文體接受以及文法接受等方面對《荀子》的創作接受作了簡要論述。文本的接續,是一種獨特的創作形式,體現了後世作者對前文本意猶未盡的闡發。當然,不管這種創作形式是「正讀」「誤讀」,還是「曲解」,皆是與前文本有密切關聯的創作接受;文體的接受,則主要考察了後世創作者在創作時會受到前文本的文體屬性的規範,且保留了這些文體的部分特徵。由此可見,文章創作亦非隨意而為;文法的接受,則從字法、句法、章法三個方面作了勾連,體現出唐宋古文家對於先秦散文文法的推崇與實踐。

〔註149〕〔漢〕毛亨傳,鄭玄箋,〔唐〕孔穎達等正義:《毛詩正義》,臺北:藝文印書館,2001年版,第444頁上欄、第376頁下欄。

結　語

　　近年來，北京的幾位青年學者，以周秦漢唐讀書會為陣地，不斷挖掘、構建文本的生成理論，極大地拓展了文學研究的維度。對文本生成過程的考察，一方面可以梳理與前文本之間的淵源關係，另一方面亦可窺探文本所出現的新的變化。基於此，本文專設《荀子》的文本生成一章，置《荀子》於宏大的先秦「文本庫」中，通過與前文本的互勘、比較，考察《荀子》這部典籍是如何生成的。眾所周知，先秦典籍生成的一個重要特徵，它需要多種角色致力完成。尤其是以《荀子》為代表的先秦子書，除了初始作者外，一般還有以弟子為代表的輯錄者，將文本趨於定型的定本者。值得注意的是，尤其是定本前，秦漢時人創作的一些章句有時候也被添加至文本之中。由此可知，從主體言，文本的生成是一個頗為複雜的過程。由文本主體進入文本的構建，《荀子》一書有對傳統的「重複」，亦有「衍變」。傳統的「重複」，一是對戰國時期禮崩樂壞的現象的不滿，荀子多回憶過去，述古以鑒今；一是戰國時期百家爭鳴，諸子評價各家學說主張的文章頻作。荀子的《非十二子》是其中的重要作品，這體現了對學術潮流的一種傚仿；另外一個便是荀子從先秦公共素材庫中擇取材料，而且對經書類、史書類、子書類以及其他文獻等不同形態的文本徵引態度是不同的。「衍變」即是在重複傳統的基礎上的革新，有引用《詩經》造成一種情境的轉變，以迎合荀子闡發的道理；有對寓言材料的簡潔化書寫；淡化問答形式言說，荀子在一定程度上消解了對話人，《荀子》逐漸趨於書面化。

　　《荀子》一書呈現多種文體樣式，有散文、有詩、有隱。散文方面，學界對《荀子》整體的論辯體的論述頗多。不過細而言之，論辯體又可分多種文體，

對於《荀子》中出現的議體、論體、非體、解體等極具論辯特質的文章卻缺乏深刻論述。進而論之，後人談論這些文體，多將目光轉向秦漢以後，忽略先秦四種文體篇章的闡釋，欠缺對原始形態及淵源的梳理。如果文體研究以文章之片段論述闡發，難免出現片面感，由此缺乏對文體的整體認識。基於此，本文從「文章整體觀」出發，考索議、論、非、解的淵源及特徵，並探討了其在文體學中的意義。自二十世紀初以來，中國古代文體研究經歷了由西轉中的過程，從一味以西方概念關照中國文體到以「文章整體觀」的文章學角度闡釋文體，返歸本原，重新梳理文體等基本概念在本土的含義，並以歷史語境來思考中國獨特的思維觀念、文章書寫模式及文體類型。這對中國文體的發展有重要意義，也是筆者以先秦時期議、論、非、解等篇名命名的著述文章作為考察對象的初衷。

　　《成相》歷來被學界所重視，學術成果頗為繁富，由此所提出的觀點亦是眾說紛紜，莫衷一是。近年來，學界對此考察較多是《成相》的篇題問題以及文體屬性。筆者認為對《成相》篇題的考察決定了其文體類屬。學界對「相」有多種解釋，尤其是不同觀點的文獻來源大多指向了《禮記‧樂記》中的「治亂以相」。由此可知，「治亂以相」在歷史上亦有歧義。不以《禮記》的注疏奉為圭臬，詳察古人對「治亂以相」的認識以及揣摩子夏的言論，得出「治亂以相」之「相」為《象》舞。結合《成相》，則知「成」為奏樂，「成相」即是奏《象》舞之樂，而《成相》內容是《象》舞之辭。此觀點與文中「成相」詞意、結構劃分以及「治」與「亂」的特徵等方面都得到了契合。由此可知，《成相》體現了先秦時期詩、樂、舞不分的特點，是周代音樂文化的一部分。那麼，《成相》作為詩歌是恰當的，而非漢人所認為的「賦」體。

　　與《成相》相同，學界對《賦篇》一文亦有爭議。一是《賦篇》的篇數問題。學界主要有五首、六首、七首之說。觀點的不一致主要是因「佹詩」部分造成，而此部分亦是解決荀子隱的篇數問題的關鍵點。「佹詩」一文，清人汪中比較《賦篇》《戰國策》《韓詩外傳》的記載，對其中言及的事件提出質疑。由此，本文認為「佹詩」一文係漢人追記之文，非荀子所作。主要依據有三：從文本層面言，其一，《賦篇》五隱與「佹詩」的關係，「禮」「知」「雲」「蠶」「箴」五隱分別描述各自的功用，多表達一種美好的願景，而「佹詩」一文則描述天下昏亂，不治之景，有較為強烈的情感抒發，更多地是對整個春秋戰國時局的概括。可知前五隱與「佹詩」並無聯繫，亦非是有機統一的組賦形式。

其二，「佹詩」之「《小歌》曰」前有「其」字，以第三人稱的口吻敘述，並非荀子本人予以言說。其三，「與愚以疑，願聞反辭」概為後人模仿《賦篇》五隱中的言辭。從目錄學層面言，劉向和楊倞在篇第排列上各置其末，應該意識到了《堯問》末段和「佹詩」與《荀子》其他篇章的相異之處。又《堯問》末段一般認為是荀子後徒所作，那麼《賦篇》之「佹詩」概非荀子所作。再次，從文本接受層面言，先秦子書鮮有自己記敘自己事蹟的傳統，一般為後徒及後人將作者個人的生平事蹟摻入文本。而且這種摻入文本的書寫並非是具體性的，多呈現出描述性、概括性的特徵。那麼，「佹詩」非荀作，《賦篇》應有五首組成。既然由五首組成，它到底屬於什麼文體呢？目前有兩種主流的說法：稱隱為賦；既稱隱又稱賦。墨子言「夫辭以類行者也，立辭而不明於其類，則必困矣」。(《墨子‧大取》)只有明確作品的文體屬性，才能更好地考察該作品在文體學史上的地位與意義。儘管漢賦受《賦篇》影響很深，不過結合北京大學所藏秦簡記載的「隱書」以及所呈現的三條隱語來看，秦代以前《賦篇》還是以隱語的方式存在的。故而我們考察一個文本的形態屬性不能以後來之演化完成的文體給與命名，應重視作品在不同時期的演變過程。通過「隱」字的考察，以及由「隱」至「隱語」的形成，提出了隱語的「隔阜」理論，即築阜而隱；隔阜而見。需要注意的是，隱語並不等同於隱體，隱語僅是隱體的重要表徵，隱體是多種層次的結合。基於此，分別從交流形式、呈現方式以及內涵主旨等方面對《賦篇》的文體特徵作了論述。作為隱體的代表，《賦篇》不僅被後世隱體類文獻所借鑒，而且也影響了漢賦與詩歌的創作。

通過以上對《荀子》文體形態的考察，可知思維方式、文體命名、文體文獻是我們考察文體特質的重要方面。從思維方式言，任何一種文體，都逃離不了思維方式的運用。思維方式決定了文體的呈現形式，不同的思維方式，往往形成不同的文體，而這也是文體與文體間的相異之處。以文體命名言，中國古代早期文體的命名並非隨意為之，往往具有指涉性的特點，如《賦篇》五首以「隱語」呈現，說明這與「隱」關聯密切。只有明確該文體的命名內涵，才能更好地深入研究。從文體文獻言，文體文獻資料是我們考察一種文體的基礎。文體文獻一方面可以界定文體的內涵、特徵，另一方面亦可窺探文體的演進之勢。質言之，文體命名、思維方式、文體文獻三者只有相互結合，才能更好地彰顯文體的特性，是文體研究的重要路徑。

《荀子》的文本結構，主要從言、象、意的結構、篇章結構以及全書結構

作了考察。本部分以童慶炳等人的文學理論為基礎，並關照《歷代文話》，理論與實際結合，對言、象、意的結構作了論述。鑒於先秦子書文本成書特點以及輯錄者的傳抄使得篇章之中有與篇題不相關的段落摻入，造成了對《荀子》篇章結構考察的困難。若強制勾連一些不相關的段落與闡釋篇題主意的段落的聯繫，這在一定程度上勢必削弱《荀子》文本的篇法章法。於是，不得已對《荀子》做出選擇，以「篇題」為中心，來探討荀文的篇章結構。與篇題聯繫不密切的段落，作出說明，暫不納入篇章結構的論述中。通過文本細讀，可知荀文呈現出了多種結構模式。荀子對文章的結構布局有著深刻的認識。目前學界對《荀子》全書結構的分析，有按文本生成的主體進行的編排、有按文體類型的編排、有仿《論語》體例進行的編排，這三種編排僅是從局部言之，並未從全書整體的角度出發。還有一種是從「學」「政」「道」的思想結構進行的劃分，全面關照了《荀子》全書。本文對此作了細分，以修身、明分、王霸、人論、明分、人論六部分作為荀書的結構，總體呈現一種遞進且呼應的結構模式。需要說明的是，「遞進」是因為作為定本者的劉向與楊倞基於自己的意識在篇目上的調整，而「呼應」很大程度上是因《荀子》多單篇流行，且其中有些篇章荀子並未獨立書寫，僅在一些場合談及，弟子輯錄之，至劉向校讎群書，去其重複，這就使得一些未重複的章節獨立升篇。這大概是《荀子》結構呼應的原因。

　　《荀子》文學形象的研究是比較困難的。主要原因是荀文說理逐漸取代了敘事，而且對一些形象的描述也頗為簡潔。本文採取《荀子》文本與先秦兩漢典籍比較、互證的方法，通過形象的「同」與「異」，來考察荀文書寫的特點，進而考察這些形象的文學色彩。在《荀子》的人物形象中，首先論述了人之分塗的原因，即是什麼造成了不同的人生道路。其次，分析了荀文中的聖王、霸主、大臣、技藝者、隱士與民眾形象。基於「以近知遠」的考察方法和「以說度功」的評定方式，《荀子》中的人物書寫呈現出詳略有別、以理代敘和客觀評價三個方面的特點，這也是荀子一方面因文獻材料的豐與缺提出的應對方法，另一方面亦是其文章構建的章法使然。此外，《荀子》的動物形象與植物形象，首先作了分類。其次，對其中頗能代表荀子思想的一些文學形象著重作了分析。如「馬」在荀文中出現頻率較高，通過對「走不若馬」「樸馬」「良馬」「逃逸的馬」的分析，可知「馬」形象頗能代表荀子的學術主張。而「葦苕」「射干」「蓬」「蘭槐」「松柏」等植物意象則體現了荀子的君子觀。

　　上述幾章體現了文學的刻意書寫，對於讀者而言，則是對這種書寫的「回顧」。本文主要以選本和創作這兩個方面對《荀子》的文學接受作出論述。筆者搜集整理自明至民國四十餘種《荀子》選本，這些選本或將《荀子》納入散文選本，或歸入詩選本，或摻入賦選本。如散文選本，《荀子》作為先秦諸子散文，其「文」的特質是選本的主流。以「文」命名的《荀子》選本頗多，如《文翰類選大成》《文編》《集古文英》《古文世編》《文壇列俎》《奇賞齋古文匯編》《文篆清娛》《涵芬樓古今文鈔》等等，這些散文選本基本從大範圍的角度來考察作品。當然，更細而論之，《荀子》的「子」書特質，在選本中也得到了體現。如《諸子品節》《諸子折衷匯錦》《新刊諸子玄言評苑》《厤子品粹》《新鍥翰林三狀元會選二十九子品匯釋評》《孫鍾二先生評六子全書》《子品金函》《諸子文歸》《諸子嬺嬛》《諸子匯函》《諸子文粹》等，皆以諸子為範圍的選本。總之，《荀子》的散文選本，既在「文」的基礎上，又注意其「子」的特點。詩選本，一般選《成相》與《佹詩》，或者選取荀子引《詩》片段，其編選多以補風雅精神為目的。賦選本則以《賦篇》而言，體現出了選者對於《賦篇》的理解。其一，篇數選擇。如李鴻《賦苑》則選取《禮賦》《知賦》《雲賦》《蠶賦》《箴賦》五首，《御定歷代賦彙》亦認為五首，張惠言《七十家賦鈔》則認為是六首。通過篇數的選擇，可窺探出選者對《賦篇》的體認。其二，源流理解。《賦苑》宗《賦篇》為賦類源頭，《御定歷代賦彙》亦將《賦》篇列為賦類之首，陸葇《歷朝賦格》選荀子《禮賦》，且冠以文賦之首。其三，品級界定。如張惠言《七十家賦鈔》將《賦篇》劃為一圈。通過選本分析，可瞭解選者對於《荀子》的理解與接受。與此同時，考察了《荀子》評點本在文法、說理、情感、風格、語言、敘述、文體等方面的接受情況。當然，讀者絕非停留在對文本的理解、鑒賞層面，優秀的讀者往往通過這種鑒賞與理解，進行再創作。在創作接受層面，也體現了對《荀子》文學的接受。其中一個比較特殊的接受方式是創作者閱讀《荀子》，產生了新的理解，對荀文未盡意或者有商榷之處進行續說，這是對《荀子》的一種接續。如清人戴殿泗的《續〈荀子·非相〉篇》、王安石的《禮論》《荀卿》等文章。此外，還有兩種形式，一是讀者對《荀子》文體的閱讀與創作，一定程度上接受了此種文體的模式，並在此規定之下進行創作。如韓愈的《改葬服議》、歐陽修的《鳴蟬賦》等。一是對文法的接受，儘管唐宋古文家對荀子的一些思想頗持異議，但是可以看出這些古文家對《荀子》文法的學習與創作。

　　總之，以「文學是一種刻意書寫以及對這種書寫的『回顧』」作為本文撰寫的理論依據，著重從文本生成、文體形態、文本結構、文學形象以及文學接受方面探討了《荀子》的文學特質。需要指出的是，本文重點考察、選取了歷代文話與明以來的評點本來闡釋、分析《荀子》文本，一方面可理解《荀子》在不同時期的歷時性接受，另一方面亦有助於在這些頗具感悟式的文論、評點中尋求一個「支點」與文本進行有效闡釋。

參考文獻

一、古籍

（一）經

1. （宋）朱熹注，趙長征點校，詩集傳〔M〕，北京：中華書局，2011。
2. （明）臧懋循編，詩所〔M〕，甘肅圖書館藏明萬曆雕蟲館刻本。
3. （漢）韓嬰撰，許維遹校釋，韓詩外傳集釋〔M〕，北京：中華書局，1980。
4. （漢）鄭玄注，（唐）賈公彥疏，周禮注疏〔M〕，上海：上海古籍出版社，2010。
5. （清）孫詒讓撰，王文錦，陳玉霞點校，周禮正義〔M〕，北京：中華書局，1987。
6. （宋）衛湜，禮記集說〔M〕，清通志堂經解本。
7. （元）陳澔，禮記集說〔M〕，南京：鳳凰出版社，2010。
8. （明）戈九疇，禮記要旨〔M〕，明萬曆四年杭州書林後墅吳山刻本。
9. （明）郝敬，禮記通解〔M〕，明九部經解本。
10. （清）孫希旦，禮記集解〔M〕，北京：中華書局，1989。
11. （清）杭世駿，續禮記集說〔M〕，清光緒三十年浙江書局刻本。
12. （宋）陳祥道，禮書〔M〕，清乾隆文淵閣四庫全書鈔內府藏本。
13. 楊伯峻，春秋左傳注〔M〕，北京：中華書局，2009。
14. （清）劉寶楠，論語正義〔M〕，北京：中華書局，1990。
15. 程樹德撰，程俊英、蔣見元點校，論語集釋〔M〕，北京：中華書局，1990。

16.（宋）陳暘，樂書〔M〕，清乾隆文淵閣四庫全書鈔福建巡撫採進本。

17.（漢）許慎撰，（清）段玉裁注，說文解字注〔M〕，南京：鳳凰出版社，2015。

18. 馬敘倫，說文解字六書疏證〔M〕，上海：上海書店，1985。

19. 丁福保，說文解字詁林〔M〕，北京：中華書局，1988。

20. 湯可敬，說文解字今釋〔M〕，長沙：嶽麓書社，2001。

21.（清）朱駿聲，說文通訓定聲〔M〕，武漢：武漢市古籍書店，1983。

22.（清）王念孫，廣雅疏證〔M〕，南京：江蘇古籍出版社，1984。

23. 張守中撰集，睡虎地秦簡文字編〔M〕，北京：文物出版社，1994。

24. 李圃，古文字詁林〔M〕，上海：上海教育出版社，2001。

（二）史

1.（漢）司馬遷撰，（宋）裴駰集解，（唐）司馬貞索隱，（唐）張守節正義，史記〔M〕，北京：中華書局，2014。

2.（漢）班固，漢書〔M〕，北京：中華書局，1962。

3. 陳國慶編，漢書藝文志注釋彙編〔M〕，北京：中華書局，1983。

4.（唐）魏徵、令狐德棻撰，隋書〔M〕，北京：中華書局，1973。

5.（宋）晁公武撰，孫猛校證，郡齋讀書志校證〔M〕，上海：上海古籍出版社，1990。

6.（清）章學誠著，王重民通解，校讎通義通解〔M〕，上海：上海古籍出版社，1987。

7.（唐）劉知幾撰，（清）浦起龍釋，史通通釋〔M〕，上海：上海古籍出版社，1978。

8.（清）章學誠著，葉瑛校注，文史通義校注〔M〕，北京：中華書局，1985。

（三）子

1.（戰國）荀況著，（唐）楊倞注，荀子〔M〕，上海：上海古籍出版社，2014。

2. 秦同培編輯兼校訂，陳和詳評注，評注荀子讀本〔M〕，上海：世界書局，1926。

3. 張之純，評注諸子精華錄〔M〕，上海：商務印書館，1927。

4. 中華書局編，荀子精華〔M〕，上海：中華書局，1941。

5. 葉玉麟，白話譯解荀子〔M〕，上海：大達圖書供應社，1935。

6. 熊公哲，荀子今注今譯〔M〕，臺北：臺灣商務印書館，1977。

7. 梁啟雄，荀子簡釋〔M〕，北京：中華書局，1983。

8. 高長山，荀子譯注〔M〕，哈爾濱：黑龍江人民出版社，2003。

9. 楊柳橋，荀子詁譯〔M〕，濟南：齊魯書社，2009。

10. 張覺，荀子譯注〔M〕，上海：上海古籍出版社，2012。

11. 趙又春，我讀荀子〔M〕，長沙：嶽麓書社，2013。

12. 方勇、李波譯，荀子〔M〕，北京：中華書局，2015。

13. 李波譯注，荀子注評〔M〕，上海：上海古籍出版社，2016。

14. （戰國）荀況著，王天海校釋，荀子校釋〔M〕，上海：上海古籍出版社，2016。

15. （戰國）荀況著，（清）王先謙撰，沈嘯寰、王星賢點校，荀子集解〔M〕，北京：中華書局，2016。

16. （戰國）荀況著，董治安，鄭傑文，魏代富整理，荀子彙校匯注附考說〔M〕，南京：鳳凰出版社，2018。

17. 樓宇烈，荀子新注〔M〕，北京：中華書局，2018。

18. （漢）劉向撰，向宗魯校證，說苑校證〔M〕，北京：中華書局，1987。

19. （漢）揚雄撰，（隋）李軌、（唐）柳宗元注，（宋）宋咸、吳祕、司馬光重添注，揚子法言〔M〕，清乾隆文淵閣四庫全書鈔通行本。

20. （宋）黃震，黃氏日抄〔M〕，清乾隆文淵閣四庫全書鈔安徽巡撫採進本。

21. （清）郭慶藩撰，王孝魚點校，莊子集釋〔M〕，北京：中華書局，2012。

22. 王利器，文子疏義〔M〕，北京：中華書局，2000。

23. （清）孫詒讓撰，孫啟治點校，墨子閒詁〔M〕，北京：中華書局，2001。

24. （清）王先慎，韓非子集解〔M〕，北京：中華書局，2003。

25. （戰國）呂不韋著，陳奇猷校釋，呂氏春秋新校釋〔M〕，上海：上海古籍出版社，2002。

（四）集

1. （宋）朱熹撰，蔣立甫校點，楚辭集注〔M〕，上海：上海古籍出版社，2001。

2. （唐）獨孤及，毗陵集〔M〕，四部叢刊景清趙氏亦有生齋本。

3. （宋）陸九淵，象山集〔M〕，四部叢刊景明嘉靖本。

4. （明）歸有光著，周本淳點校，震川先生集〔M〕，上海：上海古籍出版社，
1981。

5. （明）方孝孺，遜志齋集〔M〕，上海：商務印書館，1935。

6. （清）汪由敦，松泉集〔M〕，清文淵閣四庫全書本。

7. （清）方濬頤，二知軒文存〔M〕，光緒四年刻本。

8. （清）吳汝綸，桐城吳先生集〔M〕，揚州，廣陵書社，2016。

9. （南朝梁）蕭統編，（唐）李善注，文選〔M〕，上海：上海古籍出版社，
1986。

10. （明）吳訥、（明）徐師曾，文章辨體序說 文體明辨序說〔M〕，北京：人
民文學出版社，1998。

11. （南朝梁）劉勰著，范文瀾注，文心雕龍注〔M〕，北京：人民文學出版社，
1958。

12. （明）歸有光選評，諸子匯函〔M〕，明天啟刊本。

13. （明）焦竑校正，翁正春參閱，朱之蕃圈點，新鍥翰林三狀元會選二十九
子品匯釋評〔M〕，明萬曆刊本。

14. （明）陳深輯評，諸子品節〔M〕，明萬曆十九年刻本。

15. （清）吳德旋撰，呂璜輯，初月樓古文緒論〔M〕，上海古籍出版社續修四
庫全書本。

16. 丁福保編，清詩話〔M〕，上海古籍出版社，1978。

17. 王水照，歷代文話〔M〕，上海：復旦大學出版社，2007。

二、專著

1. 金建德，古籍叢考〔M〕，昆明：中華書局，1941。

2. 陶鴻慶，讀諸子札記〔M〕，北京：中華書局，1959。

3. 楊樹達，積微居讀書記〔M〕，北京：中華書局，1963。

4. 楊鴻銘，荀子文論研究〔M〕，臺北：文史哲出版社，1981。

5. 徐中舒主編，漢語古文字字形表編寫組編，漢語古文字字形表〔M〕，成
都：四川人民出版社，1981。

6. 童慶炳，文體與文體的創造〔M〕，昆明：雲南人民出版社，1994。

7. 董治安，先秦文獻與先秦文學〔M〕，濟南：齊魯書社，1994。

8. 譚家健，先秦散文藝術新探〔M〕，北京：首都師範大學出版社，1995。

9. 賀汪澤，先秦文章史稿〔M〕，開封：河南大學出版社，1995。

10. 呂思勉，經子解題〔M〕，上海：華東師範大學出版社，1995。

11. 劉師培，劉申叔遺書〔M〕，南京：江蘇古籍出版社，1997。

12. 袁行霈，中國文學史〔M〕，北京：高等教育出版社，1999。

13. 陸侃如、馮沅君，中國詩史〔M〕，天津：百花文藝出版社，1999。

14. 鄒雲湖，中國選本批評〔M〕，上海：三聯書店，2002。

15. 劉耘華，詮釋學與先秦儒家之意義生成——《論語》、《孟子》、《荀子》對古代傳統的解釋〔M〕，上海：上海譯文出版社，2002。

16. 張少康，中國文學理論批評史〔M〕，北京：北京大學出版社，2005。

17. 郭英德，中國古代文體學論稿〔M〕，北京：北京大學出版社，2005。

18. 趙一凡、張中載、李德恩主編，西方文論關鍵詞〔M〕，北京：外語教學與研究出版社，2006。

19. 楊春時，文學理論新編〔M〕，北京：北京大學出版社 2007。

20. 過常寶，先秦散文研究——早期文體及話語方式的生成〔M〕，北京：人民出版社，2009。

21. 彭剛，敘事的轉向：當代西方史學理論的考察〔M〕，北京：北京大學出版社，2009。

22. 徐建委，《說苑》研究——以戰國秦漢之間的文獻累積與學術史為中心〔M〕，北京：北京大學出版社，2011。

23. 姚愛斌，中國古代文體論思辨〔M〕，北京：北京大學出版社，2012。

24. 劉桂榮，西漢時期荀子思想接受研究〔M〕，合肥：合肥工業大學出版社，2013。

25. 葛兆光，中國思想史〔M〕，上海：復旦大學出版社，2013。

26. 廖名春，荀子新探〔M〕，北京：中國人民大學出版社，2013。

27. 陳迎年，能定能應，夫是之謂成人：荀子的美學精神〔M〕，上海：上海三聯書店，2013。

28. 周憲，文學理論導引〔M〕，北京：高等教育出版社，2014。

29. 童慶炳主編，文學理論教程〔M〕，北京：高等教育出版社，2015。

30. 劉延福，荀子文藝思想研究〔M〕，濟南：山東大學出版社，2015。

31. 孫少華、徐建委著，從文獻到文本：先唐經典文本的抄撰與流變〔M〕，上海：上海古籍出版社，2016。

32. 沈雲波，學不可以已——荀子思想研究〔M〕，上海：上海人民出版社，2016。

33. 陳昭瑛，荀子的美學〔M〕，臺北：國立臺灣大學出版中心，2016。

34. 劉桂榮，論荀輯要〔M〕，蕪湖：安徽師範大學出版社，2016。

35. 侯文華，先秦諸子散文文體及其文化淵源〔M〕，北京：中華書局，2017。

36. 劉躍進、程蘇東主編，早期文本的生成與傳播〔M〕，北京：中華書局，2017。

37. 強中華，秦漢荀學研究〔M〕，北京：人民出版社，2017。

38. 楊機紅，荀子淺繹〔M〕，北京：中國文聯出版社，2017。

三、域外專著

1. （美）赫伯特‧馬爾庫塞著，李小兵譯，馬爾庫塞美學論著集〔M〕，北京：生活‧讀書‧新知三聯書店，1989。

2. （德）瑙曼，作品、文學史與讀者〔M〕，北京：文化藝術出版社，1997。

3. （奧）西格蒙德‧弗洛伊德著，林塵、張喚民、陳偉奇譯，弗洛伊德後期著作選〔M〕，上海：上海譯文出版社，2005。

4. （美）唐納德‧戴維森著，牟博選編，真理、意義與方法：戴維森哲學文選〔M〕，北京：商務印書館，2012。

5. （美）喬納森‧卡勒著，李平譯，文學理論入門〔M〕，南京：譯林出版社，2013。

6. （美）孫康宜、（美）宇文所安主編，劉倩等譯，劍橋中國文學史〔M〕，北京：生活‧讀書‧新知三聯書店，2013。

7. （英）安德魯‧本尼特著，李永新、汪正龍譯，文學的無知：理論之後的文學理論〔M〕，鄭州：河南大學出版社，2014。

8. （德）揚‧阿斯曼著，文化記憶：早期高級文化中的文字、回憶和政治身份〔M〕，北京：北京大學出版社，2015。

9. （法）安托萬‧孔帕尼翁著，吳泓緲，汪捷宇譯，理論的幽靈：文學與常識〔M〕，南京：南京大學出版社，2017。

10. （法）保羅‧韋納著，韓一宇譯，人如何書寫歷史〔M〕，上海：華東師範大學出版社，2018。

11. （美）普鳴著，楊起予譯，作與不作：早期中國對創新與技藝問題的論辯〔M〕，北京：生活‧讀書‧新知三聯書店，2020。

四、期刊論文

1. 包遵信，淺談《荀子‧賦篇》〔J〕，文史哲，1978（5）。

2. 劉起釪，《洪範》成書年代考〔J〕，中國社會科學，1980（3）。

3. 支菊生，荀子《成相》與詩歌的「三三七言」〔J〕，河北大學學報，1983（3）。

4. 胡義成，荀況對《詩經》的批判繼承〔J〕，南京師大學報，1983（4）。

5. 章必功，論賦體起源〔J〕，深圳大學學報，1985（1、2）。

6. 谷雲義，荀子的文學主張及其特徵〔J〕，東北師大學報，1986（4）。

7. 郭志坤，荀子的文藝思想〔J〕，湖南師大社會科學學報，1987（3）。

8. 趙逵夫，《荀子‧賦篇》包括荀卿不同時期兩篇作品考〔J〕，貴州社會科學，1988（4）。

9. 卓支中，荀子文藝美學思想管窺〔J〕，暨南學報，1990（2）。

10. 姜書閣，睡虎地秦墓竹簡中的一篇成相雜辭〔J〕，中國韻文學刊，1990（5）。

11. 陳良運，論荀子和屈原的詩學觀〔J〕，暨南學報，1993（4）。

12. 張思齊，從《荀子‧成相篇》看質樸和俚俗諸審美範疇在中國詩學中的嬗變〔J〕，中州學刊，1993（5）。

13. 張小平，荀子《賦篇》的真偽問題及研究〔J〕，江淮論壇，1996（6）。

14. 鄒然，孟荀《詩》說平議〔J〕，江西師範大學學報，1998（2）。

15. 張節末，從道統轉向政統的意識形態理論──荀子美學再檢討〔J〕，文史哲，1998（4）。

16. 畢庶春，荀況《賦篇》芻論〔J〕，文學遺產，1999（3）。

17. 姚小鷗，「成相」雜辭考〔J〕，文藝研究，2000（1）。

18. 馬征，荀子美學思想研究〔J〕，孔子研究，2001（6）。

19. 趙憲章，也談思想史與文學史〔J〕，當代作家評論，2002（1）。

20. 王長華、郗文倩，說「隱」〔J〕，文藝理論研究，2003 年（4）。

21. 黎傳緒，中國說唱文學之祖新探──荀子《成相篇》在中國說唱文學史的價值和地位〔J〕，江西社會科學，2004（3）。

22. 鄭良樹，論荀賦〔J〕，文獻，2005（3）。

23. 李炳海，原始野性的展示、弱化和重現──先秦文學馬意象的演變〔J〕，社會科學戰線，2005（6）。

24. 李衍柱，世界軸心時代的詩學雙峰——與亞里士多德《詩學》並峙的荀子《樂論》〔J〕，山東師範大學學報，2006（6）。

25. 姚愛斌，論中國古代文體論研究範式的轉換〔J〕，文學評論，2006（6）。

26. 劉毓慶，荀子《詩》學與先秦「詩傳」〔J〕，晉陽學刊，2007（6）。

27. 姚新勇，由「文學史」到「思想史」〔N〕，文藝報，2007-6-21（2）。

28. 陳良武，出土文獻與《荀子·成相篇》〔J〕，長安大學學報，2008（3）。

29. 王博，論《勸學篇》在《荀子》及儒家中的意義〔J〕，中國哲學，2008（5）。

30. 吳承學、劉湘蘭，論說類文體〔J〕，古典文學知識，2008（6）。

31. 馬世年，《荀子·賦篇》體制新探——兼及其賦學史意義〔J〕，文學遺產，2009（4）。

32. 胡大雷，屈原賦、荀卿賦、宋玉賦異同論及其影響——南北文學融合的一個例子〔J〕，寧夏師範學院學報，2010（1）。

33. 劉延福，「別詩之原始，命賦之厥初」——荀賦析論〔J〕，山東師範大學學報，2010（2）。

34. 李炳海，《荀子·成相》的篇題、結構及其理念考辨〔J〕，江漢論壇，2010（9）。

35. 趙東栓，從荀子論《詩》看荀子的《詩》學觀念〔J〕，東嶽論叢，2012（2）。

36. 朱鳳瀚，韓巍，陸侃理，北京大學藏秦簡牘概述〔J〕，文物，2012（6）。

37. 趙奉蓉，《逸周書》篇名「解」字與先秦古書題名舊例考論〔J〕，中國文化研究，2013（2）。

38. 劉瀏，荀子《賦篇·詭詩》辯體述論——兼論「賦」之文體學意涵在先秦的萌芽〔J〕，中國韻文學刊，2013（4）。

39. 劉延福，論荀子與儒家文質觀的情感轉向〔J〕，江西社會科學，2013（10）。

40. 胡寧，《大夏》舞詩考〔J〕，北大史學，2014。

41. 周興泰，古代辭賦與中國敘事傳統〔J〕，中國比較文學，2014（4）。

42. 佐藤將之，荀子生平事蹟考〔J〕，臨沂大學學報，2015（3）。

43. 郗文倩，成相：文體界定、文本輯錄與文學分析〔J〕，文學遺產，2015（4）。

44. 鄧隱，《賦篇》篇名非荀況自題考〔J〕，四川師範大學學報，2015（4）。

45. 張越，荀子音樂美學思想探析〔J〕，東嶽論叢，2015（5）。

46. 李炳海，先秦賦類作品探源理路的歷史回顧和現實應對〔J〕，甘肅社會科學，2015（5）。

47. 程蘇東，寫鈔本時代異質性文本的發現與研究〔J〕，北京大學學報，2016（2）。

48. 李炳海，荀子賦文本的多源性考論〔J〕，諸子學刊（第十四輯），2017（1）。

49. 宋健，《荀子·成相》文化淵源考〔J〕，孔子研究，2017（4）。

50. 張江，公共闡釋論綱〔J〕，學術研究，2017（6）。

51. 金谷志，《荀子》的文獻學方法研究〔J〕，國學學刊，2018（1）。

52. 呂華亮，周代《象舞》考辨〔J〕，舞蹈史研究，2018（3）。

53. 張法，言—象—意：中國文化與美學中的獨特話語〔J〕，文藝理論研究，2018（6）。

54. 東方朔，荀子的「聖王」概念〔J〕，杭州師範大學學報，2018（6）。

55. 吳相洲，古代文學研究的理論困難與解脫之法〔J〕，清華大學學報，2019（6）。

56. 鄒朝斌，《荀子·成相》篇名新探〔J〕，文藝理論研究，2020（3）。

57. 宋鎮豪，甲骨文中的樂舞補說〔J〕，海南大學學報，2020（4）。

五、博士論文

1. 袁世傑，禮學重構中的荀子性惡論文藝觀〔D〕，蘭州大學博士學位論文，2003。

2. 丁秀菊，先秦儒家修辭研究——以孔子、孟子、荀子為例〔D〕，山東大學博士學位論文，2007。

3. 付曉青，荀子「樂論」美學思想研究〔D〕，山東大學博士學位論文，2008。

4. 楊艾璐，荀子功利文藝思想研究〔D〕，遼寧大學博士學位論文，2010。

5. 劉延福，荀子詩樂理論與實踐研究〔D〕，山東師範大學博士論文，2010。